CLAUDIA KERN

# Der verwaiste Thron 2

Claudia Kern

Der verwaiste Thron 2

# Verrat

Roman

Originalausgabe

blanvalet

FSC
Mix
Produktgruppe aus vorbildlich
bewirtschafteten Wäldern und
anderen kontrollierten Herkünften

Zert.-Nr. SGS-COC-1940
www.fsc.org


Verlagsgruppe Random House FSC-DEU-0100
Das für dieses Buch verwendete FSC-zertifizierte Papier
*Holmen Book Cream* liefert Holmen Paper, Hallstavik, Schweden.

1. Auflage
Originalausgabe Februar 2009 bei Blanvalet,
einem Unternehmen der Verlagsgruppe
Random House GmbH, München

Die Veröffentlichung dieses Werkes erfolgt auf Vermittlung
der Autoren- und Verlagsagentur Peter Molden, Köln.
Umschlaggestaltung: HildenDesign München
Umschlagfoto: © Eric Bouffard, studioeb
Redaktion: Peter Thannisch
HK · Herstellung: RF
Satz: deutsch-türkischer fotosatz, Berlin
Druck und Einband: GGP Media GmbH, Pößneck
Printed in Germany
ISBN: 978-3-442-24421-8

www.blanvalet.de

# Prolog

*Zehn Jahre zuvor*

Die Jagd war alles, was er hatte.

Schwarzklaue lebte im Norden, dort oben, wo das stumpfe Braunrot der Tundra in das strahlende Weiß des ewigen Eises überging. Er war im Eis geboren, lebte im Eis, und eines Tages, davon war er fest überzeugt, würde man ihn im Eis begraben, so wie es sich für den Anführer eines Clans gehörte.

Er hob die Nase in den Wind. Seit zwei Tagen folgten er und zwei junge Jäger namens Einohr und Fleckfell einer Schneebüffelherde. Es war eine große Herde mit mehr als zwanzig Tieren, zu vielen, um einen offenen Kampf zu wagen. Schwarzklaue trug die Narben einiger Schneebüffelkämpfe am Körper. Er wusste, was ihre Hörner und Hufe ausrichten konnten.

Wäre die Situation eine andere gewesen, hätte er Spaltnase, dem Schnellsten der Gruppe, befohlen, zum Lager zu laufen und mit den anderen Jägern zurückzukehren, doch die hatte Schwarzklaue ebenfalls auf die Suche nach Nahrung geschickt. Bis sie einander fanden, konnten zehn oder mehr Tage vergehen. Diese Zeit hatten sie nicht. Schwarzklaues Volk drohte zu verhungern.

Also folgten sie der Herde weiter über die Ebene, entlang dem Fuße eines Gebirges, dem niemand je einen Namen gegeben hatte. Der Wind stach in ihre Augen. Tränen vereisten in den Wimpern. Wenn Schwarzklaue blinzelte, fielen sie mit kaum wahrnehmbaren Klirren auseinander. Das Geräusch mischte sich in das Knirschen des Schnees unter seinen Krallen und das dumpfe Knarren, mit dem der Fluss tief unter dem Eis gegen das Dach seines Gefängnisses stieß.

Alles war in ständiger Bewegung – das Land, das Wasser und das Eis, das alles bedeckte. Die Wesen, die sich auf den Norden eingelassen hatten, mussten es ihm gleichtun, mussten ständig in Bewegung bleiben, um nicht vom Land aufgerieben zu werden. Die Schneebüffel zogen im Winter zur Küste, um das harte Meeresgras zu fressen, und Schwarzklaues Volk folgte ihnen, um die zu fressen, die aus Schwäche von der Herde zurückgelassen wurden oder aus Dummheit auf ihren Schutz verzichteten. Und wenn Schwarzklaue und sein Volk weiterzogen, kamen die Ratten und die Koyoten, die fraßen, was übrig geblieben war, während über ihnen die Raubvögel kreisten.

Alles bewegte sich. Das war die einzige Lektion, die der Norden zu lehren hatte, und die einzige, die seine Bewohner benötigten.

Nur dieses eine Mal hatte Schwarzklaue sich nicht daran gehalten, hatte mit dem Abbruch der Lager gewartet, weil das Wetter zu schlecht gewesen war, und nun trennten nur noch wenige Tage die ersten seines Volkes vom Tod. Der Norden kannte keine Gnade mit denen, die seine Lehren ignorierten.

»Schwarzklaue.« Neben ihm hob Einohr die Nase in die Luft. Sein Atem stand als graue Wolke vor seinem Gesicht. »Sie sind stehen geblieben.«

Schwarzklaue hielt inne und richtete sich auf. Schneeverwehungen nahmen ihm die Sicht auf die Herde, aber er roch den süßen, schweren Geruch ihrer Körper. Sie waren nicht viel weiter als einen Speerwurf entfernt von ihm.

»Sie warten auf uns«, sagte Einohr. »Sie wollen, dass wir uns ihnen stellen.«

»Nein.« Schwarzklaue schüttelte den Kopf. »Sie sind Gejagte, keine Jäger. Gejagte kämpfen nur, wenn der Jäger ihnen keinen anderen Ausweg lässt. Etwas anderes muss geschehen sein.«

Er ließ sich auf alle viere sinken und lief zu einer Schneeverwehung. Tief sank er in den nassen, weichen Schnee ein. Die letzten Tage hatte es fast ununterbrochen geschneit. Die beiden anderen Jäger folgten ihm. Sie waren noch zu jung, um ihre eigenen Entscheidungen zu treffen, hatten gerade mal elf und dreizehn Winter gesehen. Aber sie waren stark und schnell, deshalb hatte Schwarzklaue sich für sie entschieden.

Flach legte er sich auf den Bauch, dann schob er sich langsam über den Kamm der Schneeverwehung. Der Wind blies ihm ins Gesicht. Die Schneebüffel konnten ihn und die anderen Jäger nicht riechen.

Er sah die Herde am Rand der Ebene stehen, dort, wo das nördliche und das südliche Gebirge sich trafen. Der Weg, der zwischen den schneebedeckten Ausläufern hindurchführte, war breit genug für die Herde, trotzdem folgten sie ihm nicht.

»Warum gehen sie nicht weiter?«, fragte Fleckfell leise.

Schwarzklaues Blick glitt über die Umgebung der Herde, dann zeigte er mit ausgestrecktem Arm auf einen Punkt hoch über ihren Köpfen. »Da, das Schneebrett.«

Neben ihm runzelte Fleckfell die Stirn. Er war der Jüngere der beiden. »Was ist damit?«

»Siehst du den großen Bullen dort vorn? Er hat gehört, wie der Schnee über ihm knirscht, und hat die Herde gewarnt. Vielleicht hat er schon einmal eine Lawine erlebt, vielleicht ist er nur schlauer als die anderen.«

Er stand auf. Die beiden Jungen sahen sich überrascht an. Mit einer Geste befahl Schwarzklaue ihnen, sich ebenfalls zu erheben.

»Macht Lärm, so viel Lärm, wie ihr könnt.«

Er klatschte in die Hände und begann auf die Herde zuzugehen. Die beiden anderen Jäger folgtem ihm zögernd. Er roch ihre Nervosität, ihre Angst.

»Sie werden euch nicht angreifen«, sagte er. »Sie sind Gejagte. Solange sie einen Ausweg sehen, werden sie fliehen.«

Doch sein Blick ließ den großen weißen, zotteligen Bullen nicht los. Er hatte sich umgedreht, als er den Lärm hörte. Seine Ohren waren aufgerichtet, seine beinlangen Hörner streckten sich den Lauten furchtlos entgegen. Sein Schwanz peitschte von einer Seite zur anderen.

Er zögerte, so als wüsste er nicht, welchen Weg er einschlagen sollte: den Kampf oder die Flucht.

Die Kühe und Kälber sammelten sich hinter ihm, die anderen Bullen schnauften laut und warfen unsicher die Köpfe hoch. Laut krachend schlugen ihre Hörner gegeneinander.

Schwarzklaue rief ihnen Beschimpfungen entgegen. Mit beiden Händen warf er Schnee in die Luft, versuchte vor den Tieren zu verbergen, dass es nur drei Jäger waren, die sich ihnen näherten. Die Jungen folgten seinem Beispiel. Der jüngere lachte. Schwarzklaue wies ihn nicht zurecht. Solange er Lärm machte, war es egal, ob er verstand, dass sein Leben vom Instinkt eines Bullen abhing.

Der große Bulle warf den Kopf in den Nacken und röhrte so laut und tief, dass Schwarzklaue zusammenzuckte. *Er greift an*, dachte er, und tatsächlich begann der Bulle mit den Vorderhufen zu scharren und Schnee aufzuwerfen.

Es krachte. Unmittelbar vor der Herde schlug ein Teil des Schneebretts auf. Der große Bulle wich zurück, die anderen nahmen sein Signal auf und stoben auseinander. Chaos brach aus. Der Lärm der Schneebüffel vermischte sich mit dem der Jäger.

Es krachte erneut, so laut und durchdringend, dass Schwarzklaue das Geräusch wie einen Schlag im Magen spürte.

Schnee rutschte von den Bergen hinab, das Brett, das sich gebildet hatte, neigte sich nach unten und brach auseinander. Eiskristalle stoben empor wie Funken bei einer Feuersbrunst. Aufgewirbelter Schnee ballte sich zusammen wie Rauch, nur um in einer gewaltigen Explosion auf Schwarzklaue und die Jäger zuzurasen. Die Erde bebte.

»Zurück!«, schrie Schwarzklaue.

Er griff nach den Jungen. Den älteren bekam er am Arm zu fassen, seine Finger glitten jedoch an dem Lederkragen des jüngeren ab. Schnee hüllte ihn plötzlich ein, drang in Augen und Mund. Seine Beine wurden ihm unter dem Körper weggerissen. Eis, so scharf wie Messerspitzen, riss seine Haut auf. Er schützte Einohr mit seinem Körper, hoffte, dass der Junge nicht unter ihm erstickte.

Alles war grau, rauschte, krachte und klirrte. Schnee drückte ihn nieder und schob ihn vor sich her. Schwarzklaue konnte nicht mehr atmen. Er spürte, wie Einohr sich unter ihm wehrte, nach ihm schlug und trat. Trotzdem hielt er ihn fest.

Ein Huf bohrte sich neben ihm in den Schnee. Hörner schaufelten Eis und Steine beiseite. Schwarzklaue blinzelte in helles Tageslicht – und riss den Kopf zur Seite, als Hufe auf ihn zu schossen, doch sie trafen nur den Schnee. Der Bulle brüllte. Schwarzklaue knurrte. Er roch die saure Angst des Tiers. Sie stachelte ihn an, brachte ihn dazu, sich mit zwei kräftigen Schlägen aus dem Schnee nach oben zu wühlen, den Jungen immer noch im Arm haltend. Er hörte Einohr keuchen und ließ ihn los.

Der Bulle sank bis zu den Knien im Schnee ein. Mit ungeschickten Sprüngen entfernte er sich, bis er schließlich auf festen Boden stieß und zu laufen begann. Schwarzklaue brüllte vor Wut, als er selbst bis zum Bauch einsank. Die Angst des Bullen und der Geruch seines eigenen Bluts machten ihn beinahe wahnsinnig. Er grub seine Krallen in den Schnee, brüllte und knurrte. Erst die Erschöpfung ließ seinen Verstand zurückkehren. Er ließ die Arme sinken und atmete tief durch.

»Ich kann Fleckfell nicht finden«, sagte Einohr mit leiser Stimme.

Schwarzklaue drehte sich zu ihm um. Das Fell des Jungen war voller Schnee, einige Stellen glänzten rötlich. Er zitterte.

Schwarzklaues Blick glitt an ihm vorbei auf die neu entstandene wilde Landschaft. Die Lawine tobte nicht mehr. Hoch aufgetürmte Schneefelder ragten wie eingefrorene Wellen vor ihm auf. Felsen steckten darin, Hörner und aufgerissene, dampfende Tierleiber. Schwarzklaue stapfte durch den Schnee darauf zu, fuhr mit der Hand durch strohiges langes Fell und fühlte nach den Rippen unter dem Fleisch.

»Morgen wird unser Volk essen«, sagte er.

»Was ist mit Fleckfell?«, fragte Einohr.

»Er steht nicht hier neben uns, also ist er tot.« Schwarzklaue riss ein Stück Fleisch aus einem Kadaver und hielt es dem Jungen hin. »Iss, solange es warm ist. Du wirst deine Kraft brauchen.«

»Ja, Schwarzklaue.« Die Stimme des Jungen war so leise, dass er kaum zu verstehen war. Tränen schimmerten in seinen Augen, aber er nahm den Fleischbrocken und biss hinein, ohne zu weinen.

»Gut so«, sagte Schwarzklaue. Er riss ein zweites Stück Fleisch heraus und aß es, schmeckte es jedoch kaum. Er hatte einen Jäger verloren, doch wahrscheinlich sein ganzes Volk gerettet. Das war der Preis, den der Norden ihm abverlangte, und er musste damit leben. Er dachte an den weißen Bullen, der alles verloren hatte, sein Volk, seine Krieger, nur nicht sein Leben.

»Ich hätte ihn töten müssen.«

Erst als Einohr »Warum?« fragte, fiel ihm auf, dass er laut gesprochen hatte.

Schwarzklaue spuckte ein Stück Knorpel aus. »Weil er beim nächsten Mal nicht mehr davonlaufen wird.«

Sie bauten einen Schlitten aus Schneebüffelhörnern, Sehnen und Haut und verluden einen Teil des ersten Kadavers darauf. Schwarzklaue spannte sich vor den Schlitten, Einohr blieb zurück, um die Beute – auf den ersten Blick waren es mehr als ein Dutzend Tiere – vor Coyoten und Raubvögeln zu schützen. Dann machte sich Schwarzklaue auf den langen Weg zum Lager.

Er erreichte es am Nachmittag des zweiten Tages, als die untergehende Sonne den Schnee bereits orange färbte. Dungfeuer schickten dünne Rauchsäulen aus dem Tal empor, die zwischen den Bergen verwehten. Jäger liefen Schwarzklaue entgegen, klopften ihm auf den Rücken und beglückwünschten ihn zu seinem Jagdglück, obwohl er die Enttäuschung über die magere Beute in ihren Augen sah.

»Es gibt noch mehr, viel mehr!«, rief er, als er sich die Halteschlaufen des Schlittens von den Schultern zog. »Morgen werden wir aufbrechen, um die Beute zu holen. Niemand wird in diesem Winter mehr hungern müssen.«

Der Jubel, den er hörte, klang ebenso begeistert wie erleichtert. Männer, Frauen, Kinder und die zwei, drei Greise, die noch nicht den Mut gefunden hatten, hinaus in den Schnee zu ziehen und nie wiederzukommen, liefen auf ihn zu, um ihm zu danken. Er zwängte sich zwischen ihnen hindurch und ging an Schneehöhlen und kleinen gegerbten Zelten vorbei, um Fleckfells Mutter vom Tod ihres Sohnes zu unterrichten. Sie dankte ihm, dann weinte sie.

»Schwarzklaue«, sagte Wolkenauge, einer der älteren Jäger, als er den schweren Fellvorhang hinter sich zufallen ließ und das Schneeloch verließ. »Jemand ist zu uns gekommen, um mit dir zu sprechen. Er wartet in deinem Zelt.«

Schwarzklaue runzelte die Stirn. »Habe ich in letzter Zeit Kinder gezeugt?«

»Ich glaube nicht, dass es darum geht. Am besten redest du selbst mit ihm.«

Wolkenauge ließ ihn stehen. Schwarzklaue ging weiter. Es war nicht ungewöhnlich, dass sein Stamm Besuch von einem anderen bekam. Er führte das größte Volk des Nordens an und zeugte die meisten Nachkommen. Früher oder später kam jeder einmal zu ihm.

Schwarzklaue stutzte, als er die Pferde sah, die mit Fellen bedeckt neben seinem Zelt angebunden waren. Es waren zwei, ein Reittier und eines, das Vorräte trug, die neben ihm an der Wand lehnten. Kein Volk des Nordens ritt auf Pferden. Man brachte sie zwar manchmal als Trophäen aus den Menschenländern des Südens mit, aber außer als Nahrung hatte man für sie keine Verwendung.

Er schob die Felle, die vor seinem Eingang hingen, zur Seite und betrat das Zelt. Es lag im Halbdunkel. Dung glühte in einer offenen Feuerstelle, und ein Topf mit Shrakh'e – vergorener Walrossmilch – stand auf einem Metallgitter dicht darüber.

Wäre der Geruch nicht gewesen, hätte Schwarzklaue den Mann, der in einen dunklen Umhang gehüllt an der Feuerstelle hockte, für einen Menschen gehalten. Er hatte Arme und Beine wie ein Mensch. Sogar seine Haut war dort, wo kurzes Haar sie nicht bedeckte, weiß und weich.

»Wer bist du?«

Der Mann drehte sich um. Sein Umhang blähte sich, brachte den Geruch des Südens mit. »Bist du Schwarzklaue?«, fragte er. Seine Stimme betonte jedes Wort, so wie die Töne einer Melodie.

»Wer sonst?«

»Dann hat mich meine Reise ans Ziel geführt.« Er streckte die Hand aus, eine menschliche Geste, die Schwarzklaue nur vage vertraut war. »Mein Name ist Mortamer Korvellan, und ich bin hier, um dir in den Krieg zu folgen, in den du uns alle führen wirst.«

Schwarzklaue sah den Fremden einen Moment lang an. Dann legte er seine Klaue um die menschlich wirkende Hand und drückte zu, bis er Blut roch. Korvellan erwiderte seinen Blick starr und ohne Reaktion. Nur die schmalen Falten in seinen Mundwinkeln schienen tiefer zu werden.

Schwarzklaue ließ los. »Erzähl mir mehr.«

# *Kapitel 1*

*In Frakknor wird dem Reisenden auffallen, dass sich kaum ein Weg ans Ufer des Großen Flusses schmiegt und keine Straße seine Nähe sucht. Niemand weiß, warum das so ist.*

*Jonaddyn Flerr, Die Fürstentümer und Provinzen der vier Königreiche, Band 2*

Zwölf Tage waren seit ihrer Trennung von Jonan vergangen. Die ersten drei war Ana nach Norden geritten, am Fluss entlang, auf der Suche nach einem Hafen oder einer Anlegestelle. Sie hatte Fischerboote gesehen und zwei kleine Dörfer – und Milizen, viel zu viele Milizen. In Gruppen von bis zu zehn Mann, größtenteils zu Fuß und mit Speeren und Schwertern bewaffnet, waren sie die Wege entlanggezogen. Sie hatte gesehen, wie vier von ihnen einen alten Mann gehäutet und gehängt hatten. Seine Schreie hatten sie bei ihrer panischen Flucht bis tief in den Wald verfolgt.

Ana hatte sich danach abseits der Wege gehalten, war lange durch Schlamm und Unterholz geritten und hatte sich erst nach einigen Tagen wieder zurück an den Fluss gewagt. Sie hatte ihren Plan, sich nach Westfall durchzuschlagen, nicht aufgegeben. Es gab keinen anderen Ort, zu dem sie gehen konnte. Somerstorm wurde von den Nachtschatten belagert, die meisten Menschen, die sie kannte, waren bei dem Überfall auf die Festung ihres Vaters ermordet worden, ihr selbst drohte als legitime Erbin des Fürstentums der Tod.

*Niemand hat uns je gemocht,* dachte Ana, als sie den Umhang, der ihr nachts als Decke diente, zusammenrollte und am Sattel festband. *Sie haben uns geschmeichelt, weil wir reicher und mächtiger als sie waren, weil sie Schulden bei uns hatten, weil sie hofften, ihre Kinder mit meinem Bruder oder mir zu verheiraten. Sie haben uns gehasst und gefürchtet, und das werden sie wieder tun.*

Ja, vor allem sollten sie sie wieder fürchten, und Rickard, ihr Verlobter und Sohn des Fürsten von Westfall, würde dafür sorgen, dass sie dieses Ziel erreichte. Das war Anas Plan. Der Gedanke an Rickard hielt sie aufrecht, wärmte sie in den kalten Nächten. Sie dachte an ihn, wenn sie einschlief, um die Alpträume zu vertreiben, und morgens, wenn sie aufwachte, um die Kraft zum Weiterreiten zu finden. Doch manchmal, wenn Ana die Augen schloss und an Rickard dachte, sah sie nur einen grauen Fleck. *Ich habe nicht vergessen, wie er aussieht,* sagte sie sich dann. *Ich bin nur müde.*

Sie aß das Nussbrot, das sie einem Bauern am Vortag abgekauft hatte, und trank mit Essig vermischtes Wasser. Wie jeden Morgen sah sie sich auf dem Weg und zwischen den Bäumen um, bevor sie auf ihr Pferd stieg und weiter nach Süden ritt. Seit sie Jonan verlassen hatte, fühlte sie sich beobachtet. Manchmal glaubte sie, einen Schatten hinter Farnen oder im Unterholz zu sehen, und an einem Abend hatte sie den Schatten sogar angesprochen – eigentlich eher angeschrien –, bis sie erkannt hatte, dass es sich um einen abgestorbenen Baum handelte.

Der Weg, dem sie nach Süden folgte, war schmal, mehr ein Trampelpfad als eine richtige Straße. Selbst vom Pferderücken aus konnte man den Großen Fluss über die Sträucher und Bäume hinweg nicht sehen, aber wenn der Wind richtig stand, roch Ana sein süßes, erdiges Wasser und das Salz seiner Algen.

Die Gerüche waren wie ein Seil, an dem sich ihre Gedanken zurück in die Kindheit hangelten. Sie dachte an ihre Eltern, an das große Haus in Yellera, an die Boote, die manchmal tagelang hatten warten müssen, bevor ein Anlegeplatz frei geworden war, und an die endlosen Reihen der Sklaven, deren Ketten wie ein Windspiel unter ihrem Fenster geklirrt hatten. Seit Jahren hatte sie nicht mehr an Yellera gedacht, doch der Große Fluss vergaß nichts und brachte alles irgendwann zurück. Das hatte ihr Vater immer gesagt.

Sie wünschte, der Fluss würde sie zurück in die Vergangenheit, zurück nach Somerstorm tragen. Erst in den letzten Tagen war ihr klar geworden, wie glücklich sie dort gewesen war.

*Auch wenn alles eine Lüge war*, dachte sie, als sie sich unter einem tief hängenden Ast duckte. So wie Jonan eine Lüge war.

Ana versuchte, so wenig wie möglich an ihn zu denken. Ihr Leibwächter, ihr Begleiter, ihr einziger Freund – für all das hatte sie Jonan gehalten. Doch er hatte sie hintergangen und belogen. Rückblickend fragte sich Ana, wie ihr hatte entgehen können, dass er seine wahre Gestalt vor ihr verbarg. Keine Nacht hatte er geschlafen, hatte behauptet, er müsse über sie wachen, wo er doch in Wirklichkeit über sich selbst wachte. Im Schlaf hätte er die Kontrolle über seinen Körper verloren und sein Geheimnis offenbart.

Sie hätte erkennen müssen, dass etwas nicht stimmte, doch sie war nicht daran gewohnt, auf die zu achten, die sich um ihr Wohl kümmerten. Zuhause in Somerstorm hatte sie nur wenige Diener mit Namen gekannt. Sie hatte sich nie darüber Gedanken gemacht, ob sie Familien hatten, wie sie lebten, ob sie glücklich waren oder wenigstens zufrieden. Es war unwichtig gewesen.

Jonans Verrat hatte Ana gezeigt, dass sie auch die letzte ihrer alten Gewohnheiten ablegen musste. In diesem neuen Leben, in das die Nachtschatten sie gezwungen hatten, war es wichtig, andere genau zu beobachten und die Gründe ihres Handelns zu hinterfragen. Sie würde sich nicht noch einmal täuschen lassen.

Unerwünschte Bilder tauchten in Anas Erinnerung auf. Jonan, der sich in einen Nachtschatten verwandelt hatte. Seine Klauen, die Bäuche aufschlitzten und Kehlen zerfetzten. Er hatte ihr Leben gerettet. Doch er war ein Ungeheuer.

*Ich werde nicht mehr an ihn denken,* hatte sie beschlossen. Trotzdem drehte sie sich jedes Mal um, wenn ein Ast knackte.

Gegen Mittag endete der Trampelpfad in einer staubigen Straße, die von Westen kam. Graue Wolken hingen tief über dem Wald. Es sah nach Regen aus. Weit entfernt rollte Donner über die Baumwipfel. Die Vögel flogen so tief, dass manche Ana mit ihren Flügeln streiften.

»Es kommt ein Gewitter.«

*Jonan,* dachte Ana, doch noch während sie sich nach der Stimme umdrehte, wurde ihr klar, dass sie zu alt und weich klang.

Sie gehörte zu einem Mann mit kurz geschnittenen grauen Haaren und faltigem Gesicht. Er saß auf einem Pony, das keinen Sattel trug, nur geknotetes Zaumzeug aus alten Stricken.

Sie hatte ihn nicht gehört. Auf dem weichen Waldboden bewegte sich das Pferd beinahe lautlos.

Der Mann war groß und dünn. Er trug ein dunkles Leinenhemd und eine dunkle Stoffhose. Beides war zu kurz, und man konnte seine knochigen Gelenke sehen. Er war barfuß. Staub bedeckte ihn und sein Pony wie ein grauer

Dunst. Er erinnerte Ana an die Bauern, die manchmal zur Festung gekommen waren, um ihren Vater um etwas zu bitten – eine Steuersenkung oder einen Schuldenerlass. In ihrer zusammengeliehenen, schlecht sitzenden Kleidung hatten sie versucht, würdevoll auszusehen, aber doch nur lächerlich gewirkt.

Der Mann sah sie an, schien auf eine Antwort zu warten. Seine Beine waren so lang, dass sie fast bis zum Boden reichten.

»Ja«, sagte Ana. »Es kommt wohl ein Gewitter auf.«

Er ging nicht auf ihre Antwort ein. Sein Blick musterte sie einen Moment lang, dann richtete er ihn auf einen Punkt am Horizont. In seinem langen faltigen Hals hüpfte der Adamsapfel auf und ab.

»Sie kennen dich nicht«, sagte er. »Das ist seltsam. Sie kennen eigentlich jeden.«

»Wer?«

Er schwieg. Sein Blick verlor sich in der Ferne.

»Wer kennt mich nicht?«

Sein Blick schwang zu ihr zurück und an ihr vorbei wie ein Pendel. Er grinste und zwinkerte ihr zu. »Die Toten«, sagte er. Unvermittelt verschwand das Grinsen aus seinem Gesicht. »Sie müssten dich eigentlich kennen. Du bist ja auch tot.«

Seine Worte jagten ihr einen Schauer über den Rücken.

»Nein.« Sie stieß das Wort hervor. »Ich bin nicht tot. Ich lebe.«

*Er ist verrückt*, dachte sie. Ihre Finger schlossen sich so fest um die Zügel, dass ihr Pferd nervös zu tänzeln begann.

»Wirklich?« Er runzelte die Stirn. Seine Augen glänzten nass, als müsse er weinen. »Das tut mir leid.«

Er wendete sein Pony und führte es tiefer ins Unterholz,

weg von der Straße. »Der Regen wird dich reinigen«, rief er, ohne sich umzudrehen. »Sie mögen es nicht, wenn man schmutzig ist.«

Ana fragte nicht, was er damit meinte. Sie sah ihm nach, bis seine schaukelnde Gestalt zwischen Gestrüpp und Bäumen verschwunden war. Ihr Herzschlag wurde langsamer. Ihre verkrampften Finger lösten sich von den Zügeln.

»Nur ein Verrückter«, flüsterte sie.

Sie ritt weiter die staubige Straße entlang. Bei jedem Geräusch zuckte sie zusammen. Die Bäume zu beiden Seiten des Wegs und der Himmel über ihr schienen ein dunkles Zelt zu bilden, in dem die Luft stand.

Regentropfen, schwer und kalt wie Schnee, fielen in den Staub und auf Anas Gesicht. Sie senkte den Kopf. *Sie mögen es nicht, wenn man schmutzig ist*, hatte er gesagt. Die Worte kreisten durch ihre Gedanken. Wer waren *sie*? Die Toten? Und warum hatte er geglaubt, Ana wäre tot? Es waren die Worte eines Wahnsinnigen, trotzdem konnte sie nicht aufhören, nach ihrer Bedeutung zu suchen.

Der Regen wurde heftiger, ließ die Welt vor Anas Augen verschwimmen. Sein Rauschen schluckte alle anderen Geräusche, bis nichts mehr zu existieren schien außer ihm, ihren Gedanken und dem Pferd, auf dem sie saß.

Sie bemerkte die Hütte erst, als sie schon fast daran vorbeigeritten war.

Sie stand an einer Kreuzung, an der die Straße auf einen anderen kleineren Weg stieß, der von Norden durch den Wald führte. Einige Pferde und Ponys hatte man in einem Unterstand angebunden, ein kleines Mädchen hockte neben ihnen im Stroh, die Knie angezogen, das Kinn auf ihre verschränkten Arme gelegt. Es sah Ana desinteressiert an.

Hinter der Hütte war ein schmales Feld zu sehen. Grüne, hochgewachsene Pflanzen, die Ana nicht kannte, ließen die

Blätter hängen. Einige Hühner standen unter ihnen, um sich vor dem Regen zu schützen.

Jemand hatte einen alten verrosteten Kessel an einen Baum vor der Hütte genagelt – das Zeichen für eine Taverne. Erst da bemerkte Ana, wie nass und durchgefroren sie war. Wasser lief aus den Falten ihres Umhangs, als sie abstieg und das Pferd zum Unterstand führte.

Das Mädchen stand auf und streckte die Hand aus. »Zwei Kupfermünzen, dann striegle ich dein Pferd, füttere es und passe darauf auf.«

Ana zog ihren Geldbeutel aus dem Gürtel. Sie wusste nicht, ob der Preis angemessen war. In Somerstorm hatte sie sich um so etwas nicht gekümmert, und auf ihrer Reise hatte sie Jonan das Geld verwalten lassen.

»Hier«, sagte sie und drückte dem Mädchen die zwei Münzen in die schmutzige kleine Hand.

*Sie mögen es nicht, wenn man schmutzig ist,* dachte sie erneut.

»Ist die Taverne geöffnet?«, fragte sie dann, während sie damit begann, ihr Pferd abzusatteln. Sie hatte gelernt, nichts von Wert in der Obhut anderer zu lassen. Eine Lektion von Jonan, die sie nicht vergessen hatte.

Das Mädchen zeigte stumm auf die Tür. Ana zog den Sattel vom Pferderücken und ging auf die Hütte zu. Über ihr blitzte es. Sie spürte den Donner in ihrem Magen.

Die Tür klemmte. Ana musste sie mit beiden Händen aufziehen. Mit dem Fuß schob sie den Sattel ins halbdunkle Innere, dann drückte sie die Tür zu und drehte sich um.

Sechs Menschen sahen sie an. Fünf von ihnen saßen auf Hockern an einem Tisch vor dem Kamin, der sechste, eine rundliche Frau mit langen grauen Haaren, stand am Kessel, der über dem Kamin hing, und rührte darin mit einem Holzlöffel. Es roch nach Fett, Bier und Rauch. Die hintere

Tür war geöffnet und trug Luft und Feuchtigkeit ins Innere. Fenster gab es keine.

»Den Göttern zum Gruß«, sagte die Frau und strich sich eine Haarsträhne aus dem Gesicht. Sie war verschwitzt. Ihre Wangen waren gerötet.

»Den Göttern zum Gruß«, sagte Ana. Sie legte den Sattel neben die Habseligkeiten der anderen Gäste: Sättel, Rucksäcke, zwei Bündel mit Tierfellen, eine große Tasche voller Werkzeug und mehrere Kisten.

Einer der Gäste, ein grobschlächtig wirkender Mann mit Unterarmen, die breiter als Anas Beine waren, stand von seinem Hocker auf.

»Setz dich ans Feuer, Mädchen«, sagte er. Sein Körper wirkte zu groß für die Hütte, seine Stimme schien für weite Ebenen, nicht für enge Räume bestimmt zu sein. Auf seiner Stirn war ein Hammer tätowiert. Er war ein reisender Schmied.

»Ich will dich nicht von deinem Platz vertreiben.«

Der Mann winkte ab. »Mein Hintern fängt gleich Feuer, so warm ist er.«

Die anderen Gäste lachten. Ana sah sie an. Es waren zwei Frauen und zwei Männer, die anscheinend zusammen reisten. Das jüngere Paar wirkte so alt wie sie, das ältere fünfzehn, vielleicht zwanzig Jahre älter. Ana nahm an, dass es sich um eine Familie handelte.

»Danke«, sagte sie und legte den durchnässten Umhang ab. Darunter trug sie die Kleidung, die Jonan den toten Nachtschatten abgenommen hatte. Das Leder war so speckig und dunkel, dass die Blutflecken nicht auffielen. Dass es Männerkleidung war, würde niemanden stören. Die meisten Frauen bevorzugten auf Reisen Männerkleidung, weil sie bequemer und robuster war. Sogar Anas Mutter war auf diese Weise gereist.

Der Schmied nahm seinen Krug und setzte sich auf einen freien Hocker. »Mein Name ist übrigens Guus«, sagte er.

Der ältere der beiden anderen Männer zeigte zuerst auf sich, dann auf den Rest der Familie. »Ich bin Frek, das ist mein Mann Urek und das meine beiden Frauen Marta und Hetie.«

General Norhan, der alte Berater ihres Vaters, hatte Ana einmal von Soldaten erzählt, die sich einen Mann zu ihren Frauen nahmen, damit diese versorgt waren, sollten sie selbst ums Leben kommen. Doch Frek sah nicht wie ein Soldat aus.

»Ich bin Penya«, sagte sie. In den letzten Monaten war ihr der Name so vertraut geworden, dass sie kaum noch zögerte, wenn sie ihn nannte.

Sie setzte sich nahe an den Kamin. Die Hitze des Feuers trocknete ihr Gesicht und brannte in den Augen. Die grauhaarige Wirtin reichte ihr ein Schaffell, das sich Ana um die Schultern legte.

»Du musst im Voraus zahlen, wenn du essen und trinken willst«, sagte die Frau. Sie wirkte freundlich, aber bestimmt.

»Natürlich. Wie viel ist es?«

»Drei Kupferstücke.« Die Wirtin sah zu, wie Ana das Geld abzählte und auf den Tisch legte, dann steckte sie es in die Tasche ihrer Schürze. Es klimperte.

»Früher haben wir immer alles nachher kassiert«, sagte sie. Ihr Blick glitt über ihre Gäste, als suche sie nach Verständnis. »Aber seit mein Sohn tot ist und nur noch Cissja und ich hier leben, glauben viele, sie könnten sich einfach verdrücken, wenn es ans Bezahlen geht. Was sollen eine alte Frau und ein kleines Mädchen denn machen?«

Der Schmied nickte. »Die ganze Welt hat den Anstand verloren, und es wird mit jedem verdammten Tag schlimmer.«

Frek stützte sich mit den Ellenbogen auf den Tisch und legte den Kopf auf seine gefalteten Hände. »Bist du viel gereist in letzter Zeit?«, fragte er den Schmied.

»Mein ganzes Leben lang. Schwielen an den Händen und Schwielen am Arsch, daran erkennt man einen Schmied. Ich …« Er unterbrach sich und sah Ana und die anderen Frauen am Tisch an. »Entschuldigt meine groben Worte. Ich vergesse manchmal, dass ich nicht nur von Schmieden umgeben bin.«

Marta schüttelte den Kopf. »Uns stört das nicht«, sagte sie, als spräche sie für alle in der Taverne. Ana empfand das als unhöflich, schwieg jedoch.

»Wenn die Holzfäller kommen, dann wird hier richtig geflucht«, sagte die Wirtin, während sie dünnen Eintopf aus dem Kessel in einen Napf schaufelte und ihn Ana reichte. »Deine Worte beleidigen mich nicht.«

Der Schmied sah Ana an. Sie fühlte sich gezwungen, auf seine Entschuldigung zu reagieren, und nickte. »Bitte rede weiter.«

»Wenn ihr alle meint.« Er nahm einen Schluck Bier aus seinem Krug. »Wie schon gesagt, mein ganzes Leben bin ich gereist. Im Krieg war ich Schmied in der Armee.«

»In welcher?«, fragte Urek.

»Das spielt keine Rolle mehr. Ich will nur sagen, dass ich viel gesehen habe, aber so was wie in letzter Zeit …« Er trank noch einen Schluck und rülpste leise. »Balderick war zwar ein alter Bastard, aber bei den Göttern, ohne ihn ist es noch schlimmer geworden. Er …«

Der Name ließ Ana aufhorchen. Sie unterbrach den Schmied. »Was weißt du über Fürst Balderick?«

Marta mischte sich ein, bevor Guus antworten konnte. »Weißt du etwa nicht, was geschehen ist?« Sie hatte das Gesicht eines Truthahns und sprach hektisch und atemlos, so als könnte sie es nicht erwarten, anderen eine schlechte Nachricht zu überbringen.

Ana wollte ihr antworten, aber Marta ließ sie nicht zu Wort kommen, als hätte sie Angst, jemand könnte die Neuigkeit vor ihr verraten.

»Er ist tot. Alle sind tot. Seine ganze Armee. Abgeschlachtet. Die Nachtschatten waren es«, sagte sie zwischen kurzen Atemstößen. »Fünfzig Mann kamen zurück nach Westfall. Sie trugen Baldericks Kopf in einer Kiste bei sich. Die Leute sagen, das Gras wächst nicht mehr, dort, wo sie den Kopf vorbeigetragen haben.«

»Und die Felder liegen brach.«

Marta warf Hetie einen Blick zu, verärgert über die Unterbrechung. Die jüngere Frau senkte den Kopf.

»Was ist mit Rickard?«, fragte Ana. Sie spürte ihren Herzschlag laut und hämmernd hinter ihren Schläfen.

»Rickard?« Marta runzelte die Stirn. »Wenn er bei seinem Vater war, wird er wohl auch tot sein«, sagte sie dann. »Wie dem auch sei, Westfall ist geschlagen.«

»Ich habe gehört, dass die Fürstin den König ohne Land heiraten wird«, sagte Guus. »Und sie presst Bauern in den Militärdienst, um eine neue Armee aufzustellen.«

Ana hörte ihm kaum zu. Die Neuigkeiten drohten sie zu überwältigen. Ihr fiel auf, dass ihre Hände zitterten, und versteckte sie unter dem Schaffell.

»Und ihr wisst sicher, dass Rickard tot ist?«, fragte sie.

Frek hob die Schultern. »Ist das nicht egal? Selbst wenn er noch am Leben wäre, könnte er Westfall nicht retten. Sein Vater war ein schlechter Feldherr, und Rickard hat sein Können von ihm gelernt.«

Guus lachte. »Lass Penya doch die Hoffnung. Sie ist jung, und wie alle jungen Mädchen träumt sie davon, einen Prinzen zu heiraten. Habe ich nicht recht?«

Ana blinzelte die Tränen zurück. Sie drehte den Kopf und blickte ins Feuer, um die anderen Gäste nicht ansehen zu müssen. Wenn Rickard tatsächlich mit seinem Vater in der Schlacht gefallen war, welche Hoffnung gab es dann noch für sie? Ihr Plan hatte darin bestanden, in eine der südlichen Städte Westfalls zu gehen und Rickard einen Boten zu schicken. Niemand außer ihm hatte erfahren sollen, wo sie sich aufhielt, vor allem nicht die Fürstin. Ana schluckte. Eine seltsame Leere breitete sich in ihr aus.

Um Ana herum wurde weiter geredet und spekuliert. Sie hörte, wie sie über Fürsten diskutierten, deren Namen sie nicht einmal aussprechen konnten, und über Provinzen sprachen, an denen sie auf dem Großen Fluss einmal vorbeigefahren waren. Es waren einfache Leute, die nichts von Politik verstanden und ihre Neuigkeiten von anderen Reisenden erfuhren. Was wussten sie schon.

Sie wischte sich die Tränen aus den Augen.

»Keiner von euch«, sagte sie und unterbrach damit das Gespräch, »war dabei, als die Schlacht geschlagen wurde. Keiner von euch weiß wirklich, was geschehen ist.«

Die anderen Reisenden sahen sich an. Marta schien etwas entgegnen zu wollen, aber ihr Mann legte ihr die Hand auf den Arm. »Nein«, sagte er, »keiner von uns war dabei. Wir haben diese Geschichten auf dem Weg von Norden gehört.«

»Gut.« Ana griff nach dem Löffel und begann den lauwarmen, nach Flusswasser schmeckenden Eintopf zu essen. Sie spürte, wie Hoffnung wie die Hitze des Feuers durch ihren Körper strömte. Nichts hatte sich geändert. Sie war nicht verloren, sie wusste immer noch, welches Ziel am Ende ihres Weges wartete. Alles würde so eintreten, wie sie es geplant hatte.

Diese Überzeugung, dachte sie, während neben ihr die

Reisenden ihre Unterhaltung stockend wieder aufnahmen, war wohl auch der Grund dafür, dass sie keine Trauer spürte, wenn sie an Rickard dachte, und keine Sorge.

So war es bestimmt.

# *Kapitel 2*

*Dem Reisenden, der Gomeran bereist, sei ein Besuch des dortigen Klosters empfohlen. In seiner Bibliothek liegen mehr als zehntausend Schriftrollen, und sie alle beschäftigen sich mit derselben Frage: Haben die Götter den Großen Fluss erschaffen, oder hat der Große Fluss die Götter erschaffen?*

*Jonaddyn Flerr, Die Fürstentümer und Provinzen der vier Königreiche, Band 2*

Er hatte gelacht, als sein Vater, der Fürst, ihm von den Völkern erzählt hatte, die zum Großen Fluss beteten. *Wie kann man zu einem Fluss beten?*, hatte er gesagt. *Das ist doch nur Wasser.* Sein Vater hatte gelächelt und geschwiegen. Damals hatte er das als Zustimmung gewertet, aber nun, da er auf einer Insel am Ufer des Großen Flusses saß, erkannte er, dass es das Lächeln eines Mannes gewesen war, der einem kleinen Jungen nicht hatte widersprechen wollen.

*Ich hätte die Wahrheit nicht verstanden,* dachte Gerit. Sein Blick glitt über das Wasser, suchte nach etwas, an dem er sich festhalten konnte, fand jedoch nichts. Der Große Fluss war nicht wie das Meer, das er von den Klippen Somerstorms gesehen hatte. Es gab keine hohen Wellen, keine Schaumkronen, keine Eisschollen, die knirschend aneinanderrieben. Da war nur Wasser, eine endlose blaue Fläche, die mit dem Horizont verschmolz und Gerits nackte Füße umspülte. Alles, was er sah, hörte, roch, berührte, schien vom Wasser geprägt zu sein. Sein süßlicher Geruch wurde vom Wind über das Land getragen. Alles schmeckte danach, der Fisch, das Wild, die Früchte. Das Rauschen des Wassers war allgegenwärtig. Manchmal glaubte Gerit zu hören, wie es die Steine glatt schliff und die Inseln, die in ihm lagen, Stück für Stück abtrug. Sogar die Menschen, die auf und mit ihm lebten, schien es zu formen. Sie waren klein und schmal, ohne die breiten Schultern und kantigen Gesichter, die Gerit von den Fischern Somerstorms kannte. Der Große Fluss glättete alles, sogar die Gedanken.

Sein Vater war tot. So wie die meisten Menschen, die auf der Burg des Fürsten, seines Vaters, gelebt hatten. Nur er hatte den Angriff der Nachtschatten überlebt. Er und seine Schwester Ana und deren Leibwächter Jonan – die ihn in Stich gelassen hatten, die ihn allein zurückgelassen hatten unter all den Nachtschatten.

Gerit erinnerte sich an die Angst, die er durchstanden hatte, an die Todesfurcht, während er sich auf der besetzten Festung vor den Nachtschatten versteckt hatte. Dann hatten sie ihn entdeckt – und ihn nicht wie erwartet umgebracht. Seitdem sah seine Welt anders aus. Inzwischen lebte er mit den Nachtschatten. Manchmal glaubte er, dass er wie sie dachte, doch in Wirklichkeit, das wusste er, verstand er sie nicht. Vielleicht verstanden sie nicht einmal sich selbst.

»Gerit?«

Er drehte den Kopf. Einer Gewohnheit folgend wollte er die Karte, die auf seinen Knien lag, in die Hosentasche stecken, doch dann strich er sie nur glatt. Er hatte keine Geheimnisse mehr.

»Ja?«

»Weißt du, wo Korvellan ist? Einer der Schreiner sucht ihn.«

Sommerwind ging barfuß über Sand und kleine Steine. Wenn sie mit Gerit sprach, nahm sie meistens menschliche Gestalt an. Sie hatte eine helle Haut und langes dunkelblondes Haar. Gerit schätzte, dass sie ungefähr so alt wie er war. Er hatte sie nach ihrem Alter gefragt, aber sie wusste es nicht genau. Oben im Norden, wo sie gelebt hatte, zählte man weder die Winter noch die Sommer. Gerit fand es seltsam, das eigene Alter nicht zu wissen, fast so, als kenne man den eigenen Namen nicht.

»Nein«, sagte er. »Ich habe ihn seit dem Morgenmahl nicht gesehen.«

»Dann muss der Schmied ihn wohl selbst suchen.« Sommerwind blieb neben Gerit stehen. Er wollte von dem Stein aufstehen, um ihr seinen Platz anzubieten, aber sie winkte ab, als er dazu ansetzte.

»Bleib ruhig sitzen. Der Stein ist groß genug für uns beide.«

Gerit rutschte so weit zur Seite, wie es ging. Sommerwind setzte sich neben ihn. Ihre Hüfte drückte gegen sein Bein, ihre Schulter gegen seinen Arm. Er roch das Wasser des Großen Flusses in ihrem Haar.

»Was hast du da?«, fragte sie.

»Eine Karte.« Gerit betrachtete das Pergament. Es fiel ihm schwer, sich darauf zu konzentrieren. »Korvellan hat sie mir gegeben, damit ich immer sehen kann, wo wir gerade sind.«

Sommerwind beugte sich vor. Die Haare fielen ihr ins Gesicht. Sie strich sie zurück und runzelte die Stirn. »Wie denn?«

»Siehst du diese Linien? Das sind die Grenzen der Provinzen. Die Häuser zeigen an, wo es Städte gibt, die Zeichen daneben, welchen Namen sie tragen. Da oben, das ist Somerstorm.«

»Und wo sind wir?«

Er zeigte auf einen kleinen Kreis mitten im Großen Fluss. »Hier.«

»Woher willst du das wissen? Das sind doch nur Zeichen, die jemand aufgemalt hat.« Sie hob den Kopf. Ihr Gesicht war ernst, fast schon feierlich. »Oder ist das Magie?«

Gerit lachte laut. »Was ist das denn für eine Frage? Es …«

Er unterbrach sich, als Sommerwind plötzlich aufstand und sich abwandte. »Lach mich nicht aus.«

»Das tue ich nicht.« Rasch faltete er die Karte zusammen, steckte sie in die Tasche und sprang auf. Die Wärme, die ihr Körper hinterlassen hatte, verschwand. »Sommerwind, warte.«

»Warum? Damit du noch mehr über mich lachen kannst?« Sommerwind stapfte durch den Sand, dem Lager entgegen, dessen Rauchfahnen hinter einem Hügel aufstiegen.

Gerit folgte ihr. »Das war doch nicht so gemeint«, rief er ihr nach. »Es tut mir leid.«

Sie blieb stehen. Er holte zu ihr auf und ergriff ihre Hand, ohne darüber nachzudenken. Sommerwind entzog sich seinem Griff. Peinlich berührt steckte er seine Hände in die Taschen.

»Es tut mir wirklich leid«, sagte er dann. »Das war eine sehr dumme Bemerkung.«

»Ja.« Sommerwind atmete tief durch. »Dümmer als die Frage?«

»Viel dümmer.«

»Gut.«

Gerit wollte wissen, ob damit alles vergessen sei, schluckte die Frage jedoch hinunter. Es galt als ein Zeichen von Stärke, sich für seine Fehler zu entschuldigen. Einen anderen durch die Bitte um Vergebung unter Druck zu setzen, war jedoch unhöflich. Das hatte er von den Nachtschatten gelernt, und er bemühte sich, danach zu handeln.

»Ich will mir die blöde Karte nicht mehr ansehen«, sagte Sommerwind nach einem Moment. »Komm, wir gehen am Strand entlang. Vielleicht finden wir ja ein paar Möweneier.«

»Ich wette, ich finde mehr als du.«

»Träum weiter.« Sommerwind lief los. Selbst in ihrer Menschengestalt bewegte sie sich schneller und geschmeidiger als er. Doch Gerit ließ sich auch absichtlich zurückfallen. Er folgte ihr mit seinen Blicken. Sie lief zwischen den dornigen Sträuchern und Büschen am Ufer entlang, zog sie auseinander und suchte nach Nestern, so als hätte sie die Auseinandersetzung mit ihm bereits vergessen. Auch das war etwas, was Gerit bei den Nachtschatten aus dem Norden aufgefallen war: Wenn sie etwas taten, konzentrierten sie sich vollständig darauf. Selbst die, die wie Sommerwind auch menschliches Blut in sich hatten, verhielten sich so. Vielleicht, so dachte er, während er Sommerwind zusah, zwang der Norden seine Bewohner dazu, allem, was sie taten, ihre volle Aufmerksamkeit zu widmen. Gerit konnte sich kaum vorstellen, dass jemand im ewigen Eis leben konnte. Selbst die Karte, die er in seiner Hosentasche spürte, endete an Somerstorms nördlicher Grenze.

»Gerit.«

Die Stimme riss ihn aus seinen Gedanken. Er hatte Sommerwind betrachtet, ohne sie wirklich zu sehen. Er bemerkte, dass sie zwei Möweneier in der Armbeuge trug und hinter einigen hohen Sträuchern hockte. »Gerit«, sagte sie erneut. »Komm her.«

Mit dem freien Arm winkte sie ihn heran, bedeutete ihm gleichzeitig, sich zu ducken. Er tat, was sie wollte, ging sogar auf Hände und Knie, als er die Sträucher erreichte.

»Was ist los?«, flüsterte er.

Sommerwind antwortete nicht, zeigte nur durch die Blätter und Dornen zum Fluss. »Ich glaube, sie streiten«, sagte sie leise.

Die beiden Nachtschatten, auf die sie zeigte, standen weniger als einen Steinwurf entfernt zwischen Algen und Treibholz am Ufer des Flusses. Einer von ihnen hatte seine Tiergestalt angenommen, der andere sah aus wie ein Mensch, und Gerit erkannte sofort, dass er verärgert war. Er kannte Korvellan lange genug. Seine Hand tastete beinahe unwillkürlich nach der Narbe auf seiner Wange. Ja, er kannte ihn.

»... keine Disziplin«, sagte Korvellan. »Wir haben fast fünfzig Soldaten auf dem Weg hierher verloren.«

»Es sind keine Soldaten, es sind Krieger.« Schwarzklaue war mehr als einen Kopf größer als Korvellan, trotzdem schien er ihn nicht zu überragen. »Sie ziehen mit uns, weil sie es so wollen.«

»Und irgendwann wollen sie es nicht mehr?« Korvellan schüttelte missbilligend den Kopf. »Wie sollen wir siegen, wenn wir nicht sicher sein können, dass die Armee, die heute mit uns marschiert, morgen noch da ist?«

»Siegen?« Schwarzklaue knurrte so tief, dass Gerit das Geräusch in seinem Bauch spürte. »Hast du überhaupt den Mumm dazu?«

»Was soll das heißen?«

Sommerwind legte Gerit die Hand auf den Arm. »Komm, wir gehen«, flüsterte sie. »Das geht uns nichts an.«

»Du kannst gehen. Ich will das hören.«

Ihre Hand rutschte von seinem Arm, aber sie stand nicht auf. Am Ufer begann Schwarzklaue auf und ab zu gehen. Muskeln zeichneten sich bei jeder Bewegung unter seinem Fell ab.

»Wir marschieren und verhandeln und marschieren!«, brüllte er plötzlich. Einige Vögel flatterten erschrocken aus den Sträuchern auf. Korvellan trat einen Schritt zurück, Gerit wusste nicht, ob aus Überraschung oder Furcht. »Du führst uns zu Städten, vor deren Toren die Bäume stehen, an denen sie uns gehängt haben. Wir sollten ihre Mauern einreißen und ihre Häuser niederbrennen, bis nichts mehr an sie erinnert, aber was tust du?« Er hob die Arme. Die Krallen an seinen Händen krümmten sich, als wollten sie etwas zerreißen. »Du redest mit den Menschen. Du beruhigst sie. Du schenkst ihnen Gold, damit sie Saatgut kaufen können. Was für ein General bist du?«

»Einer, der dir den Rücken freihält.« Korvellan fuhr sich mit der Hand über die Augen. Er wirkte auf einmal müde. »Gehen die Krieger deshalb? Glauben sie, ich wäre zu feige für den Kampf?«

Seine Ruhe schien sich auf Schwarzklaue zu übertragen. Er ließ die Arme sinken. »Nein. Sie glauben, du bist zu sehr Mensch. Ich sage ihnen, dass das nicht stimmt, aber wenn sie Fragen stellen, habe ich keine Antworten.«

»Was für Fragen?«

Schwarzklaue stieß den Atem aus. Gerit wusste, dass er lange Unterhaltungen nicht mochte. »Warum wir die verschonen, die uns hassen.«

»Weil Menschen, die noch etwas zu verlieren haben, keine Aufstände anzetteln. Nimm ihnen alles, und du wirst ganze Armeen brauchen, um sie im Zaum zu halten.«

»Nicht, wenn man ihnen das Leben nimmt«, sagte Schwarzklaue. »Das verstehen die Krieger nicht. In Somerstorm brauchten wir Menschen für die Minen. Kein Nachtschatten würde wie ein Wurm in der Erde herumkriechen, Menschen schon. Aber wieso sie hier verschonen? Wem nutzt das?«

Seine letzten Worte gingen in schrillen Vogelrufen unter. Gerit sah in den Himmel. Eine Handvoll Möwen kreisten über seinem Kopf. Sie wirkten aufgeregt. Weißer Kot tropfte auf die Blätter der Sträucher.

»Was antwortest du ihnen?«, fragte Korvellan.

»Dass ich dir vertraue, dass du uns bis hierher geführt hast, ohne Schwäche zu zeigen.«

Gerit stieß Sommerwind an und deutete mit dem Kinn nach oben. »Die Möwen«, flüsterte er.

»Was ist mit den …« Sie ließ den Satz unvollendet in der Luft hängen. Ihr Blick fiel auf die Eier in ihrer Armbeuge. »Die gehören jetzt mir.«

»Das sagst du ihnen wirklich?« Gerit hörte das Lächeln in Korvellans Stimme. Er glaubte Schwarzklaue nicht.

»Ja, und weißt du, was sie mich dann fragen?« Schwarzklaue sah zum Himmel. Die Möwen schrien lauter. »Sie fragen, warum du den Jungen mitschleppst.«

Gerit zuckte zusammen.

»Der Junge hat keine Bedeutung«, sagte Korvellan.

»Dann töte ihn.«

Sommerwind musterte Gerit aus den Augenwinkeln. Über ihnen schrien die Möwen. Einige flogen auf die Sträucher zu, drehten aber wieder ab.

Korvellan schüttelte den Kopf. Gerit spürte Erleichterung.

»Lass mich ausreden«, sagte Korvellan dann. »Der Junge hat keine Bedeutung für mich, aber er ist der einzige männliche Nachkomme der Somerstorms. Wir brauchen ihn für die Allianzen, die wir bald schmieden werden.«

Gerit schmeckte Blut. Er hatte sich auf die Lippe gebissen, ohne es zu bemerken.

Korvellan trat einen Schritt auf Schwarzklaue zu und legte ihm die Hand auf die Schulter. »Geduld, mein Freund.

Wir können nicht die ganze Menschheit in einem einzigen Sommer besiegen. Wir werden langsam vorgehen, eine Provinz nach der anderen. Die reichen besiegen wir, die armen bestechen wir. Wir werden den Menschen schmeicheln, sie vor den Deserteuren, die schon bald über das Land ziehen werden, beschützen, ihre Taschen mit Gold vollstopfen, bis sie uns in ihren Häusern willkommen heißen, uns aus ihren Töpfen essen lassen und zusehen, während wir es mit ihren Töchtern treiben. Dann werden wir sie vernichten.«

Schwarzklaue lachte. »Treiben und töten. Das ist gut. Wann …«

Er unterbrach sich, als Korvellan die Hand von seiner Schulter nahm und warnend hob. Sein Blick glitt zu den kreischenden Möwen empor. »Etwas stimmt nicht.«

Sommerwind zog Gerit am Ärmel. Er ließ sich mitziehen, folgte ihr halb auf allen vieren kriechend, halb laufend. Die Möwen folgten ihnen.

»Weg mit den Eiern!«, zischte Gerit. Sommerwind ließ sie fallen. Eines rollte durch den Sand, das andere zerbrach an einem Stein.

Gerit folgte Sommerwind, stolperte auf einige hohe Sträucher zu, die ihm als gutes Versteck erschien. Die Möwen blieben zurück. Ihre Schreie klangen wie das Weinen alter Frauen.

Er sah zum Fluss, als sie die Sträucher erreicht hatten. Weder Korvellan noch Schwarzklaue folgte ihnen. Zwei Möwen waren im Sand gelandet. Die anderen kreisten über ihnen. Gerit sah weg.

Sie liefen weiter bis zum Lager, tauchten in dem Wirrwarr aus Zelten, Karren, Nachtschatten und Pferden unter.

»Meinst du, sie haben uns gerochen?«, fragte Sommerwind, als sie vor ihrem Zelt stehen blieben.

»Ich weiß es nicht.« Gerit wollte nicht darüber nachdenken. Sein Kopf fühlte sich taub an, so als hätte man ihn aus einem tiefen Schlaf gerissen.

»Korvellan hat es bestimmt nicht so gemeint«, sagte Sommerwind nach einem Moment. »Er mag dich.«

»Ist mir egal, ob er mich mag.« Gerit verschränkte die Arme vor der Brust und hob das Kinn. »Er braucht mich. Das ist viel wichtiger.«

»Und was er über die Menschen gesagt hat ...«

Er schüttelte den Kopf. »Ist mir auch egal. Kein Mensch hat mir geholfen, als ihr kamt. Das war ich ganz allein.« Der Gedanke fühlte sich gut an. »Ich komme schon klar.«

»Wenn du meinst.« Sommerwind klang zweifelnd.

Gerit wandte sich ab. »Und es ist mir erst recht egal, was du denkst«, sagte er und ließ sie stehen.

Er ging zwischen den Zelten hindurch, wartete darauf, ihre Hand auf seinem Rücken zu spüren oder ihre Schritte neben den seinen zu hören. Aber sie folgte ihm nicht.

Er hob die Schultern. *Und wenn schon*, dachte er.

# Kapitel 3

*Gewarnt sei der Reisende vor den Übertreibungen, zu denen viele seiner Weggefährten neigen. So könnten sie ihm glauben machen, das Volk von Frakknor bestünde nur aus Wegelagerern, Dieben und Halsabschneidern. Obwohl dies nicht stimmt, sei vom Besuch der Provinz Frakknor abgeraten, denn ihr schlechter Ruf hat die Einheimischen mürrisch und misstrauisch gemacht.*

*Jonáddyn Flerr, Die Fürstentümer und Provinzen der vier Königreiche, Band 2*

Es regnete die ganze Nacht. Erst am Morgen ließ das Plätschern des Wassers nach. Als das erste Tageslicht unter der Tür durchschimmerte, legte Ana das Schaffell beiseite, das ihr als Decke gedient hatte, und stand auf.

Alle Gäste hatten unter Fellen und Decken in der Hütte übernachtet. Am Abend waren noch zwei alte Männer hinzugekommen, ehemalige Sklaven, denen ihr Herr die Freiheit geschenkt hatte und die ohne Zuhause und ohne Geld durch das Land zogen. Sie waren auf dem Weg zum Sklavenmarkt von Srzanizar, in der Hoffnung, dass sie dort jemand kaufen würde. Aus Mitleid hatte Guus, der Schmied, ihnen die Übernachtung in der Hütte bezahlt.

Ana verließ die Hütte durch die offene Hintertür. Es war heller, als sie gedacht hatte. Sie blinzelte in den wolkenverhangenen Morgen und gähnte.

»Eine Regentonne steht links von dir, falls du dich säubern möchtest«, sagte Ruta.

Ana zuckte zusammen. Die Wirtin hatte hinter einigen der mannshohen Pflanzen auf dem Feld gestanden und war nicht zu sehen gewesen. Nun trat sie zwischen den langen Blättern hervor. In einer Hand hielt sie einen Korb mit roten Schoten, in der anderen ein langes Messer.

»Für das Morgenmahl«, sagte sie. »Rotaugenschoten. Wer danach nicht aufwacht, ist tot.«

Ana ließ das Messer nicht aus den Augen. Es war alt und verrostet. Die Spitze der Klinge war abgebrochen.

»Hier in der Gegend«, fuhr die Wirtin fort, »legt man den frisch Verstorbenen Rotaugenschoten in den Mund, damit man sicher sein kann, dass sie auch wirklich tot sind. Hast du das gewusst?«

»Nein.«

»Wie auch, du bist ja nicht aus dieser Gegend.« Ruta rammte das Messer in einen Baumstumpf. Die Spannung wich von Ana.

»Nein«, antwortete sie mit der Geschichte, die sie einstudiert hatte, »ich bin aus Ashanar. Der Mann, dem ich versprochen wurde, hat einen Hof in Gomeran. Ich bin auf dem Weg zu ihm. Eigentlich sollten meine Brüder mich begleiten, aber der Fürst hat sie gezwungen, Soldaten zu werden.«

Die Wirtin stellte ihren Korb neben der Regentonne ab und begann die Schoten zu waschen. »Dann solltest du den Flussgöttern dafür danken, dass sie dich zu dieser Taverne und zu solch freundlichen Mitreisenden geführt haben. Es ist gefährlich hier im Süden, vor allem in letzter Zeit. Man weiß nie, wem man begegnet.«

»Das habe ich gemerkt.« Ana nahm eine der fingerlangen Schoten aus dem Korb. Sie war erstaunlich schwer und verströmte einen beißenden Geruch, der zum Niesen reizte. »Da war so ein seltsamer Mann gestern im Wald.«

Ruta sah sie von der Seite an. »Saß er auf einem kleinen Pferd und trug feine Kleidung?«

»Nun, er …« Ana musste sich erst ins Gedächtnis zurückrufen, dass die schäbigen Klamotten, die der Alte getragen hatte, bei der elenden Landbevölkerung als »feine Kleidung« durchgingen. Doch bevor sie noch etwas sagen konnte, ergriff die Wirtin wieder das Wort.

»Hast du mit ihm gesprochen?« Die Frage klang beiläufig, aber etwas Lauerndes schwang darin mit, das Ana aufhorchen ließ.

»Nein«, sagte sie. »Das habe ich nicht.«

»Kein Wort?«

»Nein. Er hat mich nicht beachtet.«

Die Wirtin nahm ihr die Schote aus der Hand. »Die Götter meinen es wirklich gut mit dir.«

»Wieso, ist er gefährlich?«, fragte Ana. Aus den Augenwinkeln sah sie, wie Guus das Haus verließ. Er nickte ihr kurz zu, dann ging er zu den Bäumen am Rand des Feldes.

»Nein … ja.« Ruta zögerte, suchte sichtlich nach den richtigen Worten. »Er sieht die Welt nicht wie wir. Du und ich sind nicht da für ihn, nur die, denen die Götter bereits ihr Totenmal auf die Stirn gezeichnet haben. Mit ihnen kann er sprechen. Das geht schon seit einigen Jahren so.«

Ana hörte den Schmied pfeifen, während er sein Morgengeschäft verrichtete. »Heißt das, dass alle, mit denen er spricht, sterben müssen?« Ihr Mund war so trocken, dass sie die Frage kaum aussprechen konnte.

»Die Götter entscheiden, wer stirbt und wer lebt, niemand sonst. Savver ist ihnen nur näher als die meisten.«

Ruta nahm den Korb und zog das Messer aus dem Baumstumpf. »Komm«, sagte sie, »das Morgenmahl ist gleich fertig. Ihr müsst euch beeilen, wenn ihr Srzanizar noch vor Einbruch der Dunkelheit erreichen wollt.«

*Das ist nur Aberglaube,* dachte Ana. *Es hat nichts zu bedeuten.*

Sie hakte die Daumen ineinander und klatschte dreimal in die Hände, um die bösen Geister zu vertreiben, so wie ihre Zofe Zrenje es ihr als Kind gezeigt hatte. Danach fühlte sie sich besser.

In der Hütte hatten die anderen Reisenden begonnen zu packen. Die Vordertür stand offen, die meisten Pferde waren gesattelt und beladen worden, zwei von ihnen hatte man bereits vor einen Karren gespannt, dessen Ladung aus Kisten und Fellbündeln unter einer Decke hervorragte.

Urek stocherte mit seinem Kurzschwert in dem niedergebrannten Kaminfeuer. Flammen leckten an frischem Holz, Funken stoben.

»Es ist noch Eintopf da«, sagte er, aber niemand beachtete ihn.

Schweigend nahmen sie das Morgenmahl ein. Es bestand aus Brot, Schmalz und Rotaugenschoten. Ana tränten bereits nach dem ersten Bissen die Augen, aber sie aß weiter, wie alle anderen auch.

»Schärfe reinigt die Seele«, hörte sie Ruta sagen. »Und einer reinen Seele ist das Glück wohlgesonnen.«

*Sie mögen es nicht, wenn man schmutzig ist.* Der Satz stand ungewollt in Anas Gedanken. Ohne zu kauen schluckte sie den Rest der Schote hinunter und leerte ihren Krug mit dünnem Bier.

Wenig später brachen sie auf.

Magrik und Theul, die beiden alten Sklaven, waren die Einzigen, die kein Reittier hatten, aber Frek ließ sie auf seinem Karren mitfahren, was zu einem kurzen Streit zwischen ihm und Marta führte. Dann endlich ließen sie die Taverne hinter sich.

Der nächtliche Regen hatte die Straße in Schlamm verwandelt. Bei jedem Tritt der Pferde spritzte es nach oben, die Räder des Karrens gruben sich so tief ein, dass es einige Male fast so aussah, als müsse man die Waren abladen, um ihn aus dem Schlamm zu befreien.

Gegen Mittag lösten sich die letzten Wolken auf. Sonnenstrahlen begannen die Straße zu trocknen.

»Wurde auch verdammt noch mal Zeit«, sagte Guus wenig später, als der Karren wieder über festen Boden rollte. Seine Stimme riss Ana aus dem Halbschlaf, in dem sie die letzten Stunden verbracht hatte. Sie wusste nicht, wie weit sie gekommen waren, aber es konnte nicht sehr weit sein. Der Karren hielt die Gruppe auf.

*Allein wäre ich viel schneller*, dachte Ana, doch sie schreckte davor zurück, die anderen zu verlassen. Zu gefährlich musste die Gegend, durch die sie zogen, sein, wenn sogar der Schmied die Gemeinschaft mit anderen suchte – und zu sehr beschäftigten sie die Worte des Wahnsinnigen.

Sie sah auf, als Hetie ihr Pferd neben das ihre lenkte.

»Kommst du von weither?«, fragte sie, ohne Ana anzusehen.

»Zwölf Tagesreisen.« Es war das erste Gespräch, das sie miteinander führten.

»Und du warst die ganze Zeit allein?«

*Ja, dachte Ana. Ich war allein, auch wenn jemand bei mir war. Und ich werde immer allein sein, weil es so sein muss, wenn man herrschen will.*

»Das war ich«, antwortete sie und fühlte sich auf einmal sehr erwachsen, viel erwachsener als das Mädchen, das neben ihr ritt und sie noch nicht einmal anzusehen wagte.

»Ich war noch nie allein«, sagte Hetie, »und ich bin auch noch nie gereist.«

In ihrer Stimme schwang Sehnsucht mit, so als wartete alles, was sie sich erträumt hatte, an einem fernen Ort auf sie.

»Aber jetzt reist du doch?«

Hetie sah sich nach dem Rest ihrer Familie um. »Das ist nicht dasselbe«, sagte sie leise. »Du reist zu dem Mann, dem du versprochen wurdest, aber wenn du nicht zu ihm wolltest, könntest du einfach an einen anderen Ort gehen, nicht wahr? Niemand würde dich aufhalten.«

»So einfach ist das nicht«, antwortete Ana, obwohl sich ein Teil von ihr fragte, ob es nicht tatsächlich so war. Sie wechselte das Thema. »Wo reist ihr denn hin?«

»Nach Srzanizar und von dort in die südlichen Steppen. Frek ist Pelzjäger, aber seit die Milizen überall durch die Wälder ziehen, findet er kein Wild mehr. Deshalb gehen wir nach Süden.«

»Dann wirst du viel Neues erleben«, sagte Ana, um sie ein wenig aufzumuntern. »Im Süden soll es Tiere so groß wie Berge geben und Fische, die über das Wasser fliegen. Du wirst gar nicht wissen, was du dir zuerst ansehen sollst.«

»Ich werde nichts sehen außer dem Kochtopf und dem Waschzuber.« Hetie senkte erneut den Kopf. »Das ist mein Schicksal als zweite Frau.«

Ana wusste nicht, was sie darauf antworten sollte. »Du …«, begann sie, doch im gleichen Moment zischte etwas an ihrem Kopf vorbei. Erschrocken zuckte sie zusammen.

Guus schrie. Ana fuhr herum, starrte entsetzt auf den Bolzen, der aus seinem Auge ragte. Er hatte den Schädel durchschlagen. Die Metallspitze war am Hinterkopf ausgetreten. Blut lief seinen Nacken hinab.

Sein Pferd stieg in Panik auf und galoppierte den Weg entlang. Er blieb darauf sitzen, schlaksig wie eine Stoffpuppe. Ana gelang es erst, den Blick von ihm zu lösen, als er hinter einer Biegung verschwand.

Das dumpfe Katapultgeräusch von Armbrustbolzen hallte durch die Bäume.

»Rettet euch!«, schrie einer der beiden alten Männer. Sein Begleiter lag auf dem Karren und wand sich schreiend. Ein Bolzen steckte in seiner Seite.

»Weg hier!« Ana drehte sich zu Hetie um. Sie hatte die Hände vor ihr Gesicht geschlagen und zitterte. Ana griff nach den Zügeln ihres Pferdes. »Halt dich fest!«

Dann trat sie ihrem eigenen Pferd in die Flanken. Erschrocken galoppierte es los. Die Zügel, die Ana in der Hand hielt, strafften sich; einen Augenblick fürchtete sie, das zweite Pferd würde dem Zug nicht nachgeben, dann lockerten sich die Zügel.

Sie duckte sich, brachte ihren Kopf auf eine Höhe mit dem Hals des Pferdes. Vor ihr schlängelte sich die Straße durch den Wald. Das war die einzige Fluchtmöglichkeit, das Unterholz zu beiden Seiten war zu dicht, um mit den Pferden hindurchzureiten.

Ana warf einen kurzen Blick hinter sich. Hetie hielt sich an der Mähne ihres Pferdes fest. Man konnte sehen, dass sie das Reiten nicht gewöhnt war.

»Nicht loslassen!«, rief Ana ihr über das Trommeln der Hufe hinweg zu. Dann sah sie zurück zur Straße und riss erschrocken an den Zügeln, als sie das Pferd des Schmieds vor sich auftauchen sah.

Jemand Fremdes saß darauf, mit einem vors Gesicht gebundenen Tuch maskiert und in speckige Lederkleidung gehüllt. Guus lag reglos am Boden. Ein zweiter Unbekannter, der genauso gekleidet und maskiert war wie der erste und ebenso auffallend schmal in den Schultern wirkte, zog ihm gerade die Stiefel aus. Neben ihm lag eine Armbrust.

Der Fremde, der auf Guus' Pferd saß, trat ihm in die Flanken. Zwei Schwerter steckten in seinem Gürtel, eine Armbrust hing an einer Schlaufe von seiner Schulter.

Ana sah sich hektisch um. Ihr Blick fiel auf einen Trampelpfad, der hinein in den Wald führte. Ohne zu zögern spornte sie ihr Pferd an, duckte sich unter den tief hängenden Ästen und trieb das Tier weiter zwischen die Bäume. Schlagartig wurde es dunkel, als sich das Laubdach über ihnen schloss.

Hinter ihr schluchzte Hetie laut, während Bäume, Sträucher und Gestrüpp an Ana vorbeiflogen. Sie ritt viel zu schnell. Dornen rissen an ihrem Umhang und den Flanken des Pferdes. Es hatte Schaum vor dem Maul. Seine Augen waren weit aufgerissen, versuchten ebenso wie Anas, jedes Hindernis zu erkennen, bevor es zur tödlichen Gefahr werden konnte.

Äste krachten hinter Ana, aber sie wagte es nicht, sich umzudrehen. Wenn Hetie stürzte, gab es ohnehin nichts, was sie hätte tun können.

Vor ihr lichtete sich der Wald. Ana galoppierte auf die Helligkeit zu. Der Boden wurde sandiger, dann auf einmal blinzelte sie in helles Sonnenlicht, und vor ihr glitzerte eine endlos wirkende Wasserfläche. Eine leichte Brise kühlte Anas Gesicht. Sie war am Ufer des Großen Flusses.

*Süden*, dachte sie. *Die Stadt, zu der wir wollten, liegt im Süden.*

Sie drehte sich um. Hetie saß noch im Sattel. Ihr Gesicht und ihre Arme waren zerkratzt, aber sie weinte nicht mehr, blickte stattdessen mit zusammengekniffenen Augen in den Wald. »Sind sie weg?«, fragte sie so leise, dass ihre Worte über das Rauschen der Wellen kaum zu verstehen waren.

»Ich weiß es nicht.« Ana reichte ihr die Zügel. »Wir müssen weiter.«

Sie wandte ihr Pferd nach Südwesten, der Sonne entgegen. Geblendet zwinkerte sie, dann sah sie die beiden Silhouetten, die sich aus dem Wald lösten.

»O nein, o nein, o nein.« Immer wieder stieß Hetie es hervor, als hätte der Schreck sie alle anderen Worte vergessen lassen.

»Zurück.« Ana griff ihr in die Zügel, wendete beide Pferde in die entgegengesetzte Richtung. Ein Teil von ihr drohte in Panik zu verfallen, als sie die Gestalten sah, die auf der nördlichen Seite des Ufers auftauchten und ihre Armbrüste auf sie richteten, ein anderer blieb ganz ruhig.

*Oneinoneinonein* wurde zu einem Hintergrundgeräusch, so bedeutungslos wie das Rauschen der Wellen und das Knistern des Sandes. Ana wartete. Der Wald ragte schwarz und undurchdringlich und geheimnisvoll vor ihr auf. Alles konnte sich darin verbergen, jeder.

Die Maskierten hatten sie fast erreicht. Ana erkannte die Pferde wieder, auf denen sie ritten. Sie trugen noch die Gabeln, mit denen man sie vor den Karren gespannt hatte. Und noch etwas fiel Ana auf – etwas, das sie schon vorhin registriert hatte, dem sie aber kaum Beachtung geschenkt hatte: die schlanken Gestalten der Maskierten, ihre schmalen Schultern und die im Vergleich dazu breiten Hüften.

Das waren – Frauen.

Aus den Augenwinkeln sah sie, dass auch die beiden anderen, die auf dem Pferd des Schmieds und auf einem Pony saßen, näher gekommen waren. Ihre Armbrüste waren auf den Boden gerichtet. Sie erwarteten keinen Widerstand mehr.

»O nein, o nein, o nein.« Die Worte brachen abrupt ab, als eine der maskierten Frauen Hetie vom Pferd zog. Man fesselte ihr die Hände und band den Strick an seinem Sattelknauf fest.

Ana wartete nicht, bis die Maskierte auch zu ihr kam. Sie stieg ab und hielt ihr die Hände hin. Sie sah, wie die Maskierte einen überraschten Blick mit jemandem tauschte, der hinter ihr auf einem Pferd saß.

Dann fesselte sie Ana, band den Strick an ihrem eigenen Pferd und saß auf. Im Schritttempo führte die Maskierte sie am Strand entlang. Ana ließ sich mitziehen. Ihre Blicke suchten den Wald ab, warteten auf eine Bewegung, auf das Blitzen von Metall, auf den Schrei, mit dem ein Maskierter vom Pferd stürzte.

Sie ließen den Strand hinter sich und tauchten in den Wald ein. Niemand sagte ein Wort, sogar Hetie schwieg.

*Jeden Moment*, dachte Ana. *Gleich.*

Der Wald wich der Straße. Sechs weitere Banditen – allesamt Frauen, wie man trotz der vor ihre Gesichter gebundenen Tücher erkennen konnte – waren damit beschäftigt, die Leichen zu plündern und den Inhalt der Kisten, die auf dem Karren gestanden hatten, auf ihre Pferde zu verteilen. Die Männer waren tot, lagen halb nackt und mit durchschnittenen Kehlen am Boden. Marta stand gefesselt neben einem Pferd. Ihre Augen waren gerötet. Sie weinte lautlos.

»Jonan«, flüsterte Ana. Ihr Blick glitt über den dunklen Wald, suchte nach seinem Schatten. »Jonan.«

Die Banditinnen nahmen die Tücher nicht ab, mit denen sie maskiert waren. Ana glaubte nicht, dass es ihnen darum ging, dass ihre Opfer sie nicht wiedererkennen sollten. Wahrscheinlich trugen sie die Gesichtstücher, um bei ihren Überfällen furchterregender zu wirken. Vielleicht befürchteten sie aber auch, bei ihrem blutigen Handwerk nicht ernst genommen zu werden, wenn man sie auf den ersten Blick als

Frauen erkannte. Möglicherweise waren diese Tücher, die die untere Hälfte des Gesichts bedeckten, auch einfach nur so eine Art Erkennungszeichen dieser Bande.

Sie schoben den Karren von der Straße, dann saßen sie auf. In Zweierreihen wandten sie sich nach Süden, so diszipliniert und schweigsam wie Soldaten.

Ana ließ sich hinter dem Pferd herziehen, aber erst, als die Sonne hinter den Bäumen versank und die Mauern einer Stadt vor ihr auftauchten, wandte sie den Blick vom Wald ab. Ihr Herz schlug schnell, ihre Hände waren schweißnass, ihr Mund trocken.

Sie war allein.

# *Kapitel 4*

*Es ist der Krieg und nicht der Frieden, der Spuren hinterlässt. Sie graben sich in das Land und berichten von seiner Geschichte, so wie Narben am Körper eines alten Kriegers. Eine friedliche Provinz mag schön anzuschauen sein, doch zu erzählen hat sie nichts.*

*Jonaddyn Flerr, Die Fürstentümer und Provinzen der vier Königreiche, Band 2*

Jonan folgte Ana.

Sie ritt nach Süden, so wie er es erwartet hatte, und sie hielt sich von den großen Straßen fern, wie er es gehofft hatte. Es war eine gefährliche Gegend. So nahe am Großen Fluss gab es viele Milizen. Sie suchten die Dörfer und Wege nach Nachtschatten ab, stellten Fremde zur Rede, folterten und töteten. Bei den meisten, die Jonan aus dem Gebüsch heraus beobachtete, schien es sich um Bauern zu handeln, die selbst genähte Uniformen trugen und auf Pferden saßen, die sie sich nie hätten leisten können. Jonan ahnte, woher die Tiere stammten und die Stoffe der Uniformen.

Er schüttelte sich den Regen aus den Haaren. Einen Moment lang wurde ihm schwindelig, und er musste sich am Hals des Pferdes abstützen. Seine Verletzungen heilten zwar, aber er hatte immer noch Fieber. Jonan wusste, dass er einige Tage Ruhe gebraucht hätte, doch das ließ sich nicht einrichten. Der Abstand zwischen ihm und Ana durfte nicht größer werden.

Zu beiden Seiten des Weges, auf dem er ritt, breiteten sich Wald und Unterholz aus. Hin und wieder sah er Ana durch die Blätter und Zweige, doch meistens folgte er nur den Spuren ihres Pferdes. Anfangs war er näher an ihr geblieben, bis sie sich dann eines Abends plötzlich umgedreht und ihn angeschrien hatte. Beinahe hätte er ihr geantwortet, doch dann hatte er bemerkt, dass sie einen Baum und nicht ihn anschrie. Ruhig war er im Wald stehen geblieben und hatte gewartet, bis sie ihren Fehler erkannt und sich abgewandt hatte. Er bildete sich ein, dass sie enttäuscht gewirkt hatte, obwohl er in der Dunkelheit ihr Gesicht nicht hatte sehen können. Der Gedanke gefiel ihm, und er dachte des Öfteren daran, wenn ihn Müdigkeit und Schmerzen niederzudrücken drohten.

Er hob die Nase in die Luft. Die Bewegung fühlte sich so vertraut an, so natürlich, dass es ihn erschreckte und er den Kopf sofort wieder senkte.

*Ich bin kein Tier,* dachte er. Die Erinnerung an seine Verwandlung kehrte zurück. Er hatte geglaubt, es würde ihm schwerfallen, sich in dem Körper des Tiers zurechtzufinden, hatte geglaubt, er würde in der ungewohnten Gestalt zu unbeholfen reagieren, um den Kampf noch gewinnen zu können. Doch er hatte sich geirrt. Nicht er beherrschte das Tier, das Tier beherrschte ihn.

Jonan sah auf und ließ warmen Regen in sein Gesicht tropfen. Er hatte sich gefühlt wie ein Ertrinkender, der nach einer Endlosigkeit unter Wasser die Oberfläche durchstieß und klare Luft einatmete. Fast sein ganzes Leben lang hatte er das Tier unterdrückt. Es freizulassen, war eine Erlösung gewesen, die sich nicht wiederholen durfte.

*Ich bin kein Tier,* wiederholte er in Gedanken, wohl wissend, dass das eine Lüge war. Doch er brauchte diese Lüge. Sie unterschied ihn von den Ungeheuern, die in Somerstorm eingefallen waren.

Jonan wischte sich den Regen aus dem Gesicht. Sein Blick fiel auf einen Schwarm Krähen, die über einigen Bäumen kreisten. Es waren mehr als zwei Dutzend. Amseln flatterten zwischen ihnen umher. Ein Bussard saß auf einem Baumwipfel, satt und träge. Seit die Angst vor den Nachtschatten das Land beherrschte, musste kein Aasfresser Hunger leiden.

Jonan sah wieder auf den aufgeweichten Boden. Ana musste die Krähen ebenfalls bemerkt haben, denn die Spur ihres Pferdes wich vom Weg ab, so als hätte sie nachsehen wollen, was die Vögel gefunden hatten. Doch dann kehrte die Spur auf den Weg zurück.

Der Regen wurde stärker. Jonan ritt ein wenig schneller. Die Spuren im Schlamm füllten sich rasch mit Wasser. Ana sah er nicht mehr. Sie hatte sich zu weit von ihm entfernt.

Es knackte laut im Unterholz. Jonan zügelte sein Pferd. Seine freie Hand glitt zu einem der Schwerter, die in seinem Gürtel steckten. Sein Blick suchte den Wald ab und fand eine Gestalt, die ihm langsam entgegenkam. Es war ein Mann. Er saß auf einem Esel und trug durchnässte schwarze Kleidung. Seine Mundwinkel bewegten sich, so als würde er reden, aber über das Geräusch des Regens konnte Jonan nichts verstehen.

Der Esel trabte aus dem Unterholz auf den Weg, senkte den Kopf und begann aus einer Pfütze zu trinken. Sein Reiter ließ ihn gewähren, wartete geduldig, während das Wasser über sein Gesicht rann. Die Zügel hielt er locker. Seine Beine, die zu lang für die Hose waren, berührten fast den Boden. Jonan beachtete er nicht.

Nach einer Weile hob der Esel den Kopf und trabte weiter. Jonan sah ihn näher kommen. Seine Hand berührte den Schwertgriff, legte sich darum. Der Reiter schien ihn nicht zu bemerken. Sein Blick glitt durch Jonan hindurch, so als wären er und sein Tier die einzigen Wesen auf dem Weg. Der Mann sah noch nicht einmal auf, als zwei Pfeile seinen Rücken trafen. Jonan hörte ihren dumpfen Einschlag, sah, wie sich die Pfeilspitzen aus der Brust nach vorne schoben. Blut tropfte von rostigem Eisen.

Der Esel wieherte erschrocken und keilte aus. Der Reiter rutschte von seinem Rücken, während Jonan vom Pferd glitt und es zwischen sich und die Richtung, aus der die Pfeile gekommen waren, brachte. Seine Seite, die ein Schwerthieb aufgerissen hatte, schmerzte so stark, dass er kaum die Zügel halten konnte. Er biss die Zähne zusammen.

Kurz glitt sein Blick zu dem Mann am Boden. Er lag auf dem Bauch. Seine Arme und Beine bewegten sich, als wollte er durch den Schlamm davonschwimmen. Jonan sah in den Wald. Äste knackten, dann lösten sich Gestalten aus den Schatten der Bäume.

»Verdammt gut geschossen«, sagte eine raue Stimme. »Verdammt gut.«

Männer traten auf den Weg. Jonan reichte ein Blick, um alles zu erfassen, was er wissen musste. Es waren fünfzehn, die eine Hälfte fast schon zu alt zum Kämpfen, die andere fast noch zu jung. Zwei der Jungen trugen Bögen in der Hand und Köcher auf dem Rücken. Kurzschwerter steckten in Schlaufen an ihren Gürteln. Die anderen waren mit Schwertern, Äxten, Lanzen und Knüppeln bewaffnet. Die meisten trugen mehr als eine Waffe, sahen aber nicht so aus, als ob sie damit umgehen könnten.

Trotz der Uniformen, die sie anhatten, bewegten sie sich wie Bauern, nicht wie Soldaten. Ihre zahlenmäßige Überlegenheit verlieh ihnen Sicherheit, nicht ihr Können. Jonan schätzte, dass er fünf von ihnen umbringen musste, dann würden die anderen die Flucht ergreifen.

Er spannte sich an. Seine Muskeln schmerzten, die Wunde in seiner Seite begann noch stärker zu stechen als zuvor.

»Wer seid ihr?«, fragte er, sorgfältig darauf achtend, dass sein Pferd zwischen ihm und den Fremden blieb.

Der Mann mit der rauen Stimme, der eine Art Anführer zu sein schien, trat vor. »Hast du keine Augen im Kopf? Wir sind die fürstliche Miliz.«

»Wir sind das Vorauskommando der fürstlichen Miliz«, sagte ein anderer Mann. Er war dünner als der Anführer und hatte ein faltiges Gesicht, dessen Augen nervös zuckten. Sein Adamsapfel hüpfte bei jedem Wort auf und ab. »Die Hauptstreitmacht lagert nicht weit entfernt von hier.«

Er betonte die Begriffe *Vorauskommando* und *Hauptstreitmacht*, als habe er sie irgendwo aufgeschnappt und wisse nicht genau, was sie bedeuteten. Für Jonan bestätigten sie jedoch, was er befürchtet hatte. Die Milizsoldaten waren nicht allein. Wenn auch nur einer von ihnen seinen Klingen entkam, würde jeder selbst ernannte Soldat der Umgebung hinter ihm her sein. Und sie kannten sich aus in diesen Wäldern, er nicht.

»Sei ruhig, Josyff«, sagte der Anführer. »Das geht keinen Fremden was an.«

Er ging zu dem Sterbenden und blieb stehen, die Hände in den Taschen seiner Hose vergraben. Der Mann lag neben einer Pfütze und starrte hinein. Regentropfen verzerrten sein Spiegelbild, Blut färbte es rot. Eine Hand hatte er ausgestreckt, so als wolle er sein Spiegelbild berühren.

»Da bist du ja«, sagte er leise.

Jonan wusste nicht, was das bedeuten sollte. Er nickte in Richtung des Sterbenden. »Wer ist er?«

»Er hat das dunkle Auge.«

»Aber nicht mehr lange, was, Tohm?«, sagte einer der Jungen. Seine Wangen hatten sich vor Aufregung rot gefärbt. Wahrscheinlich hatte er noch nie zuvor jemanden getötet. »Hab ich für gesorgt. Ein Schuss, genau zwischen …«

»Ja, ja.« Tohm ließ ihn nicht ausreden. »Fang lieber mal den Esel ein.«

Der Mann am Boden röchelte. Blut und Speichel bildeten Bläschen auf seinen Lippen.

»Das dunkle Auge«, sagte Tohm erneut. »Er sieht dich an, und du stirbst. Haben sich die Leute hier viel zu lange gefallen lassen. Aber dann kamen wir. Und jetzt sieht er sich selbst an. Ist nur gerecht.«

Er wandte den Blick von dem Sterbenden ab. »Und wer bist du?«

Jonan hob die Schultern. »Jemand, der nach Arbeit sucht.«

»Was für Arbeit?«

»Arbeit wie die eure.« Jonan beobachtete die Männer aus den Augenwinkeln genau. Ihre Blicke waren auf ihren Anführer gerichtet. Aus eigenem Antrieb würden sie nicht handeln.

Tohm nahm die Hände aus den Taschen und verschränkte die Arme vor der Brust. »Du willst also zur fürstlichen Miliz?«, fragte er viel zu laut.

Jonan nickte.

Tohm drehte sich zu seinen Männern um und steckte die Hände wieder in die Taschen. Jonan dachte unwillkürlich an die Gaukler, die er in Braekor gesehen hatte. Er war ein Mann, der Publikum brauchte.

»Und woher«, sagte Tohm immer noch zu laut, »sollen wir wissen, dass du kein Nachtschatten bist?«

»Das finden wir doch ganz schnell raus«, sagte der

Junge mit den roten Wangen. Ein paar andere Männer nickten.

Jonan ließ die Zügel seines Pferdes los. Es trabte zum Wegesrand und begann zu grasen. Die Männer sahen die Schwerter an seinem Gürtel. Er legte die Hände darauf und hob den Kopf.

»Ihr beleidigt mich. Entschuldigt euch oder stellt euch meinen Klingen.«

Der Junge lachte. »Du bist allein.«

Jonan schwieg und sah ihn an. Die Wangen des Jungen röteten sich, das Lachen verschwand aus seinem Gesicht. Dann wich er Jonans Blick aus und begann an der Sehne seines Bogens zu zupfen. Auch die anderen erwiderten seinen Blick nicht. Niemand schien es auf einen Kampf anlegen zu wollen.

Josyff räusperte sich. »Nachtschatten sind Tiere«, sagte er langsam, als müsse er über jedes Wort nachdenken. »Sie haben keine Ehre. Man kann sie nicht beleidigen. Man kann ja auch keine Kuh beleidigen. Wenn er sich also beleidigt fühlt, kann er kein Nachtschatten sein, oder?«

Tohm nickte. »Warte hier«, sagte er zu Jonan, dann ging er zu seinen Männern. Sie bildeten einen Kreis um ihn, und sie begannen leise miteinander zu diskutieren. Das Röcheln des Sterbenden war so laut, dass Jonan sie nicht verstehen konnte. Ruhig blieb er stehen. Sein Körper war angespannt, sein Geist wach. Er spürte keine Furcht. Im Orden hatte man ihn gelehrt, dass er ein Werkzeug war. Ein Werkzeug erledigte seine Arbeit, bis es zerbrach. Angst hatte keinen Platz in diesem Dasein. Sein Blick fiel auf die Spuren im Schlamm.

*Auch nicht die Angst um einen anderen*, dachte er.

Tohm drehte sich um. »Du kannst dich uns anschließen«, sagte er.

Auf den Gesichtern seiner Männer stand Zweifel.

»Und ich frage noch einmal«, sagte einer von ihnen. »Was ist, wenn er doch ein Nachtschatten ist?«

Tohm lächelte. »Dann wird er früher oder später seine Haut umstülpen, und wir werden ihn in Ketten legen und nach Westfall bringen.«

»Wenn du meinst.«

»Ja, das meine ich, und damit ist es beschlossen.« Tohm spuckte aus. »Kommt, wir gehen zurück zum Lager. Es wird bald dunkel.«

Er drehte sich um. Die Blicke einiger Männer streiften Jonan. Sie wirkten immer noch misstrauisch, aber nicht feindlich. Er zögerte.

»Was ist mit ihm?«, fragte er und nickte in Richtung des Sterbenden. Sein Röcheln war leise und unregelmäßig geworden. Es würde nicht mehr lange dauern.

»Was soll mit ihm sein?«, fragte Thom zurück, ohne sich umzudrehen.

Jonan antwortete nicht, griff nur nach den Zügeln seines Pferdes und folgte ihm. Die Spuren, die er hinterließ, füllten sich mit Schlamm und verschwanden.

Der Regen hörte auf, als sie den Wald verließen und das Feld betraten, auf dem die Miliz lagerte. Jonan blieb überrascht stehen. Er hatte mit dreißig oder vierzig Soldaten gerechnet, aber es schienen mehr als doppelt so viele zu sein. Überall standen Zelte, dazwischen grasten Pferde, Esel und Schafe. Zwei Frauen saßen breitbeinig auf einem Holzzaun. Sie hoben die Röcke, als das *Vorauskommando* das Lager betrat. Johlen und Pfiffe antworteten ihnen.

Jonan sah sich um. Wachen patrouillierten am Waldrand und an der Straße entlang. Die meisten trugen Uniformen, Schwerter und Lanzen. Einige Lagerfeuer brannten. Auf

Karren stapelten sich Kisten und Stoffbündel. Die Jagd auf Nachtschatten zahlte sich aus.

»Gibt es hier noch viele Feinde?«, fragte Jonan, während sie näher herangingen.

Tohm schüttelte den Kopf. »Die meisten haben wir erlegt. Deshalb ziehen wir bald weiter.«

»Wohin?«

»Vielleicht nach Süden, vielleicht nach Norden. Westfall braucht uns, jetzt mehr als je zuvor.«

Jonan wusste, worauf er anspielte. Er hatte zwei Bauern über die verlorene Schlacht und den Tod Baldericks reden hören. Er dachte nicht viel darüber nach. Der Krieg betraf weder ihn noch Ana.

»Da seid ihr ja.« Ein alter Mann stand von einem der Lagerfeuer auf und ging auf Tohm zu. Jonan sah nur wenige junge Männer zwischen den Zelten.

»Es wurde entschieden«, fuhr der alte Mann fort. Er warf Jonan nur einen kurzen Blick zu. »Wir gehen nach Norden, nach Jolla. Dort trennen wir uns, und ihr zieht heim.«

»Was?« Tohm wirkte nicht erfreut. »Wie konntet ihr das entscheiden, während wir unterwegs waren? Derg, der Kampf ist noch nicht gewonnen. Wir müssen weitermachen.«

Der alte Mann schüttelte den Kopf. Es sah aus, als hätten sie die gleiche Unterhaltung schon viele Male geführt. »Wir trennen uns. Es ist bereits entschieden. Morgen früh ziehen wir nach Jolla.«

Josyff trat zu ihnen. »Was ist mit der Beute?«

»Sie wird gerecht geteilt. Niemand wird übergangen.« Derg kratzte sich an den weißen Bartstoppeln. »Hat sich ganz schön was angesammelt.«

»Gut.« Die Verärgerung wich ein wenig aus Tohms Gesicht. »Nur schade, dass wir keinen Lebenden gefunden haben. Du weißt ja, was die Fürstin für einen Lebenden bezahlt.«

»Ich kenne die Gerüchte«, sagte Derg. »Aber wir dürfen nicht gierig sein. Wir haben unserer Fürstin gedient. Jetzt sollten wir die Felder bestellen, damit ihre Soldaten nicht hungern müssen.«

»Ja.« Tohm spuckte aus. »Das sollten wir.«

Er blickte über die Lichtung hinweg in die Ferne, so als sähe er irgendwo am Horizont sein altes Leben. Jonan wusste, was in ihm vorging. Tohm hatte die Macht des Schwertes gespürt. Es würde ihm schwerfallen, die Klinge abzulegen und den Pflug in die Hand zu nehmen, von einem, der Befehle gab, zu einem zu werden, der gehorchte. Im Orden hatte es viele wie Tohm gegeben.

Hinter ihm streckte sich Josyff. »Ich freue mich auf Zuhause. Mein eigenes Bett und endlich nicht mehr selber kochen. Dann können wir auch mal den kleinen Wald hinter der Scheune roden, was?«

Tohm antwortete nicht. Derg lachte und schlug ihm auf die Schulter. »Kopf hoch, mein Freund. Ein ruhiges Leben wird uns allen guttun. Frag den Priester, wenn du daran zweifelst.«

»Den Priester?« Tohms Blick kehrte aus der Weite zurück. »Du hast recht. Ich werde mit ihm reden.« Er sah Jonan an. »Komm mit. Der Priester möchte jeden kennenlernen, der zu uns stößt.«

Derg nickte. »Er ist ein weiser Mann. Sprecht mit ihm. Seine Worte werden euch Halt geben.«

Er schien zu bemerken, dass Jonan zögerte, denn er fügte hinzu: »Mach dir keine Sorgen. Er wird dich nicht zum Beten zwingen und dich auch nicht um Geld bitten.«

»Das stimmt.« Josyff. »Ich war schon oft bei ihm. Er hat mich nie bekehren wollen.«

»Welchem Gott folgt er denn?«, fragte Jonan ohne großes Interesse.

»Er …« Josyff zögerte und sah die Männer um sich herum an. Sie hoben die Schultern.

»Keine Ahnung«, sagte der Junge mit den roten Wangen. »Frag ihn doch, wenn du ihn kennenlernst.«

»Genug geredet. Wen interessiert es, welchen Gott er anbetet? Komm.« Tohm fasste Jonan am Arm und zog ihn mit sich. »Wo ist er?«

»Ich hab ihn eben hinten am Lagerfeuer gesehen«, sagte Derg. »So ein alter Mann braucht viel Wärme.«

»Er ist doch nicht alt«, hörte Jonan Josyff sagen, während er sich mit Tohm entfernte.

»Natürlich ist er das«, antwortete Derg hinter ihm. »Älter als ich in jedem Fall.«

»Nein, er ist viel jünger. Er sieht nur alt aus, weil er nicht so viel frisst wie du.«

Ihre Stimmen wurden leiser, vermischten sich mit den Unterhaltungen der Männer, die an Jonan vorbeigingen und dem gelegentlichen Kichern aus einem der Zelte.

»Wie soll er auch?«, sagte Dergs Stimme zwischen all den anderen. »So ganz ohne Zähne.«

Jonan blieb stehen. Tohms Hand glitt von seinem Arm ab.

»Was ist los?«, fragte Tohm.

»Ich muss mich waschen, bevor ich dem Priester gegenübertrete.« Er war kein guter Lügner, deshalb blieb er so nahe wie möglich an der Wahrheit.

»Hinter der Pferdekoppel fließt ein Bach. Da kannst du dich waschen.« Tohm stellte seine Behauptung nicht infrage, ging jedoch auch nicht weiter. Abwartend blieb er stehen. Jonan spürte seine Blicke, als er an den Zelten vorbei zur Weide ging.

Zwei Jungen, beide nicht älter als zwölf, saßen mit dem Rücken zu ihm auf Zaunpfählen. Seile waren darum geschlungen und bildeten eine provisorische Koppel. Einige Dutzend Pferde standen darauf.

Zwischen einigen Ackergäulen, deren Hufe groß wie Kindsköpfe waren, sah Jonan schlanke Reitpferde, die nervös im Schlamm tänzelten. Reiche Händler hatten solche Pferde, keine Bauern. Jedes einzelne war mehr wert als die Herbsternte eines großen Hofs.

Jonan dachte an die Kleidung der Nachtschattenjäger, an ihre Stiefel und an die Kisten, die er in den Zelten gesehen hatte. Er ahnte, woher ihr Reichtum kam.

Tohm sah ihm immer noch nach. Aus den Augenwinkeln bemerkte Jonan, wie sein Blick ihm folgte. Die beiden Jungen auf den Zaunpfählen ignorierten ihn. Sie redeten über ein Mädchen namens Enna, das den Milizen mit einigen anderen Mädchen und Frauen hinterherzog. Anscheinend war sie die Teuerste von allen.

Jonan hörte das Plätschern des Bachs, noch bevor er ihn sah. Es war kaum mehr als ein Rinnsal, so breit wie der Rücken eines Mannes und knöcheltief. Doch das Wasser war klar. Man konnte die bunten Kiesel sehen, über die es floss.

Jonan ging in die Hocke und brachte scheinbar unabsichtlich die Pferde zwischen sich, Thom und die Jungen auf den Zaunpfählen. Die Wunde in seiner Seite zog, als er sich umdrehte, zu Boden glitt und durch das nasse Gras zur Koppel kroch. Mit einem Schnitt seines Messers durchtrennte er das Seil. Ein Pferd schnaubte nervös, als er sich neben ihm aufrichtete. Jonan griff in seine Mähne und zog sich auf den breiten Rücken. Aus dem Stechen in seiner Seite wurde ein Brennen. Er dachte so wenig darüber nach wie über seine Entscheidung zur Flucht. Das eine konnte er nicht ändern, das andere wollte er nicht.

Mit den Fersen lenkte er das Pferd aus der Koppel. Die anderen Tiere wichen zur Seite. Er spürte die Wärme ihrer Körper durch seine nasse Kleidung. Hinter ihm verstummte die Unterhaltung der Jungen.

»Hey!«, hörte er einen von ihnen rufen.

Jonan schlug dem Pferd die Fersen in die Flanken. Mit einem Sprung überwand es den Bach und galoppierte über die Wiese, dem Waldrand entgegen. Die anderen Pferde liefen mit, angespornt von den Rufen der Jungen und der plötzlichen Bewegung. Jonan ritt geduckt, den Kopf an den Hals der Stute gelegt, die Hände in ihrer Mähne vergraben.

Die Herde fächerte auseinander. Hufe warfen Gras und Schlamm hoch in die Luft. Ihr Trommeln übertönte alle anderen Geräusche.

Jonan sah sich nicht um. Er konnte nicht beeinflussen, was die Miliz tat. Nur sein eigenes Handeln zählte. Das hatte man ihn gelehrt, daran hielt er sich.

Die Stute tauchte in den Wald ein. Es gab kaum Unterholz, das hatten die Männer im Lager längst für ihre Feuer verbraucht.

Jonan wandte sich nach Westen, lenkte das Pferd langsam in einem Bogen um das Lager herum. Hin und wieder konnte er Zelte und umherlaufende Männer durch die Bäume erkennen. Dann zog er sich tiefer in den Wald zurück, bis er nur noch von Braun und Grün umgeben war. Weit südlich des Lagers verließ er den Schutz der Bäume schließlich. Es hatte erneut angefangen zu regnen. Der Wind trieb einen dunklen Vorhang aus Wasser und Kälte über das Land.

Jonan drehte sich um. Der Vorhang trennte ihn von der Welt. Es schien nichts zu geben außer ihm, dem Pferd und dem Regen, genau so, wie er es wollte.

*Habe ich richtig gehandelt?*, fragte er sich. Er war seinen Instinkten gefolgt, ohne darüber nachzudenken. Vielleicht war es gar nicht Daneel, vor dem er geflohen war, sondern ein harmloser alter Priester. Vielleicht hatte er die Sicherheit der Miliz umsonst gegen die riskante Reise allein eingetauscht.

Vielleicht, aber er glaubte nicht daran. Da war etwas in den Gesichtern der Männern gewesen, eine eigenartige Verzückung, die er nach Gesprächen mit Daneel auch in sich selbst verspürt hatte. Er dachte nicht gern daran, also ließ er den Gedanken fallen und lenkte sein Pferd in Richtung des Großen Flusses. Seine Aufgabe lag vor ihm, nicht hinter ihm.

# *Kapitel 5*

*Es gibt zwei Dinge, denen der Reisende in Srzanizar nicht begegnen wird: einer geraden Linie und einem ehrlichen Menschen. Wer kann schon sagen, ob es einen Zusammenhang zwischen diesen beiden Umständen gibt?*

*Jonaddyn Flerr, Die Fürstentümer und Provinzen der vier Königreiche, Band 2*

Was ist das für eine Stadt?«, fragte Ana. Die Stricke schnitten in ihre Handgelenke. Sie war durstig und hungrig.

Hetie hob den Kopf. »Srzanizar.« Es war das erste Wort, das sie seit ihrer Gefangennahme sprach. »Von hier sollte unser Schiff gehen.«

Ana hatte den Namen der Stadt noch nie gehört. Ihr Blick glitt über die moosbewachsene hohe Mauer, die sich vom Ufer des Flusses bis in die Hügel zog. Dort verschwand sie hinter den Bäumen. Soldaten standen darauf, schwarze Silhouetten vor einem dunkelroten Himmel.

Zwei von ihnen hockten neben dem geöffneten Tor, durch das der Weg in die Stadt führte. Sie spielten ein Spiel mit bunten Holzkugeln auf einem Gittermuster, das sie in den Staub gekratzt hatten. Sie trugen Lederkappen, eiserne Brustplatten, schwere Lederröcke, die bis zu ihren Knöcheln reichten, und geschnürte Sandalen. Ihre Speere lehnten an der Mauer.

Einer der Soldaten sah auf, als die maskierten Banditinnen näher kamen. Er stieß seinen Kameraden an. Ana bemerkte, dass ihm ein Ohr fehlte.

»Helft uns!«, rief Marta hinter Ana. Sie hob ihre gefesselten Arme, die Handflächen wie zum Gebet zusammengepresst. »Bitte helft uns!«

Die beiden Soldaten wandten sich ab und richteten ihre Blicke auf den Wald. Der jüngere von beiden berührte die vernarbte Stelle, an der sich einst sein Ohr befunden hatte. Vielleicht, dachte Ana, hatte er sich irgendwann einmal nicht schnell genug abgewendet.

»Bitte!« Marta stolperte hinter dem Pferd her, an dem ihr Strick befestigt war. »Bitte! Seht uns doch an!«

Die Soldaten reagierten nicht. Die Hufe der Pferde schaufelten Staub auf das Muster am Wegesrand, bedeckten die Holzkugeln mit einer grauen Schicht.

Stumm ging Ana daran vorbei durch das Tor. Der Geruch nach Hafen und gekochtem Gemüse hing in der Luft. Die Straßen, durch die sie geführt wurde, waren bis auf eine Rinne in ihrer Mitte gepflastert. Sie waren eng. An beiden Seiten drängten sich Holz- und Steinhäuser, Lehmhütten und Verschläge. Man hatte sie übereinander- und nebeneinandergebaut, drei, manchmal sogar vier Stockwerke hoch. Sie lehnten aneinander wie Betrunkene. Hühner und Tauben saßen in den Fenstern und den geöffneten Türen. Auf einem Dach stand eine Ziege.

Fast alle Häuser beherbergten ein Geschäft oder einen Marktstand auf Straßenebene. Ana sah Metzger und Schreiner, Stoffhändler, Schmiede und Schneider. Neben manchen Ständen hockten tätowierte Sklaven, die die Waren bewachten. Die Straßen waren voller Menschen. Ana sah Arme und Reiche, Sklaven, Soldaten, Matrosen, Bauern und Händler. Sie alle gaben den Weg für die Maskierten frei. Manche, vor allem die Armen, riefen ihnen Glückwünsche zu oder klatschten. Die meisten anderen neigten nur den Kopf und traten zur Seite.

Die Banditinnen zogen an ihnen vorbei wie siegreiche Soldaten nach einer Schlacht. Den ganzen Weg bis nach Srzanizar hatte nur hin und wieder eine der Banditinnen ihr Gesichtstuch nach unten gezogen, um tief Luft zu holen. Auch innerhalb der Stadt verbargen sie ihre Gesichter darunter.

Ein Schlagbaum stoppte sie an der Stelle, an der der Weg in den Marktplatz mündete. Vier uniformierte Männer bewachten ihn. Ihre Jacken waren wohl einmal rot gewesen, doch Alter und Staub hatten sie braun gefärbt. Ihre Lederhosen waren abgewetzt. Nur einer der vier trug Stiefel, die anderen gingen barfuß. Sie stützten sich auf lange Speere.

»Auf dem Marktplatz habt ihr nichts zu suchen«, rief einer der Männer, als die Banditinnen näher kamen. »Verschwindet.«

Er hatte den Satz noch nicht vollendet, da flogen ein paar Münzen vor ihm in den Staub.

»Versauf das mit deinen Männern«, sagte die Frau, die das Geld geworfen hatte. Ihre Hand ruhte auf dem Knauf des Schwerts in ihrem Gürtel. »Du kannst besser mit einem Bierkrug umgehen als mit einem Schwert.«

Der Soldat zögerte, dann hob er die Münzen auf und nickte seinem Kameraden am Schlagbaum zu. Die gaben den Weg frei.

»Passt bloß auf«, rief ein anderer Soldat den Frauen hinterher. »Bald weht hier ein anderer Wind!«

Die Banditin, die das Geld geworfen hatte, winkte ab, ohne sich zu ihm umzudrehen.

*Diese Bande scheint die ganze Stadt zu beherrschen,*

dachte Ana. *Wieso greift der Fürst dieser Provinz nicht ein?*

Auf dem Marktplatz lenkten die Banditinnen ihre Pferde nach links, in schmalere, steil ansteigende Gassen. Der Weg war anstrengend. Ana ließ sich von dem Pferd mitziehen. Sie legte den Kopf in den Nacken und sah nach oben zwischen den Häusern hindurch zur Kuppe des Hügels. Geschwärzte Balken, eingestürzte Türme und Geröll – die ausgebrannte Ruine einer Festung.

*Was ist hier geschehen?*, wollte sie fragen, war jedoch zu erschöpft, um die Worte auszusprechen. Hinter ihr keuchte Marta bei jedem Schritt.

Auf halber Höhe verließen die Banditinnen die Gasse und wandten sich wieder nach links. Auch dort standen die Hütten dicht gedrängt, nebeneinander und aufeinander. Der Boden der einen war das Dach der anderen. Auf manchen lagen gegerbte Felle zum Trocknen. Hier und dort gab es kleine Gemüsegärten, Weinreben und Nussbäume. Menschen saßen auf Holzbänken vor ihren Häusern, tranken Wein und aßen gegrillte Fische, nach denen die ganze Straße roch. Ein Priester des Grünen Gottes segnete jeden, der ihn einen Schluck Wein trinken ließ.

Vor einem hölzernen Tor hielten die Banditinnen an. Es befand sich in einer Steinmauer, die gut zwei Mannlängen hoch war. Mehrere Frauen, bewaffnet und ebenfalls mit Tüchern vor den Gesichtern, standen auf der Mauer und hielten Wache. Eine von ihnen gab jemandem im Innenhof ein Zeichen. Das Tor öffnete sich.

Ana drehte sich um und blickte zurück über die Stadt. Graue Rauchfahnen stiegen aus einigen Häusern in den dunklen Himmel. Sie erkannte den Marktplatz wieder, ließ den Blick weiterschweifen zu den Häusern am Hafen, den Schiffen, die dort lagen, den Masten, die hin und her schwankten und sich kreuzten wie Schwerterklingen, und noch weiter hinaus auf den Großen Fluss, eine endlose schwarze Fläche, die mit dem Horizont verschmolz, ruhig und gleichmütig. Keine Welle kräuselte die Oberfläche, kein Wind zwang dem Fluss seinen Rhythmus auf. Er war da, so wie er es stets gewesen war, es stets sein würde.

Ana beneidete ihn.

Sie wandte den Blick nicht ab, während sie an ihren Fesseln hinter dem Pferd hergezogen wurde. Erst als sich das Tor hinter ihr schloss und die Endlosigkeit des Flusses dem Grau der Mauern wich, drehte sie sich um.

Sie stand in einem Innenhof. Rechts und links von ihr befanden sich Stallungen, vor ihr ein großes Gebäude aus Holz und Stein, dessen unteres Stockwerk deutlich höher war als das obere. Eine steile Holztreppe führte nach oben zu einem Balkon, der das gesamte Gebäude zu umlaufen schien wie eine Galerie. An der Vorderfront des Hauses befand sich eine offen stehende schmale Tür, durch die man auf den Balkon gelangen konnte. Es gab einige Fensterlöcher, in denen Tauben saßen und leise gurrten.

Hühner liefen über den Innenhof, vorbei an drei Frauen, die in einer offenen Küche hockten und Fische in große Blätter einrollten. Auch sie trugen Gesichtstücher, allerdings hatten sie diese nicht hoch über Mund und Nase gezogen, sondern trugen sie wie Halstücher. Rauch wehte aus dem Lehmofen über den Hof. Der Geruch erinnerte Ana daran, dass sie seit dem Morgen nichts mehr gegessen hatte.

Sie sah sich um und zählte die Frauen. Es waren fünfzehn. Bis auf die drei, die das Abendessen zubereiteten, waren alle bewaffnet. Niemand sagte etwas.

Die Banditinnen, die sie hergebracht hatten, zogen ihre Gesichtstücher endlich nach unten. Innerhalb ihres Quartiers war die Maskerade sinnlos.

Einige von ihnen verschwanden im Haupthaus, die anderen blieben stehen. Eine hielt die Stricke ihrer Gefangenen wie Pferdezaumzeug in der Hand, eine andere hatte die Handschuhe ausgezogen und wusch sich die Hände in einem Fass Regenwasser.

»Könnten wir bitte etwas Wasser bekommen?«, fragte Ana sie. In der Stille klang ihre Stimme unnatürlich laut.

Die Frau hob den Kopf. Ana blickte in dunkelbraune Augen. Einen Moment zögerte die Banditin, dann tauchte sie eine Kelle in das Fass.

»Danke.« Ana nahm ihr die Kelle aus der Hand. Ihre Haut war dunkel, die schlanken, langen Finger voller Schwielen.

Ana setzte sich neben Hetie und Marta in den Staub und reichte Hetie die Kelle. »Hier, trink etwas.«

Die beiden tauschten einen kurzen Blick, dann senkte Hetie den Kopf. »Ich bin nicht so durstig. Lass Marta zuerst trinken.«

Die ältere Frau nahm Ana die Kelle aus der Hand und trank gierig. Wasser lief ihr über Kinn und Hals. Sie ließ die Kelle erst sinken, als sie leer war. Ana ballte die Hand zur Faust. Sie setzte dazu an, etwas zu sagen, aber Hetie legte ihr die Finger auf den Arm.

*Bitte keinen Streit*, bat ihr Blick.

Ana presste die Lippen zusammen und nickte.

Schweigend hockten sie im Innenhof. Es war fast dunkel. Die Schatten der Banditinnen verschmolzen mit den Silhouetten der Gebäude. Nach einer Weile tauchte eine ihrer Entführerinnen an der Tür des Haupthauses auf und nickte den anderen zu.

Ana stand auf, bevor sie durch einen Ruck des Stricks dazu gezwungen werden konnte. Hetie half Marta auf die Beine. Die Räuberinnen führten sie durch die Tür ins

Haupthaus. Fackeln und Öllampen erhellten einen großen rechteckigen Raum. Lange Tische und Holzbänke standen dort, auf der rechten Seite gab es abgetrennte Bereiche, in denen vielleicht früher einmal Pferde untergebracht worden waren, die nun jedoch als Schlafplätze dienten. Auf der linken Seite befand sich eine Theke, dahinter eine Tür, die in einen weiteren Raum führte. Sie stand offen.

An der Wand daneben lehnte ein Mann. Er war so groß, dass er über den Türrahmen hinausreichte, und muskulös. Seine nackten Arme hatte er vor der Brust verschränkt. Er war der einzige Mann, den Ana und ihre Mitgefangenen bisher im Quartier der Räuberinnen gesehen hatten.

»Ihr lebt. Seid froh darüber«, sagte er. »Wenn ihr uns keinen Ärger macht, wird das auch so bleiben.«

Seine Stimme war rau und laut. Er hatte langes schwarzes Haar, das er zu einigen Dutzend Zöpfen zusammengeflochten hatte. Seine Wangen waren tätowiert, das Gesicht wirkte im Halbdunkel kantig und hart.

Ana blieb stehen. Die Banditin vor ihr zog an ihrem Strick, aber sie stemmte sich dagegen.

»Ich muss mit dir reden«, sagte sie.

Der Mann blinzelte überrascht. Sein Blick glitt zur offenen Tür, als erwarte er etwas. Er zögerte einen Moment und schien erst dann eine Entscheidung zu treffen, denn er sah zurück zu Ana.

»Du musst nur eins machen: deinen Hintern bewegen. Los jetzt!« Er klatschte in seine gewaltigen, tätowierten Hände.

Der Ruck, mit dem an Anas Strick gerissen wurde, ließ sie stolpern. Sie stieß mit dem Fuß gegen eine Holzbank, aber Hetie hielt ihren Arm fest und gab ihr das Gleichgewicht zurück.

»Danke«, flüsterte Ana. Hetie nickte nur. Sie war blass.

Durch die offen stehende Hintertür konnte Ana einen

kleinen Gemüsegarten sehen, der von einer Mauer umgeben war. Sie wollte darauf zugehen, doch ihre Entführerinnen wandten sich vor der Tür nach rechts. Ana sah einen Flaschenzug unter der Decke. Mit dem Blick folgte sie der Kette, die daran hing, zu einem Eisenring im Boden.

Zwei der Banditinnen zogen an der Kette. Sie mussten ihr ganzes Körpergewicht einsetzen, um die Falltür, in die der Ring eingelassen war, anzuheben. Eine dritte nahm eine Fackel, die neben der Tür an der Wand hing, und ging eine Treppe hinunter. Ana folgte ihr notgedrungen.

Der Feuerschein riss Holzbalken, gebrannte Ziegel und Steine aus der Dunkelheit. Die Treppe führte nur einige Stufen weit nach unten, gerade so weit, dass Ana ohne sich zu ducken in den Gang, der dahinterlag, treten konnte. Ein Teil von ihr bemerkte, dass sich auch kein anderer ducken musste.

Die Frau, die vor ihr ging, steckte die Fackel in eine Halterung. Ihr Rücken nahm Ana die Sicht, aber sie hörte, wie Riegel zurückgeschoben wurden, dann öffnete sich quietschend eine Tür. Ein Stoß gegen die Schulter machte ihr klar, dass sie hindurchgehen sollte. Die Klinge, die vor ihr aufblitzte, ließ sie zurückweichen, doch die Frau zog sie an dem Strick weiter auf sich zu. Die Banditin stieß die Luft aus, eine Art lautloses Lachen, dann schnitt die Klinge durch Anas Fesseln. Sie fielen zu Boden.

Einen Moment lang dachte Ana darüber nach, sich umzudrehen und loszulaufen, doch der Gang war so schmal, dass sie an den anderen nicht vorbeigekommen wäre. Also betrat sie den Raum, der hinter der Tür lag.

Es war dunkel, trotzdem spürte sie, dass sie nicht allein war. Stroh raschelte unter ihren Sohlen. Es stank nach Schweiß und Exkrementen.

Hetie und Marta drängten sich hinter ihr in den Raum.

Mit einem Knall, der sie zusammenzucken ließ, wurde die Tür zugeschlagen. Sie hörte, wie der Riegel vorgeschoben wurde. Das Licht der Fackel schien noch einen Augenblick länger unter dem Türspalt hindurch, dann verschwand es ebenso wie die Geräusche der Schritte vor der Tür.

»Hallo?«, fragte sie in die Dunkelheit.

»Warte.« Die Stimme sprach leise. »Sie mögen es nicht, wenn wir reden.«

Hinter Ana raschelte Kleidung. Über ihr fiel eine Falltür dumpf ins Schloss.

»So. Jetzt haben wir unsere Ruhe.« Die Stimme gehörte einem Mann. Er sprach mit dem weichen Dialekt der Flussvölker. »Einen Moment.«

»Darf ich?«, fragte eine zweite, hellere Stimme, die eines Kindes, schätzte Ana, oder einer sehr jungen Frau.

»Hier.«

Es raschelte und knackte, dann sprühten plötzlich Funken. In der Dunkelheit wirkten sie so hell und bunt wie Feuerwerk. Es begann nach Rauch zu riechen, eine kleine Flamme flackerte auf.

»Was macht ihr da?« Marta klang eher ärgerlich als ängstlich. »Wir werden ersticken.«

»Ihr müsst keine Angst haben«, antwortete eine Frauenstimme. »Es wird gleich heller.«

Die Flamme wurde größer, gleichmäßiger. Ana sah, dass sie von einem Kerzendocht stammte, der in einem unförmigen Wachsklumpen steckte. Das Licht drängte die Dunkelheit zurück.

Die Zelle – ein anderes Wort fiel Ana nicht ein – war größer, als sie gedacht hatte. Sie war zwar nur einige Schritte lang, aber dafür so breit, dass die linke Wand nicht mehr zu erkennen war. Überall gab es Winkel, Nischen und Ecken, in denen sich die Schwärze gegen das Licht stemmte. Aus einer lugte ein Mensch hervor. Sein Gesicht war ein grauer, undeutlicher Fleck.

Nur die, die um die Kerze herumsaßen, konnte Ana erkennen. Sie sah einen bärtigen, dicken Mann, der ein paar Jahre älter sein musste als sie, eine Frau mit grauem, strähnigem Haar und ein Mädchen. Die Schatten der Flamme malten dunkle Ringe unter ihre Augen.

»Wo kommt ihr her?«, fragte die Frau.

Ana wollte antworten, aber Marta drängte sich an ihr vorbei. »Aus dem Norden. Wir wollten …«

Die Frau unterbrach sie. »Norden? Was könnt ihr uns vom Krieg sagen? Wie steht es um Westfalls Armee?«

»Was kümmert euch das?«, fragte Marta zurück. Es gefiel ihr offensichtlich nicht, unterbrochen zu werden. »Solltet ihr euch nicht um euer eigenes Schicksal sorgen?«

»Wir kennen unser Schicksal, es gibt keinen Grund zur Sorge. Bitte sagt uns also, was in der Welt vorgeht.«

Ana gab Marta nicht die Gelegenheit zu einer Antwort. »Baldericks Armee ist geschlagen, er selbst tot. Niemand weiß, was mit seinem Sohn ist.«

Ein Raunen ging durch die Zelle. Die ältere Frau senkte den Kopf und flüsterte etwas, vielleicht ein Gebet. Ana biss die Zähne in Erwartung von Martas Widerspruch zusammen, doch der blieb aus. Stattdessen fragte sie: »Und was ist euer Schicksal?«

»Das gleiche wie das eure.« Die ältere Frau hob wieder den Kopf. »Wir werden in die Sklaverei verkauft.«

Marta wich zurück, bis sie mit dem Rücken gegen die Tür stieß, so als könne die Distanz zu den anderen sie vor deren Schicksal bewahren.

»Eher würde ich sterben«, stieß sie hervor. Ihr Blick glitt zu Hetie, die stumm und mit geweiteten Augen neben ihr stand. »Eher würden *wir* sterben.«

Hetie blinzelte, antwortete jedoch nicht.

Ana fragte sich kurz, ob ihr Vater, der Sklavenhändler, der zum Fürsten geworden war, die Ironie zu schätzen gewusst hätte, dass seine Tochter, als Fürstin geboren, zur Sklavin werden sollte. Sie spürte den Drang zu lachen und schluckte, bis er verging.

»Ich werde nicht in die Sklaverei verkauft«, sagte das Mädchen, das neben der Kerze hockte, stolz. »Ich bin eine Geisel.«

»Das stimmt, Merie.« Die ältere Frau strich sich die Haare aus dem Gesicht. »Du kommst bald wieder nach Hause.«

Es klang, als habe sie das bereits sehr oft gesagt.

»Bestärk sie doch nicht darin, Florenia.« Die männliche, alt klingende Stimme kam aus den Schatten. »Sie wird ihr Zuhause nie wiedersehen, genau wie wir.«

Merie fuhr herum. »Das ist nicht wahr! Ich bin eine Geisel!«

»Nein, das bist du nicht.« Der alte Mann schlurfte aus den Schatten heraus zu einem Strohballen in einer Ecke der Zelle. »Deine Familie ist ja noch nicht einmal reich.«

Er wandte sich dem Strohballen zu. Es begann zu plätschern. »Wie naiv ihr alle seid. Die Jungen werden abgeholt, einer nach dem anderen, nur die Alten und die Kinder bleiben zurück, aber ihr denkt immer noch, dass alles gut werden wird.«

»Horouz, du machst ihnen Angst, dabei weißt du selbst nicht, was sein wird«, sagte Florenia. Sie gingen so vertraut miteinander um, dass Ana sie für Mann und Frau hielt.

Horouz drehte sich um. Die Bewegung ließ beißenden Uringestank durch die Zelle wehen. »Und ob ich das weiß. Ich hab sie doch reden hören, diese Huren dort oben.« Er zeigte zur Decke, anklagend, als wolle er die Götter verfluchen. »Rasquawan haben sie uns genannt. Rasquawan.«

Er schlurfte zurück in seine Nische. Der Uringestank umwehte ihn wie ein Umhang. Ana presste die Lippen zusammen, kämpfte gegen die plötzliche Übelkeit, die das Wort und der Gestank in ihr auslösten.

Jemand berührte ihre Hand. Instinktiv zog sie den Arm zurück. Erst dann drehte sie den Kopf.

Hetie sah sie an. »Was heißt Rasquawan?«

»Es ...« Ana stockte. Einen Moment lang wollte sie lügen, doch schließlich richtete sie den Blick in die Dunkelheit. »Rasquawan nennt man die Sklaven, die nach Süden gebracht werden, um in den Arenen zu kämpfen. Es heißt so viel wie ...« Sie räusperte sich. In der Schwärze jenseits des Kerzenlichts tanzte das Gesicht des Verrückten aus dem Wald auf und ab. *Sie mögen es nicht, wenn man schmutzig ist.*

»Die Toten«, sagte Florenia leise.

Der dicke junge Mann war Matrose und hieß Nungo'was. In der Sprache der Flussvölker bedeutete das Fischschwanz. Ana wagte nicht, ihn zu fragen, weshalb er so hieß.

Nungo'was redete viel, aber das störte sie nicht. Es war ein warmer Morgen, und sie knieten gemeinsam in dem großen Gemüsegarten hinter dem Haus und zupften Unkraut. Die Banditinnen hatten Ana zusammen mit einem halben Dutzend anderer Gefangener, darunter auch Nungo'was und Merie, aus der Zelle geholt und ihnen befohlen, im Garten zu arbeiten. Die anderen waren in der Dunkelheit zurückgeblieben.

*Natürlich,* dachte Ana, *es wäre zu gefährlich, uns alle nach oben zu holen.*

Durch zwei Pflanzen sah sie zu den Wachen, die im Schatten des Hauses saßen und sich unterhielten. Sie beachteten ihre Gefangenen kaum, dachten wohl, die hohen Mauern, die den Garten an drei Seiten umschlossen, würden ausreichen, um eine Flucht zu verhindern.

»Warum sind das alles Frauen?«, fragte Ana leise.

Nungo'was hob die Schultern. »Ich habe viele Geschichten über sie auf dem Fluss gehört. Es heißt, sie seien die Witwen und Töchter von Kriegern, die für den Roten König gefallen sind. Sie beherrschen fast die ganze Stadt. Die Wachen haben ihnen nichts entgegenzusetzen. Es gibt noch ein paar andere Banden rund um den Hafen, aber die Todesmasken sind die größte von allen.«

»Todesmasken?«, fragte Merie. Sie kniete ein wenig entfernt von Ana auf dem sandigen Boden und beobachtete die Wachen. Sie trug einen Schal um den Hals, obwohl es nicht kalt war. In den Fingern hielt sie einen Zweig, den sie unablässig drehte.

»So heißen sie hier, aber sie haben natürlich noch andere, weniger freundliche Namen.« Nungo'was grinste. Seine Zähne waren grün. Er sagte, das käme von den Algen, die Matrosen auf dem Wasser aßen.

Merie senkte den Blick. »Sie machen mir Angst. Unser Priester hat gesagt, dass die Götter Frauen verfluchen, die Leben nehmen, anstatt es zu geben.«

»Dann hoffe ich nur, dass der Fluch schnell wirkt und sie alle tot umfallen, bevor sie mich in den Süden schicken.« Nungo'was grinste nicht mehr. Mit einem Ruck riss er die Wurzeln einer kleinen Pflanze aus dem Boden.

Merie schüttelte den Kopf. »Sie werden dich bestimmt nicht in den Süden schicken. Du bist doch ein großer, starker Mann.«

Nungo'was grunzte nur und warf die Pflanze hinter sich.

»Das bist du. Du wirst bestimmt in den Norden kommen, vielleicht sogar nach Westfall. Du wirst die Stadt sehen und die Ruinen der Vergangenen und ...«

»Merie.« Ana legte dem Mädchen eine Hand auf den Arm. »Hör auf. Er ist Matrose. Niemand wird ihn kaufen, weil er Unglück bringt.«

Nungo'was spuckte aus. Sein Speichel hinterließ dunkle Flecken auf dem Boden. »Kaufst einen Sklaven du vom Fluss«, zitierte er dann, »ist mit Freud und Wohlstand Schluss.«

»Aber warum bringt er Unglück?«

»Es ist einfach so, Merie. Und jetzt sei still und arbeite weiter.« Ana warf dem Mädchen einen warnenden Blick zu.

Merie zögerte einen Moment, dann nickte sie. »Ja, Penya.«

Schweigend arbeiteten sie weiter. Ana sah immer wieder auf, versuchte sich ihre Umgebung so gut wie möglich einzuprägen. Die Mauern waren hoch, aber an einer Stelle lehnte ein kleiner Schuppen am Stein, in dem einige Fässer standen. In Gedanken stand sie auf, lief durch die Beete, kletterte über das Regenfass auf die Mauer und sprang in die Freiheit. Doch dann glitt ihr Blick zurück zu den Banditinnen und den Speeren, die neben ihnen am Boden lagen. Kein Mensch konnte schneller laufen, als ein Speer flog.

*Jonan könnte es.* Der Gedanke war plötzlich da, ebenso unerwartet wie unerwünscht.

»Ich weiß es!« Meries Stimme ließ Ana zusammenzucken. Das Mädchen sah Nungo'was an. »Wenn mein Vater das Lösegeld für mich bringt, soll er für dich mitbezahlen. Dann bist du auch eine Geisel und kein Sklave, und niemand wird dir etwas tun.«

Nungo'was wischte sich mit einer Hand den Schweiß aus dem Gesicht. Dreck hinterließ dunkle Striemen auf seiner Stirn. »Das ist eine gute Idee«, sagte er dann, »und sehr großzügig von dir.«

Merie errötete und beugte sich über das Unkraut vor

ihren Knien. Der Schal – eigentlich nur ein schmutziges Stück Stoff, das sie sich um den Hals gewickelt hatte – rutschte nach unten. Ana bemerkte den dunklen Umriss darunter.

»Hast du dich verletzt?«, fragte sie.

»Was?« Merie tastete nach ihrem Hals. »Nein, das nicht. Es ist ein … ein Mal. Ich kann es nicht leiden. Es ist hässlich.«

Sie zog den Schal wieder hoch, so als wolle sie etwas Unanständiges bedecken.

»So schlimm ist es doch nicht«, sagte Ana leichthin.

Merie schüttelte den Kopf. »Nein, es ist ein Fluch. Der Priester hat das gesagt.«

»Was wissen die Priester schon?« Nungo'was zog mit beiden Händen an einer Wurzel, die tief im Boden steckte. Er grunzte vor Anstrengung, stand aber nicht auf. »Auf dem Wasser braucht man keine Priester. Wir haben den Fluss, er gibt uns alles, was ein Mensch begehren könnte. Nahrung, Wasser, süße Träume in der Nacht, das ist mehr als genug für uns. Wenn du willst, nehme ich dich eines Tages mal …«

Er unterbrach sich, drehte den Kopf und blinzelte, als habe er einen Moment lang vergessen, wo er war.

»… mit«, flüsterte er. Ana sah Tränen auf seinen Wangen.

»Außerdem«, sagte sie rasch, um Merie von ihm abzulenken, »hat sogar die Fürstin von Westfall ein solches Mal. Du musst dich also nicht dafür schämen.«

Die Augen des Mädchens wurden groß. »Woher weißt du denn, dass Fürstin Syrah ein Mal hat? Bist du schon mal in Westfall gewesen? Hast du sie gesehen?«

»Nein, natürlich nicht.« Ana versuchte, ihrer Antwort einen leichtfertigen Klang zu geben. »Aber es kommen viele

Reisende durch Ashanar, da hört man die eine oder andere Geschichte.«

Nungo'was wischte sich mit den Handballen über die Augen. »Heißt nicht, dass sie wahr ist.«

»Das heißt aber auch nicht, dass sie unwahr ist.« Es war eine schnippische Antwort. Nungo'was wirkte überrascht.

Innerlich mahnte sich Ana zur Vorsicht. Penya, das einfache Mädchen vom Land, die Tochter eines Viehhändlers, konnte nichts über Fürstin Syrahs Feuermal wissen. Sie verbarg es bei offiziellen Anlässen. Nur die Menschen, die ihr nahe kamen, bemerkten es.

*Und Penya*, fügte sie in Gedanken hinzu, *würde es auch nicht wagen, Nungo'was zurechtzuweisen.* Schließlich war er älter als sie und ein Mann.

Ana räusperte sich. »Ich will damit nur sagen ...«

Sie unterbrach sich, war erleichtert über die Rufe, die sie plötzlich von der anderen Seite des Hauses hörte.

»Passt auf!«

»Haltet sie doch fest!«

»Was macht ihr denn da?«

Die beiden Wachen sprangen auf und griffen nach ihren Speeren. Eine von beiden lief ins Innere des Hauses, die andere blieb vor der Tür stehen.

Wütende Schreie mischten sich in die Rufe, dann Gelächter.

»Was ist da los?«, flüsterte Merie. Ana hatte nicht bemerkt, dass sie näher herangerutscht war. Nun legte sie ihre Hand um Anas Arm. »Werden sie uns was tun?«

»Bestimmt nicht.«

Der Lärm ließ nach. Kurz darauf tauchte die zweite Wache wieder an der Tür auf. Merie wollte etwas fragen, aber Ana legte sich den Zeigefinger auf die Lippen.

»Gab es Ärger?«, hörte sie die erste Wache fragen.

Die zweite grinste. Sie war eine grobschlächtige Frau mit kurzem blondem Haar. »Darna hat eine Betrunkene aufgegabelt und mitgebracht. Die hat ganz schön um sich geschlagen, als sie aufgewacht ist. Zu dritt haben wir sie wieder schlafen gelegt.« Ihre Stimme wurde so leise, dass Ana sie kaum noch verstehen konnte. »Erys ist wütend. Sie sagt, Darna hätte sie liegen lassen sollen. Wer würde schon eine Sklavin kaufen, die sich morgens betrinkt?«

»Da hat sie recht. Und was machen wir jetzt mit ihr?«

»Erys hat sie zu den anderen sperren lassen. Vielleicht freut man sich ja im Süden über sie.«

»Redet ihr oder steht ihr Wache?«, fragte eine scharfe, helle Stimme. Die beiden Frauen zuckten zusammen. Ana sah zum Balkon, der den ersten Stock des Hauses umgab. Die Sonne war so hoch gestiegen, dass das Licht in Anas Augen stach. Schützend hob sie die Hand, aber die Frau, die auf dem Balkon aufgetaucht war, blieb trotzdem eine flimmernde, undeutliche Gestalt.

»Verzeih, Erys, wir stehen Wache.« Die Banditinnen neigten den Kopf.

»Dann ist ja gut.« Die Frau auf dem Balkon wandte sich ab, blieb stehen und drehte plötzlich den Kopf. Ana spürte ihren Blick, obwohl ihr Gesicht nur ein heller Fleck war. Es war ein unangenehmes Gefühl.

Dann war es auch schon vorbei. Erys wandte sich ab und ging, aber das Gefühl blieb, so wie der Rauch eines längst erkalteten Feuers.

Erst am Abend, als die Sonne tief über dem Großen Fluss hing, brachten die Banditinnen Ana und die anderen in ihre Zelle zurück. Den ganzen Tag über hatten sie Unkraut gejätet und Setzlinge gepflanzt. Anas Hände fühlten sich rau an. Sie war müde.

»Wo ist denn die Neue?«, fragte Nungo'was, während er die Kerze anzündete.

Florenia zeigte auf eine der Nischen. »Wir haben sie dort hinten hingebracht. Sie stinkt fürchterlich und schnarcht. Ich glaube, sie schläft ihren Rausch aus.«

»Ich denke, dass sie krank ist«, sagte Marta. Sie und Hetie saßen abseits von den anderen. »Geht nicht näher heran.«

»Sie ist nur betrunken. Die Frauen haben über sie geredet.« Ana kniff die Augen zusammen, konnte aber in der Nische nichts und niemanden ausmachen. Nach dem Tag im Sonnenlicht wirkte die Zelle noch dunkler und bedrückender als zuvor.

»Du weißt ja alles besser.« Martas Stimme klang keifend. »Dann geh doch hin und steck dich an.«

»Das werde ich auch«, sagte Ana. Es war die Reaktion eines trotzigen Kindes, lächerlich und albern, aber sie konnte nicht anders.

Sie versuchte, ihre Schritte unbeschwert wirken zu lassen, als sie auf die Nische zuging. Darin war es dunkel. Das Kerzenlicht reichte nicht so weit.

Ana sank in die Hocke. Sie ertastete Stoff, dann eine Hand. Die Haut fühlte sich klamm an. Vorsichtig beugte sie sich über den Körper, berührte Haut, Haare, dann Lippen. Die Frau seufzte leise im Schlaf. Eine Wolke aus Alkohol und Essig hüllte Ana ein. Sie presste sich die Hand vor Mund und Nase und hätte beinahe gewürgt.

»Lebt sie noch?«, fragte Horouz. »Wir haben schon eine Weile nichts mehr von ihr gehört.«

»Ich kannte mal einen Matrosen, der auch den ganzen Tag nur gesoffen hat«, sagte Nungo'was. »Ist eines morgens einfach umgefallen und nie wieder aufgestanden.«

Seine Worte gingen im Rauschen von Anas Gedanken

unter. Auf Knien wich sie zurück, bis sie mit dem Rücken gegen die Wand stieß.

»Drei Tage hat er an Deck gelegen«, fuhr Nungo'was fort, »dann war er tot. Seine Haut war so gelb wie getrocknetes Seegras. So was habe ich noch nie gesehen.«

Ana biss sich auf die Lippen, kämpfte gegen die Panik an, die in ihr aufstieg, und gegen die Erinnerungen an schlagende Türen, heisere Schreie und essigsauren Atem.

Mit aller Kraft konzentrierte sie sich auf ihre Gedanken und auf die Frage, wie sie entkommen konnten, bevor der Nachtschatten, mit dem sie sich die Zelle teilten, erwachte.

# *Kapitel 6*

*Auf dem Großen Fluss erzählt man sich die Legende des Traurigen Gottes. Der Fluss, so heißt es, würde von den Tränen genährt, die über die Wange des Traurigen Gottes fließen. An dem Tag, an dem der Gott erstmals glücklich ist, wird der Große Fluss versiegen, und nichts wird mehr sein wie zuvor.*

*Jonaddyn Flerr, Die Fürstentümer und Provinzen der vier Königreiche, Band 1*

Das Lager nahm fast die halbe Insel ein. Gerit wusste das, weil er den Rest des Tages damit verbracht hatte, die Insel zu umrunden. Die Flöße und Boote, auf denen die Nachtschatten Gomeran verlassen hatten, lagen in einer Bucht im Norden. Dahinter erstreckte sich das Lager, eine unübersehbare Masse aus Zelten, Unterständen und Erdlöchern. Einige große Bäume dienten als provisorische Wachtürme. Gerit wusste, dass Korvellan nicht zufrieden mit dieser Lösung gewesen war, aber es gab nur wenige große Bäume auf der Insel, und ihr Holz wurde für die Reparatur der Flöße benötigt.

Zwischen den Dünen endete das Lager. Südlich davon gab es nicht mehr viel, nur Felsen, Sand, Vögel und ein winziges Dorf, das aus einer Anlegestelle und ein paar Schilfhütten bestand. Einbaumboote mit Masten und Auslegern lagen am Strand. Aufgespannte Netze umgaben das Dorf wie ein Zaun. Gerit nahm an, dass es nicht ständig bewohnt wurde, sondern Fischern, die weit rausgefahren waren, als Unterkunft diente. Er hatte einige Menschen vor den Hütten gesehen, war aber nicht näher herangegangen. Wahrscheinlich hätten sie ihn ohnehin für einen Nachtschatten gehalten und wären geflohen.

Mit Einbruch der Dunkelheit war er ins Lager zurückgekehrt. Während des Tages hatte er oft an Somerstorm gedacht, sogar ein wenig geweint, aber nun waren seine Gedanken geordnet. Er fühlte sich stärker als am Morgen und ruhiger.

»Hast du was für mich?«, fragte er Perres, einen Nachtschatten, der auf den Hinterläufen vor seinem Zelt saß und mit einem umgedrehten Speer in einer Kochgrube stocherte.

Perres winkte ihn mit der freien Hand heran. »Der General bekommt wohl nicht genug von meinem Fisch«, sagte er mit deutlichem Stolz. »Setz dich. Ist gleich fertig.«

Gerit hockte sich neben ihn. Er spürte auf seinem Gesicht die Hitze der Holzkohle, die rot in der Grube glomm. Fische lagen eingerollt in Lehm und Seerosenblättern darin. Die Mücken, die mit jeder Dämmerung kamen und wie eine Wolke über dem Lager schwebten, ließen ihn am Feuer in Ruhe.

»Ich behalte immer ein paar Fische für den General zurück«, sagte Perres. Niemand hatte ihn zum Koch ernannt. Er hatte einfach angefangen, die Beute, die andere gemacht hatten, zuzubereiten. Andere taten das auch, mal mehr, mal weniger erfolgreich. So war es mit allem im Nachtschattenlager: Es gab keine Vorgesetzten, die Holzsammler, Fischer oder Jäger einteilten, und trotzdem gab es immer genug Holz und immer genug Nahrung. *Jeder trifft Entscheidungen*, sagte Korvellan jedes Mal, wenn Gerit ihn darauf ansprach. *Mehr gehört nicht dazu.*

»Morgen geht's endlich weiter.« Perres kratzte mit dem Speer über die harte Lehmkruste eines Fischs. »Zuerst über den Großen Fluss, dann nach Süden.«

»Hat Korvellan das gesagt?«, fragte Gerit.

»Nein, aber alle reden schon darüber. Wird auch Zeit. Ich koche gern, aber ich habe mich Schwarzklaue nicht angeschlossen, um zu kochen, sondern um zu kämpfen. Kochen kann ich zu Hause.«

Perres stammte aus dem Westen. Er hatte als Knecht bei einem Bauern gearbeitet, der nicht gewusst hatte, dass sein Knecht ein Nachtschatten war, denn er hatte Perres stets nur in dessen menschlicher Gestalt zu Gesicht bekommen. Dann aber war Perres' Herr vor der heranrückenden Armee der Nachtschatten geflohen und hatte Perres und seiner Familie den Hof überlassen. Aus Dankbarkeit war Perres der Armee der Nachtschatten beigetreten. So hatte er es Gerit einmal erzählt.

Ein anderes Mal hatte er jedoch behauptet, er habe als Köhler allein im Wald gelebt, als die Nachtschatten ihn fanden. Gerit ließ ihn reden. Das Leben eines anderen ging ihn nichts an. So sahen es die Nachtschatten, und er hatte gelernt, es auch so zu sehen.

»So.« Perres schob zwei Fische mit der Speerspitze an den Rand der Grube und wickelte sie in Blätter ein. »Verbrenn dir nicht die Finger, Junge.«

»Ich pass schon auf.« Gerit nahm ihm die Fische vorsichtig aus der Hand, stand auf und nickte Perres zu. »Danke.«

»Hauptsache, sie schmecken dem General.«

Korvellan war der einzige Nachtschatten, der mit einem Rang angesprochen wurde. Gerit war aufgefallen, dass hauptsächlich Nachtschatten, die lange unter Menschen gelebt hatten, das Wort »General« verwendeten. Nachtschatten aus dem Norden benutzten es fast nie.

*Die sind sowieso komisch,* dachte Gerit, als er an einem ihrer Lagerfeuer vorbeiging. Wo sie sich versammelten, war es ruhig. Sie sprachen kaum miteinander, und das einzige Instrument, das sie zu beherrschen schienen, war eine lange Knochenpfeife, deren Laute Gerit einen Schauer über den Rücken jagten. Er warf den Nachtschatten, die am Feuer saßen, einen verstohlenen Blick zu. Ihre Augen leuchteten gelb im Licht der Flammen. Sie neigten den Kopf, so als nickten sie zu dem Rhythmus einer Melodie, die nur sie hören konnten. Man sah sie nie allein, aber auch nie in großen Gruppen. Die anderen Nachtschatten hielten sich fern von ihnen, schienen sie ebenso wenig zu verstehen wie Gerit.

Vielleicht, hatte Sommerwind einmal gesagt, musste man so sein, um in der Endlosigkeit des Nordens nicht den Verstand zu verlieren.

Sommerwind. Er schob den Gedanken an sie beiseite.

Es war beinahe unmöglich, den Weg, der zu Korvellans und Schwarzklaues Zelten führte, nicht zu finden. Die Fahnen und Banner, die sie umgaben, waren bereits von Weitem zu sehen. Windspiele aus Knochen, die abergläubische Krieger an Speeren befestigt aufgehängt hatten, vertrieben mit ihrem Klang Dämonen und hielten die Geister getöteter Feinde fern. Auf einer Zeltstange neben Korvellans Eingang steckte ein ausgekochter Menschenschädel, dem man die Augenhöhlen mit schwarzem Stoff verbunden hatte, damit der Getötete niemanden mit seinem Blick verfluchen konnte. Vor Schwarzauges Zelt steckte ein Speer im Boden, an den man zwei abgeschlagene Menschenhände genagelt hatte. Gerit nahm an, dass es sich um einen Zauber aus dem Norden handelte. Die Hände waren längst grün verwest und stanken so sehr, dass er bei jedem Gang zu Schwarzklaue die Luft anhielt, aber trotzdem wurden sie in jedem Lager erneut aufgestellt.

Gerit stieg über einige Steinmuster hinweg und schob das Fell, das den Eingang zu Korvellans Zelt bildete, mit der Schulter beiseite. Er pustete auf seine Hände. Die Hitze der Lehmkruste hatte sich längst durch die Blätter ausgebreitet und stach in seine Haut.

»Ich habe Fisch für das Nachtmahl gebracht«, sagte Gerit, als er das Zelt betrat. Es war so hoch, dass er aufrecht darin stehen konnte. Felle und Teppiche bedeckten den Boden. An den Zeltstangen hingen Öllampen. Eimer mit Sand standen unter ihnen. Es gab keine Möbel außer einem niedrigen Holztisch, den einer der Schreiner gebaut hatte, und einigen Kisten.

Korvellan saß dahinter und rollte die Papiere zusammen, in denen er gelesen hatte. Seine Jacke war geöffnet, seine Stiefel standen an der Zeltwand. Wie so oft hatte er menschliche Gestalt angenommen. Gerit konnte die Male, an denen er Korvellans Nachtschattengestalt gesehen hatte, an einer Hand abzählen.

»Hervorragend. Leg sie auf den Tisch, bevor du dich verbrennst.«

Erleichtert breitete Gerit die Blätter aus, in denen die Fische lagen. Er wischte sich mit den Händen über die Hose, bis sie nicht mehr schmerzten, und trat einen Schritt zurück wie ein Diener, der seinem Herrn das Essen serviert hatte.

Korvellan zog ein Messer aus seinem Gürtel und klopfte mit dem Griff gegen die Lehmkruste. »Perres versteht es, Fisch zuzubereiten.« Er griff nach einem Weinschlauch, der an einem Haken ging. »Komm, setz dich. Es ist genug für uns beide. Erzähl mir von deinem Tag. Was hast du erlebt?«

Beinahe hätte Gerit getan, was er sagte. Es lag etwas in Korvellans Augen, das es leicht machte, ihm zu gehorchen.

Gerit hatte bereits die Knie gebeugt, doch dann richtete er sich wieder auf.

»Ich würde jetzt lieber gehen«, sagte er.

Korvellan sah auf. Das Lächeln wich aus seinem Gesicht. »Wie du willst.«

Gerit drehte sich um. Keinen Lidschlag länger wollte er in diesem Zelt verbringen. In Korvellans Gegenwart fühlte er sich verraten und einsam. Die Stärke, die er zuvor gespürt hatte, schien von den Fellen und Teppichen aufgesogen zu werden.

»Gerit?« Korvellans Stimme hielt ihn auf. »Sprich mit Sommerwind. Sie kennt bestimmt ein Hausmittel für den Fleck auf deiner rechten Schulter. Ihre Mutter hat lange als Wäscherin gearbeitet.«

Unwillkürlich drehte Gerit den Kopf. Eine grünlich weiße Spur zog sich von seiner Schulter über seinen Rücken.

Korvellans Blicke musterten ihn. »Das sieht nach einem ziemlich großen Vogel aus, vielleicht eine der Möwen, die am Ufer nisten.«

*Er weiß, dass ich ihn belauscht habe*, dachte Gerit. »Keine Ahnung.« Er versuchte seiner Stimme einen gleichgültigen Klang zu geben. Verkrampft hob er die Schultern. »Kann ich jetzt gehen?«

»Du kannst gehen, wann immer du willst. Bei uns triffst du deine eigenen Entscheidungen.« Korvellan wandte sich wieder dem Fisch vor, öffnete die Lehmkruste langsam mit dem Griff seines Messers. Dampf stieg auf und legte einen Schleier über seine Augen. »Und lebst mit den Konsequenzen.«

Außerhalb des Zelts war es nicht kühler als im Inneren, trotzdem atmete Gerit tief durch. Er warf einen Blick auf sein kleines Zelt, kaum mehr als ein Unterstand, keinen Steinwurf von Korvellans entfernt. Noch am Morgen war es seine Heimat gewesen, doch nun wirkte es fremd, so als hätte die Person, die darin gelebt hatte, es zurückgelassen. Er wandte sich davon ab, ging langsam durch das Lager.

Überall saßen Nachtschatten vor den Zelten, tranken, redeten, lachten. Einige beluden bereits Karren, andere beteten zu ihren Göttern. Gelegentlich winkte ein Nachtschatten Gerit zu sich ans Feuer, aber der Junge tat jedes Mal so, als habe er es nicht bemerkt. Die Worte, die Korvellan am Morgen gesprochen hatte, trennten ihn von allen anderen wie eine Mauer. Er konnte sie nicht mehr überwinden.

Es überraschte Gerit, dass seine Schritte ihn zu Sommerwinds Zelt führten. Die meisten Frauen und Mädchen, die im Lager lebten, teilten sich eine Unterkunft mit mehreren anderen, aber sie zog es vor, allein zu leben. Er hatte nie darüber nachgedacht und sie auch nie danach gefragt.

Ein kleines Feuer brannte vor ihrem Zelt. Vier Nachtschatten saßen daran, drei Männer und eine Frau. Die Frau hatte ihren Kopf an die Schulter eines älteren Mannes gelegt und sang ein langsames Lied in einer Sprache, die Gerit nicht kannte. Die anderen beiden putzten Schwerter im Licht der Flammen.

Gerit blieb in den Schatten, während er das Feuer umrundete. Er wusste, dass die Nachtschatten ihn riechen konnten, aber sie sprachen ihn nicht an. Sie lauschten dem Lied. Die Frau, die es sang, hatte eine raue Stimme und traf nicht jeden Ton. Trotzdem wäre Gerit beinahe stehen geblieben, um ihr zuzuhören. Das Lied ließ ihn an getrocknetes Heu und den ersten Schnee denken, der im Wind von den Bergen geweht wurde, an das Ende des Sommers. Es klang traurig.

Das Feuer erhellte Sommerwinds Zelt. Es war ein altes Armeezelt aus fleckigem Stoff, gerade so hoch, dass man darin sitzen konnte. Gerit sah eine Silhouette hinter der

Zeltwand. Sie bewegte sich auf und ab, glitt lautlos wie ein Geist über die Zeltwand. Eine zweite schien sich aus dem Boden zu lösen und verschmolz mit der ersten. Köpfe, Brüste, Arme, alles wurde zu einem verzerrten schwarzen, vom Feuerschein immer wieder aufs Neue gemalten Schatten. Gerit hörte jemanden stöhnen. Es war Sommerwind. Ein tiefes Knurren antwortete ihr. Schwarzklaue.

Gerit wich langsam zurück. Er wollte nicht, dass sie ihn rochen. Nach ein paar Schritten drehte er sich um und ging am Lagerfeuer vorbei, ohne darauf zu achten, ob er in den Schatten blieb oder nicht. Er presste den Mund zusammen, um seine Tränen zurückzuhalten. Sie beschämten ihn.

Die singende Frau beachtete ihn nicht, nur der Mann, an den sie sich lehnte und der mit einer Klaue über ihr Haar strich, sah ihn an.

»Du grinst ja ganz schön, Junge«, sagte er in einem südlichen Dialekt. »Freust dich wohl, dass es morgen weitergeht.«

Gerit nickte. »Ja. Morgen geht es endlich weiter.«

In der Dämmerung wurden die Flöße und Boote beladen. Gerit half beim Abbau der Zelte und brachte Korvellans Gepäck zum Ufer. Anfangs spürte er die Blicke des Generals, doch je mehr Boote beladen und je näher der Aufbruch rückte, desto stärker beanspruchten ihn die Vorbereitungen. Irgendwann zog Gerit sich zurück, verschwand im Schilf windaufwärts der Nachtschatten. Er sah zu, wie die Krieger durch das Wasser an Bord wateten, hörte lautes Rufen, als eines der überladenen Flöße beinahe auseinanderbrach, und genoss das Chaos, das daraus entstand. Niemand suchte nach ihm. Niemand vermisste ihn.

*Und ich vermisse auch niemanden.* Wenn Gerit daran dachte, was er in der Nacht gesehen hatte, spürte er Erleichterung. Es war, als habe man seine Stricke durchgeschnitten, so wie die Krieger die Stricke durchschnitten, die ihre Boote und Flöße mit dem Land verbanden. Sie begannen den Fluss hinunterzutreiben, zuerst träge und langsam, dann immer schneller. Der Große Fluss zog sie mit sich, bis sie am Horizont verschwanden.

Gerit verließ sein Versteck im Schilf, kniete sich ans Ufer und trank das Wasser des Flusses. Dann zog er sich aus, wusch den Geruch nach Essig aus seinen Haaren und von seiner Haut, bis er so süßlich roch wie der Fluss.

Er zog sich an, schulterte seinen Rucksack und ging nach Süden.

*Ich habe meine Entscheidung getroffen*, dachte er. *Und ich werde mit den Konsequenzen leben.*

# Kapitel 7

*Dem Reisenden, der seinen Verstand zu schätzen weiß, sei davon abgeraten, Srzanizar allein zu durchqueren, denn eher würde er Stunden umherwandern und wieder dort ankommen, wo er aufgebrochen ist, als sein Ziel zu erreichen. Stattdessen sollte er sich der Stadtläufer bedienen, die ihn für ein paar Kupfermünzen zu seinem Bestimmungsort begleiten werden.*

*Jonaddyn Flerr, Die Fürstentümer und Provinzen der vier Königreiche, Band 2*

Was ist los, Penya?« Florenias Stimme riss Ana aus ihrer Erstarrung.

»Die Frau dort hinten ist nicht krank«, sagte sie. Ihre Stimme klang seltsam fremd, so als stamme sie aus einem Traum. »Sie ist ein Nachtschatten.«

Das Wort fiel wie ein Stein. Stille folgte ihm, dann Martas lautes, unechtes Lachen. »Hört mal, wie sie sich aufspielt. Zuerst weiß sie, dass es eine Betrunkene ist, aber jetzt ist das nicht mehr spannend genug. Jetzt muss sie ein Nachtschatten sein.«

»Sie ist ein Nachtschatten.« Ana stützte sich mit den Händen auf dem kühlen Boden ab. Sie fühlte sich schwach und leer. »Ich weiß das, weil mein Name Ana Somerstorm ist und weil Nachtschatten meine Familie getötet haben.«

»Du bist …«, begann Florenia.

»Ana Somerstorm«, sagte Marta und kniete nieder. Mit einer Hand zog sie Hetie ebenfalls auf die Knie. »Bitte verzeiht meine Worte, Fürstin.«

*Fürstin,* dachte Ana. *So hat mich noch niemand genannt.*

Die anderen bewegten sich nicht, aber Ana spürte, wie die Entfernung zu ihnen wuchs. Sie gehörte nicht mehr dazu. Ein Name hatte alles verändert.

»Es spielt keine Rolle, wer ich bin«, sagte sie, »nur was ich weiß. Dieser Nachtschatten wird seine wahre Gestalt annehmen und uns töten, wenn er erwacht.«

»Was sollen wir tun?« In Heties beinahe lautlosen Worten schwang Hysterie mit.

»Ihn töten ... *es* töten.« Ana stand auf. Die Leere in ihr verschwand. Ideen jagten einander in ihrem Kopf, bis nur eine übrig blieb. »Merie, gib mir deinen Schal.«

Das Mädchen löste den Knoten und zog den Stoff von ihrem Hals. »Hier.«

»Hier, Fürstin«, korrigierte Marta sie. Sie kniete immer noch am Boden. Hetie hielt den Kopf gesenkt, als habe sie Angst aufzusehen.

*Alles hat sich geändert,* dachte Ana. Sie nahm den Schal und zog daran. Der Stoff war fest und weich. Seide.

Sie hielt Nungo'was den Schal entgegen. Ihr Herz klopfte. »Du bist der Stärkste von uns. Du wirst es tun.«

»Ich?« Er trat von einem Fuß auf den anderen. »Warum rufen wir nicht die Todesmasken?«

»Widersprich der Fürstin nicht!«, sagte Marta.

Ana ignorierte sie. »Weil unser Geschrei den Nachtschatten wecken würde. Lass dich nicht von seinem Aussehen täuschen. Er ist ein Tier, und er würde uns zerreißen wie ein Tier.«

»Ich weiß nicht.« Nungo'was kam näher heran, die Kerze

in der Hand. Er stellte sie auf einen Vorsprung. Sein Blick glitt über den Schal in Anas Hand. Er zögerte. »Bist du sicher, dass …«

Der Nachtschatten stöhnte. Essiggestank, so stark, dass er Ana die Tränen in die Augen trieb, stieg aus der Nische auf. Aus dem Stöhnen wurde ein tiefes, dumpfes Knurren. Nungo'was wich zurück.

»Tu es!«, schrie Ana.

»Ich tue es.« Jemand war auf einmal neben ihr, eine Hand entriss ihr den Schal. Im Kerzenschein sah sie Martas verzerrtes, bleiches Gesicht. »Ich tue es, Fürstin!«

Sie stieß Nungo'was zur Seite und ging neben der Gestalt am Boden auf die Knie. Mit einer Geschwindigkeit, die Ana ihr nicht zugetraut hatte, wickelte sie ihr den Schal um den Hals und begann an den Enden zu ziehen. Der Körper unter ihr regte sich, zog die Beine an, die Arme zuckten.

»Halt ihn fest!«

Nungo'was griff nach den Knöcheln des Nachtschatten. Ein Tritt, eher Zufall als Absicht, warf ihn zurück. Er schrie auf.

Hinter Ana begann Merie zu weinen.

»Sieh nicht hin«, hörte sie Horouz sagen.

*Seht nicht hin.* Das hatte ihr Vater immer befohlen, wenn er Sklaven, die Gold aus der Mine gestohlen hatten, auf dem Burghof hatte erwürgen lassen. Sie und Gerit hatten es trotzdem getan.

Sie sprang über Nungo'was hinweg und ließ sich auf den Nachtschatten fallen, rammte ihm ihr Knie in den Rücken. Er stöhnte. Fingernägel kratzten über den Stein, dann Klauen. Er verwandelte sich. Hinter ihr warf sich Nungo'was über die Beine. Marta zog an den Schalenden wie an den Zügeln eines Pferdes, das sie zu bändigen versuchte. Das Haar hing ihr in wirren Strähnen ins Gesicht. Ihre

Schneidezähne gruben sich tief in die Unterlippe. Blut lief über ihr Kinn.

Der Nachtschatten versuchte sich zu drehen. Das Gesicht war aufgedunsen, der Mund weit aufgerissen. Sein Atem rasselte und keuchte. Das eine Auge, das Ana sehen konnte, drehte sich in seiner Höhle, bis es sie ansah. Tränen und Blut schwammen darin.

»Hilf mir!«, stieß Marta hervor. »Nimm ein Ende!«

Ana griff danach. Es war schweißnass. Sie wickelte es sich um die Hand und zog mit aller Kraft.

Das Auge weitete sich, der rasselnde Atem wurde schwächer. Der Körper unter ihr begann zu zucken. Uringestank mischte sich in den von Essig und Alkohol. Die Zunge quoll aus dem Mund des Nachtschattens hervor.

Ana wandte sich ab und presste die Lippen aufeinander. Ihre Finger verkrampften sich, begannen zu schmerzen. Das Ende ihres Schals erschlaffte. Sie wollte daran ziehen, ihre Gedanken wollten ihre Hände dazu zwingen, aber nichts geschah. Nur ihre Arme zitterten. Die Muskeln waren hart und brannten. Der rasselnde Atem des Nachtschattens setzte wieder ein.

»Ist sie tot?«, schrie Hetie.

*Ich kann es nicht*, dachte Ana. Sie schämte sich vor ihrem Vater, vor ihrer Mutter, ihrem Bruder. *Ich bin schwach.*

»Zieh doch!« Martas Stimme überschlug sich. Nungo'was' Hand schob sich an Ana vorbei und ergriff das Ende des Schals; sein Arm drückte sie gleichzeitig zur Seite. Sie sah, wie sich die Muskeln darin bewegten, als er zu ziehen begann. Das Auge des Nachtschattens erstarrte. Sein Atem verstummte.

Ana glitt von seinem Rücken. Ihr Magen krampfte sich zusammen, dann übergab sie sich.

»Ist sie tot?«, fragte Hetie.

Im gleichen Moment knirschte es laut. Der Riegel der Tür wurde zurückgeschoben. Ana wurde von Fackelschein geblendet, der ihr so hell wie die Mittagssonne erschien. Sie hob die Hände vor die Augen. Zwischen ihren Fingern sah sie Silhouetten in die Zelle stürmen. Etwas schepperte. Eine helle Stimme schrie auf. Es war Hetie.

Durch die Tränen in ihren Augen blinzelte Ana in die Helligkeit. Sie sah drei der Banditinnen. Eine von ihnen hatte Marta gepackt, die andere trieb Nungo'was mit einem Speer zur Wand. Neben ihnen lag ein Tablett mit einem Laib Brot und einem Topf voll Schmalz am Boden. Ein zerbrochener Krug rollte vor und zurück. Es roch nach Bier.

Hetie stand im Türrahmen, die Hände zu Fäusten geballt und vor das Gesicht gehoben. Sie starrte Ana an und schluchzte.

Die zweite Banditin beugte sich über den Nachtschatten, drehte ihn um und wich zurück, als sie in sein halb verwandeltes Gesicht blickte.

Ana biss sich auf die Lippe. Der Weg zur Tür war frei. Niemand achtete auf sie.

Es waren nur wenige Schritte bis dorthin. Hetie sah sie über ihre Fäuste hinweg an. Ihre Augen waren so blutunterlaufen, als habe sie die ganze Nacht geweint.

Ana stieß sie hinein in den Gang. Die Frau, die über dem Nachtschatten hockte, drehte den Kopf. Sie stieß einen spitzen Schrei aus.

Ana schlug die Tür zu. Der Schrei wurde dumpf und leise. Mit einem Ruck zog sie den Riegel vor, dann fasste sie Hetie an der Hand.

»Komm.«

Hetie nahm den Blick nicht von der Tür. »Was ist mit den anderen?«, fragte sie. Ihre Stimme zitterte.

»Wir holen Hilfe. Dann kommen wir zurück.«

Sie fragte sich, ob das eine Lüge war.

Die eingeschlossenen Frauen schlugen gegen die Tür. Ana wandte sich ab und zerrte Hetie mit sich durch den schmalen Gang bis zur Treppe, die nach oben führte. Fackellicht bildete ein orangefarbenes Viereck auf den Stufen.

»Weißt du noch, wo das Tor ist?«, fragte Ana.

Hetie nickte.

»Dort laufen wir hin. Egal, was sie tun, halt nicht ein, lauf immer weiter!«

»Das werde ich, auch wenn sie mich umbringen. Marta sagt, Sklaverei sei schlimmer als der Tod.«

Ana hörte ihr kaum zu. Sie lauschte nach oben, auf Schritte und Stimmen, doch es war still. Hinter ihr hämmerten die eingeschlossenen Banditinnen immer noch gegen die verriegelte Tür.

Vorsichtig stieg Ana die ersten Stufen der Treppe hinauf, nur so weit, bis sie über die Falltür in den Raum, der dahinter lag, blicken konnte. Es war niemand zu sehen. Sie winkte Hetie zu sich. Gemeinsam schlichen sie nach oben. Das Hämmern und die Rufe der Eingeschlossenen blieben hinter Ana zurück.

Die Tür zum Gemüsegarten war geschlossen. Ana wagte es nicht, sie zu öffnen. Sie hatte gelernt, dass es besser war, sich vertrauten Gefahren zu stellen als denen, die sich nicht abschätzen ließen. Es war ein guter Rat, glaubte sie, auch wenn sie nicht mehr darüber nachdenken wollte, wer ihn ihr gegeben hatte.

Sie wandte sich nach links, der Theke und dem großen Schankraum zu. Hetie ließ sich von ihr an der Hand führen wie ein kleines Mädchen.

Geduckt schlichen sie sich an der Theke vorbei. Die offen stehende Tür, die zum Innenhof führte, und das große geöffnete Tor, das dahinter lag, hielten Anas Blick fest. Ein Eselskarren fuhr draußen vorbei. Der alte Mann, der die Zügel in der Hand hielt, kaute auf einem Stück Brot. Eine Fackel erhellte seinen Weg. Er schien sich in einer anderen Welt zu befinden, weit weg von der, in der Ana sich den Mut für jeden Schritt erkämpfen musste.

Sie schaute sich ihre nähere Umgebung an. Die Schlafplätze, in denen früher einmal Pferde gestanden hatten, waren fast unbenutzt. Decken lagen zusammengefaltet darin, nur zwei waren zerwühlt. Ana fragte sich, ob die Frauen, die sie in die Zelle eingesperrt hatte, dort geschlafen hatten.

Sie schlich auf die Tür nach draußen zum Hof zu und blieb stehen, halb hinter dem Türstock verborgen. Die drei Frauen, die auf der Mauer Wache schoben, warfen im Mondlicht lange Schatten über den Hof. Sie trugen ihre Tücher vor den Gesichtern. Der Wind, der vom Fluss über die Stadt trieb, brachte Staub und Sand mit, der auf der Haut stach.

Ein Mond stand hoch an einem sternenklaren Himmel. Der Tag war noch weit entfernt. Grillen zirpten, die Geräusche der nächtlichen Stadt stiegen wie Rauchschwaden den Hügel empor.

Ana hörte Dielen über sich knarren. Jemand befand sich im oberen Stockwerk. Eine Tür wurde zugeschlagen, ein Mann rülpste so laut, dass sich die Wachen auf der Mauer umdrehten, dann knarrten Schritte auf der Treppe, die in den Hof führte.

»Zurück«, flüsterte Ana. »Wir verstecken uns im Stroh.«

»Ich kann nicht«, hörte sie Hetie mit leiser Stimme sagen.

Und dann entglitt ihre Hand der von Ana, und sie rannte los, auf das Tor zu. Der Stoff ihres Umhangs wehte im Wind.

Auf der Mauer fuhren die Wachen herum. Eine der

Banditinnen lief zum Tor, aber Ana bezweifelte, dass sie es schließen konnte, bevor Hetie hindurchgeschlüpft war. Einen Augenblick lang wollte Ana hinterherlaufen, doch sie hatte noch nicht einmal einen Fuß aus der Tür gesetzt, als die Frau auf der Mauer ihr Schwert zog.

Unwillkürlich wich Ana zurück.

Die Banditin holte aus, warf es jedoch Hetie nicht entgegen, sondern schlug damit gegen einen Keil, der in einer Seilwinde steckte; Ana hatte sie vorher nicht bemerkt. Große Säcke, die an Seilen hingen, fielen auf beiden Seiten des Tors dem Boden entgegen.

Das Tor schwang zu, so schnell, als würde sich ein Dutzend Männer dagegenstemmen.

Hetie schrie auf. Sie drehte sich um. Ihr Gesicht war rot und fleckig. Haarsträhnen verdeckten ihre Augen, trotzdem wusste Ana, dass Hetie sie anstarrte.

Sie wich weiter zurück.

»Packt sie euch!«, rief der Mann, der eben noch gerülpst hatte. Hektische Schritte auf der Treppe, dann lief er über den Hof auf Hetie zu. Es war derselbe Mann, der am Vorabend hinter der Theke gestanden hatte. Er war halb nackt, hatte braun gebrannte Arme und einen weißen, vernarbten Bauch. In seinem Gürtel steckte ein Messer.

Hetie wich ihm aus, als er nach ihr greifen wollte, und trat ihm mit einem Schrei zwischen die Beine. Der Mann krümmte sich und ging zu Boden. Irgendwo über Ana lachte eine Frau. Ihre Stimme war so klar, dass ihr Lachen wie eine Melodie klang.

Hetie zog das Messer aus dem Gürtel des Mannes. Die Klinge war lang und schmal, fast wie die eines Dolchs. Es war ein Fischmesser, doch es würde ausreichen, um einen Menschen zu töten. Das Lachen verstummte. Hetie hob das Messer, fuhr herum und begann damit in der Luft herumzufuchteln. Den Mann zu ihren Füßen, der langsam vor ihr zurückwich, beachtete sie nicht.

Ana wandte sich ab und lief durch den Schankraum auf die andere Tür zu. Sie konnte Hetie nicht helfen, nur noch sich selbst. Die Banditinnen waren abgelenkt. Diese Gelegenheit musste sie nutzen.

Die Tür zum Gemüsegarten war nicht verriegelt und ließ sich einfach aufziehen. Der Schatten des Hauses lag über dem Garten.

Ana lief zu den Fässern, die in dem Verschlag standen. Sie zog am ersten, aber es war so schwer, dass es sich nicht bewegen ließ. Sie versuchte es beim zweiten, dann beim dritten, schließlich beim vierten. Erst beim fünften hatte sie Glück, es war leer. Sie rollte es unter die Mauer und kletterte auf das Fass.

Auf der anderen Seite des Hauses hörte sie Hetie schreien, nicht schmerzerfüllt, sondern voller Wut. Ana wünschte, sie hätte sie mitnehmen können.

Sie stieß sich vom Fass ab und zog sich gleichzeitig an der Mauer hoch. Die Oberfläche war moosbewachsen und glitschig. Ana setzte die Ellenbogen auf und schob sich vor. Sie wollte sich aufrichten, aber eine Bewegung, die sie nur aus den Augenwinkeln sah, ließ sie innehalten. Sie drehte den Kopf.

Erys stand auf dem Balkon, der das erste Stockwerk des Hauses umgab. Sie hatte die Arme auf das Geländer gestützt und sah Ana zu, so wie man Kindern beim Spielen zusieht.

*Sie kann mich nicht mehr aufhalten*, dachte Ana, während sie sich auf die Krone der Mauer zog. Auf der anderen Seite gab es einen Steilhang mit Sträuchern und hohem Gras, darüber Hütten, Gassen, Wege und Häuser, eine unzählbare Anzahl von Verstecken.

Erys sah ihr zu, bewegungslos.

Ana warf einen Blick zurück. Sie fragte sich, aus welchem Grund die andere Frau nicht reagierte. Hatte Ana eine Falle übersehen, einen Umstand, der ihre Flucht unmöglich machte?

Sie schwang die Beine über den Sims.

Erys richtete sich auf. »Sagt das Mädchen die Wahrheit?«, fragte sie. »Bist du wirklich Ana Somerstorm?«

Ana hielt inne.

»Wir sollten uns unterhalten.« Erys wandte sich ab und ging durch eine schmale Tür ins Innere des Hauses. Ihre Silhouette bewegte sich hinter den Fenstern.

Ana blieb einen Moment auf dem Sims sitzen. Dann kletterte sie zurück in den Garten.

Sie hatten Hetie auf den Bauch geworfen. Eine der Banditinnen kniete auf ihrem Rücken, eine zweite fesselte ihr die Hände. Hetie hatte den Kopf zur Seite gedreht. Ihre Haare waren staubbedeckt. Ana konnte nicht sehen, ob sie verletzt war.

Die Banditinnen waren nun alle unmaskiert. Sie sahen Ana an. Zwei gingen auf sie zu.

»Lasst sie durch«, sagte der Mann mit dem vernarbten Bauch und nickte Ana zu. »Geh nach oben.«

Die Treppe war steil, die Stufen ausgetreten. Das Holz knarrte bei jedem Schritt. Ana sah nicht zurück, trotzdem spürte sie die Blicke der Frauen im Rücken. Man beobachtete sie.

»Komm herein«, sagte eine Stimme aus dem Halbdunkel jenseits der Tür. Ana trat ein. Der Raum hinter der Tür war groß und verwinkelt. Balken, die scheinbar wahllos verteilt standen, stützten eine schräge Decke. Stofffetzen hingen vor einigen Fenstern, andere waren nicht mehr als Löcher im Holz. Alles wirkte provisorisch, so als sei das Stockwerk ohne große Überlegung entstanden.

Es gab einige wenige Möbel: einen Tisch, ein paar Stühle, Kisten und Regale, in denen Töpfe und Geschirr standen. Aus einer Nische ragte das Fußende eines Bettes.

Von den Dachbalken hingen Glücksbringer aus Vogelfedern und Perlen an langen Fäden. Sie wiegten sich in der leichten Brise, die vom Hafen den Hügel heraufwehte. Die Wand hinter dem Tisch wurde von einem gewaltigen Wandteppich eingenommen, der eine höfische Szenerie zeigte. Ein Herrscher mit goldener Krone saß auf einem Thron, vor ihm knieten Händler, die Kisten voller Münzen und Juwelen präsentierten. Käfige mit exotischen Tieren waren im Hintergrund zu sehen, Soldaten standen an den Seiten. Ein Gesicht, das halb von einem schweren Vorhang verdeckt wurde, beobachtete die Szene scheinbar heimlich.

»Gefällt er dir?«, fragte die Frauenstimme. Eine Gestalt, die von den Farben des Teppichs beinahe überlagert worden war, löste sich von ihm und trat vor.

Es war die Frau vom Balkon. Langes schwarzes Haar fiel über ihre Schultern. Ihr Gesicht war fein geschnitten und dunkel. Winzige Falten umgaben Mund und Augen. Ana schätzte, dass die Fremde im gleichen Alter wie ihre Mutter war. Sie strahlte eine Anmut aus, die zu dem Teppich an der Wand passte, aber nicht zu dem Raum und der Lederrüstung, die sie trug.

»Ja«, sagte Ana. Sie ging näher an den Teppich heran, betrachtete die Personen, deren Gesichtszüge so sorgsam eingestickt waren, dass sie beinahe lebendig wirkten. Ein Hauch von Parfum mischte sich in den Geruch nach Holz und Meer.

Sie zeigte auf das Gesicht hinter dem Vorhang. »Das bist du, oder?«

»Der Künstler hatte Sinn für Humor«, sagte die Frau. Sie lächelte nicht. »Möchtest du etwas Tee?«

»Gern.« Ana betrachtete den Mann, der auf dem Thron saß. Er war schlank, groß und bärtig. Sein rechter Arm hing über den Thron hinaus, seine linke Hand stützte sich auf den Knauf eines Richtschwerts. Er strahlte eine lässige Arroganz aus, so als interessiere ihn weder der Aufmarsch vor dem Thron noch die Waren, die ihm dargeboten wurden. Sein Gesicht kam Ana bekannt vor. Vergeblich suchte sie auf dem Teppich nach einem Wappen oder einem Familiensiegel.

»Reichtum hat ihn nie interessiert«, sagte die Frau. Sie schien genau zu wissen, was Ana sich ansah. »Und Menschen haben ihn nur amüsiert.«

»Wer ist er?«, fragte Ana.

Hinter ihr klirrte Geschirr. »Du weißt, wer er ist.«

»Nein. Er kommt mir bekannt vor, aber …«

»Es wird dir wieder einfallen, Ana.«

Ana spürte, dass das Thema beendet war. Sie drehte sich um. »Du kennst meinen Namen, aber ich kenne deinen nicht.«

»Erys.«

Erys stellte zwei Krüge mit Tee auf den Tisch. Sie hatte schmale Hände mit kurz geschnittenen, sauberen Nägeln. Ana dachte an Zrenjes breite, harte Hände, an die Schwielen an ihren Fingern und den schwarzen Rändern unter den Nägeln. Ihre Zofe hatte ihr gedient, das Feld bestellt, die Hühner gerupft und die Maka-Wurzeln geschnitten. Erys war der Name einer Sklavin – er bedeutete in der Alten Sprache des Flusses »Geduld« –, aber Ana bezweifelte, dass Erys' Hände je etwas Ähnliches wie Zrenjes getan hatten.

»Du warst eine Sklavin, nicht wahr?«, fragte sie dennoch. Sie wusste nicht, wie sie es anders hätte formulieren sollen.

Erys drehte den Krug zwischen den Händen. Ihre dunklen Augen musterten Ana. »Ich wurde im besten Haus von Bochat ausgebildet und dann verkauft, so wie deine Mutter. Wir haben oft über sie geredet, uns gefragt, ob wir wohl einen ähnlich gütigen Besitzer wie deinen Vater finden würden.« Ihr Blick verhielt einen Moment auf dem Wandteppich. »Doch das ist lange her.«

Ana trank einen Schluck Tee. Er war kühl und bitter. Sie sah auf, als ein Schatten durch den Türrahmen fiel. Er gehörte zu dem Mann mit dem weißen vernarbten Bauch.

»Alles in Ordnung«, sagte er. »Das Mädchen ist wieder in der Zelle, den Nachtschatten haben wir erst mal in den Keller gelegt. Kann sein, dass er tot auch etwas wert ist. Darna würde sich gern bei dir entschuldigen. Sie hat nicht geahnt, was sie uns ins Haus holt.«

»Danke, Purro. Sag ihr, sie soll sich keine Gedanken machen.«

Der Mann nickte und blieb stehen, so als erwarte er, hineingebeten zu werden. Als das nicht geschah, wandte er sich ab. Ana hörte seine Schritte auf der Treppe.

»Hast *du* den Nachtschatten getötet?«, fragte Erys.

*Nein, ich war zu schwach.* Ana schluckte die Antwort herunter. »Wir haben es gemeinsam getan. Wir hatten keine andere Wahl.«

»Aber du hast es befohlen?«

Ana hob die Schultern.

Erys schien zu spüren, dass sie nicht darüber reden wollte, denn sie drängte nicht auf eine Antwort, sondern griff nach dem Krug und schüttete Tee in eine ohnehin noch halb volle Tasse. »Ana Somerstorm«, sagte sie währenddessen. »Ana Somerstorm. Die Reichen und Mächtigen würden mich gut für dich bezahlen.« Sie stellte den Krug ab. »Oder für deinen Kopf.«

Ana verdrängte den Gedanken an ihr Versagen. Das Geplänkel war vorbei, die Verhandlungen hatten begonnen, genau so wie sie es auf den Dutzenden von Sklavenmärkten erlebt hatte, zu denen ihr Vater sie mitgenommen hatte. »Dort lernst du etwas fürs Leben«, hatte er stets gesagt, wenn sie ihn nicht hatte begleiten wollen. Er hatte nicht geahnt, wie recht er damit gehabt hatte.

»Wie wollen dich deine Reichen denn bezahlen, ohne das Gold meines Vaters – ohne mein Gold?«, fragte sie mit all der Arroganz, die sie aufbringen konnte.

Erys lächelte. »Sie würden mir alles geben, was sie besitzen.« Sie hob die Hand, als Ana widersprechen wollte. »Du bist ein Stachel in ihrem Fleisch. Solange du lebst, sind alle an ihre Allianzen mit Somerstorm gebunden. Wenn sie wüssten, dass du hier bist, würden sie mit ihren Armeen einrücken, um dich zu töten.« Ihre Mundwinkel zuckten. »Oder dich zu heiraten.«

Ana schüttelte den Kopf. »Ich bin Rickard von Westfall versprochen.«

»Rickard ist tot.«

»So heißt es, aber wer weiß, ob das stimmt. Und selbst wenn, wäre seine Mutter, die Fürstin, an diese Verbindung gebunden. Sie würde die alten Gesetze niemals brechen.«

»Du bist jung. Es ist dein Recht, so zu denken.«

Erys' Blick glitt so kurz über den Wandteppich, dass es Ana beinahe entgangen wäre. *Warum tut sie das?,* fragte sie sich unwillkürlich, *wenn sie den Teppich doch jeden Tag und jede Stunde betrachten kann.*

»Aber *ich* bin es nicht«, fuhr Erys nach einem Schluck Tee fort, »deshalb sehe ich die Dinge, wie sie sind, und nicht, wie sie sein sollten.«

Etwas raschelte in den Schatten. Ana drehte den Kopf, konnte jedoch nichts sehen.

»Beachte es nicht«, sagte Erys. Sie schob die Teetasse zur Seite und stand auf. An einem der Fenster blieb sie stehen. Sie drehte Ana den Rücken zu. »Also was willst du?«

»Eine Eskorte nach Westfall. Bring mich sicher dorthin, dann wirst du mehr Gold erhalten, als du dir je erträumt hast.«

»Und woher soll dieses Gold kommen?« Erys' Stimme klang nicht unfreundlich, aber Ana wünschte sich, ihr Gesicht sehen zu können.

»Aus Somerstorm«, sagte sie, wohl wissend, wie naiv sie klingen musste. »Sobald wir es zurückerobert haben. Und auch Westfall wird dich natürlich belohnen.«

Schweigen antwortete ihr. Ana zögerte. Ihr Herz schlug schnell, der Tee brannte in ihrer Kehle.

Sie spürte, dass Erys auf etwas wartete, wusste jedoch nicht, auf was. *Was will sie von mir?* Sie warf einen weiteren Blick auf den Wandteppich, auf den arrogant lässigen Herrscher auf seinem Thron und das Gesicht in den Schatten. Beim ersten Betrachten hatte der Ausdruck dieses Gesichts neugierig auf sie gewirkt, so wie das eines Kindes, das heimlich einen verbotenen Ort aufsucht.

Doch nun bemerkte sie, dass keine Neugier in diesem Blick lag, sondern Sehnsucht und Schmerz. Das Gesicht in den Schatten sehnte sich nach dem Licht.

»Und natürlich«, fügte Ana hinzu, so als habe sie nie etwas anderes in Betracht gezogen, »würde die Person, die sich als Erste an meine Seite stellt, etwas Besonderes erhalten, einen Titel und eine eigene Provinz und vielleicht, wenn sie es wünscht, die Ehe mit einem Fürsten von altem Blut.«

Einen Moment lang sagte Erys nichts, dann wandte sie sich vom Fenster ab. »Komm, die anderen sollen hören, was du zu sagen hast. Ohne sie kann ich nichts entscheiden.«

Ana stand auf. Die Nervosität, die sie spürte, war wie ein Schwindel. Die Verhandlungen waren noch nicht vorbei, ihr Leben noch nicht außer Gefahr.

Es raschelte erneut. Aus den Augenwinkeln nahm Ana eine Bewegung wahr. Erschrocken wich sie zurück, als sich ein Gesicht aus den Schatten schob. Ihre Kniekehlen stießen gegen den Stuhl, auf dem sie gesessen hatte.

»Da ist jemand!«

»Natürlich.« Erys zog die Tür auf. Kühle Nachtluft floss in den Raum wie Wasser. »Es ist immer bei mir. Beachte es nicht.«

Der Mann, der aus den Schatten trat, war barfuß. Die Lederrüstung, die er trug, war fleckig, das Leder an vielen Stellen gebrochen. Er war glatzköpfig mit eingefallenen Wangen und einem offen stehenden, zahnlosen Mund. Leblose Augen blickten durch Ana hindurch. Sie wich weiter zurück, Erys und der offenen Tür entgegen.

»Gehört er der Ewigen Garde an?«, fragte sie, ohne den Blick von der Gestalt zu nehmen.

»Ja, aber du musst keine Angst haben. Es wird dir nichts tun.« Erys trat auf den Balkon hinaus und winkte Ana heran. »Es kämpft schon lange nicht mehr.«

Auf der Treppe in den Hof blieb sie stehen. Sie drehte den Kopf und sah nach oben. Ana folgte ihrem Blick zu der zerstörten Festung in den Bergen.

»Als er es mir schenkte«, fuhr Erys mit seltsam weicher Stimme fort, »hätte es jeden zerrissen, der sich mir näherte. Aber nach seinem Tod …« Ihre Stimme wurde fester, kälter. »Die Dinge ändern sich. Komm jetzt.«

Und plötzlich erinnerte sich Ana. So klar standen die Bilder in ihrem Geist, dass sie sich fragte, wie sie je hatte vergessen können.

Überall waren Menschen. Sie war ein Kind, saß auf den

Schultern eines riesigen Sklaven und spielte mit dessen langen blonden Haaren. Ihr Vater – nicht ihr Vater, der Fürst, sondern ihr Vater, der Sklavenhändler – stand neben ihr.

»Kannst du etwas sehen?«, rief er ihr über den Lärm zu. »Sieh gut hin, wenn sie ihn bringen.«

Ein endloser Zug von Soldaten, die in Ketten lagen, schleppte sich an Ana vorbei. Die Menge johlte und spuckte die Soldaten an, aber Ana wusste nicht genau, warum. Irgendwann wurde es still, so still wie im Vogelkäfig in Anas Gemach, wenn man eine Decke darüberwarf.

Ihr war langweilig. Sie fragte ihren Vater, ob sie nach Hause gehen könnten, aber er schüttelte den Kopf. »Sieh hin«, sagte er. »Sieh hin, wenn sie ihn bringen.«

Und sie sah hin. Vier Männer in den Uniformen der Königreiche marschierten rechts und links eines Reiters, der in Weiß gekleidet war und auf einem Schimmel saß. Seine Hände hielten einen Speer, dessen unteres Ende er auf den Sattel aufstützte.

»Sieh nach oben«, sagte ihr Vater.

Anas Blick glitt an dem Speer empor, zu dem Kopf, der auf seiner Spitze steckte. Der Reiter drehte den Speer, sodass es aussah, als mustere der abgeschlagene Kopf die Menge. Vielleicht waren die Leute deshalb so still. Ana sah dem Kopf ins Gesicht. Fliegen krochen über seine milchigweißen Augen und seine geöffneten Lippen. Die Haut war grünlich verfärbt und an der Stirn aufgeplatzt; weiße Knochensplitter steckten in dem zu einer Kruste getrockneten Blut. Der Wind wehte ihm die Haare in die Stirn, und ab und zu hob der Reiter die Hand, um sie ihm aus dem Gesicht zu streichen.

»Sieh ihn an«, sagte ihr Vater, »und merke dir: Wer alles will, wird alles verlieren.«

Ana schüttelte sich. Die Erinnerung fiel von ihr ab. Nur

das Gesicht blieb, dieses arrogante, selbstsichere Gesicht des Herrschers auf dem Wandteppich. Das Gesicht, zu dem die Frau in den Schatten voller Sehnsucht blickte. Das tote Gesicht, über das Fliegen krochen.

»Der Rote König.« Ana stieß den Namen hervor, zusammen mit all dem Wahnsinn, dem Leid und der Gewalt, die sie damit verband. Er hatte die vier Königreiche in den Krieg getrieben, seine Ewige Garde hatte Tausende abgeschlachtet und die Provinzen verwüstet. Ana war mit den Geschichten über seine irrsinnigen Taten und seinen Blutdurst aufgewachsen.

Erys blieb im Hof stehen und drehte sich zu Ana um. »Der Rote König«, wiederholte sie. »Das hat er nie gemocht. Sein richtiger Name war Maracor. Klingt doch viel netter, findest du nicht?«

»Ja«, sagte Ana.

Erys hatte die Frauen im Hauptraum der ehemaligen Stallungen zusammengerufen und ihnen den Vorschlag unterbreitet. Seitdem diskutierten sie darüber, laut und vulgär wie Marktweiber. Ana versuchte sich auf das zu konzentrieren, was da vorgebracht, argumentiert, gestritten, gezetert und gekeift wurde, erwischte sich aber dabei, wie sie immer wieder Erys anstarrte. Was für eine Frau war sie, wenn sie dem Roten König als Geliebte gedient hatte? Was hatte sie gesehen, erlebt, getan?

All die Geschichten, die Ana als Kind gehört hatte, drängten in ihren Geist. Wie der Rote König seinen Vater ermordet hatte, um selbst zu herrschen, wie er über die Provinzen hergefallen war, getrieben von der wahnsinnigen Vorstellung, auch die anderen drei Königreiche zu unterjochen. An diesem Ort, in Srzanizar, eingeschlossen von den Sklavenarmeen ihres Vaters, hatte er sich schließlich das Leben genommen, hatte sich von der brennenden Festung auf dem Berg gestürzt. Ana erinnerte sich an die Lieder, die sie und ihr Bruder als Kinder darüber gesungen hatten.

»Ruhe!« Erys' Befehl riss sie aus ihren Gedanken. Die Gespräche der Frauen verstummten.

»Ihr habt lange genug geredet. Sagt mir eure Meinung. Sollen wir Ana Somerstorm nach Westfall begleiten oder nicht?«

Die Frauen sahen einander an, dann stand eine von ihnen von ihrem Stuhl auf. Es war jene Frau, die den Überfall auf Anas Karawane angeführt hatte. Ihr Name war Nilay.

»Wir verstehen nicht«, begann sie, »warum wir das tun sollten. Hast du nicht selbst gesagt, dass wir Srzanizar verlassen müssen? Ich habe erlebt, wie unverschämt die Stadtwache geworden ist, und Darna hat Gerüchte gehört, dass Söldner kommen sollen, um uns zu töten.«

Einige andere Frauen nickten. Angestachelt von der Zustimmung fuhr Darna fort. Ihre Stimme wurde lauter. »Wir überfallen mehr Karawanen als je zuvor und riskieren unser Leben, damit wir genug Geld bekommen, um Land im Süden zu kaufen und wie ehrbare Bürgerinnen zu leben, und das willst du alles aufs Spiel setzen für dieses Mädchen?«

»Wir sollten sie verkaufen und abhauen«, rief eine dicke Frau, die mit tränenden Augen Zwiebeln schälte. »Sie ist wertvoller als all die anderen Sklaven zusammen.«

Erys neigte den Kopf und trat näher an Ana heran. Abgesehen von Nilay waren sie die Einzigen im Raum, die standen. Die anderen saßen auf Stühlen, Decken oder auf dem Boden. Purro, der Mann mit dem vernarbten Bauch, hockte auf der Theke. Er sah durch die offene Tür in die Nacht hinaus, so als ginge ihn das alles nichts an.

»Ana?«, fragte Erys. »Was möchtest du dazu sagen?«

»Ich ...« Ana zögerte. Die Blicke der Frauen richteten sich auf sie. Vergeblich suchte sie nach einem freundlichen Gesicht. »Ich denke, dass ihr mehr davon habt, mich zu begleiten. Westfall wird euch belohnen, und der Dank der Fürstin ... Vielleicht verzeiht sie euch sogar eure ...«

Einige der Frauen wandten sich ab. Diejenige, die Zwiebeln geschält hatte, stand auf und nahm einen Topf aus einem Regal an der Wand. Sie wirkten gelangweilt, fast schon feindselig.

Ana unterbrach sich. Erys hätte selbst auf die Einwände der anderen Banditinnen antworten können, aber sie hatte es nicht getan. Warum nicht?

*Weil ich etwas habe, das ihr fehlt. Weil sie das Gesicht in den Schatten ist.*

Sie räusperte sich. »Nilay, wie viel Gold habt ihr gesammelt? Einen Ochsenkarren voll?«

Ein paar Frauen lachten. Nilay verdrehte die Augen, als sei allein die Vorstellung eines Ochsenkarrens voller Gold lächerlich. »Natürlich nicht.«

»Dann einen halben?«

»Nein.«

»Einen Handkarren voll?«

»Nein.« Nilay klang auf einmal ärgerlich. »Was sollen diese albernen Fragen? Niemand hat so viel Gold.«

Ana machte einen Schritt auf sie zu. Ihre Knie waren weich, aber ihre Stimme war fest. »Die große Mine in Somerstorm fördert täglich zwanzig Ochsenkarren voller Gold. Jede Münze, die du in deinem Leben in die Hand genommen hast, stammt aus dieser Mine. Kannst du dir das vorstellen?«

Sie ließ Nilay keine Zeit, um über eine Antwort nachzudenken. Aus den Augenwinkeln bemerkte sie, dass die dicke Frau neben dem Regal stehen geblieben war, den Arm halb nach dem Topf ausgestreckt.

»Nein?«, fragte sie weiter. »Weißt du, woran das liegt? Weil du Nilay bist und denkst wie Nilay. Du sorgst dich um ein paar barfüßige Bauern, denen ein Fürst Speere in die Hand gedrückt hat, und um ein bisschen Land im Süden, auf dem du bis ans Ende deiner Tage schuften müsstest.«

Sie sah die anderen Frauen an. »Aber ich bin Ana Somerstorm, und ich denke wie Ana Somerstorm. Mein Vater hat Kriege gewonnen, und sein Blut fließt in meinen Adern. Ich werde euch zu Reichtum jenseits eures Vorstellungsvermögens führen. Ihr werdet alles bekommen, was diese Welt euch bisher versagt hat – alles, was ihr euch je erhofft habt –, oder ihr werdet bei dem Versuch, es zu erlangen, sterben. Es liegt an euch.«

Ana drehte sich um und ging zur Tür. »Teilt mir eure Entscheidung mit, wenn ihr sie getroffen habt.«

Sie schlug die Tür hinter sich zu. Ihr Mund war so trocken, dass sie würgen musste. Mit zitternden Knien setzte sie sich auf die Treppenstufen.

Gedämpfte Stimmen drangen aus dem Raum zu ihr.

*Ich will sie nicht hören*, dachte Ana und presste sich die Hände auf die Ohren.

Eine Weile saß sie so da und lauschte auf das Rauschen des Bluts in ihren Ohren. Es trennte sie von der Welt, schloss sie in ihren eigenen Körper ein.

Als sie schließlich aufsah, stand Erys vor ihr. Der Ewige Gardist war ihr gefolgt. Ana nahm die Hände herunter. »Und?«, fragte sie.

»Sie werden es tun.« Erys sah hinauf zur Silhouette der Festung. »Du warst gut.«

Ana war sich nicht sicher, wer damit gemeint war.

# Kapitel 8

*Die alte Hochsprache der Könige sollte dem Reisenden, der sich unter den Herrschern dieser Welt zu bewegen gedenkt, vertraut sein. Mit ihren mehr als dreihundert Anredeformen lässt sich jede Nuance höfischen Lebens beschreiben. Diese abschreckende Komplexität gleicht sie durch ein geradezu primitives Vokabular in allen anderen Bereichen aus. So gibt es nur ein Wort, um Handwerkstätigkeiten aller Art auszudrücken und kein einziges für »Arbeit«.*

*Jonaddyn Flerr, Die Fürstentümer und Provinzen der vier Königreiche, Band 1*

Craymorus folgte Mellie durch eine schmale Tür, hinter der Holz für den Winter gelagert wurde, und zog den Schleier von seinem Kopf. In dem Verschlag war es dunkel. Draußen auf dem Burghof zerstreute sich die Menge. Es herrschte eine merkwürdige Stimmung, teils Trauer wegen des getöteten Fürsten und seines verschollenen Sohnes Rickard, teils Überraschung über Fürstin Syrahs Entscheidung, Cascyr, den König ohne Land, zu ehelichen, aber auch Sorge, weil alle einen Angriff der Nachtschatten befürchteten.

Mellie schloss die Tür hinter sich und umarmte Craymorus. Er spürte die Wärme ihrer Haut durch den dünnen Stoff seines Hemdes, roch den Staub in ihren Haaren und das Salz ihres Schweißes.

»Ich habe dich vermisst«, flüsterte er. Seine Hand strich

über ihren Rücken. Sie trug einen langen Umhang mit zurückgeschlagener Kapuze. Es war ein anderer als der, den sie bei ihrer Flucht getragen hatte.

»Jeden Morgen und jeden Abend«, sagte Mellie, »habe ich darum gebetet, dass du noch lebst. Als ich dich dann gerade sah …«

Sie legte den Kopf gegen seine Brust.

»Du weißt, was geschehen ist?«, fragte er.

Er spürte ihr Nicken. »Auf den Straßen wurde von nichts anderem gesprochen.« Ihre Haare kitzelten sein Gesicht. »Ist es wahr, dass auch Rickard tot ist?«

»Er war in Somerstorm, als der Winter kam.«

»Dann ist das Versprechen, das du ihm gabst, nicht mehr bindend. Du kannst die Suche nach seiner Verlobten abbrechen und dich mit anderen, wichtigen Dingen befassen.«

Craymorus löste sich aus ihrer Umarmung. Da war sie, die berechnende Entschlossenheit, die immer wieder aus Mellie hervorbrach. Er wusste nicht, wie er damit umgehen sollte.

»War deine Reise erfolgreich?«, fragte er steif.

»Das war sie.« Mellie lehnte sich an einen Holzstapel. Das Tageslicht, das durch die Ritzen der Wände drang, malte ein weißes Gitter auf ihr Gesicht. Nur ihre Augen blieben im Dunkel.

»Die Tochter der Fürstin war in Boshalam, genau wie meine Tante gesagt hatte«, erzählte sie. »Es war leicht, sie zu finden.« Mellie legte eine Hand auf Craymorus' Krücke, so als wäre das Holz ein Teil seines Körpers. »Craymorus, ihr Name ist Merie, und sie hat das gleiche Mal am Hals, das auch die Fürstin trägt. Es ist ihre Tochter, daran gibt es keinen Zweifel.«

Ihre Begeisterung sprang nicht auf ihn über.

»Hast du mit ihr gesprochen?«

Mellies Hand rutschte von seiner Krücke. Seine Reaktion schien sie zu enttäuschen. »Ich habe mehr als nur das getan. Ich habe Merie an einen sicheren Ort gebracht.«

»Wurde sie nicht bewacht?«

»Das Gold, das du mir mitgegeben hast, war den Bewachern wichtiger als ihr Auftrag.«

Craymorus runzelte die Stirn. Weniger als ein Dutzend Münzen hatten sich in dem Lederbeutel befunden. Es erschien ihm seltsam, dass die Fürstin für eine solch wichtige Aufgabe Männer ausgesucht hatte, die sich so leicht bestechen ließen.

»Fürst Baldericks Niederlage hatte alle sehr mitgenommen«, erklärte Mellie, als habe sie seine Gedanken gelesen. »Ich glaube, sie waren froh, die Verantwortung loszuwerden.«

Sie lächelte. »Warum freut dich unser Triumph nicht?«

Craymorus sah sich nach einem Hocker oder einer anderen Sitzgelegenheit um, fand aber nichts. Seine Beine schmerzten.

»Weil das, was wir hier tun …« Er brach ab, suchte nach den richtigen Worten. »Wir sind nicht für Intrigen und Machtkämpfe geboren. Das ist ein Spiel für Könige und Fürsten, nicht für Gelehrte und Zofen.«

Das Lächeln verschwand nicht aus Mellies Gesicht. Sie trat einen Schritt vor. Ihre weiche trockene Hand strich über Craymorus' Wange.

»Aber du hast längst angefangen, es zu spielen«, sagte sie.

Er wartete, aber sie fügte nichts hinzu, schien zu glauben, dass es keiner weiteren Erklärungen bedurfte.

Sie hatte recht.

Zu viel war geschehen. Er hatte die Fürstin erpresst und

den König ohne Land belogen. Rickard, mit seiner offenen leichten Art, hätte die Schuld, die Craymorus dadurch auf sich geladen hatte, einfach beiseitegelacht, hätte seine Mutter mit einem Kuss auf die Wange und Cascyr mit einem Schlag auf die Schulter beruhigt. Doch Rickard war nicht mehr da. Es gab nur noch Craymorus und Mellie und das Mädchen irgendwo dort draußen. Er fragte nicht, wohin Merie gebracht worden war. Er wollte nicht, dass Mellie ihn belog.

Ein Schatten fiel kühl und dunkel über sein Gesicht. Craymorus sah durch die Ritzen zwischen den Wandbrettern. Einer der beiden Gardisten, die Cascyr ihm aufgezwungen hatte, ging langsam an dem Verschlag vorbei. Suchend glitt sein Blick über die Menge, die sich auf dem Burghof zerstreute.

Craymorus legte sich den Zeigefinger auf die Lippen. Mellies Augen weiteten sich, als sie den Gardisten vor dem Verschlag entdeckte. Sie krallte ihre Hand in Craymorus' Arm. Ihre Angst schien die Luft aufzuladen, knisterte bei jedem kurzen, hektischen Atemzug, den sie tat.

*Warum?*, fragte sich Craymorus. *Warum fürchtet sie den Gardisten so sehr?*

Draußen sah sich der Soldat noch einmal um. Die eingefallenen Lippen über seinem Mund ließen sein Kinn spitz hervorstechen. Wie alle Soldaten der Ewigen Garde war er zahnlos. An einem der ersten Abende in Gesellschaft seiner neuen Bewacher hatte Craymorus sie gefragt, weshalb das so war, doch sie hatten ihn nur angesehen und geschwiegen.

Der zweite Gardist tauchte vor dem Verschlag auf und blieb neben dem anderen stehen. Craymorus hörte, wie Mellie die Luft einzog und anhielt. Er hätte sie gern in den Arm genommen, aber er wagte es nicht, den Arm auszustrecken. Seine Krücken hielten ihn aufrecht. Er durfte nicht stürzen.

Die beiden Gardisten blieben nebeneinander stehen. Durch die Ritzen sah Craymorus ihre Gesichter, unterbrochen von hervorstehenden Holzsplittern. Sie schienen nicht miteinander zu reden, nur reglos dazustehen. Nach einem Moment wandten sie sich ab und gingen mit der Präzision von Figuren in einem Glockenspiel in entgegengesetzte Richtungen davon.

Mellie atmete aus.

»Du musst keine Angst vor ihnen haben«, sagte Craymorus. »Sie haben keinen Grund, dir etwas zu tun.«

Sie strich sich die Haare aus dem Gesicht. Ihre Finger zitterten. »Es heißt, sie könnten Gedanken lesen.«

Manchmal vergaß er, dass sie trotz all ihres Ehrgeizes eine Zofe war, die ihre Bildung aus Backstuben, Tavernen und Schlafzimmern der Burg hatte.

»Kein Mensch kann Gedanken lesen«, sagte er. »Früher einmal konnten sie es, als die Magie noch stark war, doch das ist längst vorbei.«

Vorsichtig nahm er die rechte Hand von seiner Krücke und strich ihr über die Wange. Er konnte ihre Haut kaum spüren. »Sie werden dir nichts tun, hab keine Angst.«

Sie nahm seine Hand in die ihre. Craymorus senkte den Blick und betrachtete seine. Sie war hart, von Schwielen und Narben überzogen. Nicht die Hand eines Gelehrten, die Hand eines Krüppels, die fast ein Leben lang eine Krücke gehalten hatte. Und in ihr lag Mellies Hand, so weiß und weich wie die einer Fürstin, nicht rot und rau wie die eines Sklaven.

*Unsere Hände zeigen uns, wer wir wirklich sind,* dachte Craymorus. Er zog seine Hand zurück und stützte sich wieder auf die Krücke.

Mellie sah ihn an. »Willst du nicht wissen, was ich im Hof gemeint habe«, fragte sie, »als ich dir sagte, dass du Fürstin Syrah heiraten würdest?«

*Nein*, wollte er antworten. *Ich will nichts davon wissen.* »Ja«, sagte er.

Sie lächelte erneut. »Auf dem Weg zurück habe ich lange darüber nachgedacht. Es ist gut, dass wir Syrahs Nachtschattenbastard haben, aber wir dürfen uns nicht auf diesem Sieg ausruhen. Die ...«

Craymorus erlaubte es den Schmerzen in seinen Beinen und Schultern, ihre Worte zu übertönen. Er ahnte längst, was sie sagen würde, dass die Sicherheit, die sie sich durch Fürstin Syrahs Erpressung erkauft hatten, nur vorübergehend war, dass Syrah und Cascyr hinter verschlossenen Türen Pläne für den Tod der Erpresser schmieden würden, während Soldaten und Informanten das Land nach dem Mädchen durchkämmten. Ihr Tod war nur eine Frage der Zeit.

Mellies Worte durchdrangen den Schmerz wie ein Windstoß den Nebel. »Aber wenn du der Fürst von Somerstorm wärst, könntest du Cascyr der Burg verweisen und Syrah isolieren. Die Macht, die du hättest ...«

»Ich muss nachdenken«, unterbrach Craymorus sie. Er drehte sich um und stieß die Tür mit einer Krücke auf. Sonnenlicht stach in seine Augen. Die Krämpfe in seinen Beinen ließen nach, als er sich über den Burghof dem Haupteingang entgegenzog. Seine Bewacher waren nicht zu sehen.

Einige Arbeiter hatten damit begonnen, die Tribünen abzubauen. Einer der Männer stieß einen anderen an und zeigte auf Craymorus. Dann nahmen beide ihre Mützen ab und winkten ihm zu. Er tat so, als bemerke er das nicht.

In den Tavernen und Gasthäusern Westfalls sprach man oft über ihn, das wusste er. Viele glaubten, dass er an einer

Wunderwaffe gegen die Nachtschatten arbeitete. Sie ahnten nicht, dass er noch nicht einmal wusste, was die Nachtschatten eigentlich waren.

Kurz vor dem Haupteingang bog er nach links ab. Aus den Augenwinkeln blickte er über den Hof. Mellie war ihm nicht gefolgt.

Der Soldat, der die eisenbeschlagene Holztür bewachte, zog die Riegel zurück, als er Craymorus sah.

»Ich sage Bescheid, Mylordd.« Er verschwand in dem dunklen Gang jenseits der Tür. Nur wenig später erhellte Fackelschein die Wände, dann kehrte der Wächter mit zwei anderen Soldaten zurück. Sie wussten bereits, was sie zu tun hatten.

Der Wächter nahm Craymorus' Krücken, die anderen beiden stützten ihn auf dem Weg nach unten. Die Treppenstufen waren so schmal und ausgetreten, dass er sie allein nicht überwinden konnte. Die Soldaten hatten die Aufgabe, ihn zu stützen. Nur tragen durften sie ihn nicht. Das hatte er ihnen am ersten Tag verboten.

»Danke«, sagte er am Ende der Treppe. »Ihr könnt gehen.«

Mit dem Schlüssel, den er stets in der Tasche trug, öffnete er die schwere Tür am Ende des Gangs. Es war der Weg, den die Henker nahmen, wenn sie nicht in der Burg gesehen werden wollten. Und es war der Weg, den Craymorus nahm, wenn er nachdenken wollte.

Er schloss die letzte Tür hinter sich. Der Raum war kühl und roch nach Kot. Kerzenlicht erhellte ihn, riss steinerne Wände und von der Decke hängende Ketten aus der Dunkelheit. Craymorus setzte sich auf den Stuhl, der stets für ihn bereitstand, und lehnte die Krücken an den Tisch, auf dem Papier, Feder und Tinte standen.

»Es hat geregnet letzte Nacht«, sagte er zu der reglosen

Gestalt, die angekettet in der Mitte des Raums hockte. »Seit dem Morgen scheint die Sonne, aber in den Schatten ist es kalt.«

Jedes Mal begann er seine Unterhaltung mit einer Beschreibung des Wetters. Manchmal reagierte der Nachtschatten darauf, manchmal nicht. An diesem Tag schien er nicht bereit zu einem Gespräch zu sein.

Craymorus war das recht. Er lockerte die Lederriemen an seinen Beinschienen und lehnte sich zurück. Der Nachtschatten, ein Junge, der in die Sklaverei hatte verkauft werden sollen, zog sich die Decke über die Brust. An den Stellen, die nicht von dünnem beigefarbenem Fell oder Schorf bedeckt waren, war seine Haut bleich. Es war der einzige Nachtschatten, der je lebend gefangen genommen worden war, jedenfalls soweit Craymorus dies wusste. Er war selbst dabei gewesen, als sich der Junge auf der Fähre nach Westfall verwandelt hatte.

Nicht nur die Ketten hielten ihn gefangen, sondern auch sein Körper, der seit Wochen in einer Form, die sich irgendwo zwischen Mensch und Nachtschatten befand, verharrte; er konnte sich nur noch kriechend bewegen.

Craymorus schloss die Augen und lauschte dem leisen Klirren der Ketten. »Wir haben mehr gemein, als du glaubst«, sagte er leise. Der Nachtschatten schwieg, so wie er es erwartet hatte.

*Ich kann das nicht tun*, dachte er. *So ein Mann bin ich nicht.*

Die Vorstellung, Fürstin Syrah zu einer Heirat zu zwingen, erschien ihm lächerlich, auch wenn er verstand, was Mellie auf die Idee gebracht hatte. Einen Krüppel ohne Adelstitel zu heiraten, wäre eine kaum zu ertragende Demütigung für die Fürstin. Ihm ein Kind zu gebären …

Craymorus öffnete die Augen, so wie ein Priester, der sich

selbst bei einem blasphemischen Gedanken ertappt hatte. Der Nachtschatten sah ihn aus seinem einen braunen Auge an. Das andere hatte man ihm unter der Folter genommen. Fell wuchs in der leeren Augenhöhle.

»Ich werde es nicht tun«, sagte Craymorus. Es erleichterte ihn, die Worte laut auszusprechen. Der Nachtschatten leckte sich mit seiner langen Wolfszunge über menschliche Lippen. Dann hob er den Kopf.

Nur einen Moment später wurde die Tür aufgestoßen. Vier Soldaten in den goldpolierten Rüstungen der fürstlichen Leibgarde traten ein. Das Kerzenlicht spiegelte sich in ihren Brustplatten.

Ihr Anführer, ein Offizier, den Craymorus schon einige Male ins Gemach der Fürstin hatte gehen sehen, nickte ihm zu. Die anderen Soldaten sahen sich um. In ihren Blicken lagen Ekel und Ablehnung. Niemand suchte die Folterstätten freiwillig auf.

*Was müssen sie nur von mir denken?*, fragte er sich.

»Fürstin Syrah wünscht Euch zu sprechen«, sagte der Offizier; Craymorus fiel ein, dass er Rafal hieß.

Er zog die Riemen seiner Beinschienen fest. »Bitte sagt ihr, dass ich mich umziehe und sie aufsuchen werde.«

Rafal sah ihn an. »Sofort.«

Einer seiner Soldaten legte die Hand auf seinen Schwertknauf.

»Ja, natürlich«, sagte Craymorus. Er griff nach seinen Krücken. Eine rutschte ihm aus der Hand und fiel laut krachend auf den Steinboden.

Rafal hob sie auf und nahm ihm die andere aus der Hand. »Wir werden Euch tragen. Zu Eurer eigenen Sicherheit.«

Craymorus schwieg, als Hände nach ihm griffen und ihn hochhoben. Der Blick des Nachtschatten folgte ihm, bis der letzte Soldat die Tür schloss.

Die Soldaten hatten Craymorus vor der Tür, die zu den Gemächern der Fürstin führte, abgesetzt. Rafal war im Inneren verschwunden. Craymorus hörte seine dumpfe Stimme, konnte aber nicht verstehen, was gesagt wurde.

Er war so nervös, dass er zusammenzuckte, als die Tür geöffnet wurde. »Sie erwartet Euch«, sagte Rafal und gab den Weg frei.

Craymorus zog sich an ihm vorbei in den Raum, der jenseits der Tür lag. Der Offizier blieb einen Moment im Türrahmen stehen, so als wolle er seine Herrin nicht verlassen, dann schloss er die Tür von außen.

Craymorus war noch nie in Fürstin Syrahs Gemächern gewesen, dafür hatte es auch keinen Grund gegeben. Er hatte auch nie bewusst darüber nachgedacht, wie sie wohl leben mochte, trotzdem überraschte es ihn, dass er in einem Raum stand, der fast ein Spiegelbild seines eigenen zu sein schien. Sogar die Jagdszenen auf den Wandteppichen wirkten vertraut.

Es gab ein Bett, das hinter einem halb durchsichtigen Vorhang verborgen war, einen Tisch mit einer Weinkaraffe, Kelchen und einem Obstteller, Stühle, Sessel und Wandregale, in denen sich nichts außer ein paar leeren Schalen befand. Im Gegensatz zu Craymorus' Raum gab es noch eine zweite Tür neben dem Bett. Er wusste nicht, wohin sie führte.

Fürstin Syrah stand mit dem Rücken zu ihm am Fenster. Sie hatte die festliche Kleidung gegen eine einfache Robe mit Pelzkragen getauscht. Es war immer kühl in der Festung, egal, wie warm es draußen war.

Craymorus wartete. Es gehörte sich nicht, die Fürstin anzusprechen, bevor man selbst angesprochen worden war. Sein linkes Bein zitterte, drohte einzuknicken. Er hatte die Riemen der Schienen nicht fest genug angezogen. Sein Knie fand keinen Halt und schlug rhythmisch gegen die Scharniere. Die Metallstangen klirrten. Es klang wie die Ketten eines Gefangenen.

»Was willst du?«

Fürstin Syrah drehte sich nicht zu ihm um. Sie benutzte die alte Hochsprache, um ihn nicht mit dem Du eines Dieners oder eines Vertrauten anzusprechen, sondern mit dem eines Verbündeten, den man verabscheut, gegen den man jedoch nichts unternehmen kann.

*Sie weiß es*, dachte Craymorus. Er fragte sich, was er antworten solle, aber Syrah kam ihm zuvor. »Du hast uns alle getäuscht – Rickard, Balderick, mich, sogar Cascyr. Der schüchterne Krüppel, der loyale Freund, der junge Gelehrte. Und dann …«

Ihre Stimme brach, ein kurzer Moment der Schwäche. Sie räusperte sich. »Sag mir«, fuhr sie fort, »wie hast du die … wie hast du dieses Ding am Leben gehalten? Alles Menschliche war ihm genommen, aber es lebte, bis es seine Botschaft überbracht hatte. Wie? Magie?«

»Ich habe …«

*… keine Ahnung, wovon Ihr redet*, wollte Craymorus sagen, doch die Fürstin ließ ihn nicht zu Wort kommen.

»Ich will es nicht wissen. Nur eines: Ist sie wohlauf?«

Sie musste nicht sagen, wen sie meinte. Craymorus wusste es auch so. »Ja«, sagte er, »das ist sie.«

Er sah, wie sich ihre Schultern hoben, so als wäre ein Gewicht von ihnen genommen. Syrah drehte sich um. Ihr Gesicht war blass, ihre Augen kalt und grau wie der Stein der Wände.

»Also was willst du, Krüppel?«, fragte sie erneut. Ihre Wortwahl war neutral, das Wort »Krüppel« keine Beleidigung, sondern eine Tatsache.

Craymorus' Knie schlug dennoch heftiger gegen die

Scharniere, ein plötzlicher Krampf krümmte seinen Fuß zusammen. Er presste die Lippen aufeinander, kämpfte gegen den Schmerz an. Sein Blick blieb an Fürstin Syrahs dünnen, blutleeren Lippen hängen, an den winzigen Falten in ihren Mundwinkeln.

Sie lächelte. Sie lächelte, um ihm zu zeigen, dass sie den Schmerz sah, dass sie wusste, dass er ein Leben lang ein Krüppel bleiben würde, egal, was er auch von ihr erpresste und erzwang. Es lag kein Hass in diesem Lächeln, denn sie sah nichts in ihm, was Hass wert gewesen wäre, nur Abscheu und Verachtung.

*Du wirst mich hassen*, dachte Craymorus durch den grellen, dröhnenden Schmerz. Das Zucken seines Beins, die Krämpfe, das Quietschen der Scharniere und das Klirren des Metalls waren wie ein Schrei, der in seiner Kehle steckte und nicht hinauskonnte.

Als er ihn schließlich freiließ, tat er es auf die einzige Weise, die ihm blieb.

»Ich will, dass du mich heiratest«, stieß er hervor.

Sein Bein knickte ein, die Krücken rutschten über den Stein. Mit dem Rücken prallte er gegen die Wand, rutschte an ihr nach unten, bis er atemlos auf dem Boden saß. Die Krämpfe lösten sich, die Schmerzen verschwanden.

Er blinzelte Tränen aus seinen Augen und sah zu Syrah empor. Ihr Gesicht war starr, das Lächeln das einer Maske.

»Ich verstehe«, sagte sie. Der Hass in ihrer Stimme war eine kühle Brise auf Craymorus' Gesicht.

# Kapitel 9

*Was mögen das nur für Menschen sein, so mag sich der Reisende bei seiner ersten Fahrt auf dem Großen Fluss fragen, die an diesem Ort leben können? Umgeben von Wasser, das die Landschaft täglich neu erschafft, das Inseln emporbringt, nur um sie im nächsten Atemzug davonzureißen, stets der Gefahr ausgesetzt, dass der sichere Hafen, den man im Sturm anlaufen will, verschwunden ist oder sich eine Untiefe dort befindet, wo noch am Morgen tiefes Wasser war. Diesem Fragesteller sei gesagt, dass er selten in angenehmerer und freundlicher Gesellschaft speisen wird, vorausgesetzt seine Zunge schätzt den Geschmack von Algen.*

*Jonaddyn Flerr, Die Fürstentümer und Provinzen der vier Königreiche, Band 1*

Die Fischer liefen nicht weg, als Gerit gegen Mittag die Südspitze der Insel erreichte. Ein Mann und zwei Frauen empfingen ihn freundlich winkend und luden ihn in einen der Unterstände ein, wo sie mit ihm gemeinsam Algenbällchen aßen und Flusswasser mit Blütenblättern tranken. Sie saßen auf dem Boden, statt auf einem Tisch speiste man auf breiten grünen Blättern, die auf dem Sand lagen. Drei Seevögel, jeder mit einem Hals, der so lang wie Gerits Unterarm war, hockten auf der Reling des nächstgelegenen Boots und starrten die Menschen an. Ihre Augen waren schwarz, die Schnäbel lang und spitz. Sie hatten

Schwimmhäute an den Füßen und ölig glänzende Federn. Eine schmale, zusammengeknotete Kordel umgab ihren Hals wie ein Ring.

»Langhalstaucher«, sagte Muan, ein grauhaariger Mann mit ledriger Haut, als er Gerits Blick bemerkte. »Helfen bei Fischen.«

Alle vier sprachen die Gemeinsprache nur gebrochen.

»Wie?«, fragte Gerit.

Der Mann zögerte einen Moment, suchte vielleicht nach den richtigen Worten, dann nahm er eines der Algenbällchen und hielt es hoch. Fast gleichzeitig stiegen die drei Langhalstaucher auf. Ihre Schwingen berührten einander mit einem Geräusch wie knisterndes Pergament. Der mittlere Vogel war der schnellste. Sein Hals schien länger und schmaler zu werden, als er den Schnabel öffnete und dem Mann das Algenbällchen aus den Fingern zupfte. Er landete neben Gerit auf dem Boden. Die anderen beiden Vögel drehten lautlos ab und kehrten zum Boot zurück.

Gerit betrachtete den Langhalstaucher, der fast so groß wie er selbst war. Der Vogel legte den Kopf in den Nacken, bewegte ihn vor und zurück, beinahe als müsse er würgen.

»Was ist mit ihm?«

Die Fischer lachten. Die jüngere der beiden Frauen – sie hieß Nari, war nur wenig älter als Gerit, aber hochschwanger – klatschte in die Hände. Der Vogel breitete die Flügel aus und hüpfte auf sie zu. Mit Daumen und Zeigefinger griff sie in seinen geöffneten Schnabel, holte das Algenbällchen heraus und zeigte auf die Kordel um den Hals des Vogels.

»Nicht fressen«, sagte sie.

Gerit runzelte die Stirn, dann verstand er plötzlich, was sie sagen wollte. »Er kann nicht schlucken. Die Kordel sitzt zu eng.«

Sie nickte. »Nicht schlucken«, wiederholte sie. Vahra, die ältere Frau, die neben ihr saß, löste die Kordel mit einer kurzen Handbewegung. Der Vogel schüttelte sich, dann schnappte er nach dem Algenbällchen. Sie wartete, bis er es geschluckt hatte, und legte ihm die Kordel wieder an.

»So fischen wir«, sagte sie. »Sie helfen. Gute Vögel.«

»Warum fliegen sie nicht einfach weg, wenn ihr ihnen die Kordel abnehmt?«, fragte Gerit.

Die ältere Frau legte den Kopf schräg. Ihr Hals war lang und faltig. Sie sah beinahe selbst aus wie ein Vogel.

»Sie wollen Futter. Wenn kriegen Futter, sie mögen uns. Wenn kriegen Kordel, sie brauchen uns. Einfach.«

Gerit nickte. »Einfach«, sagte er. Sein Gesicht spiegelte sich in den schwarzen Augen des Vogels. Er wandte den Blick ab und sah hinaus auf den Fluss. »Wann fahrt ihr wieder ans Festland?«

»Wenn Sonne nicht mehr hoch.« Muan ahmte mit der Hand Naris vorgewölbten Bauch nach. »Nicht gut für sie.«

»Verstehe.« Die Sonne stand fast noch senkrecht über dem Fluss. Das Glitzern, mit dem sich ihre Strahlen in den Wellen brachen, stach in den Augen. *Ein paar Stunden noch*, dachte Gerit. *So schnell wird mich niemand vermissen*.

Und selbst wenn, würde Korvellan die Flotte nicht wegen ihm umdrehen lassen. Die Allianzen, die er trotz seiner Siege zu benötigen glaubte, würden sich auch ohne ihn schmieden lassen. Er hatte Somerstorm eingenommen und Baldericks Armee vernichtet. Die Herrscher der anderen Fürstentümer würden sich vor ihm auf die Knie werfen, wenn er ihnen die Gnade erwies, eine Allianz mit ihnen auch nur in Erwägung zu ziehen. Es gab vermutlich niemanden in den vier Königreichen, der ihn nicht fürchtete.

Trotzdem konnte Gerit den Blick nicht vom Wasser lösen.

Am Fluss sitzend überließ er die Fischer ihrem Mittagsschlaf, im Boot sitzend, als die Dämmerung sich näherte, überließ er sie ihren Gesprächen, zurückblickend, wartend, bis die Nacht hereinbrach. Dann legte er sich im Heck des langen schmalen Boots hin und bedeckte die Augen mit seinem Arm. Er hatte Angst, dass er im Schlaf weinen würde, und wollte nicht, dass das jemand sah.

Durch einen Spalt unter seiner Armbeuge beobachtete er die Fischer. Sie unterhielten sich leise, lachten manchmal, warfen ihm hin und wieder einen kurzen Blick zu und sagten dann etwas. Sie hatten ihn nicht gefragt, ob er ein Nachtschatten war, und schienen auch keine Angst zu haben, dass er sich in einen verwandeln würde.

»Wieso?«, fragte er am nächsten Morgen, nachdem er sich mit Flusswasser das Gesicht gewaschen hatte. »Wieso habt ihr mich mitgenommen? Fürchtet ihr die Nachtschatten nicht?«

Muan hob die Schultern. Sein Blick folgte den drei Langhalstauchern, die über dem Boot kreisten. »Nachtschatten kommen auf Insel, bleiben, gehen von Insel. Kein Streit. Wieso fürchten?«

Varah reichte Gerit ein rohes Möwenei. Er schlug es an der Bootsreling auf, schlürfte es aus und zerdrückte das Eigelb mit der Zunge an seinem Gaumen. Es schmeckte süßlich und ein wenig nach Fisch.

Der Fang des Morgens lag bereits in den Netzen am Boden. Muan hatte Gerit erklärt, dass sie den Fisch nicht aßen, den sie so weit draußen fingen. Am Hafen bekamen sie einen so guten Preis dafür, dass sie es sich nicht leisten konnten, selbst davon zu essen. Sie wussten noch nicht einmal, wie die Fische schmeckten.

»Bist du Nachtschatten?«, fragte Nari, als Gerit die Eierschalen ins Wasser warf.

»Nein«, sagte er.

»Aber du mit Nachtschatten?«

Varah sagte etwas, das wie eine Zurechtweisung klang. Vermutlich, so schätzte er, bedeutete es: *Sei nicht so neugierig.*

Nari senkte den Kopf und errötete.

»Schon gut.« Gerit wischte sich die Finger an der Hose ab und lehnte sich an die Bootswand. Der Einbaum war schmal. Nebeneinander konnte man nicht sitzen, und Bänke gab es auch nicht. Über ihm blähte sich das Segel im Wind. Der Ausleger hüpfte über das Wasser.

»Es macht mir nichts aus, darauf zu antworten«, sagte er nach einem Moment. Worte bildeten sich in seinem Geist, so viele und so verwirrend, dass er nicht wusste, wie er sie ordnen sollte.

»Ich habe ihnen geholfen«, begann er. »Sie haben meine Eltern umgebracht. Sie haben mir alles genommen, und ich habe ihm geholfen … *ihnen* geholfen. Ich hätte ihn verraten können, aber ich tat es nicht. Ich ging zurück, obwohl ich hätte fliehen können.«

Die Worte flossen immer weiter aus ihm hervor. Er versuchte sie aufzuhalten, aber sein Wille war wie Sand, der vom Fluss hinweggespült wurde. »Ich bin mit ihnen gezogen. Ich habe Baldericks Armee in den Tod geführt und zugesehen, als man ihm den Kopf abschlug. Sie mussten mich nicht bewachen. Ich wollte nicht gehen. Und jetzt bin ich weg, und sie haben mich nicht geholt, und ich wollte, sie würden es.«

Seine Stimme zitterte. Er wischte sich mit der Hand über die Augen, aber sie waren trocken. Varah rollte Algenstreifen zusammen, so als hätte sie nichts von dem gehört, was er gesagt hatte. Muans Blick folgte immer noch den Vögeln, nur Nari sah Gerit an.

»Ich verstehe nicht«, sagte sie. »Zu schnell.«

Einen Augenblick lang war er enttäuscht, dann erleichtert. Sein Verhalten war beschämend gewesen, eine falsche Entscheidung, die er bereute.

»Ist nicht so wichtig«, sagte er. Aus den Augenwinkeln sah er, wie einer der Vögel auf der Reling landete. Er hatte einen Fisch im Schnabel. Die Schwanzflosse ragte noch heraus.

Muan öffnete den Schnabel und warf den Fisch ins Boot. »Einfach, Nari.« Er zeigte auf Gerit, dann auf den Vogel mit der um den Hals gebundenen Kordel. »Er wie sie.«

Dann grinste er. Algen hatten seine Zähne grün gefärbt. »Wir alle wie sie.«

Sie verbrachten die heißen Mittagsstunden im Schatten einiger Bäume mitten im Fluss. Möwen, Langhalstaucher und kleinere, rundliche Vögel, deren Flügel grün schimmerten, saßen dicht nebeneinander auf den Ästen und Zweigen. Ihr Gurren ging im Rauschen des Flusses unter. Ab und zu flogen ein paar Vögel auf, tauchten ins Wasser ein und kehrten mit einem Fisch im Schnabel zurück. Dann flogen Schwärme von Vögeln auf und versuchten ihnen die Beute abzujagen. Meistens gelang ihnen das.

Gerit sah ihnen eine Weile zu, die Arme auf die Reling gelegt, das Kinn auf die Hände gestützt. Einige Armlängen unter ihm wogte Gras langsam im Wasser hin und her. Ein Steg begann in einiger Entfernung und führte ins Nichts. Das Holz schaukelte vor seinen Augen im Rhythmus der Wellen.

Sie aßen, schliefen und fuhren weiter, als es kühler wurde. Muan steuerte das Boot mit Stricken, die von den Segeln herabhingen. Wie Pferdezügel hielt er sie zwischen den Fingern. Woran er sich orientierte, wusste Gerit nicht. Er fragte

Muan danach, aber der Mann winkte nur ab, als habe man ihm die Frage schon so oft gestellt, dass ihn die Antwort langweilte.

Am späten Vormittag des nächsten Tages legten sie schließlich am Hafen von Gomeran an. Es war eine kleine Stadt mit niedrigen Holzhäusern, vor denen Fischer saßen, Netze flickten und Fische zum Trocknen in die Sonne legten. Nachtschatten patrouillierten durch die Gassen, die Speere lässig über die Schulter gelegt. Hinter den Häusern ragten die Mauern einer Garnison auf. Fahnenmasten ragten in den Himmel. Keine Flagge hing daran und kein Banner. Korvellan hatte sie entfernen lassen, als er in Gomeran einmarschiert war, so wie er es in jeder Stadt tat. »Nachtschatten brauchen keine Farben«, hatte er einmal gesagt, als Gerit ihn danach fragte. »Wir wissen auch so, wer wir sind.«

Muan fand eine freie Anlegestelle zwischen Booten, die genauso aussahen wie das seine. Einige Fischer nickten ihm zu, als er auf den Steg kletterte und Nari nach oben half. Die Vögel blieben auf dem Ausleger sitzen. Ihre Blicke suchten das Wasser ab.

Gerit half den Fischern, das Boot zu entladen. »Ich danke euch für eure Hilfe«, sagte er, als der Fang auf dem Steg lag und die ersten Händler sich mit ihren Karren näherten.

Muan neigte den Kopf. »Wohin du jetzt?«

»Mal sehen, vielleicht nach Süden.« Gerit wählte seine Worte vorsichtig. Korvellan schien niemanden hinter ihm hergeschickt zu haben, aber das konnte sich ändern. Er durfte sie nicht durch eine unüberlegte Äußerung auf seine Spur bringen.

»Hast du heute was für uns?«

Muan drehte sich zu den beiden Händlern um, die ihren

Karren neben ihm abstellten. Kisten voller Salz stapelten sich darauf.

»Immer was für dich, Ullo, bei Preis gut.«

Ullo, ein älterer Mann mit grauem Bart, grinste und klopfte ihm auf die Schulter. Er trug abgewetzte Lederkleidung und einen Gürtel, in dem ein Dolch steckte. »Wir werden uns schon einig. Das ist übrigens Mikee. Er ist neu hier, macht seine Sache aber schon ganz gut.«

Mikee war jünger und kräftiger als Ullo. Sein Gesicht und der kahl geschorene Kopf waren von vernarbten Peitschenstriemen überzogen. Gerit warf einen Blick auf seine Handrücken. Die Sklavenmale waren deutlich zu sehen. Er konnte nicht sagen, für welchen Händler das Muster aus Wellen und Kreisen stand. Ana hätte das vermutlich gewusst. Sie hatte sich immer mehr für dieses Geschäft interessiert als er. Damals, in seinem alten Leben, hatte ihn der Sklavenhandel gelangweilt, erst durch die Nachtschatten hatte er gelernt, Händler ebenso wie Sklaven zu verachten.

»Bist du geflohen?«, fragte Gerit.

Mikee hob die Schultern.

»Ich nehme es an«, sagte Ullo, »aber genau werde ich das wohl nie erfahren. Irgendjemand hat ihm die Zunge rausgeschnitten. Vor ein paar Tagen kam er mit ein paar anderen geflohenen Sklaven hier an. Sie sagten mir, sein Name sei Mikee und er kenne sich mit Fischen aus.«

Mikee hockte sich auf den Steg und begann Muans Fang zu sortieren, als wolle er sein Können beweisen.

»Sieht so als, als würde das stimmen, oder?«, sagte Ullo und grinste. »Er arbeitet jetzt für mich. Und dass er stumm ist …« Er zuckte mit den Schultern. »Meine Frau sagt ohnehin, ich würde für zwei reden.« Er lachte. »Die anderen sind weitergezogen. Sie haben mir erzählt, dass viele geflohene Sklaven auf dem Weg nach Norden sind.«

*Und wieder geht einer von Korvellans Plänen auf,* dachte Gerit. Gegen Schwarzklaues Willen hatte er die Sklaven, die mit den besiegten Armeen marschiert waren, freigelassen und ihnen gesagt, jeder, der seine Fesseln abwerfe, sei in seinem Volk willkommen.

Gerit hatte geglaubt, die Furcht vor den Nachtschatten würde stärker sein als der Drang nach Freiheit, aber da schien er sich geirrt zu haben – mal wieder. Die Sklaven, die nach Norden zogen, fehlten im Süden, so wie Korvellan es wollte.

Ullo räusperte sich, als niemand etwas sagte. Er musterte Gerit kurz, dann wandte er sich an Muan. »Ist das der Mann, den sich deine Tochter ausgesucht hat?«

Nari legte die Hände vor den Mund und begann zu kichern. Gerit spürte, wie seine Wangen heiß wurden. »Nein«, sagte er rasch. »Muan hat mich nur mitgenommen. Ich kenne seine Tochter gar nicht.«

Er hatte noch nicht einmal gewusst, dass Nari die Tochter des Fischers war.

Ullo wirkte überrascht. »Er hat dich mitgenommen? Von wo denn? Er …«

»Fische kaufen oder reden?«, unterbrach ihn Muan. Gerit fragte sich, wie viel er von der Unterhaltung verstanden hatte und ob er sie absichtlich an diesem Punkt unterbrach.

»Natürlich will ich deinen Fisch kaufen, mein Freund«, sagte Ullo, aber er wirkte abwesend, so als kreisten seine Gedanken immer noch um die Frage, die er gestellt hatte.

Gerit schulterte seinen Rucksack. »Ich muss jetzt weiter. Danke noch mal – und lebt wohl.«

»Leb wohl.« Muan nickte ihm zu, Varah lächelte. Nur Nari wandte den Kopf ab und sah auf den Fluss hinaus.

»Also dann.« Gerit blieb einen Moment stehen, dann drehte er sich um und ging den Steg hinunter auf die Stadt zu.

Er war noch keine drei Schritte weit gekommen, da hörte er Naris Stimme.

»Gerit!«, rief sie. »Wenn wollen, du immer willkommen. Immer Essen für dich in Dorf. Nicht vergessen.«

Er warf ihr einen langen Blick über die Schulter zu. Einen Lidschlag lang sah er sich neben Nari im Sand sitzen, während warmer Regen auf das Holz über seinem Kopf und den Fluss vor seiner Hütte fiel. Er lächelte und ging weiter. Es war nur ein Traum.

Hinter ihm sagte Ullo: »Gerit? Sein Name ist Gerit?«

Er ging schneller. Schritte folgten ihm, holten rasch auf.

»Halt!«, schrie Ullo. Zwei Nachtschatten, die am Ufer patrouillierten, sahen sich um. Sie waren zwanzig, vielleicht dreißig Schritte entfernt.

Gerit dachte an den Dolch in Ullos Gürtel. Er würde wie ein Feigling sterben, wenn ihn die Klinge im Rücken traf, so wie sein Vater gestorben war. Einen Moment lang sah er ihn vor sich, die blutige Robe, die an seinem Körper klebte, die Finger in die Tür gekrallt, das verzerrte Gesicht.

Gerit schüttelte das Bild ab. *Ich werde so nicht sterben,* dachte er. Die Schritte wurden lauter, schneller, hatten ihn fast erreicht. Er blieb stehen und drehte sich um.

Ullo war keine Manneslänge mehr von ihm entfernt. Er blinzelte überrascht, als Gerit sich umdrehte, und blieb ebenfalls stehen. Sein Blick glitt zur Seite. Er schien erst in diesem Augenblick zu bemerken, dass Mikee nicht mit ihm gekommen, sondern bei den Fischern geblieben war. Muan hatte ihm die Hand auf die Schulter gelegt. Es sah nicht so aus, als wolle er ihn gehen lassen. Nari umarmte Varah, die ihr über den Kopf strich.

»Was willst du?«, fragte Gerit. Er sprach fordernd, so wie er als Herr der Küche mit denen gesprochen hatte, die es nicht wagten, seinen Blick zu erwidern.

Ullo wirkte unsicher. Seine linke Hand berührte den Dolch in seinem Gürtel, dann steckte er sie in die Tasche. »Bist du Gerit?«

»Du kennst meinen Namen.« Aus den Augenwinkeln sah Gerit, wie die Nachtschatten den Steg betraten und langsam auf ihn zugingen.

»Du hast Baldericks Armee in die Falle gelockt?«

»Das habe ich.« Keine Entschuldigungen, keine Ausflüchte.

Ullos Stimme zitterte. »Mein Bruder war in dieser Armee. Er ist nicht zurückgekommen.« Seine Hand glitt aus der Hosentasche wie eine Schlange. Gerit sah, wie sie auf den Dolch zukroch und sich ihre Finger langsam um den Griff schlossen.

Er hatte keine Angst. Er wusste, dass er stärker als Ullo war. Wenn es zum Kampf kam, würde er ihn besiegen.

Der Händler sah über Gerits Schulter zu den Nachtschatten. Seine Hand glitt zurück in die Tasche. Er räusperte sich. Gerit glaubte, er wolle etwas sagen, doch dann legte er den Kopf in den Nacken und zog die Lippen zusammen.

Sein Speichel traf Gerit im Gesicht. Warm floss er über die Narben in seiner Wange und tropfte vom Kinn auf den Steg.

Ullo wischte sich den Mund ab. »Ein anderer wird meinen Bruder rächen und all die anderen Brüder, Väter und Söhne, deren Leben du genommen hast, verdammter Verräter.«

Er hatte Tränen in den Augen. Eine Ader an seiner Schläfe pochte.

»Was ist hier los?«, fragte einer der beiden Nachtschatten.

Gerit drehte sich zu ihm um. Das Gefühl der Stärke fiel von ihm ab. Er spürte den Speichel in seinem Mundwinkel und hätte beinahe gewürgt.

»Bringt mich zu eurem Kommandanten«, sagte er.

# Kapitel 10

*Es gibt keine Rivalität zwischen dem Ostufer und dem Westufer des Großen Flusses. In den Westprovinzen erblühen Philosophie, Schmiedekunst, Architektur und Dichtung, während die Ostprovinzen die besten Schweinehirten hervorbringen. So ergänzen sich beide Seiten zu einem Ganzen.*

*Jonaddyn Flerr, Die Fürstentümer und Provinzen der vier Königreiche, Band 2*

Es war nebelig am Ufer das Großen Flusses. Auf dem Wasser hatte es angefangen zu regnen, und es sah nicht so aus, als würde es bald aufhören. Die Luft roch schwer und süß. Schwarzklaue streckte sich. Wasser tropfte aus dem Farn, unter dem er und Sommerwind lagen. Die Geräusche des Lagers drangen zu ihm herüber. Zelte wurden aufgebaut, Holz geschlagen. Irgendwo im Wald starb ein Reh. Er hörte es schreien, roch sein Blut.

»Wozu brauchen wir Städte?«, sagte er. »Wir sollten sie niederbrennen und in die Asche pissen, damit das Gras schneller wächst.«

Sommerwind hob den Kopf. Ihre braunen, allzu menschlichen Augen schienen zu lachen. Sie war nicht sehr attraktiv, aber Schwarzklaue hatte sie trotzdem erwählt.

»Und wo würden wir dann leben?«, fragte sie.

Schwarzklaue knurrte. »Wo auch immer wir wollen. Bist du so schwach, dass du dich nach Mauern sehnst?«

Das Lachen verschwand aus ihren Augen. »Wenn du mich für schwach hältst, was machst du dann noch hier?«

Sie griff nach dem Hemd, das sie in die Zweige gehängt hatte, aber Schwarzklaue hielt ihre Hand fest. Sie wehrte sich nur einen Moment dagegen.

»Ich bin hier, weil es mir gefällt.« Er strich über ihre Brüste und leckte das Wasser aus ihrem Fell. »Und ich werde bleiben, bis …«

Er ließ den Satz unvollendet. Ein vertrauter Geruch mischte sich in die Süße, das Blut und die Erregung. Er ließ Sommerwind los und richtete sich auf.

»Du lässt mich nicht kämpfen, und du lässt mich nicht ficken!«, brüllte er. »Was soll das?«

Vor ihm bog Korvellan die Farne zur Seite. Kurz sah er Sommerwind an, dann Schwarzklaue. »Ich muss mit dir reden«, sagte er.

»Dann rede.«

»Allein.«

Schwarzklaue stand auf, während Sommerwind ihr Hemd überzog. Er bat sie nicht zu warten und befahl es ihr auch nicht. Sie konnte tun, was sie wollte. Manchmal glaubte er, dass jeder Nachtschatten freier war als er selbst.

»Was willst du?«, fragte er, als sie eine kleine Lichtung erreichten. Der Regen hatte nachgelassen, aber der Boden war aufgeweicht.

»Der Junge ist weg«, sagte Korvellan. »Ich habe das Lager absuchen lassen.«

»Vielleicht ist er auf der Jagd.« Schwarzklaue verlor das Interesse an der Unterhaltung. Der Junge hatte keine Bedeutung für ihn, und er hätte auch keine für Korvellan haben sollen.

»Niemand hat ihn seit der Abfahrt gesehen. Ich glaube, dass er auf der Insel zurückgeblieben ist.« Korvellan ging auf und ab. Wie so oft hatte er menschliche Gestalt angenommen und trug seine dunkle Kleidung wie eine Uniform. Schwarzklaue roch seine Verärgerung.

»Er hat unseren Streit am Strand gehört«, fuhr Korvellan fort, »und du stiehlst sein Mädchen.«

Schwarzklaue hob die Schultern. »Sie hat so viel Zeit mit ihm verbracht, dass sie schon wie ein Mensch roch. Einer musste das ändern.«

Er spürte, wie Korvellans Verärgerung in Wut umschlug. Schlamm spritzte über seine Stiefel, so heftig trat er bei jedem Schritt auf.

»Wenn er weg ist«, sagte Schwarzklaue, »finden wir eben einen anderen.«

Korvellan blieb stehen. »Ich werde ihn holen.«

»Was?«

»Er hat nur ein paar Tage Vorsprung. Selbst wenn es ihm gelungen sein sollte, die Insel zu verlassen, kann er noch nicht weiter als Gomeran gekommen sein.«

»Bist du …« Schwarzklaue rang nach Worten, fand sie nicht und brüllte seine Wut hinaus. Vögel flatterten aus den Bäumen in den Himmel. »Wir …«

»Vertraust du mir?«, unterbrach ihn Korvellan. Sein Ärger war verflogen, als hätten die Vögel ihn emporgetragen. »Schwarzklaue, vertraust du mir?«

Er antwortete nicht. Seine Gedanken kehrten zurück zu dem Tag, an dem Korvellan in seinem Lager aufgetaucht war, zu dem Tag, an dem sie von den Bergen auf Somerstorm geblickt hatten, zu dem Tag, an dem Baldericks Kopf durch den Sand gerollt war.

Er nickte.

»Dann ist es entschieden.« Korvellan drehte sich um und verschwand zwischen den Bäumen.

Schwarzklaue blieb zurück.

Er stand am Ufer, als Korvellan und seine Männer das Boot bestiegen. Regen hing als grauer Vorhang über dem Wasser. Der Boden war schlammig. Zwischen den Zelten standen große Pfützen. Das Wild, das die Jäger am Morgen erlegt hatten – Rehe und Wildschweine –, lag auf einem Karren. Kein Feuer brannte, keine Kochstelle war ausgehoben worden. Der Regen hatte das Holz durchnässt.

*Wir müssen das Lager verlegen*, dachte Schwarzklaue. Sie hatten den Lagerplatz ohne jede Sorgfalt gewählt, schließlich hatten sie geglaubt, nur eine Nacht dort verbringen zu müssen. Am nächsten Tag, das hatte er den Kriegern gesagt, würden sie weiterziehen, nach Süden, dem Feind und dem Sieg entgegen.

Er sah sich um. Die Nachricht von Korvellans Abreise hatte sich schnell verbreitet. Die Nachtschatten standen in kleinen Gruppen zusammen und redeten oder saßen in Zelten, durch deren Dächer der Regen tropfte. Sie waren verwirrt und enttäuscht. Ruhm und Ehre hatten am anderen Ufer des Flusses liegen sollen, doch stattdessen mussten sie mit ansehen, wie einer der Männer, denen sie ihr Leben anvertraut hatten, sie verließ, um einem Menschen hinterherzujagen. Welcher General ließ schon seine Truppen im Stich? Das mussten sie sich fragen. Die Antwort darauf fiel nicht schwer: einer, der nicht mehr an den Sieg glaubt oder ein Ziel verfolgt, das ihm wichtiger ist als der Sieg.

Schwarzklaue schüttelte den Regen aus seinem Fell. Er dachte nicht gern über solche Dinge nach. Menschen dachten und hinterfragten, Nachtschatten handelten.

»Mortamer!«, rief er in Richtung des Bootes. »Du hast bis zur nächsten Blindnacht, hörst du? Keinen Tag mehr.«

Korvellan drehte den Kopf. Die Stute, die er am Zügel führte, tänzelte nervös über das Deck. »So lange wird es nicht dauern. Wir sehen uns bald wieder, mein Freund.«

Schwarzklaue schwieg. Korvellan schien zu erwarten, dass er noch etwas sagen würde, aber als die Worte ausblieben, wandte er sich ab.

»Leinen los«, hörte Schwarzklaue ihn befehlen. Die Männer gehorchten ihm. Zwei von ihnen holten den Anker ein, zwei weitere setzten das Segel. Träge verließ das Boot das Ufer. Korvellan stand am Bug, den Blick auf das Wasser gerichtet. Er sah nicht zurück.

»Ich hoffe, dass wir ihn wiedersehen«, sagte eine Stimme hinter Schwarzklaue. Sie gehörte Wolkenauge, einem der ältesten Krieger des Lagers. Er hatte ihn von Anfang an begleitet.

»Natürlich werden wir das.« Schwarzklaues Antwort klang barscher, als er es beabsichtigt hatte. »Vor der nächsten Blindnacht wird er zurück sein.«

Wolkenauge trat neben ihn. Er kratzte sich am Kopf, spuckte aus und kratzte sich noch einmal. Seine seltsam grauen Augen musterten Schwarzklaue.

»Was ist los?«

Der alte Krieger zeigte mit einer Klaue auf das Boot, das allmählich im Regen verschwand. »Ich frage mich nur, wieso er diese Männer mitgenommen hat. Er hat sich die stärksten und ausdauerndsten Pferde ausgesucht. Das ist vernünftig. Aber diese Männer …«

Er schüttelte den Kopf.

Schwarzklaue sah dem Boot nach. Er kannte die Krieger nicht, die darauf standen. Sie waren wohl erst nach der letzten Schlacht zu ihnen gestoßen. »Muss ich die Worte von deiner Zunge reißen?«, fragte er, unfähig, seine Ungeduld zu verbergen.

Wolkenauge beachtete seinen Tonfall nicht. Ebenso langsam wie zuvor sagte er: »Alle zehn sind Deserteure. Sie haben in der Armee der Menschen gedient und die Seiten gewechselt. Solchen kann man nicht trauen, das sollte Korvellan wissen. Also denke ich, dass er vielleicht nicht nur nach Gomeran will, sondern weiter, dorthin, wo man Männer braucht, die wissen, wie man sich unter Menschen bewegt, ohne aufzufallen. Und deshalb frage ich mich, ob wir ihn wiedersehen werden.«

Schwarzklaue nickte. Plötzliche Wut krampfte seine Kehle zusammen. Er knurrte lang und tief. Einige Nachtschatten, die einen Steinwurf entfernt am Ufer angelten, drehten sich überrascht um.

»Behalte dieses Wissen für dich«, sagte Schwarzklaue leise.

»Was willst du jetzt tun?«

»Warten.« Mühsam brachte er das Wort hervor. Es schmeckte bitter. »Wir werden nichts unternehmen bis zur nächsten Blindnacht.«

»Und wenn er dann noch nicht zurückgekommen ist?«

»Das werden wir entscheiden, wenn es so weit ist.« Schwarzklaue ließ Wolkenauge stehen. Er hatte mehr als genug für einen Tag geredet. Er warf einen Blick auf den Fluss, aber das Boot war nicht mehr zu sehen.

*Wie weit, Korvellan?*, fragte er sich in Gedanken. *Wie weit bist du bereit zu gehen?*

# Kapitel 11

*In Westfall ist man zurecht stolz auf die Gesetzestreue der fürstlichen Untertanen. Es heißt, kein Bäcker müsse seine Backstube in der Nacht verschließen, weil kein anderer ihn bestehlen würde. Ebenso bemerkenswert ist die Anzahl der Soldaten, die man auf den Straßen sieht, und die der Galgen.*

*Jonaddyn Flerr, Die Fürstentümer und Provinzen der vier Königreiche, Band 1*

Erwache, mein Geliebter.«

Craymorus öffnete die Augen. Mellies Haar kitzelte seine Wange. Ihre Lippen küssten seinen Hals. Sie waren rau und trocken, so wie Pergament.

»Wo warst du?« Seine Stimme klang heiser. Er räusperte sich und blinzelte. Das Sonnenlicht, das durchs Fenster fiel, warf ein helles Viereck an die Wand. Es war Morgen.

»In der Stadt. Alle reden darüber.« Mellie küsste ihn erneut.

Craymorus drehte den Kopf. Sie lag neben ihm, einen Arm angewinkelt unter dem Kopf, den anderen ausgestreckt auf seiner Brust. Ihre Finger spielten mit den Fransen der Decke.

»Über was reden sie?«, fragte er, während er seine Hand auf die ihre legte.

Sie lächelte. »Über die Prophezeiung. Ein Priester hatte in der Nacht eine Vision. Er sah einen Mann mit Krücken, der den eisernen Fürstenhelm Westfalls trug. Fürstin Syrah saß neben ihm. Sie hielt einen neugeborenen Jungen in den Armen. Vor ihnen lag ein Feld voller erschlagener Nachtschatten.« Eine Haarlocke fiel ihr ins Gesicht. Sie strich sie beiseite. »Man sagt, die Fürstin habe den Priester bereits empfangen.«

Craymorus wich ihrem Blick aus und sah zur Decke. Sie schien tiefer zu sein als noch am Abend zuvor. *Wieso tut die Fürstin das?*, fragte er sich. *Liebt sie ihre Tochter so sehr?* In seinen Gedanken sah er Syrah wieder über sich stehen, die Arme verschränkt, den Mund verkniffen. Sie hatte zugesehen, als er über den Boden zu einem Regal gekrochen war, um sich daran hochzuziehen. In ihrem Gesicht hatte er keine Verachtung erkennen können, noch nicht einmal Spott, nur Kälte und Hass. Dass eine solche Frau bereit sein sollte, sich aus Liebe zu jemandem aufzugeben, erschien ihm seltsam. Und doch schien sie genau das zu tun.

Es klopfte. Neben ihm schreckte Mellie hoch. Mit einer Geschmeidigkeit, die Craymorus bewunderte, glitt sie vom Bett und verschwand in einer Nische. Er strich die Decke glatt. »Ja?«, rief er.

Die Tür wurde geöffnet. Craymorus hatte mit Oso, seinem Diener, gerechnet, aber stattdessen blieben zwei Gardisten unter dem Türsturz stehen. Craymorus glaubte nicht, dass es die Männer waren, die man ihm zugeteilt hatte, auch wenn er sich nicht sicher war. Es fiel ihm schwer, die Männer der Ewigen Garde voneinander zu unterscheiden. Er wusste nicht, woran das lag.

»König Cascyr wünscht Euch zu sprechen«, sagte einer der beiden Gardisten. »Er erwartet Euch in seinem Quartier.«

»Es ist mir eine Ehre, seinem Wunsch nachzukommen.«

Craymorus wartete einen Moment, aber die Männer blieben in der Tür stehen. Ihre Blicke glitten durch den Raum, so als wären sie auf der Suche nach etwas.

*Oder jemandem*, dachte Craymorus. Er wagte es nicht, zu Mellie hinüberzusehen. Stattdessen wandte er sich an die Gardisten. »Sagt ihm, dass ich gleich dort sein werde.«

»Wir werden Euch begleiten.« Ihr Tonfall erinnerte ihn an den der Soldaten in den Kerkern.

Craymorus zögerte, dann schlug er die Decke zurück. Seine Beine ragten wie dürre, knorrige Äste unter dem Hemd hervor. So viel Zeit war seit seinem Sturz vergangen, und doch erschienen sie ihm immer noch wie die Beine eines Fremden. Vielleicht konnte er es deshalb kaum ertragen, wenn andere sie sahen.

Er verbarg sie unter einer Hose, dann griff er nach den Schienen, die neben seinen Krücken an der Wand lehnten, und legte sie an. Einige wenige Handgriffe genügten, dann zog er die Riemen fest. Er spürte, wie seine Knochen in ihrem Gefängnis aus Eisen und Leder gegeneinanderrieben. Der Schmerz schoss bis in seinen Rücken. Er atmete tief durch.

Die beiden Gardisten sahen teilnahmslos zu, als Craymorus auf seine Krücken gestützt aufstand und ein frisches Hemd anzog. Er zerkaute einige Minzblätter, um den Geschmack der Nacht aus seinem Mund zu vertreiben. Aus den Augenwinkeln sah er Mellie. Sie stand reglos in ihrer Nische, die Hände zu Fäusten geballt. Er konnte ihre Angst beinahe riechen.

»Ich bin so weit«, sagte er.

Die Gardisten schlossen die Tür hinter ihm und führten ihn durch ein Labyrinth aus Gängen. Sie begegneten nur wenigen Dienern. Die Offiziere und Würdenträger, die diesen Trakt bewohnt hatten, waren entweder in der Schlacht gegen die Nachtschatten gefallen oder verschwunden. In der Festung war es still geworden.

Craymorus drehte den Kopf, als er das rhymthmische Knallen von Stiefelsohlen auf Stein und das Klirren von Metall hörte. Nur wenige Lidschläge später trat eine Gruppe von sechs Soldaten aus einem Seitengang. Sie trugen Schwerter und die Uniformen der Palastgarde. Ihr Anführer, ein junger Mann mit einem langen Gesicht und dünnem Backenbart, blieb vor Craymorus stehen und salutierte. »Leutnant Garrsy, Mylord«, sagte er. »Ich befehlige Eure Eskorte.«

»Eskorte?« Einer der beiden Gardisten stellte die Frage, bevor Craymorus sie stellen konnte.

Garrsy drehte sich zu ihm um. Sein Adamsapfel hüpfte auf und ab. Craymorus sah den Schweiß auf seiner Stirn und der seiner Männer. Sie hatten sich beeilt.

»Fürstin Syrah hat die Palastwache mit der ehrenvollen Aufgabe betraut, ihre engsten Vertrauten zu begleiten.« Die Stimme des Soldaten wurde leiser. »Man munkelt, Nachtschattenspione seien bereits bis in die Stadt vorgedrungen, versteht Ihr?«

Der Gardist, der die Frage gestellt hatte, machte den Anschein, so als müsse er über die Antwort nachdenken, dann wandte er sich wortlos ab und ging weiter den Gang entlang. Craymorus folgte ihm. Die Soldaten schlossen zu ihm auf, umgaben ihn wie eine Mauer. Der Rhythmus ihrer Schritte geriet ins Stocken, als sie versuchten, sich Craymorus anzupassen, der sich nur langsam und mühsam fortbewegen konnte. Niemand sagte etwas.

Zwei weitere Biegungen brachten sie hinter sich, dann gingen sie durch einen Gang, der in einer Tür endete. Zwei Gardisten standen davor. Einer von ihnen drehte sich um und verschwand in dem Raum hinter der Tür.

Leutnant Garrsy sah Craymorus an. »Wir dürfen Euch nicht bis in das Quartier des Königs begleiten«, sagte er, »aber wir werden hier warten.«

Seine Augen sagten, was seine Stimme verschwieg. *Ruft, wenn es Probleme gibt.* Craymorus nickte. Die Furcht, die er empfunden hatte, verflog. König Cascyr konnte ihn nicht unbemerkt verschwinden lassen, wenn er das überhaupt vorhatte.

Der Gardist, der eben das Zimmer hinter der Tür betreten hatte, kehrte zurück, zog die Tür weit auf und trat zur Seite. Craymorus zog sich an ihm vorbei, tauchte in das Meer aus Weiß ein, das jenseits der Tür lag. Weiße Stoffbahnen flatterten wie Segel in der Brise, die durch die weiß verhangenen Fenster drang. Der Boden war bedeckt von weißen Schneebüffelhäuten, der Raum hinter den Stoffbahnen nicht mehr zu sehen.

Orientierungslos blieb Craymorus stehen. Hinter ihm schloss sich die Tür. Überall raschelte und knisterte Stoff. Irgendwo plätscherte Wasser. »Hallo?«, fragte er in das wogende Weiß hinein.

Es blieb ruhig. Vorsichtig zog sich Craymorus über die Büffelhäute. Sie mussten am Boden befestigt sein, denn sie rutschten nicht weg, als seine Füße darüber hinwegschleiften. Stoffbahnen glitten an ihm vorbei. Durch manche konnte er hindurchgehen, andere hatte man auf Holzrahmen aufgespannt. Ein merkwürdig schwerer Geruch hing in der Luft.

Das Plätschern kam näher – oder vielleicht war es Craymorus, der sich ihm näherte. »König Cascyr?«, fragte er. Mit einer Krücke schob er eine Stoffbahn zur Seite und zog sich daran vorbei. Der Geruch wurde stärker, salziger.

Und dann sah er Oso, seinen Sklaven. Wie ein Vogel schwebte er über Craymorus. Seine Arme waren ausgebreitet, seine Beine zusammengebunden. An langen weißen Stricken hing er nackt von der Decke, den Blick auf Craymorus gerichtet. Ein Seidenschal, der mit den Stricken verknotet war, hielt seinen Kopf aufrecht. Er war blass, blasser als der Nachtschatten im Kerker, blasser als jeder Mensch, den Craymorus je gesehen hatte. Etwas hatte seinen Bauch aufgerissen und die Eingeweide herausgezogen. Blut und Fett fielen in trägen Tropfen zu Boden. Die Büffelhäute unter ihm hatten sich rot gefärbt, eine Stoffbahn, deren Saum sich vollgesogen hatte, lag zerknittert auf ihnen.

Craymorus wollte sich umdrehen, aber die leeren, toten Augen seines Dieners hielten seinen Blick fest. Sein Mund war aufgerissen, sein Gesicht eine Fratze. Er hatte gelebt, viel zu lange gelebt.

»Es tut mir leid, Oso«, sagte Craymorus und übergab sich.

»Was hast du ihr gesagt?«, fragte eine Stimme plötzlich. Sie war dumpf, so als wäre es der Stoff selbst, der zu Craymorus sprach.

»Cascyr?« Craymorus spuckte bitteren Speichel aus. Seine Arme zitterten. »Wart Ihr das?«

König Cascyr ignorierte die Frage. »Eine Prophezeiung, sagte sie, die Fürstin. Eine Entscheidung der Götter. Niemand kann sich über den Willen der Götter hinwegsetzen, nicht einmal eine Fürstin oder ein König.«

Craymorus glaubte einen Schatten hinter den Stoffbahnen zu sehen und schlug mit seiner Krücke danach. Sie verfing sich im Stoff und riss ihn beinahe zu Boden.

»Also möchte ich wissen, was du gesagt hast, Krüppel. Wie hast du sie dazu gebracht?«

Craymorus drehte sich suchend um, versuchte Oso nicht anzusehen, der an seinen Stricken langsam hin und her schwang. »Es war eine Prophezeiung, das ist alles.«

»Das hat dein Sklave auch gesagt. Du siehst ja, wohin es ihn gebracht hat.«

*Er wird mir nichts tun*, erkannte Craymorus plötzlich. *Nicht mit den Wachen vor der Tür und einem Volk in den Gassen Westfalls, das meinen Tod sofort auf ihn schieben würde. Er kann sich keinen Aufstand leisten, während die Nachtschatten uns entgegenmarschieren.*

»Nennt Ihr die Fürstin eine Lügnerin?«, fragte er.

Schweigen antwortete ihm. Craymorus blieb stehen, lauschte in das Rauschen des weißen Raums. Ein Windstoß blähte die Stoffbahnen auf, dann fiel eine Tür krachend ins Schloss. Die Stoffe fielen in sich zusammen. Craymorus atmete aus.

*Er war doch nur ein Sklave* – das hatte Leutnant Garrsy gesagt, als Craymorus ihn fragte, was mit Cascyr und seiner Ewigen Wache geschehen würde. Der König hatte das Recht, mit ihm so zu verfahren, wie er es für angemessen hielt, auch wenn – das hatte Garrsy hinzugefügt – es durchaus unüblich war, dieses Recht auf solch extreme Weise auszuüben. »Oso muss ihn sehr verärgert haben«, hatte er gesagt.

Craymorus war nicht darauf eingegangen. Er kannte die Wahrheit.

»Oso ist meinetwegen gestorben«, sagte er leise. Er stand am Fenster seines Quartiers, den Blick auf den Hof der Burg gerichtet. Cascyr reiste ab. Die Packpferde standen bereits an den Toren, Sklaven schüttelten die Kissen der Sänfte aus. Gardisten hatten sich rund um den Haupteingang positioniert. Ihre Blicke suchten die Umgebung ab. Craymorus wusste nicht, ob sie ihn sehen konnten.

»Er wurde gefoltert und ermordet, weil Cascyr glaubte, er wüsste etwas«, fuhr er fort.

»Aber er wusste nichts.« Mellie saß auf seinem Bett, die Beine unter dem Körper verschränkt, die Hände in den Schoß gelegt. »Wir sind immer noch sicher. Nichts hat sich geändert.«

»Alles hat sich geändert.« Craymorus drehte den Kopf. Das Holz der Krücken drückte gegen seine Schultern. »Osos Tod ist das Ergebnis unserer Taten. Weil du Macht wolltest und ich …« Er sprach den Satz nicht zu Ende. Für einen Moment sah er sich selbst am Fenster stehen wie einen Schauspieler auf einer Bühne. Die Worte, die er gesprochen, die Gedanken, die er gehegt hatte, erschienen ihm auf einmal wie die eines Fremden. Warum hatte er sich auf Syrahs Erpressung eingelassen, obwohl es nichts gab, was er von ihr wollte, keine Macht, keinen Titel, keinen Reichtum? Hatte er es wirklich für Mellie getan? Er schreckte vor der Antwort zurück, die er sich selbst geben musste.

»Dieser eine Augenblick«, sagte er nach einer Weile. Er sah Syrah vor sich, sah, wie der Hass in ihren Augen brannte, und spürte seinen eigenen Triumph. »Alles für diesen einen Augenblick.«

»Du hast Oso nicht getötet.« Mellies Stimme war dicht neben ihm. Er hatte nicht bemerkt, dass sie zu ihm gekommen war. »Das war Cascyr. Er hat ihm den Bauch aufgerissen, und eines Tages, wenn wir uns klug und bedächtig verhalten, wirst du Cascyr dafür bestrafen. Das willst du doch, oder?«

Craymorus schwieg. Unten auf dem Hof rollten Sklaven eine weiße Stoffbahn aus, die von der Treppe bis zur Sänfte führte. Cascyr schritt darüber, flankiert von vier Gardisten. Der Saum seiner bodenlangen weißen Robe war schwarz von Blut oder Dreck. Die Sklaven schoben den Vorhang der Sänfte zur Seite und knieten nieder, aber Cascyr blieb stehen. Craymorus zuckte unwillkürlich zurück, als der Blick des Königs auf ihn fiel.

Cascyr sah ihn an. Sein Gesicht war reglos. Nach einem Moment hob er den Arm, legte den Zeigefinger auf seine Brust und zog ihn in einer geraden Bewegung von seinem Brustbein über den Bauch bis zum Unterleib. Dann wandte er sich ab und stieg über den Rücken eines Sklaven in seine Sänfte.

»Was soll das?«, flüsterte Mellie. Sie war in die Schatten hinter dem Fenster zurückgewichen, hatte Cascyrs Geste nicht gesehen. »Wieso reist er ab?«

»Weil er nicht weiß, dass du hier bist.« Craymorus sah Cascyr nach, während sich die Sänfte schloss und sich der Tross in Bewegung setzte. »Und er darf es niemals erfahren.«

Seine Hand strich über ihre Wange. Er spürte die Berührung kaum, so voller Schwielen waren seine Finger. Mellie nahm seine Hand in die ihre und massierte sie langsam. »Wenn du Fürst bist, kann er in Erfahrung bringen, was er will.«

*Glaubst du das wirklich?*, fragte sich Craymorus. Sein Blick fiel auf einen Baum außerhalb der Mauern, dort, wo die fürstlichen Gärten lagen. Man hatte ihn gestutzt, hatte die Triebe an den Seiten des Stammes entfernt, bis dem Baum nichts anderes blieb, als nach oben zu wachsen. Starr und gerade ragte er in den Himmel.

*So wie wir*, dachte Craymorus. Der Weg, den sie zu bestreiten hatten, war unausweichlich. Syrah würde es nicht wagen, ihn zu töten, solange er die einzige Verbindung zu ihrer Tochter darstellte. Und sie würde auch die Hochzeit nicht absagen, denn Westfall brauchte nach der Niederlage gegen die Nachtschatten einen Fürsten, dem das Volk vertraute, und aus irgendeinem Grund schien Craymorus diesen Anspruch zu erfüllen. Doch damit war nur sein Leben gerettet, nicht aber Mellies. Syrah musste wissen, dass er nicht allein gehandelt hatte. Wenn sie Mellie entdeckte ... Craymorus dachte an Oso. Seine Knie begannen zu zittern.

*Was soll ich nur tun?*, dachte er.

Draußen vor dem Fenster wurde das Tor geschlossen.

# Kapitel 12

*In fast jedem Dorf in den Wäldern von Frakknor finden sich jede Menge Jäger und Gerber. Der Reisende kann gute Geschäfte mit ihnen tätigen, wenn ihm der Sinn danach steht, doch sollte er Vorsicht walten lassen, denn allzu oft wird er jenseits des Dorfs seine Waren an die verlieren, die einen ganz anderen Beruf ausüben als Jäger oder Gerber.*

*Jonaddyn Flerr, Die Fürstentümer und Provinzen der vier Königreiche, Band 2*

Sie gingen auf die Jagd.

Jeden Morgen, wenn Schwarzklaue erwachte, sah er die Schatten der Krieger über seine Zeltwände huschen, hörte ihre Stimmen und das Klirren der Waffen. Sie sprachen über die Fährten, die sie am Tag zuvor aufgenommen hatten, über Wildschweinrotten, Rehe und Hirsche. Über den Feind und den Krieg sprachen sie nur noch selten.

Und jeden Morgen wurden die Stimmen weniger. Er schätzte, dass mehr als fünfzig Krieger das Lager bereits verlassen hatten. Wohin sie verschwunden waren, wusste er nicht.

*Ich hätte Korvellan nicht gehen lassen dürfen,* dachte er, als er den Zelteingang zurückschlug und in die Morgensonne trat. In der Nacht zuvor hatte es endlich aufgehört zu regnen. Der Himmel war klar und blau. Nur zwischen den Bäumen hingen noch Nebelschwaden, die der Sonne langsam entgegenstiegen und sich auflösten.

»Begleitest du uns?«

Schwarzklaue sah zur Seite. Sommerwind hockte auf einem Baumstumpf und aß ein Stück Fleisch. Neben ihr auf einem Seerosenblatt lag ein gegrilltes Schweineohr. Sie brachte ihm jeden Morgen etwas zu essen, obwohl er seit Korvellans Abreise nicht mehr mit ihr geschlafen hatte.

»Es gibt kein Wild mehr«, sagte er. »Wir haben alles getötet, was sich in diesen Wäldern bewegte.«

Sie stand auf und reichte ihm das Schweineohr. Er biss hinein, ohne sich zu bedanken.

»Wolkenauge hat Spuren gefunden, weniger als einen halben Tagesmarsch entfernt. Er sagt, sie stammen von einem Bär.«

Schwarzklaue zerkaute Knorpel und schluckte ihn hinunter. »Ein Bär?«

»Niemand weiß etwas davon, nur Wolkenauge, du und ich.« Sommerwind lächelte. »Es ist ein Geheimnis.«

»Was für ein Bär?«

»Ein großer.«

Ein plötzlicher Windstoß hüllte ihn in eine Wolke aus Gestank. Schwarzklaue sah zum Fluss hinunter. Der Platz, auf dem das alte Lager gestanden hatte, war immer noch verschlammt. Möwen kreisten über aufgedunsenen Kadavern, Krähen hüpften durch den Morast. Die Krieger hatten mehr gejagt, als sie essen konnten, und das Wild, das nicht gebraucht wurde, einfach dort hingeworfen, wo sie ihre Notdurft verrichteten. Er sah die Geweihe von Hirschen, die Hufe von Rehen und borstiges, verdrecktes Wildschweinfell, aber keinen einzigen Bären.

»Wo ist Wolkenauge?«

»Er wartet am Bach auf uns.«

»Gut.« Er warf das Schweineohr zur Seite und ging zwischen den Zelten hindurch. Die meisten Nachtschatten standen gerade erst auf. Sie grüßten ihn, wenn er an ihnen vorbeiging, ein paar – Männer und Frauen aus dem Süden – salutierten sogar. Er grüßte die, die es wert waren, und ignorierte die anderen.

»Du hast deine Waffen vergessen«, sagte Sommerwind. Er ging so schnell, dass sie ihm kaum folgen konnte.

»Ich bin Schwarzklaue. Er ist ein Bär. Ich brauche keine Waffen.« Der Gedanke an den Kampf erregte ihn. Wenn sie den Bären fanden, würde er Wolkenauge bitten, ihm den Angriff zu überlassen.

Der Bach verlief östlich des Lagers durch den Wald, dessen Ende noch kein Nachtschatten entdeckt hatte. Am ersten Tag hatte Schwarzklaue so wie viele, die aus dem Norden kamen, unter den Bäumen gestanden und sich gefragt, wie es möglich war, dass etwas so grün sein konnte. Doch dann hatte er erkannt, dass er den Wald nicht mochte. Er war nicht wie das Eis, ehrlich und gleichgültig. Der Wald schien sich um die zu sorgen, die sich zwischen seinen mächtigen Stämmen befanden, und spannte sein Blätterdach zwischen sie und den Himmel. Aber es schützte nicht vor Regen, Kälte und den Pfeilen der Feinde, wie es eine Höhle im Eis tat. Der Wald täuschte Sicherheit vor, wo es keine gab.

»Woran denkst du?«, fragte Sommerwind.

Es war eine dumme Frage, also antwortete er nicht.

Sie ließen das Lager hinter sich und folgten dem Trampelpfad, den die Nachtschatten geschaffen hatten. Schwarzklaue hörte Stimmen und roch Wolkenauge, noch bevor er ihn sah. Er drehte sich zu Sommerwind um. »Ein Geheimnis, sagtest du?«

Er tauchte unter einem Ast hindurch und betrat die kleine

Lichtung. Rund zwanzig Nachtschatten, die meisten in Lederrüstung und mit Schwertern und Speeren bewaffnet, standen am Bach und redeten miteinander. Wolkenauge hockte ein wenig abseits von ihnen am Boden und schärfte sein Messer mit einem Stein.

»Er ist hier«, sagte eine junge Frau, deren Namen Schwarzklaue nicht kannte. Sie sah ihn an. Aufregung ließ ihre Augen leuchten. »Wir haben auf dich gewartet.«

Der alte Jäger richtete sich auf. Seine Knie knackten, und er verzog das Gesicht. »Ich sagte ihnen, dass der Bär dir gehört. Sie wollen uns trotzdem begleiten.«

Schwarzklaue versuchte seine Enttäuschung zu verbergen. »Dann lasst uns gehen.«

»Nach Osten«, sagte Wolkenauge. Er blieb ein Stück zurück, als die anderen losgingen, und blieb neben Schwarzklaue stehen. »Man hat mich wohl gesehen, als ich das Lager verließ. Ich könnte dafür sorgen, dass sie den Bären noch nicht einmal aus weiter Ferne zu Gesicht bekommen, wenn du das möchtest.«

»Nein. Finde ihn.«

Sommerwind legte ihm die Hand auf den Arm. »Willst du ihn wirklich teilen?«

»Du musst noch viel lernen.« Er zog seinen Arm weg und nickte Wolkenauge zu. »Finde ihn.«

Auf allen vieren folgte er dem Jäger. Sommerwind schloss sich ihm an, aber er ignorierte sie. Seit seinem Gespräch mit Korvellan interessierte sie ihn nicht mehr.

Die anderen Nachtschatten warteten, bis er und Wolkenauge an ihnen vorbeigelaufen waren, dann folgten sie ihnen. Aus den Augenwinkeln sah Schwarzklaue, dass die meisten ebenso wie er auf Händen und Füßen liefen. Ihre Waffen lagen von Riemen gehalten auf ihrem Rücken. Nur drei oder vier gingen aufrecht. Die Nase in der Luft, den Körper gestreckt, die Augen nach vorn gerichtet. So und nicht anders jagte ein Nachtschatten. Wer das nicht verstand, hatte nie wirklich gejagt.

Schwarzklaue sah, wie Bäume und Farne an ihm vorbeizogen. Er hörte das Atmen der Nachtschatten, das Knacken, mit dem Zweige unter ihren Klauen zerbrachen, das Knistern der Blätter, die ihre Körper streiften. Sie bewegten sich beinahe lautlos, Geister, zu dunkel für das Sonnenlicht, zu hell für die Schatten. Schwarzklaue hätte beinahe gelacht. Sogar der Wald wollte sie nicht.

Er spürte, dass etwas in ihm erwachte. Seine Sinne schärften sich, seine Gedanken wurden klarer, einfacher, sahen nur noch den Augenblick: einen Käfer in der Baumrinde, eine Blüte, die unter seiner Klaue zerdrückt wurde, einen Tautropfen, der an der Spitze eines Blatts hing.

Hinter Schwarzklaue brüllte ein Nachtschatten, dann ein anderer. Er grinste. Auch in ihnen erwachte es. Einige hatten vielleicht vergessen, was es bedeutete, ein Nachtschatten zu sein. Die Jagd brachte die Erinnerung zurück. Dafür lohnte es sich, einen Bären mit ihnen zu teilen.

Der Geruch traf ihn unerwartet, brachte seine Gedanken abrupt zum Stehen und versteifte seine Muskeln. Es war ein scharfer, stechender Gestank, so als habe man Pfeffer anbrennen lassen. Sie rochen stets so, egal, wo man sie antraf, egal, wie sie aussahen.

»Menschen«, sagte Schwarzklaue.

»Ein Mensch«, sagte Wolkenauge.

Niemand widersprach ihm. Die anderen Nachtschatten drängten sich um ihn. »Wo?«, fragte die Frau, die bereits Schwarzklaue angesprochen hatte.

»Keinen Steinwurf entfernt, Richtung Osten.« Wolkenauge stand auf und zog sein Schwert. Waffen klirrten, als die anderen seinem Beispiel folgten. Schwarzklaue blieb auf allen vieren, ebenso die Frau, wie er aus den Augenwinkeln sah. Sie war unbewaffnet und trug keine Rüstung.

Sie musste seinen Blick bemerkt haben, denn sie drehte den Kopf und grinste. »Auch im Süden versteht man zu jagen.«

»Wir werden sehen«, sagte er. Langsam ging er vor. Einige Schritte entfernt lichtete sich der Wald. Dahinter lag ein Weg, breit genug für eine Kutsche, aber zu schmal für eine der Handelsstraßen, die überall am Großen Fluss entlangführten. Wahrscheinlich verband er zwei Dörfer miteinander.

Schwarzklaue atmete den Geruch des Menschen ein. Er roch keine Furcht, also hatte er sie wohl noch nicht bemerkt. Er wollte weitergehen, aber Wolkenauge schüttelte den Kopf. »Etwas ist merkwürdig«, sagte er.

»Was?«

»Ich weiß es nicht. Etwas ...« Wolkenauge kratzte sich am Hals. »Das ist wie beim Kochen. Etwas fehlt, aber ich kann dir nicht sagen, was. Gib mir etwas mehr Zeit.«

Schwarzklaue richtete sich auf. Er spürte, dass die Frau aus dem Süden ihn beobachtete. »Wenn ich seinen Kopf in der Hand halte, kannst du so viel an ihm riechen, wie du willst.« Zufrieden bemerkte er ihr Lächeln. »Aber dafür muss ich ihn erst einmal umbringen.«

Mit drei langen Schritten erreichte er den Weg. Die anderen folgten ihm. Fast alle hatten ihre Waffen gezogen. Schwarzklaue trat aus den Bäumen heraus und sah sich um. Der Weg durchschnitt den Wald wie eine Schwertklinge. Weder im Norden noch im Süden war sein Ende zu erkennen.

Der Mensch saß auf einigen Baumstämmen, die man am Wegesrand aufgeschichtet hatte, und eine halb verrostete Axt steckte in einem der Stämme. Die meisten Menschen waren geflohen, als sie von der Landung der Nachtschatten erfahren hatten.

Der Mann, der Schwarzklaue den Rücken zudrehte, war der erste, den er seit seiner Ankunft sah.

»Willst du meinen Namen wissen, damit du ihn deinem Gott entgegenschreien kannst, wenn er dich nach deinem Mörder fragt?«, fragte Schwarzklaue.

»Ich glaube nicht, dass es dazu kommen wird.«

Der Mann stand auf, sprang von den Baumstämmen und drehte sich um. Er war jung – Schwarzklaue blinzelte –, er war alt.

Auch das stimmte nicht. Das Gesicht des Menschen schien vor seinen Augen zu verschwimmen, so wie ein Fisch, den man durch die zugefrorene Oberfläche eines Sees betrachten wollte.

Der Mann lächelte. Es war ein freundliches, offenes Lächeln, das wusste Schwarzklaue, obwohl er es nicht genau sehen konnte. Er drehte kurz den Kopf, als die anderen Nachtschatten aus dem Wald hervorkamen. Sie hatten die Waffen erhoben.

Der Mann breitete die Arme aus. Er trug einen langen schwarzen Mantel, den er mit einem Strick zusammengebunden hatte, und war barfuß. »Ihr seid so viele, und ich bin ganz allein. Seht, ich habe noch nicht einmal eine Waffe. Würde es euch wirklich Freude bereiten, mich zu töten?«

»Was weiß ein Mensch schon über die Freuden von Nachtschatten?« Schwarzklaue knurrte, aber der Mann wich nicht zurück, sondern hob nur die Schultern.

»Ich weiß«, antwortete er, »dass es euch mehr Freude bereiten würde, mir zu folgen, als mich zu töten. Oder mögen Nachtschatten keine Geschenke?«

»Was für Geschenke?«, fragte die Frau aus dem Süden hinter Schwarzklaue.

»Kommt mit, und ihr werdet es erfahren.«

Einige Nachtschatten gingen zögernd auf ihn zu. Ihre Schwertspitzen zeigten zu Boden. Schwarzklaue drehte sich zu den anderen um. Wolkenauge hatte die Brauen zusammengezogen und den Kopf zur Seite geneigt. »Mir gefällt das nicht. Er riecht seltsam.«

Der Mann grinste. »Du würdest auch seltsam riechen, würdest du in den Kleidern eines Toten herumlaufen. Sie stinken, als ob er noch irgendwo hier drin wäre.« Er drehte die Taschen um und schüttelte den Kopf. »Hier ist er schon mal nicht.«

Schwarzklaue lachte, so wie die anderen Nachtschatten. Nur Wolkenauge, das fiel ihm auf, stimmte nicht mit ein.

»Du hast recht, Mensch«, sagte er. »Es würde uns wohl wirklich mehr Freude bereiten, dich für eine Weile am Leben zu lassen.«

»Dann wollt ihr mein Geschenk sehen?« Für einen Moment glaubte Schwarzklaue einen lauernden Unterton in der Stimme des Menschen zu vernehmen, doch dann sah er wieder nur sein offenes Lächeln.

Er nickte. »Zeig es uns. Aber vergiss nicht, dass du als Erster sterben wirst, wenn du uns in eine Falle führst.«

»Deine Sorge ist unberechtigt, mein Freund. Komm.« Er drehte sich um und ging an den Baumstämmen vorbei in den Wald hinein. Schwarzklaue folgte ihm. Die anderen Nachtschatten schlossen sich ihnen an.

Eine Weile gingen sie durch das Unterholz, dann führte der Mensch sie auf einen Trampelpfad. Er redete viel, erzählte Geschichten, die Schwarzklaue zum Lachen brachten und andere zum Weinen. Wolkenauge unterbrach ihn hin und wieder, um Fragen zu stellen, bis Schwarzklaue genug hatte und ihn anbrüllte, er solle schweigen. Danach unterbrach der alte Jäger den Menschen nicht mehr.

Irgendwann blieben sie stehen. »Es ist ja schon fast Abend«, sagte Sommerwind. Schwarzklaue sah überrascht zum Himmel. Tatsächlich hatten sich die Wolken rot gefärbt. Der Waldboden war so dunkel, dass man kaum noch etwas darauf erkennen konnte.

»Wir sind gleich da.« Der Mensch wechselte auf einen anderen Pfad, der aus dem Wald hinauszuführen schien. »Könnt ihr euer Geschenk schon riechen?«

Schwarzklaue zog die Luft ein. Er roch den Abend, ein paar Hasen und weit entfernt einen Bären. Vage erinnerte er sich daran, dass sie wegen dieses Bären am Morgen aufgebrochen waren, doch die Beute war bedeutungslos für ihn geworden.

Er schüttelte den Kopf. *Nein*, wollte er sagen, *ich rieche nichts.* Aber im gleichen Moment drehte sich der Wind. Ein neuer Geruch stach in seine Nase.

Er knurrte. Die anderen Nachtschatten zuckten zusammen, hatten es wohl ebenfalls gerochen.

»Menschen«, sagte Wolkenauge, bevor ein anderer etwas äußern konnte. »Viele Menschen. Sie sind nahe.«

Der Mann nickte. »Wie ich schon sagte: Wir sind fast da.«

Sie stiegen über einige umgefallene Bäume hinweg und folgten dem Pfad weiter. Ein neuer Geruch mischte sich in den der Menschen, überlagerte ihn beinahe.

»Sie scheißen in den Wald, genau wie wir«, sagte ein Nachtschatten hinter Schwarzklaue. Niemand antwortete ihm.

Der Wald lichtete sich. Irgendwo plätscherte ein Bach. Baumstümpfe ragten aus dem Boden, es gab kaum Unterholz. Schwarzklaue schob einige Äste beiseite und betrachtete die Lichtung, die sich vor ihm ausbreitete. Dutzende Zelte standen darauf. Pferde grasten auf einer Koppel.

Von Lagerfeuern stieg Rauch und der Geruch nach Fleisch auf.

»Wer sind sie?«, fragte Wolkenauge.

»Milizen«, sagte der Mensch.

Das Wort trieb Bilder durch Schwarzklaues Geist. Er hatte ihr Werk gesehen, die Gehäuteten, die Verstümmelten, die Verbrannten.

»Wie viele?«, fragte er. Hass ließ seine Stimme zittern.

»Genug.«

»Gut.« Schwarzklaue drehte sich zu den anderen Nachtschatten um. »Wir werden Ehre finden an diesem Abend.«

»Wartet«, sagte Wolkenauge. Er sah den Menschen an. »Warum verrätst du dein eigenes Volk? Das sind Menschen, so wie du.«

Der Mann schüttelte den Kopf. »Nein, das sind sie nicht. Sie entehren jeden, der sich Mensch nennt. Ihr Tod wird uns vielleicht ein wenig von der Ehre zurückgeben, die wir durch sie verloren haben.«

»Eine gute Antwort.« Wolkenauge wirkte zufrieden. Der Mann neigte den Kopf, als wolle er sich verbeugen, und lächelte ein zahnloses Lächeln.

Schwarzklaue grub seine Klauen in die Erde. Etwas in seinem Inneren drängte ihn dem Kampf entgegen, warf sich gegen den Käfig, den seine Gedanken um es errichtet hatten.

»Willst du keine Waffe?«, fragte Sommerwind. Sie hielt ein Schwert in der Hand, das zu groß für sie wirkte.

»Die Toten werden mir Waffen geben.« Die Worte klangen fremd. Das Ding in seinem Inneren kannte keine Sprache.

Die Frau aus dem Süden lachte und lief auf die Lichtung. »Ich werde dafür sorgen, dass du eine gute Auswahl findest!«, rief sie.

Zwei Menschen, die ein totes Schaf zwischen sich trugen, drehten sich um. Einer von ihnen sagte etwas, das Schwarzklaue nicht verstand, dann ließen sie das Schaf fallen und rannten auf das Lager zu.

Das Etwas in Schwarzklaues Innerem zerschmetterte den Käfig, fegte seine Stangen und seine Gedanken hinweg. Schwarzklaue brüllte seinen Hass in die untergehende Sonne.

»Wenn sie fragen, wem sie das zu verdanken haben«, verlangte der zahnlose Mann hinter ihm, »dann nenn meinen Namen. Sag ihnen, Daneel war es. Daneel.«

Wie ein Wintersturm kam er über sie, und wie Schneeflocken stoben sie auseinander. Seine Klauen rissen Bäuche auf, zerfetzten Kehlen, brachen Knochen. Halbwüchsige schrien, alte Männer weinten, roter Regen verklebte Schwarzklaues Fell.

Auf einen Nachtschatten kamen zehn Menschen, aber sie waren trotzdem unterlegen. Kaum einer von ihnen wusste, was Kampf bedeutete. Sie hatten getötet, gekämpft hatten sie nie.

*Wir haben Glück gehabt,* dachte Schwarzklaue, als er schließlich schwer atmend zwischen den Leichen stehen blieb. *Wenn hier Krieger gewesen wären und nicht nur alte Männer und Kinder, lägen wir jetzt in unserem Blut und nicht sie.*

Schwarzklaue grinste. Korvellan hätte das Lager ausgespäht, Strategien erdacht und Einheiten gebildet. Niemals wäre er in das Lager gestürmt. Er schien vergessen zu haben, dass die Götter Mut belohnten. Beinahe hätte auch Schwarzklaue das vergessen.

*Aber jetzt erinnere ich mich wieder.*

Schwarzklaue hob den Kopf. Schwarzgrauer Rauch zog

über das Lager, kleine Feuer flackerten am Boden. Es roch nach verbranntem Stoff, nach Blut und Fleisch.

Die Nachtschatten hatten die Zelte angezündet, in denen sich Menschen versteckt hatten, aber der feuchte Stoff brannte kaum. Die meisten waren wohl in den Zelten erstickt, bevor sie verbrannten.

Er drehte sich um, als er Schritte hinter sich hörte. Marya, die Frau aus dem Süden, blieb vor ihm stehen.

»Wir sind so weit«, sagte sie.

Schwarzklaue nickte und folgte ihr.

Am Rand des Lagers hatten die Nachtschatten Fackeln in einem Kreis aufgestellt. Darin lagen drei Nachtschatten, die Toten dieses Kampfes. Nachtschatten hatte ihre Körper mit Alkohol aus dem Lager überschüttet. Der Gestank überlagerte all das, was sie einmal gewesen waren.

Schwarzklaue trat in den Kreis. »Kennt jemand diese beiden?«

Eine junge Frau trat vor. Sie hinkte und stützte sich auf einen Speer. »Der linke ist mein Vater. Sein Name war Joro. In seinem Leben gab es drei Frauen und acht Kinder. Er lachte viel und …«, sie lächelte, »… er konnte Kühe mit einem einzigen Schlag töten.«

Schwarzklaue sah den Toten an. Jemand hatte ihm mit einem Knüppel oder Streitkolben das Gesicht zertrümmert. »Sieht so aus, als wäre Joros Tod seinem Leben angemessen gewesen. Erweist ihm euren Respekt, denn er starb aufrecht, seinen Feind vor Augen. Möge er nie wieder allein jagen.«

Einige Nachtschatten knieten neben dem Toten nieder, andere erhoben ihre Weinschläuche oder rieben ihr Gesicht mit Erde ein. Sie hatten ihr Menschsein vielleicht abgelegt, aber nicht ihre Religionen. Sie glaubten an die Flussgötter, die Vergangenen, die Ahnen oder die Sonne.

*Es gibt keine gemeinsame Trauer,* hatte Korvellan gesagt, als sie die Toten ihrer ersten Schlacht geehrt hatten. *Heißt das, es gibt auch kein gemeinsames Glück?*

Schwarzklaue hatte damals nicht verstanden, was er damit hatte sagen wollen, aber nun sah er die Nachtschatten einzeln neben dem Toten hocken, nicht zusammen, so wie sie es im Norden getan hätten.

Er ging zum zweiten Toten, einem Mann, in dessen Brust fast ein Dutzend Pfeile steckten. »Wer kennt ihn?«

Niemand antwortete. Einige hoben die Schultern. Schwarzklaue neigte den Kopf. »Er scheint gut gestorben zu sein. Möge er nie wieder allein jagen.«

Den dritten Toten starrte er lange an, bevor er etwas sagte. »Sein Name war Wolkenauge.« Schwarzklaue bemerkte, wie Daneel aus den Bäumen in den Kreis trat. Einige Nachtschatten sahen ihn verärgert an, aber er lächelte, und sie lächelten zurück.

»Wolkenauge«, wiederholte Schwarzklaue, »war ein Jäger und Krieger. Fast sein ganzes Leben hat er im Eis verbracht.«

Er sah den alten Jäger an. Jemand hatte ihm die Kehle von hinten aufgeschlitzt. »Feiert, was er dort tat. Feiert sein Leben, aber nicht seinen Tod, denn er starb wie ein Narr.«

Schwarzklaue wandte sich ab.

Die Nachtschatten warteten noch einen Moment, als wüssten sie nicht, was von ihnen erwartet wurde, dann zog Marya eine Fackel aus dem Boden und warf sie auf den ersten Toten. Der Alkohol verpuffte. Blaugrüne Flammen sprangen auf die anderen Leichen über. Ihr verbrennendes Fell knisterte.

»Mögen sie heute Nacht bei den Ahnen speisen«, sagte Marya.

»Hoffnung«, sagte ein anderer und trank einen Schluck aus seinem Weinschlauch.

Schwarzklaue blieb nicht bei ihnen. Er verließ den Kreis und blieb auf der Lichtung stehen, bis der Alkoholgestank verflogen war. Der Geruch des Menschenbluts, der Feuer und des Walds kehrte zurück – und ein anderer, der ihn herumfahren ließ.

Daneel war ihm gefolgt. Schwarzklaue packte ihn an den Schultern, war überrascht, wie dürr und leicht sich der Mensch anfühlte. »Wieso klebt Nachtschattenblut an dir? Was hast du getan?«

»Es ist unwichtig, was ich getan habe. Wichtig ist nur, was du tun wirst. Lass mich los.«

Schwarzklaue öffnete die Fäuste. Seine Klauen hatten Löcher in den dunklen Mantel gerissen. Er wollte sich dafür entschuldigen, aber Daneel ergriff seinen Arm und sagte: »Hat dir der Eisengeschmack des Bluts gefallen? Willst du noch mehr?«

Schwarzklaue spürte, dass Daneel zitterte. Er schien sich auf ihn zu stützen.

»Hast du gehört, was ich sagte?«

»Ja.« Schwarzklaue lächelte. »Menschenblut schmeckt nicht nach Eisen«, sagte er dann. »Es schmeckt golden, so als würden Münzen durch eure Adern rollen, so als wäre es etwas wert. Wusstest du das?«

»Nein.«

Schwarzklaue blickte zurück zu den brennenden Leichen. »Aber das Blut eines Nachtschatten, das schmeckt nach Erde und Himmel, verstehst du?«

»Nein.« Daneel wirkte ungeduldig. »Was soll …«

»Denkst du, dass die Erde und der Himmel so viel wert sind wie eine Stadt voller Gold?« Die Feuer brannten niedriger, fielen allmählich in sich zusammen. Die Silhouetten der Nachtschatten verschmolzen mit der Nacht.

»Für jeden Nachtschatten, der heute Nacht sein Leben

ließ«, sagte Schwarzklaue, »wird eine Stadt brennen. Und für jeden, der bei der Vernichtung der Stadt stirbt, brennt eine weitere Stadt. Und so wird es weitergehen, bis sie aufhören, uns zu töten, oder bis die ganze Welt in Flammen steht.«

Er sah Daneel an. Sein Gesicht war eine Maske aus Dunkelheit. »Das werde ich tun.«

Daneel schwieg, aber mit seiner zitternden Hand tätschelte er Schwarzklaues Arm.

# Kapitel 13

*In Frakknor regnet es mehr als an jedem anderen Ort in den vier Königreichen. Es heißt, nach wochenlangem Regen würde die Luft so feucht werden, dass die Fische an Land kommen und Menschen nach einem Atemzug ertrinken. Dem Reisenden sei geraten, diese Behauptung nicht auf ihren Wahrheitsgehalt zu überprüfen.*

*Jonaddyn Flerr, Die Fürstentümer und Provinzen der vier Königreiche, Band 2*

Alles war nass.

Jonans Kleidung klebte an seinem Körper, in seinen Stiefeln stand Wasser, und von der Pferdemähne, die er mit klammen Fingern hielt, tropfte Regen. Er ritt bei Nacht und schlief tagsüber in den Astgabeln von Bäumen, unter deren Blättern es wenigstens etwas trockener als auf dem durchweichten Boden war. Die Hoffnung, irgendwo eine verlassene Hütte zu finden oder einen Verschlag mit Feuerholz, hatte er längst aufgegeben. Wenn es Dörfer gab, dann lagen sie entlang der Handelsstraße, doch auf der wagte er nicht zu reiten. Er wusste nicht, ob die Miliz nach ihm suchte.

An einer Weggabelung zügelte Jonan sein Pferd und wischte sich das Wasser aus dem Gesicht. Es war fast Mittag. Müdigkeit drückte ihn nieder. Seine Wunden waren fast verheilt, nur das Fieber war geblieben. Es zog die Stärke aus seinem Körper und trübte seine Gedanken. Diese Schwäche war gefährlich.

*Ich brauche eine Unterkunft*, dachte er, *einen Ort, an dem ich meine Kleider trocknen, etwas Warmes essen und schlafen kann.*

Er sah hinauf in den Himmel. Er war grau. Die Wolken hingen so tief, dass manche Baumwipfel in ihnen verschwanden. Ohne Sonne fiel die Orientierung schwer, aber Jonan war sich sicher, dass er nach Süden ritt, dorthin, wo er eine größere Stadt vermutete. Wenn Ana immer noch nach Westfall wollte, musste sie ein Fährschiff finden, und die gab es nur in Städten.

Vor Jonan teilte sich der Weg. Der schmalere führte nach Südosten, der breitere nach Südwesten. Jonan zögerte einen Moment, dann lenkte er sein Pferd auf den südwestlichen Weg. Der brachte ihn zwar näher an die Handelsstraße heran, doch damit auch näher an die nächste Stadt. Er hatte durch unwegsames Gelände und Wege, die im Nichts endeten, viel Zeit verloren. Er glaubte zu spüren, wie die Entfernung zwischen ihm und Ana größer wurde, als wären sie Treibholz, das in unterschiedliche Flussarme gezogen wurde, machtlos gegen die Kräfte, die auf sie einwirkten.

Jonan schüttelte den Kopf. Die Müdigkeit in ihm stieg auf wie ein dunkler Vogel, doch einen Moment später ließ sie sich wieder auf seinen Lidern nieder. Es hatte keinen Sinn weiterzureiten. Er brauchte Schlaf.

Er warf einen Blick auf die Bäume. Die meisten waren jung, kaum drei Manneslängen hoch mit moosbedeckten Ästen, die das Gewicht eines Menschen nicht tragen würden. Anscheinend war der Weg einmal eine Straße gewesen, die sich der Wald allmählich zurückeroberte.

Ein Baum, der unmittelbar am Wegesrand stand, fiel Jonan auf. Moos hatte seinen Stamm grün gefärbt. Nur ein rechteckiger Ausschnitt auf Augenhöhe war frei geblieben. Jonan ritt näher heran. Jemand hatte das Moos abgekratzt; er sah die Spuren eines Messers in der Rinde. Erst als er noch näher kam, bemerkte er, dass die Anordnung der Kratzer kein Zufall war. Die wenigen, tief in die Rinde eingeritzten Linien stellten etwas dar: einen Krug und darunter einen Pfeil, der nach Süden wies, dem Weg folgend. Die Kratzer sahen alt aus, aber das Moos wurde offenbar regelmäßig entfernt, sonst hätte es die Rinde längst überwuchert.

*Ein Gasthaus,* dachte Jonan. Er zügelte sein Pferd. Niemand baute ein Gasthaus mitten im Wald. Entweder war er der Handelsstraße näher, als er gedacht hatte, oder in der Nähe lag ein Dorf. Beides bedeutete Gefahr.

*Und Trockenheit,* fügte er in Gedanken hinzu. Trotzdem wendete er sein Pferd. Im Orden hatte man ihn gelehrt, dass sich nur ein Narr einer Gefahr, die er umgehen konnte, stellte.

Jonans Blick fiel wieder auf den eingeritzten Krug. Regenwasser lief in seinen Kragen und den Rücken hinunter. Er hustete, dann wendete er das Pferd erneut und ritt nach Süden.

*Meine Schwäche ist die Gefahr,* dachte er. *Ich kann sie nicht umgehen.*

Er war sich nicht sicher, ob die Meister des Ordens ihm zugestimmt hätten.

Nur wenig später sah er hellen Rauch hinter einer Biegung aufsteigen. Jonan verließ den Weg, stieg vom Pferd und führte es durch das Unterholz. Was auch immer sich hinter der Biegung befand – er wollte es sehen, bevor es ihn sah.

Der Regen schluckte das Geräusch seiner Stiefel und der Pferdehufe. Ein Haus tauchte zwischen den Bäumen auf. Es bestand aus schweren, dunklen Balken und war größer, als Jonan erwartet hatte. Rauch stieg aus einem gemauerten Kamin. Die Eingangstür stand offen. Ein Stall grenzte an das Haus. Unter seinem Dach gab es eine Pferdetränke aus einem ausgehöhlten Baumstamm und einige in den Boden gerammte Pfähle mit Eisenringen. Pferde sah Jonan nicht.

Vorsichtig trat er aus dem Wald auf den Weg. Hinter dem Gasthaus, auf einer gerodeten Lichtung, standen einige Hütten. Sie wirkten verlassen. Unkraut wucherte in den Gemüsegärten, die sie umgaben, und Bäume und Sträucher wuchsen in den Ruinen schwarz verbrannter Hütten. Am Rande der Lichtung bemerkte Jonan einen Tempel. Das Dach war eingestürzt, die Balken geschwärzt, und Tauben nisteten in den Fenstern. Jonan hörte ihr Gurren über den Regen hinweg.

Kein Mensch war zu sehen, noch nicht einmal die Spuren eines Menschen. Nur der Rauch verriet, dass Jonan nicht allein war.

Er überquerte den Weg. Etwas bewegte sich hinter der Eingangstür. Jonan blieb stehen, bemerkte auf einmal, wie frei er stand. Es gab keine Deckung außer seinem Pferd. Zu beiden Seiten lag der Wald mehr als drei Schritte entfernt, zu weit, um einem Pfeil oder Speer zu entgehen.

»Was stehst du da draußen im Regen herum?«, krächzte eine Stimme plötzlich aus dem Halbdunkel jenseits der Tür. Sie klang so alt, dass Jonan nicht hätte sagen können, ob es die eines Mannes oder einer Frau war. Nur gefährlich klang sie nicht. »Komm schon rein.«

Jonan ließ das Pferd stehen; er hatte kein Zaumzeug, mit dem er es hätte im Stall festbinden können. Er duckte sich unter dem Türrahmen hindurch und betrat das Gasthaus.

Wärme strich über sein Gesicht wie eine trockene, weiche Hand. Das Gasthaus bestand nur aus einem Raum, doch der war so hoch, dass ein Mann, der auf den Schultern eines anderen stand, wohl kaum die Decke hätte berühren können. Von den Deckenbalken hingen Hängematten und Strickleitern. Darunter standen drei lange Tische, einige Bänke und Stühle. Im Kamin brannte ein Feuer. Seine Flammen schlugen bis in den Schornstein hinein. Ein großer Kessel hing neben dem Kamin an einer Eisenkette.

Jonan nickte dem Mann zu, der ihm auf einen langen Stock gestützt entgegenhinkte. »Ich danke dir für deine Gastfreundschaft.«

»Hast du Kupfer oder Silber?« Der Mann sah ihn aus trüben Augen an. Sein Rücken war bucklig, sein kahler Kopf von braunen Flecken übersät, und ein Netz aus Falten durchzog sein Gesicht. Es sah aus wie ein ausgetrocknetes Flussbett nach langer Dürre.

»Ein wenig«, sagte Jonan. Es fiel ihm schwer, den Mann nicht anzustarren. Er hatte noch nie einen so alten Menschen gesehen.

»Gut. Dann kannst du dich ausruhen.« Mit der freien Hand zeigte der alte Mann auf den Tisch vor dem Kamin. Seine Fingernägel waren lang und gelb, seine Finger gekrümmt. »Setz dich, bevor ein anderer dir den Platz wegnimmt.«

»Ein anderer?«, fragte er.

»Nur ein Scherz.« Der Mann grinste, und Jonan glaubte fast, die Haut des Alten müsse dabei aufplatzen wie eine Lehmform. »Es wird kein anderer kommen.«

»Lebst du allein hier?«

»Warum fragst du? Willst du mich ausrauben? Glaub mir, wenn du fünf Kupfermünzen in der Tasche hast, dann hast du fünf mehr als ich.«

Jonan zog seine Stiefel aus und stellte sie an den Kamin. »Es war nur eine Frage.«

Der alte Mann grunzte. Jonan spürte, wie seine Blicke ihn musterten.

»Mein Name ist Pardus«, krächzte er schließlich.

»Jonan.«

»Bist du ein Soldat, Jonan?« Pardus hinkte zu einem der Fässer, die an der Wand standen. Krüge hingen darüber an Haken.

»Nein.«

»Du siehst aber aus wie ein Soldat«, sagte Pardus, während er den Deckel des Fasses abnahm und einen Krug hineintauchte. »Und ich habe schon viele Soldaten gesehen. Nicht in diesem Krieg, sondern im letzten.«

Jonan kämpfte gegen die Müdigkeit. Die Hitze des Kamins umgab ihn wie eine Decke. »Der Krieg gegen den Roten König?«, fragte er, um wach zu bleiben.

»Oder für den Roten König. Es gab nicht nur eine Seite.« Pardus legte den Deckel zurück auf das Fass und stellte den Krug vor Jonan auf den Tisch. »Lass den Wein warm werden.«

Er setzte sich so vorsichtig und langsam, als habe er Angst zu zerbrechen. »Bist du auf dem Weg nach Süden, Jonan?«

»Ja.«

»Warum?«

Es war eine Frage, die sich Jonan nicht einmal selbst beantworten konnte. Er hob die Schultern. »Weil dort mein Ziel ist.«

Pardus schien ihm kaum zuzuhören. Er richtete den Blick seiner Augen in die Ferne. »Du solltest nach Osten gehen. Ich wollte immer nach Osten gehen, bis ans Ende der vier Königreiche und über den Ozean. Weg von allem.«

»Warum bist du nicht gegangen?«, fragte Jonan. Er unterdrückte ein Gähnen. »Weil du ein Magier warst?«

»Dir ist der Name also aufgefallen. Ich war mir nicht sicher.« Pardus räusperte sich. »Auf ›us‹ soll der Name eines jeden Magiers enden, auf dass er vom Volke stets unterschieden und mit dem rechten Auge betrachtet werden kann.«

Es schien ein Zitat zu sein, aber Jonan wusste nicht, woraus es stammte.

Mit dem Stock schob Pardus einige Holzstücke zurück ins Feuer. »Ja, ich war ein Magier. Kein besonders guter, aber ich war da an dem Tag, als sich der Rote König unserer entledigte. Ich floh, kam hierher – wusstest du, dass diese Straße früher zum Sommerpalast des Roten Königs führte? – und wurde Priester. Dann kam Balderick mit seinen Truppen und brannte alles nieder. Niemand blieb, außer mir.«

Er lachte, ein Laut wie das Ächzen eines Blasebalgs. »Ich war alt, als der Krieg begann. Ich dachte, ich würde sein Ende nicht mehr erleben. Und jetzt bin ich noch älter, und es ist schon wieder Krieg.« Er schüttelte den Kopf. »Ich hätte nach Osten gehen sollen. Mach nicht den gleichen Fehler.«

Seine langen Fingernägel kratzten über die Tischplatte. »Tut mir leid. Ich rede zu viel. Du siehst müde aus. Nimm dir eine Hängematte, wenn du willst.«

»Das werde ich, danke.« Jonan stand auf. Er war so müde, dass er auf dem Stuhl hätte einschlafen können, aber unter dem Dach würde er sicherer sein.

Die Sprossen der Strickleiter waren verstaubt, ebenso wie die Decken, die in den Hängematten lagen. Jonan achtete kaum darauf. Er streckte sich in einer der Matten aus, passte sich ihrem Schaukeln an und schloss die Augen. Es war warm so dicht unter den Balken. Der Geruch von altem Holz mischte sich in den Rauch des Feuers. Er brachte Erinnerungen mit an den Süden, an Zeltstangen, von denen Felle hingen, und an dunklen, süßen Tee. Seit Jahren hatte Jonan nicht mehr an den Süden gedacht. Er fragte sich, warum er es nun tat.

Ein plötzlicher Knall ließ ihn hochschrecken.

»Wo ist er?«, brüllte eine dunkle Männerstimme unter ihm. »Wo ist der Mann, dessen Pferd draußen steht?«

Vorsichtig schob Jonan die Decke beiseite und sah durch das Netz der Hängematte nach unten. Es war dunkel geworden. Nur das Licht des Kaminfeuers erhellte den Raum.

»Hier ist niemand außer mir«, behauptete Pardus. Er saß am Kamin, ein Messer in der Hand. Ein Korb voller Zwiebeln stand neben ihm.

»Du lügst.«

Stiefelsohlen scharrten über das Holz, dann traten vier Männer in den Schein des Feuers.

*Tohm,* dachte Jonan. Also hatte die Miliz die Suche nach ihm doch nicht aufgegeben. Er tastete nach seinen Schwertern und zog eines lautlos aus dem Gürtel. Tohm stand neben einem der Tische, und Wasser tropfte aus seiner Kleidung auf den Boden. Die anderen verteilten sich im Raum, blickten unter Tische und hinter Vorhänge. Einer öffnete sogar ein Fass.

Jonan sah seine Stiefel vor dem Kamin, wo er sie ausgezogen und zum Trocknen hingestellt hatte. Noch hatte keiner der Milizionäre sie entdeckt, aber das konnte – *musste* – jeden Augenblick passieren, und dann …

Pardus griff nach einer Zwiebel. »Ich habe seit vier Blindnächten niemanden mehr gesehen. Was führt euch hierher?«

»Warum lügst du?« Tohm machte zwei, dann drei Schritte auf ihn zu.

Jonan wischte die Klinge an seiner Hose ab und schloss

die Finger einer Hand um den Rand der Hängematte. Seine nackten Füße fanden Halt zwischen den Maschen.

Ein weiterer Schritt. »Weißt du überhaupt …«

Jonan sprang.

Er landete so, wie er es erwartet hatte, mit beiden Füßen auf dem Boden, einen Arm um Tohms Hals gelegt, den anderen, in dessen Hand er das Schwert hielt, in seinem Rücken. Tohm schrie auf und stolperte. Aus den Augenwinkeln sah Jonan, wie sich die anderen Männer umdrehten. Der erste hob sein Schwert.

»Lass das!«, schrie Tohm. Er streckte die Hand aus und ließ sein eigenes Schwert fallen. Jonan spürte, wie er versuchte, den Kopf zu drehen, und verstärkte den Druck seines Arms. Tohm begann zu husten.

*Der Anführer sollte immer dein erstes Ziel sein*, hatte sein Lehrer gesagt. *Die anderen sind nicht daran gewöhnt zu denken.*

»Seid ihr allein?«, fragte Jonan. Er brachte sein Schwert nach vorn, richtete es auf Tohms Kehle.

Tohm keuchte. Sein Blick heftete sich auf die Schwertspitze. »Ja. Wir sind allein, und wir …« Er unterbrach sich, um tief Luft zu holen. Schweiß rann an seiner Schläfe entlang zum Kinn. Er schluckte.

Josyff trat vor. Jonan drehte Tohm, brachte ihn als Schild zwischen sich und den älteren Mann.

»Was Tohm versucht zu erklären«, sagte Josyff »ist, dass wir nicht auf der Jagd nach dir sind. Wir glauben nicht, dass du ein Nachtschatten bist.«

Tohm nickte. Der Schweißtropfen fiel von seinem Kinn auf Jonans Schwert. »Wir wissen, dass du kein Nachtschatten bist«, sagte er mit zitternder Stimme. »Wir haben das Pferd gesehen, dass du gestoh … dass du dir genommen hattest, und wir fragen uns nur …«

Er schluckte erneut und hustete.

»… wieso«, fuhr Josyff fort, »du wusstest, dass der Priester uns verraten würde. Du bist seinetwegen geflohen, nicht wahr, und das nur einen Tag, bevor es passierte.«

*Daneel*, dachte Jonan, und laut fragte er:

»Bevor was passierte?«

»Du weißt es nicht?« Tohm drehte den Kopf und sah ihn an. »Das Lager wurde von Nachtschatten überfallen. Es waren Dutzende.«

»Hunderte«, sagte Olaff.

»Oder Hunderte. Sie brachten alle um, und der Priester war bei ihnen. Wir und noch ein paar andere konnten fliehen, aber wir verloren uns im Wald aus den Augen. Vielleicht haben die Nachtschatten sie erwischt.«

Jonan ließ das Schwert sinken. Diese Männer hielten ihn nicht für ihren Feind. Er hatte keinen Grund mehr, sie zu bedrohen. »Die Armee der Nachtschatten ist hier?«, fragte er.

Tohm machte einen raschen Schritt nach vorn, um aus seiner Reichweite zu gelangen, und setzte sich auf eine Bank. »Ja. Sie marschiert nach Süden. Wir haben ihre Vorhut auf der Handelsstraße gesehen. Deshalb sind wir auf diesen Weg ausgewichen.«

Pardus schob ihm einen Weinkrug zu. Tohm trank und verzog das Gesicht. »Schmeckt wie Pferdepisse.«

»Dann trink es nicht.« Pardus hob die Schultern. »Mir ist es egal.«

Die Männer, die sich im Raum verteilt hatten, kamen näher. Josyff musterte Jonan. »Also, woher hast du es gewusst?«

»Ich kenne den Priester. Ich weiß, was er mit denen zu tun vermag, die ihm zuhören.« Er antwortete halbherzig. Seine Gedanken beschäftigten sich mit der Nachtschattenarmee und ihrem Marsch nach Süden.

»Das ist wahr«, sagte Olaff. »Mein Kopf fühlte sich immer ganz komisch an, wenn er mit mir sprach.«

Jonan beachtete ihn nicht. Er wandte sich an Pardus. »Was für eine Stadt liegt im Süden?«

»Srzanizar, keine zwei Tagesritte von hier entfernt. Da leben aber nur Halsabschneider und Betrüger. Ihr solltet besser nach Osten gehen. Im ...«

Jonan unterbrach ihn. »Legt dort eine Fähre an?«

»Sogar mehrere, die auf verschiedenen Routen des Flusses verkehren. Das sind große Flussschiffe, die Waren und Personen befördern. Srzanizar ist die größte Stadt in der Gegend. Der Rote König sammelte dort während des Kriegs seine Truppen.«

»Heißt das, die Nachtschatten wollen nach Westfall?« Olaff sah sich nervös um, so als rechne er jeden Moment mit einem Angriff.

»Wer weiß«, sagte Josyff. Er drehte den Weinkrug zwischen den Händen. Jonan steckte das Schwert zurück in seinen Gürtel, setzte sich an den Kamin und zog seine Stiefel an. Sie waren warm und trocken.

»Was machst du da?«, fragte Tohm.

»Aufbrechen. Jemand muss Srzanizar warnen.« *Und Ana finden*, fügte er in Gedanken hinzu.

»Warum reiten wir nicht zusammen?« Tohms Frage klang beiläufig, aber Jonan sah die Sorge in seinem Blick. Sie waren keine Kämpfer. Allein würden sie dem ersten Nachtschattenspäher zum Opfer fallen.

Jonan nickte. »Gut, aber wir müssen uns beeilen.«

Tohms Angst wich Erleichterung. »Unsere Pferde sind frisch. Wir können sofort aufbrechen.« Josyff schien widersprechen zu wollen, aber Tohm brachte ihn mit einer Geste zum Schweigen. »Sofort, sage ich.«

Josyff ging zur Tür.

Jonan sah Pardus an. »Willst du mitkommen?«

Der alte Mann winkte mit verkrümmten Fingern ab. »Ich würde euch nur aufhalten. Reitet los, lasst mich zurück. Die Nachtschatten werden mir schon nichts tun.«

»Wirklich?« Olaff hakte die Daumen in seinen Gürtel und ging übertrieben breitbeinig auf Pardus zu. Etwas Gemeines grub sich wie eine Falte in sein Gesicht. »Warum denn nicht? Vielleicht weil du einer von ihnen bist?«

»Olaff!« Tohm klatschte in die Hände. »Lass den Alten in Ruhe und komm! Srzanizar soll eine reiche Stadt sein. Man wird uns bestimmt für die Warnung belohnen, aber nur, wenn wir die Ersten sind, verstanden?«

»Verstanden.« Olaff sprang über eine Bank und lief zur Tür. Die anderen folgten ihm, Jonan zuletzt.

Er nickte Pardus zu. Der alte Mann erwiderte die Geste, dann keuchte er wie jemand, der fast zu lange die Luft angehalten hatte. Seine Augen färbten sich gelb, so wie Jonan erwartet hatte.

Er wandte sich ab und verließ das Gasthaus. Der beißende Essiggeruch verwehte im Wind.

# Kapitel 14

*Srzanizar, Königssitz und größte Stadt von Frakknor, liegt an der Südspitze der Provinz. Es regnet dort weit seltener als im Norden, und dem Reisenden wird auffallen, dass es kaum Brunnen gibt. Das liegt nicht etwa an einer angeborenen Faulheit der Bewohner dieses Landstrichs, wie oft fälschlicherweise angenommen wird, sondern an dem festen Glauben, das Wasser, das man der Erde entnimmt, würde den Toten in ihrer Unterwelt fehlen. Die gleiche Höflichkeit zeichnet das Volk auch in anderen Bereichen aus.*

*Jonaddyn Flerr, Die Fürstentümer und Provinzen der vier Königreiche, Band 2*

Ana wartete.

Sie hatte geglaubt, nachdem die Frauen ihren Vorschlag angenommen hatten, würden sie sofort aufbrechen, aber das Fährschiff nach Westfall war noch irgendwo auf dem Wasser. Erys erwartete es jeden Tag, doch bisher war es noch nicht aufgetaucht. Nur das nach Charbont, einer Handelsstadt südlich von Westfall, lag im Hafen.

Erys hatte ihr ein eigenes Quartier gegeben, einen Verschlag neben dem Eingang der Stallungen, in dem früher vielleicht einmal Sattel und Zaumzeug gehangen hatten. Er war gerade groß genug, um sich auszustrecken, aber Ana störte das nicht. Zum ersten Mal, seit sie Somerstorm verlassen hatte, gab es wieder eine Tür, die sie hinter sich schließen, einen Raum, in dem sie unbeobachtet sein konnte.

Marta und Hetie schliefen weiterhin in einer Zelle, ebenso wie die anderen Sklaven. Ana hatte angefangen, sie so zu nennen, obwohl sie den Begriff ihnen gegenüber vermied. Sie wusste, dass die anderen hofften, von ihr gerettet zu werden. *Vielleicht gelingt mir das sogar*, dachte sie.

Ana setzte sich auf. Sonnenlicht fiel durch Spalten in den Holzwänden ihres Verschlags. Es war warm. Der Geruch nach Leder und süßen Blüten hing in der Luft. Geschirr klirrte. Anscheinend wurde draußen vor ihrer Tür bereits das Mittagessen vorbereitet, aber Ana verspürte nicht den Drang aufzustehen. In der kleinen Festung verging jeder Tag mit der gleichen öden Langsamkeit: Man stand auf, wusch sich in Zubern mit Flusswasser, aß Fisch und dunkles Brot, danach begannen die Frauen, die zum Kochen eingeteilt waren, mit ihrer Arbeit, während die anderen vor den Stallungen mit Schwertern und Speeren übten. Am ersten Tag hatte Ana gefragt, ob sie mitmachen könne, aber Erys hatte es verboten. Zu gefährlich, hatte sie gesagt.

Doch auch bei den Köchinnen war Ana nicht willkommen. Sie brachen ihre Gespräche ab, wenn sie sich zu ihnen setzte, und senkten die Köpfe. Sie erinnerten Ana an Sklaven, die zum ersten Mal an einem Fürstenhof dienten und sich von Reichtum und Titeln einschüchtern ließen. Selbst Merie wirkte verkrampft, seit sie wusste, wer Ana war. Nur Nungo'was schien das nicht zu kümmern. Er behandelte sie nicht anders als zuvor.

Es klopfte an der Tür des Verschlags. »Ana?«, fragte Purro. Durch die Spalte sah Ana Bartstoppeln und Haut. Unwillkürlich zog sie die Decke über ihre nackten Schultern.

»Ja?«

»Erys will dich sprechen.«

»Sag ihr, ich komme, sobald ich mich fertiggemacht habe.«

Purro antwortete nicht. Sein Gesicht verschwand, dann hörte Ana ihn weggehen. Er war wortkarg und hielt sich aufrecht wie ein Soldat. Für Erys schien er zugleich Diener und Vertrauter zu sein. Ana hatte den Eindruck, dass er mehr für sie empfand als sie für ihn.

Sie streifte ihr Hemd über, faltete die Decke zusammen, unter der sie geschlafen hatte, und zog den Holzriegel, der die Tür verschloss, aus seiner Halterung. Es war ein lächerliches Schloss, das ein Mann wie Purro mit einem Tritt hätte aufsprengen können, aber es gab ihr Sicherheit.

*So viel Sicherheit wie Jonan?* Wie so oft bemerkte sie zu spät die Falle, die ihr Geist ihr gestellt hatte. Doch sie drängte den Gedanken beiseite, so wie das Leben, das sie mit Jonan geteilt hatte. Es war nicht mehr das ihre. In diesem Leben war sie Penya gewesen, ein Niemand, gehetzt wie ein Tier und beschützt von einem Tier. Doch nun war sie wieder Ana, die rechtmäßige und zukünftige Fürstin von Somerstorm – und wenn es die Götter wollten, auch eines Tages Fürstin von Westfall, an Rickards Seite. Tiere spielten in diesem Leben keine Rolle mehr.

Von draußen drangen Kampfgeräusche in den Stall, das dumpfe Aufeinanderschlagen hölzerner Übungsschwerter und das Keuchen der Kämpfenden. Gelegentlich rief Purro einen kurzen Befehl. Er war einer der Ausbilder, lehrte vor allem die erfahrenen Kämpferinnen, wie Ana inzwischen herausbekommen hatte. Sie hatte ihn schon einige Male fragen wollen, welchem Fürsten er gedient hatte, es aber nie gewagt. Purro verhielt sich ihr gegenüber abweisend und kühl.

Fünf Frauen, die um einen Tisch saßen und Fische ausnahmen, nickten ihr zu. Sie warfen die Köpfe und Innereien in einen Eimer. Fliegen kreisten darüber. Dutzende trübweißer Augen schienen Ana anzustarren, als sie an den Frauen vorbeiging. Sie warteten einen Moment, dann nahmen sie ihre Unterhaltung wieder auf. Sie sprachen über das Wetter, über die Stände auf dem Markt und über den Preis von Weizen. Ihre Schwerter lehnten hinter ihnen an der Wand.

Ana verließ die Stallungen durch die Hintertür und betrat den Gemüsegarten. Es war still. Niemand benutzte die drei hölzernen Waschzuber, die in der Sonne standen. Ana wischte tote Insekten beiseite, dann tauchte sie beide Hände in den Zuber und wusch sich das Gesicht. Das Wasser schmeckte süßlich, so wie der Wind roch, der vom Großen Fluss die Hügel heraufwehte. In Srzanizar, das hatte ihr eine der Frauen erzählt, war es üblich, sich mit Flusswasser zu waschen, auch wenn das Haus über einen Brunnen verfügte. Jeden Tag schleppten die Esel der Wasserhändler Hunderte von Fässern durch die Stadt; am frühen Morgen hallten ihre Rufe durch die Straßen. Erys und die anderen Frauen kauften kein Wasser. Die Händler stellten die Fässer einfach vor dem Tor ab.

Etwas raschelte. Erschrocken hob Ana den Kopf und fuhr sich mit dem Hemdsärmel über die Augen. Sie blinzelte, glaubte eine Bewegung zwischen den Kochnussstauden zu sehen und duckte sich. Sie hatte das Leben als Penya zwar hinter sich gelassen, vergessen hatte sie es nicht.

Im nächsten Moment erhob sich die Gestalt hinter den Stauden, und Ana atmete auf. Es war Hetie. Sie kehrte Ana den Rücken zu und erntete Nüsse. Ana erkannte das Mädchen an der Kleidung, die sie seit ihrer Ankunft nicht gewechselt hatte. Die Frauen hatten ihr welche angeboten, aber Marta hatte für sich und Hetie abgelehnt. Ana glaubte ihre Worte noch zu hören: *Wenn wir schon als Sklaven unser Ende finden müssen, dann wenigstens nicht mit den Almosen anderer am Leib.*

»Hetie«, sagte Ana. »Erntest ...«

Hetie fuhr herum. Das Netz voller Nüsse, das sie über der Schulter getragen hatte, rutschte zu Boden. Mit der freien Hand riss sie sich ein Stück Stoff vom Gesicht, knüllte es zusammen und versteckte den Arm hinter dem Rücken. Es ging so schnell, dass Ana beinahe nicht bemerkt hätte, dass es sich um eines der Tücher handelte, mit denen sich die Banditinnen zu maskieren pflegten.

»Was machst du da?«, fragte sie. Es klang fordernder als beabsichtigt.

»Nichts. Ich ernte Nüsse.« Hetie bückte sich und hob das Netz auf. Die grünen, unterarmlangen Nüsse schlugen mit einem hohlen Geräusch gegeneinander.

»Mit einem Tuch vor dem Gesicht?«

Hetie antwortete nicht. Ihre Wangen waren gerötet wie nach einem Tag in der Sonne. Sie hielt den Kopf gesenkt.

*Es ist ihr peinlich,* erkannte Ana verspätet. Sie räusperte sich.

Hetie zog den Arm hinter dem Rücken hervor und ließ den Daumen über den Stoff gleiten. »Ich habe das Tuch gefunden.« Sie drehte den Stoff zwischen den Fingern. »Glaubst du, dass sie böse sind?«

»Wer?«

»Die Frauen.« Hetie sah immer noch nicht auf. »Sie töten Menschen und stehlen. Das ist doch böse, oder?«

Ana hob die Schultern. Der Wind kühlte das Wasser auf ihrem Gesicht. »Ich weiß nicht«, sagte sie. »Sie würden vielleicht verhungern, wenn sie es nicht täten.«

Die älteren Frauen hatten Männer und Söhne im Krieg gegen den Roten König verloren, die jüngeren im Krieg gegen die Nachtschatten. Nachbarn hatten sie von ihren

Höfen gejagt oder die Boote gestohlen, mit denen die Männer gefischt hatten.

»Sie lehnen sich gegen ihr Schicksal auf«, fuhr Ana fort. »Steht ihnen das nicht zu?«

»Aber die Flussgötter haben ihnen dieses Schicksal gesandt. Wenn sie sich dagegen auflehnen, lehnen sie sich doch auch gegen die Götter auf.«

Ana fragte sich, weshalb Hetie sich so sehr mit dieser Frage beschäftigte. Sie erschien ihr unbedeutend.

»Wer kann schon sagen, was den Göttern gefällt«, sagte sie. Es war die gleiche Antwort, die ihr Vater den Priestern gegeben hatte, wenn sie ihn für den Handel mit Menschen hatten verurteilen wollen.

»Wer kann schon sagen, was den Göttern gefällt …« Hetie hob den Kopf. Sie wiederholte Anas Worte langsam, so als müsse sie jedes einzelne verstehen. Dann nickte sie. »Das stimmt. Niemand weiß …«

Sie ließ den Satz unvollendet. Ihre Augen richteten sich auf die Hintertür.

Ana drehte den Kopf. Marta stand im Türrahmen, die Hände auf die Hüften gestützt. »Hast du etwa dein Morgengebet vergessen?«, fragte sie in einem Tonfall, der die Luft wie ein Messer durchschnitt.

Hetie senkte den Blick. »Nein, ich wollte nur zuerst die Nüsse ernten.«

»Die Götter haben kein Verständnis für deine Ausflüchte.« Martas Blick fiel auf das Tuch in Heties Hand. »Was hast du da?«

Ana sah die Angst auf Heties Gesicht. »Nichts, nur …«

»Du bist zu nichts zu gebrauchen«, unterbrach Marta sie. »Und die falschen Nüsse hast du auch geerntet. Die reifen sind gelb, nicht grün!«

Sie ging in den Garten. »Los jetzt, auf die Knie. Du musst

beten, vielleicht werden die Götter des Flusses dir dann die Gnade erweisen, dich niederzustrecken. Bete um den Tod, Hetie! Er ist alles, was uns noch bleibt.«

Hetie legte das Netz in den Sand und kniete nieder. Ihre Mundwinkel zitterten, als müsse sie weinen, aber in ihren Augen schimmerten keine Tränen.

Ana wollte sich abwenden, als Marta sagte: »Ihr könnt gern mit uns zusammen beten, Herrin. So nahe am Großen Fluss ist der Weg zu den Göttern kurz. Sie sehen und hören Euch hier besser als an jedem anderen Ort.«

Für einen kurzen Augenblick spürte Ana den kalten Wind Somerstorms. Sie machte einen Schritt zurück in den Stall, unter ein festes Dach, durch das die Götter sie nicht sehen konnten.

»Nein, ich muss mit Erys sprechen«, sagte sie ein wenig zu schnell. Innerlich lachte sie über sich selbst. Die boshaften Götter Somerstorms, an die weder ihr Vater noch ihre Mutter je geglaubt hatten, waren weit weg. Sie konnten ihr nichts anhaben.

Trotzdem hielt sie sich im Schatten der Stallungen, als sie zu Erys hinaufging.

Die Tür stand offen. Hinter zugezogenen Vorhängen saß Erys im Halbdunkel an einem Tisch. Ein Holzbrett mit Obst stand vor ihr.

»Komm rein«, sagte sie. »Schließ die Tür.«

Ana zog die Tür hinter sich zu. Die Kampfgeräusche wurden leise und dumpf. Durch das Fenster wehten Heties und Martas betende Stimmen in den Raum.

Erys legte den Kopf schräg. »Hörst du sie beten?«

»Sie bitten die Flussgötter um den Tod.« Ana stand im Raum, und ihr Blick glitt zu dem Wandteppich, zu dem Gesicht in den Schatten und dem Roten König.

»Ein Mädchen, so hübsch und bescheiden wie Hetie,

sollte keine Angst vor der Sklaverei haben«, sagte Erys. Sie nahm eine Apfelmelone und schnitt mit dem Messer hinein. Roter Saft floss über das Holzbrett. »Sie wird nicht auf dem Feld alt werden«, fuhr sie fort. »Irgendein reicher Bauer wird sich ihrer annehmen, sie vielleicht sogar an seinen Sohn geben.«

Sie ließ die Melone los. Wie eine Blüte öffnete sie sich. »Martas Angst hingegen kann ich verstehen. Wenn sie sich weiter so verhält, wird ihr neuer Besitzer ihr die Zunge abschneiden. Vielleicht sollte ich Purro darum bitten, dann können wir einen höheren Preis für sie verlangen. Möchtest du ein Stück Melone?«

Ana betrachtete die roten Melonenstücke in ihrem zähflüssigen Saft und schüttelte den Kopf. Sie war nicht mehr hungrig. Dann sagte sie:

»Du wolltest mich sprechen?«

Erys schob das Brett beiseite. »Das Fährschiff aus Westfall hat im Morgengrauen angelegt.«

Ana spürte einen Stich im Magen. Sie versuchte, sich ihre Aufregung nicht anmerken zu lassen. »Wann gehen wir an Bord?«

»Die Arbeiter werden zwei bis drei Tage brauchen, um das Schiff zu entladen und wieder zu beladen.« Erys stand auf, trat an cin Fcnster und schob den Vorhang aus Lumpen zur Seite. Sonnenstrahlen erhellten ihr Gesicht.

Der Schatten eines Vogels glitt darüber und verschwand. »Willst du mich vorher noch etwas fragen?«

»Was denn?« In Gedanken war Ana bereits auf dem Flussschiff und fuhr Westfall entgegen.

»Vielleicht über den Roten König? Bist du nicht neugierig?«

Ana warf einen Blick auf den Wandteppich. Seit sie wusste, wer der Mann darauf war, war ihr der Teppich unheimlich. »Ich dachte, du würdest nicht darüber reden wollen. Du warst seine Sklavin. Was hättest du schon gegen ihn unternehmen sollen?«

Erys ließ den Vorhang fallen. Ärger gab ihrer Stimme einen beißenden Klang. »Es gab mehr als eine Seite in diesem Krieg. Und nicht alle, die auf seiner standen, waren dort aus Zwang.« Sie drehte sich um. »Du bist wohl zu jung, um das zu verstehen.«

»Nein.« Ana schüttelte den Kopf. »Meine Eltern haben mir alles über den Krieg erzählt. Ich weiß, was passiert ist und was der Rote Kö…«

Hufschlag und laute Rufe aus dem Hof unterbrachen sie. Erys fuhr herum und riss den Vorhang wieder zur Seite. Ana trat neben sie. Mehrere Frauen waren durch das Tor in den Hof geritten. Eine von ihnen lag quer auf dem Rücken ihres Pferdes. Pfeile steckten in ihrem Hals und ihrem Kopf. Blut färbte die Flanken des Tiers rot.

»Erys!« Nilay, die auf einem anderen Pferd saß, riss sich das Tuch vom Gesicht und sah hinauf zum Fenster. »Das Fährschiff ist voller Waffen und Gold für die Stadtwache. Sie haben uns auf dem Marktplatz angegriffen.«

»Sie rekrutieren Männer und riegeln den Hafen ab!«, rief eine andere, deren Namen Ana nicht kannte. »Darna ist tot.«

»Verriegelt die Tore!« Erys schloss den Vorhang und schlug mit der Faust gegen den Fensterrahmen. »Nur noch ein paar Tage«, sagte sie. »Mehr hätten wir nicht gebraucht.« Sie ging zur Tür. Der Ewige Gardist trat aus den Schatten hervor.

»Wird die Wache es wagen, uns hier anzugreifen?«, fragte Ana.

»Wenn sie genug Gierige findet, die für ein paar Münzen ihr Leben verkaufen.« Erys presste die Lippen zusammen.

Sie sah zum Wandteppich. Unten im Hof knarrte das Tor. Pferde wieherten, Frauen redeten durcheinander.

»Aber so weit wird es nicht kommen.« Erys' Blick hing immer noch an dem Herrscher auf seinem Thron. »Wir werden die Stadtwache angreifen und vernichten. Das hätte er …«

Sie ließ den Satz unvollendet, aber Ana wusste auch so, was sie hatte sagen wollen: *Das hätte er auch getan.*

Erys wandte sich von dem Teppich ab. »Sag mir, Ana Somerstorm: Bist du bereit, den Weg bis zum Ende zu gehen und jeden Preis zu zahlen, der erbracht werden muss, um dein Erbe anzutreten?«

Erys sah sie an. In ihrem Blick lag etwas Feierliches, so als sei die Antwort von großer Bedeutung für sie.

»Das bin ich.« Ana versuchte, ihrer Stimme die gleiche Feierlichkeit zu verleihen. »Ich werde alles tun, um Somerstorm zurückzuerobern, und ich werde unser Abkommen auf ewig ehren.«

Halb erwartete sie, dass Erys sie umarmen oder ihre Hand schütteln würde, aber Erys nickte nur und ging zur Tür. »Gut, denn es werden viele Menschen sterben müssen, damit du und ich bekommen, was wir wollen.«

# *Kapitel 15*

*Gomeran ist eine unbedeutende Stadt mit einem unbedeutenden Hafen und einer unbedeutenden kleinen Festung. Trotzdem ist sie fast jedem vertraut, denn es war dort, dass Mugar der Blinde zu seinem Namen kam und die Geschichte der vier Königreiche ihren Anfang nahm.*

*Jonaddyn Flerr, Die Fürstentümer und Provinzen der vier Königreiche, Band 1*

Er ging nur nachts nach draußen.

Wenn die letzten Fischerboote in den Hafen eingelaufen waren und die Stadt zur Ruhe kam, verließ Gerit die Kaserne und ging zum Wasser. Es gab eine kleine Bucht, nicht weit vom Hafen entfernt, in der Treibholz und andere Dinge angespült wurden, für die der Fluss keine Verwendung zu haben schien. Gerit fand Stricke, die Reste von Netzen, faulendes Leder und hin und wieder einen Kadaver. Das meiste ließ er liegen, nur ab und zu war etwas darunter, das er mitnahm und in den zerschlagenen Rumpf eines kleinen Boots am Rande der Bucht legte.

In dieser Nacht war es eine Vogelfeder. Gerit konnte ihre Farbe nicht genau erkennen – braun vielleicht oder rot –, aber sie war so lang wie sein Unterarm und schmal. Er hob sie auf und ging am Ufer entlang, den Blick auf das Wasser gerichtet. Wellen glitten über die Steine, zogen sich zurück und kehrten wieder. Es sah aus, als würde der

Fluss atmen. Eine Weile sah Gerit ihm zu, dann drehte er sich zu dem alten Fischerboot um. Es lag auf der Seite. Etwas hatte seinen Rumpf aufgerissen und den Bug zertrümmert. Er kletterte hinein, balancierte über den Kiel bis zum Heck. Dort war das Holz so fest, dass man darauf stehen konnte.

Gerit hatte das Boot an seinem ersten Abend in Gomeran entdeckt, als er geglaubt hatte, verfolgt zu werden. Er war in seinem Rumpf eingeschlafen und erst erwacht, als Nachtschatten am Morgen nach ihm riefen. Er hatte ihnen nichts von dem Boot gesagt.

Gerit zog eine Kerze aus der Tasche seines Umhangs und stellte sie auf ein kleines Fass. Mit einer Zunderschachtel setzte er den Docht in Brand. Die Kerze war bis auf einen kleinen Rest abgebrannt. Er hatte sich geschworen, eine Entscheidung zu treffen, bevor sie endgültig erlosch.

Gelbes, flackerndes Licht erhellte den Bootsrumpf. Gerit hielt die Feder vor die Kerze. Sie war rot, so wie er vermutet hatte. Er wusste nicht, zu welcher Art Vogel sie gehörte. Langsam drehte er sie, dann wischte er sich die andere Hand an seinem Umhang ab und strich mit dem Finger darüber. Sie war weich, so weich wie das Kleid, das Ana an dem Abend …

Gerit zog die Hand zurück. Die Gedanken an Somerstorm trafen ihn jedes Mal unerwartet. Sie waren häufiger geworden, seit er die Armee der Nachtschatten verlassen hatte, und lebendiger. Er mochte sie nicht.

Er legte die Feder auf das Fass, neben einen Mäuseschädel, einen Holzwürfel mit merkwürdigen Symbolen und eine verrostete Münze. Mit dem Rücken lehnte er sich an die Bootswand, mit dem Umhang deckte er sich zu, bis sein Körper mit den Schatten verschmolz. Die Nacht brachte Geborgenheit.

*Wenn die Sonne doch nie aufgehen würde,* dachte er. Dann würde er sein Leben in dieser Bucht verbringen, würde Fische fangen und das Ufer nach Brauchbarem absuchen. Er stellte sich vor, einer der Götter oder der Vergangenen würde ihm erscheinen und ihn nach seinem größten Wunsch fragen. *Hierzubleiben,* würde er antworten, *unsichtbar für Menschen und Nachtschatten.*

Die Kerze erlosch. Dunkelheit wärmte ihn. Gerit hob eine Hand vors Gesicht und bewegte sie. Er spürte ihren Lufthauch, ohne sie zu sehen. Erst nach einer Weile, als seine Augen sich wieder an die Nacht gewöhnten, wurde sie allmählich sichtbar. Jenseits des Boots wartete die Nacht mit ihren Geräuschen und Gerüchen. Alles war anders als am Tag, reiner und klarer.

Gerit wusste, dass er seine Entscheidung nicht mehr länger aufschieben durfte. Wahrscheinlich ließ Korvellan ihn bereits verfolgen. Er stand auf und berührte die Dinge, die er gefunden hatte, prägte sich ihre Form ein. Nichts davon wollte er mitnehmen. Sie gehörten an diesen Ort, nicht an den, zu dem er aufbrach.

Als er sicher war, dass er sie nicht vergessen würde, verließ er das Boot. Tief zog er die Kapuze ins Gesicht. Über ihm färbte sich der Himmel bereits rosa, und vom Hafen drangen die ersten Rufe der Fischer zu ihm herüber. Er war länger geblieben, als er gewollt hatte. Die Menschen von Gomeran mochten ihn nicht. Sie spuckten ihn auf der Straße an, wenn sie ihn erkannten, oder drohten ihm mit dem Tod. Jeden Tag versammelten sie sich zur Mittagsstunde vor der Kaserne der Nachtschatten und forderten seine Herausgabe. Sie sahen in ihm einen Verräter.

*Wahrscheinlich bin ich das auch,* dachte Gerit, obwohl er sich nicht dafür hielt. Ein Verräter handelte aus Eigennutz, aus Gier oder Rachsucht, das hatten ihn die Geschichten, die Norhan ihn hatte lesen lassen, gelehrt. Gerit hatte lange darüber nachgedacht, welchen Nutzen er aus seinem Verrat gezogen hätte, doch eingefallen war ihm nichts. Baldericks Armee in eine Falle zu locken, hatte sich richtig angefühlt, das war alles. Und so war es immer noch.

Auf dem Weg zurück in die Kaserne hielt sich Gerit vom Hafen fern. Es war nicht der kürzeste Weg, aber der sicherste. Die wenigen Menschen, denen er begegnete, beachteten ihn kaum, sondern gingen mit gesenktem Kopf und müden Blicken an ihm vorbei. Es war früh, sogar für Fischer.

Gerit nahm die Kapuze ab, als er sich den Wachen vor der Kaserne näherte. Sie nickten und öffneten das Tor.

Der Exerzierplatz war um diese Zeit noch leer. Am Fahnenmast in seiner Mitte hing keine Flagge, so wie Korvellan es angeordnet hatte. Loreanz, der Kommandant der Nachtschatten, war mit diesem Befehl nicht einverstanden und hätte ihn vielleicht sogar ignoriert, wenn Gerit nicht gekommen wäre. Loreanz hielt ihn für einen Spion Korvellans. Gerit versuchte, diesem Eindruck zu entsprechen.

Er betrat die Kaserne. Licht drang durch Schießscharten in einen breiten Gang. Auf der linken Seite lagen hinter dünnen Holztüren die Zimmer der Offiziere. Gerit hörte lautes Schnarchen und roch Wein. Die Nachtschatten aus dem Norden tranken nur selten und nie viel. Die aus dem Süden, vor allem die, die ein Leben lang allein unter Menschen gelebt hatten oder in deren Blut die Wildheit nur noch schwach war, teilten diese Mäßigung nicht. Sie waren es, die Korvellan in den Kasernen und Festungen der eroberten Städte zurückgelassen hatte.

*Sie sollen verwalten, nicht herrschen*, hatte er gesagt, als Gerit ihn nach dem Grund für diese Entscheidung gefragt hatte.

Gerit blieb vor der Tür des Kommandanten stehen und klopfte. Er hörte etwas rascheln, dann rief eine Stimme: »Ja?«

»Gerit.«

»Einen Moment.« Weiteres Rascheln, dann fiel ein Lichtschimmer unter der Tür hindurch. »Kommt rein.«

Gerit öffnete die Tür und betrat den kleinen Raum. Es gab kein Fenster, nur einen Lichtschacht, der nach Westen zeigte und dunkel war. Auf einem kleinen Tisch stand eine Öllampe, an der Wand ein Bett mit zerwühlten Decken. Loreanz saß auf einem Hocker vor dem Tisch, einige Pergamentrollen vor sich. In seiner menschlichen Gestalt war er kleiner als Gerit. Er hatte ein fliehendes Kinn, schütteres Haar und ein weich wirkendes Gesicht. Seine Kleidung hatte er hastig übergeworfen. Sie bestand aus einem Hemd voller Weinflecken und einer Stoffhose. Von Korvellan wusste Gerit, dass Loreanz viele Jahre als Söldner für verschiedene Fürsten gekämpft hatte. Es fiel ihm schwer, das zu glauben.

»Entschuldigt die Unordnung«, sagte Loreanz und sah ihn aus blutunterlaufenen Augen an. Seine Stimme klang belegt. »Ich habe die ganze Nacht gearbeitet.«

Gerit hätte beinahe gelacht. War Loreanz wirklich ein solcher Narr, dass er glaubte, Gerit würde die Täuschung nicht bemerken?

Er ging nicht darauf ein. »Ich brauche ein Pferd«, sagte er. »Ich werde Gomeran noch heute verlassen.«

»Dann habt Ihr gefunden, wonach Ihr suchtet?« Loreanz schob die Papiere zur Seite. Er klang neugierig.

»Wer sagt, ich hätte etwas gesucht?«

»Niemand. Es war nur so ein Gedanke.« Loreanz stand auf. »Ich werde dem Stallmeister Bescheid geben. Eine Eskorte stelle ich Euch natürlich auch. Viele kann ich nicht entbehren, aber ...«

»Ich benötige keine Eskorte.«

Loreanz sah ihn mit hochgezogenen Augenbrauen an. »Das kann ich nicht zulassen. Die Straßen sind gefährlich, und jeder meiner Soldaten würde sich geehrt fühlen, wenn ...«

Gerit ließ ihn nicht ausreden. Loreanz sprach wie ein Mensch, nicht wie ein Nachtschatten. Er schämte sich für den Kommandanten.

»Dort, wo ich hingehe, wäre es zu gefährlich für sie«, sagte er.

»Und dann wollt Ihr allein ...« Loreanz unterbrach sich, nickte und fuhr leise fort: »Dann schickt Korvellan Euch also nach Süden. Ihr werdet seine Augen und Ohren sein. Was für ein kluger Stratege.« Er lächelte. »Und welch eine Ehre für Euch.«

»Ich habe Euch nicht verraten, wohin ich gehe, und das werde ich auch nicht.« Gerit sah ihn an, als wären sie ebenbürtig. »Versteht Ihr?«

»Das tue ich.« Loreanz streckte die Hand aus. Sein Händedruck war härter, als Gerit erwartet hatte. »Holt Eure Sachen. Das Pferd wird gleich bereitstehen.«

»Gut.« Gerits Zimmer lag nur drei Türen weiter. Ein anderer Offizier hatte dort gewohnt, bevor die Nachtschatten gekommen und die Stadtwachen wie Tauben aus einem geöffneten Käfig in alle Himmelsrichtungen davongestoben waren. Seine Stiefel standen noch neben dem Bett, eine Pfeife lag auf dem Tisch. Gerit nahm den Stoffbeutel, in dem sich alles befand, was er besaß, zog die zu großen Stiefel an und verließ das Zimmer. Die Tür ließ er offen stehen. Ein Nachtschatten mit fast schwarzem Fell begegnete ihm auf dem Gang.

»Gehst du?«, fragte er, als er den Beutel über Gerits Schulter sah.

»Ja.«

Der Nachtschatten nickte und ging weiter. Gerit hatte nicht erwartet, dass er sich verabschieden würde. Es überraschte ihn, dass der Krieger so viel Interesse aufgebracht hatte, überhaupt mit ihm zu reden.

Loreanz wartete neben dem Fahnenmast auf ihn. Ein Stallbursche führte gerade ein Pferd heran. Zusätzlich zum Sattel trug es ein Paar Satteltaschen.

»Vorräte«, sagte Loreanz, als er Gerits Blick bemerkte. Er tätschelte den Hals des Pferdes. »Dieser Hengst gehörte dem Kommandanten der Stadtwache. Er wird Euch gute Dienste leisten.«

Gerit wusste, dass Loreanz das Pferd seit der Eroberung von Gomeran geritten hatte. »Danke«, sagte er und band seinen Stoffbeutel am Sattel fest, dann stieg er auf.

Aus den Augenwinkeln sah er, wie sich die Kasernentüren öffneten und die Wachablösung heraustrat, bestehend sowohl aus Männern als auch aus Frauen, wie bei den Nachtschatten üblich.

Gerit zögerte. Mit einigen von ihnen hatte er zusammen gegessen und auf dem Weg durch den Norden gefeiert. Er fragte sich, ob er sich von ihnen verabschieden sollte, aber sie beachteten ihn nicht, verhielten sich so, als wäre er …

*Ein Mensch*, dachte Gerit.

»Lebt wohl und viel Glück.« Loreanz reichte ihm die Zügel und trat einen Schritt zurück. Er hob die Hand, als wolle er salutieren, ließ sie dann jedoch sinken. Nachtschatten salutierten nicht.

»Lebt wohl«, sagte Gerit und zog sich die Kapuze seines Umhangs über den Kopf.

Langsam ritt er über den Exerzierplatz und durch das offene Tor. Die Wachen sahen noch nicht einmal auf. Er ließ die Kaserne hinter sich und wandte sich nach Westen, auf den Rand der Stadt zu. Dort verlief die große Handelsstraße, verband die Provinzen des Nordens mit den Städten und eisfreien Häfen des Südens.

Gerit ritt an Ochsenkarren und Lastenträgern vorbei. Die Sonne, die sich in seinem Rücken über den Fluss erhob, warf lange, verzerrte Schatten und tauchte die Gassen in ein orangefarbenes Licht. As Gerit sich umdrehte und einen Blick zurück zur Kaserne warf, blendete ihn der Schein der Sonne, und er musste die Augen mit der Handfläche schirmen. Er sah keine Nachtschatten auf dem Weg, nur den leeren Fahnenmast, der über die Hütten ragte.

Er stieß dem Hengst leicht die Fersen in die Flanken. Das Tier begann zu traben, dann zu galoppieren. Die Kapuze bauschte sich auf und fiel zurück auf seinen Rücken. Er hielt den Kopf hoch erhoben, das Kinn vorgestreckt. Ein Lastenträger sprang erschrocken zur Seite, als der Hengst an ihm vorbeigaloppierte. Er verlor seinen Korb. Äpfel rollten durch die Gasse.

»Pass doch auf!«, schrie der Mann.

Andere drehten sich um, wichen dem galoppierenden Hengst aus.

»Das ist der Verräter!«, rief eine Frau plötzlich, Sie hatte eine quietschende, hohe Stimme, die durch die Gasse hallte. »Seht nur, der Verräter!«

»Der Verräter!« Ein Mann zeigte auf Gerit. Der stellte sich in den Steigbügeln auf, sodass jeder ihn sehen konnte. Äpfel flogen an ihm vorbei, dann ein Stein.

Gerit ließ sich wieder in den Sattel fallen und legte den Kopf an den warmen Hals des Pferdes. Etwas traf sein Bein, aber es tat nicht weh.

Die Menschen brüllten Beleidigungen, einige liefen hinter ihm her. Sie konnten ihn nicht einholen, der Hengst war zu schnell. Seine Hufe wirbelten Staub auf, Gerit fühlte die

Muskeln unter dem dunklen Fell. Loreanz hatte recht gehabt. Es war ein gutes Pferd.

Die Gasse wurde breiter, und nur noch wenige Hütten standen links und rechts der Straße. Gerit sah Reste einer Stadtmauer und Arbeiter, die Steine von einem Karren luden. Korvellan hatte die alte Mauer wieder aufbauen wollen, Schwarzklaue nicht. Gerit erinnerte sich an den Streit zwischen den beiden, bei dem Korvellan schließlich nachgegeben hatte.

*Und dann hast du es einfach hinter seinem Rücken angeordnet,* dachte er.

Gerit drehte den Kopf. Die Menschen, die ihn verfolgten, waren kaum noch zu sehen. Er zügelte sein Pferd und wartete, bis sie näher herangekommen waren.

»Leckt mich im Arsch!«, schrie er ihnen zu. Er machte eine obszöne Geste, deren Bedeutung ihm selbst nicht ganz klar war, und hielt sie den Verfolgern entgegen. Sie antworteten mit wütenden Schreien und Gesten.

Gerit grinste, dann galoppierte er gen Süden. Der Hengst scheute, als ein Apfel seinen Rücken traf. Sein Tritt wurde ungleichmäßig, er stolperte. Gerit presste die Lippen zusammen. Er durfte nicht stürzen. Zu sehr hatte er die Menschen hinter sich gereizt. Wenn er fiel, würde er nie wieder aufstehen.

Der Hengst fing sich. Gerit atmete auf und warf einen Blick zurück. Der Wind wehte ihm die Haare ins Gesicht. Er blinzelte und richtete sich auf, als er sah, dass seine Verfolger stehen geblieben waren. Sie wussten, dass sie ihn nicht mehr einholen konnten.

Er wandte sich von ihnen ab. So schnell würden sie ihn nicht vergessen, davon war er überzeugt, und wenn jemand nach ihm fragte, würden sie genau sagen können, in welche Richtung er geritten war.

Die Handelsstraße war breit. Vier Kutschen passten nebeneinander, egal, an welcher Stelle man auf sie traf. General Norhan hatte Gerit einmal erzählt, sie wäre älter als die vier Königreiche, vielleicht sogar so alt wie die Vergangenen. So gerade wie der Flug eines Pfeils verlief sie von Bochat im Norden bis zu den Menschenfressern von Hala'nar.

Gerit folgte ihr in Richtung Süden, bis die Stadt hinter ihm verschwunden war. Es waren nur wenige Reisende unterwegs. Er ritt an den kleinen Gruppen vorbei, die sie gebildet hatten, und bog von der Straße ab, als niemand in Sichtweite war. An den Zügeln führte er das Pferd zum Fluss. Durch das hohe Schilfgras sah er das Wasser erst, als es nur noch wenige Schritte entfernt war.

Gerit zog die Stiefel aus und den Umhang. Es fühlte sich gut an, wieder den Boden unter den Fußsohlen zu spüren. Er schnallte den Sattel ab, nachdem er zuvor den Stoffbeutel losgebunden hatte. Er war leer bis auf eine Decke. Das Pferd begann aus dem Fluss zu trinken, als Gerit ihm die Decke überwarf. Die Vorräte – hauptsächlich Hartwürste, Brot und einen Tontopf mit Öl – stopfte er in den Beutel. Stiefel und Umhang packte er zusammen mit einigen Steinen in die Satteltaschen, dann trat er ans Ufer und warf sie ins Wasser.

Die Taschen gingen nach einem Moment unter, ebenso wie der Sattel. Er nahm das Pferd an den Zügeln und führte es ins Wasser, dann rieb er es mit beiden Händen mit Uferschlamm ein.

*Das muss reichen,* dachte er, setzte sich auf einen Stein und wartete. Erst als die Sonne hoch am Himmel stand und der Schlamm auf dem Fell des Pferdes zu trockenem braunen Staub geworden war, stieg er auf und ritt zurück zur Straße.

Er zog das Hemd aus der Hose und wischte sich die Finger daran ab. Sie hinterließen dunkle Flecke. Seine nackten Füße hingen in der Luft. Er fühlte sich ungeschützt und nackt. Es widerstrebte ihm, bei Tag zu reisen, aber er kannte sich nicht gut genug aus, um sich nachts zu orientieren.

Einige Mönche in dunklen Roben warfen ihm überraschte Blicke zu, als er aus dem Schilf auf die Straße ritt. Er hatte solche Roben in Gomeran gesehen. Wenn sie aus der Stadt stammten, wussten sie von ihm und hatten ihn vielleicht sogar gesehen.

»Hast du Fische gefangen?«, fragte einer. »Die Götter würden es dir danken, wenn du sie mit uns teilst.«

»Hab kein Glück gehabt«, sagte Gerit. Er nuschelte, um seinen Dialekt zu verbergen.

»Die Götter sehen jede Lüge«, sagte der Mönch. Er hatte unangenehm stechende Augen und ein Doppelkinn.

Gerit hob die Schultern. Sein Magen schien zu brennen. »Können sie ruhig.«

Ein anderer Mönch schüttelte den Kopf. »Lass den Jungen in Ruhe. Der hat doch selbst nichts.«

Sie gingen weiter, ohne sich noch einmal nach ihm umzusehen. Zwei Pelzhändler, die neben einem Ochsenkarren hergingen, folgten ihnen. Ihre Blicke schienen durch Gerit hindurchzugehen.

Das Brennen in seinem Magen verschwand. Seine Mundwinkel zuckten, aber er neigte den Kopf, damit niemand, der ihm entgegenkam, sein Grinsen bemerkte. Er brauchte die Nacht nicht mehr. Dreck und Armut ließen ihn mit den Schatten verschmelzen, so wie es die Dunkelheit getan hätte.

Noch einmal sah er nach Süden, dann wendete er sein Pferd und ritt nach Norden, Somerstorm entgegen.

# Kapitel 16

*In Srzanizar gibt es viele seltsame Bräuche. So gilt es unter den Dieben der Stadt als ehrlos, ein Boot zu stehlen. Das Entwenden von Rudern, Segeln und sogar Sitzbänken betrachtet man hingegen als akzeptabel und ehrenvoll.*

*Jonaddyn Flerr, Die Fürstentümer und Provinzen der vier Königreiche, Band 2*

Die Sonne war längst hinter dem Fluss versunken, die Zwillingsmonde standen am Himmel. Es war eine helle Nacht, deshalb rieben die Frauen ihre Rüstungen mit Asche ein.

Sie hatten sich auf dem Platz vor den Ställen versammelt. Marta stand etwas abseits, die Arme vor der Brust verschränkt, die Mundwinkel herabgezogen. Bis zum Abend hatte sie Verbandszeug zurechtgeschnitten und Kräuter aufgekocht. Purro hatte sie angeleitet. Er hockte vor der Mauer am Boden und sah den Frauen zu. Er trug keine Rüstung.

Ana stützte ihre Ellenbogen auf das Holzgeländer vor Erys' Quartier. »Kämpft er nicht mit?«, fragte sie, ohne sich nach der älteren Frau umzudrehen.

»Nein«, sagte Erys und trat neben sie. »Er kämpft nicht.«

»Nie?«

»Nie.« Sie hob die Schultern. »Er hat seine Gründe.«

Unten vor dem Stall schlangen sich Frauen Armbrüste über

die Schultern und zogen Westen an, in deren Schlaufen helle Bolzen wie Rippen steckten. Sie trugen Schwerter in den Scheiden ihrer Waffengurte und Dolche in den Stiefeln.

»Wir sind bereit«, rief eine der Frauen.

Erys wandte sich Ana zu und reichte ihr eines der Tücher, unter denen die Todesmasken ihre Gesichter bei Raubzügen verbargen. »Du wirst mit uns kommen. Wir können dich nicht beschützen, wenn du hier zurückbleibst. Mach nicht den Fehler, kämpfen zu wollen. Halte dich im Hintergrund. Aber es gibt etwas, das du tun kannst.«

Ana nahm das Tuch entgegen und band es sich um den Hals, so locker, dass sie es vors Gesicht ziehen konnte. »Sag mir, was.«

»Segne uns.«

Ana starrte sie an. Sie konnte nicht erkennen, welche Gefühle sich hinter Erys' Stirn verbargen, aber sie wirkte sehr ernst.

»Ich weiß nicht, was du meinst«, sagte sie.

»Dein Vater hat doch bestimmt die Soldaten gesegnet, die er auf die Pässe geschickt hat.« Erys sprach leise. Aus den Augenwinkeln bemerkte Ana, dass man sie vom Hof aus neugierig ansah. »Sie haben für ihn gekämpft, und wir kämpfen für dich – also segne uns.«

Es war keine Bitte.

Ana nickte.

Gemeinsam mit Erys ging sie die Treppe hinunter. Sie hatte als Kind oft auf dem Burghof gespielt, wenn ihr Vater die neuen Rekruten gesegnet hatte. Es war eine lange Zeremonie gewesen, bei denen Priester Glocken geläutet und Lieder rezitiert hatten. Ihr Vater hatte die Segnung gehasst, sich aber der Tradition nie widersetzt. *Traditionen,* hatte er einmal auf Anas Frage geantwortet, *sind der Faden, der Vergangenheit und Zukunft vereint.*

Sie wünschte sich, sie hätte besser auf diese Traditionen geachtet, denn sie konnte sich kaum noch an die Zeremonie erinnern.

Auf der letzten Stufe der Treppe blieb Erys stehen. »Ana, Erbin von Somerstorm, wird uns nun segnen. Kniet nieder, wenn ihr den Segen empfangen wollt.«

Im ersten Moment glaubte Ana, niemand würde niederknien. Die Frauen sahen sich stumm an, doch dann ging Erys in die Knie, und nach und nach folgten ihr die Frauen, bis nur noch zwei standen.

Ana legte die Hand auf die Lederkappe, die Erys' Kopf umgab. Es war die gleiche Geste, die ihr Vater benutzt hatte, aber seine Worte fehlten ihr. Sie hatten sich um Somerstorm gedreht, um das Land, den Wind und das Meer. Sie öffnete den Mund und schloss ihn wieder. Diese Frauen kämpften nicht für Somerstorm, vielleicht hatte niemand das je getan. Sie kämpften für Gold, sie kämpften für sich selbst.

Die Ersten wurden unruhig und sahen auf.

»Sag irgendwas«, flüsterte Erys.

Ana räusperte sich und legte auch die andere Hand auf ihren Kopf. Sie sprach das erste Wort aus, das ihr in den Sinn kam.

»Hoffnung.«

Sie glaubte, Erys' Überraschung durch das Leder zu spüren. Doch dann wiederholte sie: »Hoffnung.«

Ana ging weiter, legte einer Frau nach der anderen die Hände auf den Kopf.

»Hoffnung.«

»Hoffnung.«

Ein Dutzend Dialekte, gesprochen von alten und jungen Stimmen, von Kämpferinnen, die wussten, dass Anas Segen aus nicht mehr bestand als dem Trinkspruch Westfalls. Dennoch berührte das Wort etwas in Ana, und mit jedem Segen wurde es stärker, bis ihr Tränen in die Augen traten. Sie spürte, wie das Wort sie vereinte, wie die Stimmung auf dem Hof eine andere wurde als zuvor.

Sie erreichte die letzte Reihe der Knienden. »Hoff …«, sagte sie.

Meckerndes Lachen unterbrach sie. Ana zuckte zusammen. Um sie herum richteten sich Frauen auf, als erwachten sie aus einem Traum.

»Seht euch das an!« Marta zeigte mit dem Finger auf den Stalleingang und lachte spitz und laut wie eine Ziege. Ana drehte den Kopf.

Hetie stand in der Tür. Ana wusste, dass es Hetie war, obwohl sie sich das Tuch vor die untere Gesichtshälfte gebunden hatte, so wie es die Banditinnen bei ihren Überfällen trugen.

Als sie einen Schritt nach vorn machte, rutschte ihr das Tuch über die Stupsnase nach unten, doch sie zog es hastig wieder hoch.

»Was soll das?«, rief Erys.

Hetie trat in den Hof. »Ich will eine von euch werden«, erklärte sie. Ihre Stimme zitterte. Ana sah, dass sie sich einen Strick um die Hüfte gebunden hatte. Ein kleines, halb verrostetes Messer steckte darin. Ana erinnerte sich, dass Hetie noch am Mittag die Nüsse damit ausgekratzt hatte.

»Du dummes kleines Mädchen!« Marta war mit drei Schritten bei ihr, packte sie am Arm und versuchte, sie in den Stall zurückzuziehen. »Komm!«

Hetie rührte sich nicht. Ihr Blick glitt über die erstaunten Gesichter der anderen Frauen und blieb auf Erys hängen. »Ich bin keine Sklavin«, sagte sie.

»Du bist, was immer die Götter wollen.« Marta zog an Heties Arm, aber sie stemmte sich gegen den Griff.

»Lass mich los!«

Martas flache Hand traf sie am Kopf und riss ihr das Tuch vom Gesicht. Hetie zuckte zurück. Der dunkle Stoff fiel vor ihr in den Staub.

»Komm endlich.«

»Nein!«

Erys hob die Hand. »Schluss jetzt!«

Marta ließ Hetie los und trat zur Seite. Furcht stand in ihrem Gesicht. Ana fragte sich, ob sie sich um sich selbst oder um Hetie sorgte. »Sie weiß nicht, was sie sagt. Sie ist nur ein dummes Mädchen.«

Ana schüttelte den Kopf. »Sie ist nicht dumm.« Aus den Augenwinkeln sah sie, dass Erys ihr einen missbilligenden Blick zuwarf. Sie tat so, als bemerke sie ihn nicht. »Sie will nur ein besseres Leben führen, statt die Flussgötter um den Tod zu bitten. Das ist doch nicht falsch, oder?«

Sie richtete die Frage an Erys.

»Nein«, sagte die ältere Frau. Sie klang müde. »Das ist nicht falsch.« Sie sah Hetie an. »Du wirst ein besseres Leben führen, aber nicht hier, sondern …«

»Ich bin keine Sklavin«, unterbrach Hetie sie.

»Doch, das bist du. Du warst nie etwas anderes, noch wirst du je etwas anderes sein. Und du weißt es auch.«

Ana sah, wie Heties Schultern herabsackten und sich ihr Rücken krümmte, fast so, als wären ihre Knochen auf einmal weich geworden.

Erys nickte Purro zu. »Bring Hetie in eine Zelle, damit sie nachdenken kann.«

Er stand auf. Hetie ließ sich von ihm ins Innere des Stalls führen wie Vieh. Marta folgte ihnen.

Erys wandte sich den anderen Frauen zu. »Ihr wisst, was zu tun ist.« Dann zog sie sich das Tuch, das sie bisher um den Hals getragen hatte, vors Gesicht. Die anderen Frauen folgten ihrem Beispiel, und Ana tat es ihnen gleich. Der Stoff vor ihrer Nase roch muffig und ein wenig nach Fisch.

Die ersten Frauen liefen durch das Tor. Erys folgte an der Spitze der zweiten Gruppe. Neben Ana blieb sie stehen. »Jede hier wird ihr Leben für dich einsetzen. Sorg dafür, dass sie es nicht bereuen.«

Ohne eine Antwort abzuwarten, durchschritt sie das Tor. Zwei Frauen zogen es hinter ihr zu. Mit einem dumpfen Knall fiel der Riegel, der die beiden Hälften miteinander verband, in seine Halterung. Ana warf einen kurzen Blick zurück. Als sie sich wieder umdrehte, bemerkte sie, dass drei Frauen stehen geblieben waren und auf sie warteten. Das war wohl ihre Leibwache. Ana schloss zu ihnen auf. Die Lederrüstung, die man ihr gegeben hatte, knarrte bei jedem Schritt. Das Kurzschwert im Gürtel schlug gegen ihren Oberschenkel. Sie hatte um ein kleines Schwert gebeten. Damit konnte sie besser umgehen als mit einem großen oder gar einem Speer.

»Es ist nicht weit«, sagte die Frau neben Ana. Sie erkannte sie an der Stimme, es war Nilay. »Nur bis zum Haupttor. Dort liegt die Kaserne der Stadtwache.«

Ana nickte. Im Laufschritt huschten sie den anderen durch die engen Gassen der Stadt hinterher. Sie hielten sich fern von größeren Straßen, suchten die Dunkelheit zwischen den Häusern und Hütten und die ungepflasterten Wege. Trotzdem blieben sie natürlich nicht unbemerkt. Ein paar Menschen sahen ihnen nach oder schlossen hastig die Türen, wenn sie vorbeiliefen.

Schließlich blieb Nilay stehen. Sie legte sich den Zeigefinger auf die Lippen und wies in einen schmalen Durchgang zwischen zwei Hütten. Die anderen Frauen sprangen lautlos auf die Dächer und verschwanden.

»Siehst du das Tor?«, flüsterte Nilay.

Ana spähte in die Gasse. Das große, offen stehende Tor war eine schwarze Silhouette vor der dunklen Leere des Flusses. Sie sah mehrere Männer auf Pferden und einige Soldaten an der Stadtmauer stehen. Jemand lag am Boden. Die Kaserne, ein einstöckiges, lang gezogenes Gebäude, befand sich hinter ihnen. Zwei Wachtürme, auf denen niemand stand, umgaben es. Unbeflaggte Fahnenmasten ragten in den Himmel.

Irgendwo schrie ein Nachtvogel.

Nilay griff nach Anas Arm. »Es geht los«, flüsterte sie.

# Kapitel 17

*Wenn die Zwillingsmonde sich über Srzanizar erheben und das Wasser funkelt wie die Sterne, hält selbst der verkommendste seiner Bewohner inne und denkt an die Ewigkeit.*

*Jonaddyn Flerr, Die Fürstentümer und Provinzen der vier Königreiche, Band 2*

Zehn Goldstücke, dann sag ich euch, was wir wissen.« Tohms Pferd tänzelte nervös. Die Fackel, die einer der Soldaten trug, spiegelte sich als orangefarbenes Licht in den Augen des Tiers. Sie waren zu dritt, zwei junge Wachposten und der ältere Offizier, den sie geweckt hatten, als Tohm seine Forderung stellte.

»Zehn Goldstücke für was?«, fragte der Offizier. Seine Stimme klang belegt. Jonan bemerkte, dass er neue Stiefel trug und ein blitzendes, unbenutzt wirkendes Schwert in seinem Gürtel steckte.

Tohm grinste. »Das erfährst du, wenn du zahlst. Es ist wichtig, mehr sag ich nicht.«

»Verdammt wichtig«, fügte Olaff hinzu. Er und die anderen beiden blieben im Hintergrund und überließen Tohm die Verhandlungen, so wie sie es abgesprochen hatten. Jonan saß so auf seinem Pferd, dass er den Kaserneneingang und das Tor im Auge behalten konnte. Er hatte ein ungutes Gefühl.

Der Offizier räusperte sich und spuckte aus. »Holt ihn vom Pferd.«

Es ging so schnell, dass Tohm erst aufschrie, als er am Boden lag, den Stiefel eines Soldaten auf der Brust.

»Dazu habt ihr kein Recht!«, rief er. Mit den Händen stemmte er sich gegen den Stiefel. »Wir sind die Miliz Westfalls. Wir sind Soldaten wie ihr!«

»Einen Scheiß seid ihr.« Der Offizier trat näher heran, blieb stehen und wischte sich seine Stiefel an Tohms Hose ab. »Sag, was du weißt.«

Jonan warf den anderen einen raschen Blick zu. Sie hielten die Zügel fluchtbereit in den Händen und wirkten nicht so, als hätten sie vor einzugreifen.

*Gut,* dachte er.

Tohm verdrehte den Kopf und sah seine Männer Hilfe suchend an. Sie wandten den Blick ab. Tohm presste die Lippen zusammen.

»Acht Goldstücke«, sagte er trotzig.

Der Offizier hob die Schultern. »Wenn du nicht anders willst ...« Er holte mit dem Fuß aus.

Jonan seufzte. »Die Nachtschatten sind auf dem Weg hierher.«

»Was?« Der Offizier fing seinen Tritt im letzten Moment ab, stolperte und hielt sich an der Schulter eines Soldaten fest. »Was sagst du da?«

Der zweite Soldat nahm seinen Fuß von Tohms Brust. Der stützte sich auf die Ellenbogen. »Hör auf! Sie wollten doch bezahlen.«

»Sie stehen kurz vor der Stadt.« Jonan nickte in Richtung des offenen Tors. »Das solltet ihr vielleicht schließen.«

»Scheiße.« Der Offizier fuhr sich mit der Hand über das kurz geschorene Haar. Die Nacht war so hell, dass Jonan die Angst in seinen Augen sah.

»Sollen wir das Tor schließen?«, fragte der Soldat, an dem er sich immer noch festhielt.

»Ja.« Der Offizier biss sich auf die Lippen. »Und wir müssen die anderen wecken, die Männer vom Hafen abziehen und die Patrouillen zurückholen. Die Türme und …« Er brach ab, setzte dann wieder an. »Doruk, du läufst zum Hafen. Wir haben genügend Waffen. Sorg dafür, dass jeder, der ein Schwert halten kann, auch eines bekommt.« Er gab ihm einen Schlag auf die Schulter. »Worauf wartest du? Lauf schon!«

»Ja, Herr.« Der Soldat drehte sich um.

»Was meinst du«, wandte sich der Offizier an Jonan, »wie lange sie noch brauchen werden?«

»Schwer zu sagen, vielleicht einen Tag oder …«

Ein Geräusch unterbrach ihn. Es klang, als habe jemand einen Sack aus dem Fenster geworfen, aber Jonan hatte das Geräusch schon so oft gehört, dass er genau wusste, was es bedeutete.

»Deckung!«, rief er. Dann rutschte er auch schon vom Pferderücken, nahm die Zügel fest in die Hand und brachte das Tier zwischen sich und das Gewirr aus dunklen Gassen und Hütten, auf das der Soldat zugelaufen war.

Weit war er nicht gekommen. Er lag am Boden, neben einem Fass. Ein Wurfbeil steckte in seinem Hinterkopf. Sein linkes Bein zuckte.

»Alarm!«, schrie der Offizier. Er zog sein Schwert und duckte sich. »Nachtschatten!«

Die Miliz rutschte von ihren Pferden. Tohm stolperte zu einer Kiste und warf sich dahinter. Der zweite Soldat lief auf die Kaserne zu. Ein Armbrustbolzen durchschlug sein Genick.

»Wir werden aus der Stadt angegriffen!«, rief Jonan. Er ließ die Zügel los und ging hinter zwei Fässern in Deckung. »Das sind keine Nachtschatten!«

In der Kaserne wurden Türen geschlagen. Verschlafene

Männer stolperten mit Helmen und Schwertern in den Händen nach draußen. Ihre Waffen waren so neu, dass sie im Mondlicht blitzten.

*Perfekte Ziele*, dachte Jonan

»Deckung!«, schrie der Offizier, aber es war zu spät. Pfeile und Armbrustbolzen schossen über ihn hinweg. Männer gingen schreiend zu Boden, manche krochen mit drei oder vier Pfeilen im Körper zurück in die Kaserne.

Schatten huschten über die Dächer. Sie bewegten sich wie Menschen, nicht wie Nachtschatten. Jonans Blick fand den Offizier. Der Mann lehnte am Pfosten eines Wachturms. Ein Pfeil steckte in seiner Wade. Mit schmerzverzerrtem Gesicht brüllte er Befehle über die Schreie der anderen Verletzten und der Sterbenden hinweg: »Geht in Deckung! Sammelt euch in der Kaserne! Die Fackeln aus!«

Schlagartig wurde es hinter den Fenstern dunkel. Jonan zuckte zusammen, als ein Brandpfeil über ihn hinwegflog. Er zog eine Spur aus Feuer hinter sich her wie eine Sternschnuppe, dann bohrte er sich in den Boden.

Eine Pfeilsalve folgte, trieb die wenigen Soldaten, die sich aus der Kaserne gewagt hatten, zurück ins Gebäude.

*Sie rücken vor*, dachte Jonan. Er dachte nicht darüber nach, wer die Soldaten angriff. Das spielte keine Rolle. Es war nicht sein Kampf. Er drehte sich zu Tohm und den anderen um. Sie waren nicht zu sehen, hatten sich wohl hinter Kisten und Fässer geflüchtet.

Der Platz vor der Kaserne war offen und bot nur wenig Deckung, der Weg zu den Hütten war weit. Jonans Pferd war davongesprungen, allerdings nicht in Panik geraten. Es stand gut zwanzig Schritte von ihm entfernt an der Stadtmauer und fraß Unkraut, das zwischen den Steinen wuchs.

Ein Brandpfeil blieb im Dach der Kaserne stecken. Jonan konnte nicht erkennen, ob es Feuer fing.

»Bleibt im Gebäude!«, schrie der Offizier. Ein Pfeil bohrte sich direkt neben seinem Gesicht in den Pfosten des Wachturms. Er wich zurück.

Aus der Kaserne flogen Pfeile in Richtung der Hütten, aber Jonan glaubte nicht, dass die Soldaten jemanden sahen. Sie schossen aus Angst, das war alles.

Er sah auf, als eine Wolke einen der Monde verdeckte. Schlagartig wurde aus der Silhouette der Stadt ein verschwommener, schwarzer Schatten.

Jonan stieß sich ab. Im gleichen Moment gellten helle Kampfschreie über den Platz. Gestalten stürmten ihm aus den Gassen entgegen, Pfeile rasten auf die Kaserne zu. Jonan hörte Schreie und dumpfe Einschläge. Sein Pferd hob den Kopf und wieherte.

»Angriff! Raus, raus, raus!« Die Stimme des Offiziers überschlug sich. Er hob sein Schwert. Jonan sah drei Angreifer auf ihn zulaufen. Einen Augenblick zögerte er, dann riss er seine Schwerter aus den Scheiden, schleuderte sie hinter den Gestalten her. Die eine Klinge bohrte sich in den Rücken des rechten, die andere in den Kopf des linken Angreifers. Der dritte fuhr herum. Jonan sah, dass es sich um eine Frau handelte.

Er lief ihr entgegen, tauchte unter ihrem Schlag weg und zog seine Schwerter aus den Leichen. Mühelos parierte er den Schwertstreich seiner Gegnerin. Dann schlug er mit überkreuzten Schwertern zu, wobei der Hals der Frau zwischen die Klingen geriet wie zwischen die Schenkel einer Schere; gleichzeitig riss er die beiden Waffen auseinander und trennten ihr so blitzschnell den Kopf von den Schultern.

Hinter ihm stürmten Soldaten aus der Kaserne. Es roch nach Rauch. Der Offizier senkte sein Schwert. Er wirkte verstört, hatte vielleicht schon den Tod vor Augen gesehen.

Jonan schob ihn zurück in die Deckung des Wachturms. »Wer sind die?«

»Sie nennen sich Todesmasken.« Der Offizier atmete schwer. Jonan bemerkte den dunklen Blutfleck auf seiner Brust. »Diese Bande beherrscht die halbe Stadt. Wir dachten, wir wären stark genug, um sie endgültig zu vertreiben …« Er hustete und stützte sich schwer auf sein Schwert. Blut und Speichel sammelten sich in seinen Mundwinkeln. »Du musst den Wachen am Hafen Bescheid sagen. Wir dachten, sie würden zu fliehen versuchen, deshalb haben wir dort unten alles abgeriegelt, aber das …« Er schüttelte den Kopf. »Wer hätte damit gerechnet?«

Ein Flehen lag in seinem Blick, so als wolle er von Jonan hören, dass niemand das, was geschehen war, hätte ahnen können, dass er keinen Fehler gemacht hätte, dass man ihm nicht die Schuld geben würde.

»Ich sage ihnen Bescheid«, antwortete Jonan, bevor er darüber nachdenken konnte. »Warte hier.«

Der Offizier nickte. Blut rann aus seinem Mund. Jonan wusste, dass er das Ende des Kampfes nicht mehr erleben würde.

Er drehte sich um. Im Schatten des Wachturms bemerkte ihn niemand. Die Angreiferinnen – er sah nur Frauen, keinen einzigen Mann – drängten die Soldaten in die Kaserne zurück. Sie würden siegreich sein, daran zweifelte er nicht. Er wusste nicht, ob das gut oder schlecht war oder für wen es gut oder schlecht sein würde.

*Ich bin nicht hier wegen den Banditen oder den Soldaten*, dachte er, als er sich aus dem Schatten des Wachturms löste, *ich bin hier wegen Ana. Und bei dieser Suche kann mir die Stadtwache eher behilflich sein als ihre Gegner.*

Jonan hielt sich dicht an der Mauer. Sein Pferd graste immer noch. Er schwang sich auf seinen Rücken.

»Warte!«, rief eine Stimme hinter ihm. Es war Tohm, aber Jonan drehte sich nicht um. An den Hals des Pferdes gepresst, galoppierte er los. Er hörte Schreie und Rufe, einige von Männern, andere von Frauen. Er wusste nicht, ob sie ihm galten. Links von ihm bewegte sich etwas auf dem Dach. Er sah einen Speer und wich nach rechts aus.

Ein Pfeil zupfte an seinem Hemdsärmel. Dann war er auch schon auf der anderen Seite des Platzes. Mehrere Gassen und eine Straße gingen von ihm ab. Jonan glaubte die Bogenschützen, die sich darin verbargen, zu spüren. Es standen Marktkarren herum und Kisten, aber es war kein Mensch zu sehen.

Sein Blick fiel auf einen Spalt zwischen zwei Hütten, dunkel und so schmal, dass ein Pferd vielleicht knapp hindurchpasste. Er zog an den Zügeln, bog von der Gasse ab, die sich vor ihm erstreckte, und galoppierte auf den Durchgang zu. Mit jedem Blinzeln schien er enger zu werden. Sein Pferd scheute, aber Jonan trieb es weiter an. Weniger als einen Steinwurf trennten ihn noch von dem Spalt.

*Zu eng.* Von einem Moment zum anderen wusste er, dass er es nicht schaffen würde. Doch es war zu spät. Mit angstgeweiteten Augen galoppierte sein Pferd dem Spalt entgegen – und hinein.

# *Kapitel 18*

*Es heißt, in Srzanizar gäbe es Gassen, so schmal, dass nur Kinder sie betreten könnten. Eine geheime Stadt der Diebe soll sich hinter ihnen verbergen. Wer Srzanizar kennt, weiß, dass das nicht ausgeschlossen ist.*

*Jonaddyn Flerr, Die Fürstentümer und Provinzen der vier Königreiche, Band 2*

Das Pferd ritt auf den Spalt zu. Ana sah den Reiter auf seinem Rücken. Er hatte sich zum Schutz vor Pfeilen an den langen Pferdehals gepresst, der sein Gesicht verdeckte.

»Der will doch nicht etwa …« Nilay war bis zum Ende der Gasse gegangen, um den Kampf besser beobachten zu können. *Wir schaffen das,* sagte sie immer wieder. Ana wusste, dass die junge Frau am liebsten dabei gewesen wäre.

Der Reiter kam näher. Die Pferdehufe schleuderten Sand und Lehm in die Luft.

Nilay wich zurück, tastete nach ihrem Schwert. »Er will wirklich …« Sie drehte sich zu Ana um. »Aus dem Weg!« Dann lief sie los.

Einen Herzschlag lang sah Ana noch den Exerzierplatz vor sich, beim nächsten war da nur noch eine wirbelnde Pferdemähne. Sie hörte trommelnde Hufe und ein lautes Schleifen, als der Sattel an den Wänden entlangschrammte. Die Silhouette des Reiters ragte über den

Pferdekopf hinweg, schwankend wie die eines Seiltänzers.

*Er steht,* dachte Ana. Das Tuch über ihrem Gesicht blähte sich auf, als sie den Atem ausstieß. Sie drehte sich nach Nilay um, genau in dem Moment, als die Pferdehufe die Banditin trafen. Der Stoß warf Nilay zu Boden. Das Pferd wieherte, stieg auf, der stehende Reiter verlor das Gleichgewicht, prallte mit der Schulter gegen die Wand und konnte sich kaum auf dem Pferderücken halten.

Ana sah, wie die Hufe Nilay förmlich unterpflügten. Dann waren Pferd und Reiter auch schon raus aus der Gasse. Mondlicht riss Tier und Mensch aus der Dunkelheit.

»Jonan?«

Sie glaubte, seinen Namen zu schreien, aber kein Laut verließ ihre Kehle. Sie hatte sich diesen Moment öfter vorgestellt, als sie sich je eingestanden hätte, aber nun, da er gekommen war, passte nichts zu den Bildern in ihrem Geist.

Der Staub in der Gasse senkte sich, legte sich auch über Nilays blutigen Leib. Ana wischte sich über das Gesicht. Ihre Wangen waren trocken. Sie drehte sich wieder um und sah hin zu dem Platz, auf dem die Todesmasken begonnen hatten, die überlebenden Soldaten zusammenzutreiben. Sie hätte zu ihnen gehen können, aber alles in ihr sträubte sich dagegen.

Ana wandte wieder den Kopf. Jonan war verschwunden. Was tat er in Srzanizar? Wohin wollte er? Wohl zum Hafen, wohin auch sonst! Suchte er nach ihr, hatte er etwas erfahren, war er geschickt worden, von wem auch immer, von Rickard oder Fürstin Syrah oder von den Nachtschatten, zu denen er schließlich gehörte?

*Ich werde ihm folgen,* dachte Ana. Der Gedanke fühlte sich gut an. Sie schob das Tuch höher. *Und vielleicht werde ich sogar mit ihm reden.*

Mondlicht färbte Srzanizar grau. Ana bog in eine Gasse ein, die in Richtung Hafen führte. Männer kamen ihr entgegen. Sie gingen gebeugt, trugen Körbe auf dem Rücken. Die meisten nickten Ana zu, einer verneigte sich sogar. Wegen dem Tuch vor ihrem Gesicht hielt man sie für ein Mitgleid von Erys' Todesmasken. Ana erwiderte die Geste schweigend.

Die Straßen wurden belebter, je weiter sie sich dem Hafen näherte. Die feuchte Wärme ihres Atems dämpfte die Gerüche der Stadt. Ana kam es vor, als wäre das Tuch vor ihrem Gesicht ein Vorhang, der sie von Srzanizar trennte.

Auf einmal stolperte jemand aus einer schmalen Seitengasse, eine Schulter stieß gegen sie, und Ana verlor das Gleichgewicht und prallte gegen die Wand einer Hütte.

Der Mann, der sie angerempelt hatte, stolperte noch ein paar Schritte vorwärts. Sein Gesicht und seine langen, dunklen Haare waren blutverschmiert. Die rote Uniformjacke klebte an seinem Körper. Er drehte Ana den Rücken zu.

»Sie bringen uns um!«, schrie er mit heiserer Stimme in die Gasse hinein. »Die Todesmasken haben uns überfallen. Sie bringen alle um.« In einer Hand hielt er ein Schwert, dessen Spitze abgebrochen war. Er streckte es hoch in die Luft. »Wir beschützen euch seit vielen Jahren!« Der Mann hustete und spuckte in den Staub. »Jetzt könnt ihr zeigen, was euch das wert ist. Helft uns!«

Die wenigen Menschen, die um diese Zeit noch auf der Straße herumlungerten, senkten zunächst die Köpfe. Dann sahen sie Ana an.

Sie drehte den Kopf. Der Soldat versperrte ihr den Weg zurück. Die Hütten rechts von ihr lehnten aneinander, bildeten einen mehrstöckigen, unüberwindbaren Palisadenzaun. Auf ihrer linken Seite befand sich die schmale Seitengasse, aus der der Soldat gestolpert war.

»Was ist nur mit euch?«, rief der Soldat. Er breitete die Arme aus. Die abgebrochene Schwertspitze verfing sich in Stoffbahnen, die von einem Balken hingen. Er schüttelte sie frei. Eine Stoffbahn, die im Mondlicht silbern wirkte, fiel in den Staub.

Das Tuch lag plötzlich schwer auf Anas Gesicht. Sie begann zu schwitzen. Mit bleischweren Schritten näherte sie sich der Seitengasse.

»Erinnert ihr euch nicht mehr?«, schrie der Soldat plötzlich. Ana zuckte zusammen. »Wer hat denn die Festung angezündet, als Balderick anrückte? Wir waren das! Wir haben euch Scheißpack gerettet!«

Die fünf oder sechs Menschen in der Gasse sahen Ana an. Weder Mitgefühl noch Sorge, nur Anspannung lag auf ihren Gesichtern, und Ana wusste auf einmal, dass ihr niemand helfen würde, so wie niemand dem Soldaten half. Es waren Zuschauer. Keinen von ihnen drängte es auf die Bühne.

»Also was ist?«, schrie der Soldat. Er sah sich um. Ana wusste, dass er sich umdrehen würde, noch bevor er sich entsprechend bewegte. Es war wie in einem Alptraum. Sein Kopf drehte sich, dann sein Körper, langsam, aber doch so schnell, dass sie nicht mehr reagieren konnte.

Sie sah ihm ins Gesicht, ihre Blicke trafen sich und …

Sie rannte los.

Die schmale Gasse war nicht sehr lang und mündete auf eine, die wesentlich breiter war. Menschen hatten Verschläge in sie hineingebaut, sodass sich der Weg teilte: Links führte eine Holztreppe nach unten, rechts knickte die Gasse ab und verlief weiter am Berg entlang.

Stiefelsohlen schlugen hinter ihr in den Staub. Der Soldat folgte ihr. Sie wollte sich unbemerkt das Tuch vom Gesicht reißen und irgendwo untertauchen, doch der Mann gab ihr nicht die Gelegenheit dazu. Ana hörte hinter sich seine wütenden Rufe.

Menschen, die sich noch im Freien aufhielten, drehten sich um, wichen scheinbar Ana aus, aber sie wusste, dass sie nur dem Mann mit dem Schwert aus dem Weg gehen wollten.

Hütten mit dunklen Fensterlöchern huschten an ihr vorbei. Vor einigen Gemüsegärten bog Ana links ab. Sie stolperte, als Staub plötzlich Kopfsteinpflaster wich. Sie hoffte, ihr Verfolger würde stürzen, aber seine Schritte blieben gleichmäßig.

Es ging bergab. In einiger Entfernung sah Ana die gewaltige schwarze Fläche des Großen Flusses im Mondlicht. Die Luft brannte in ihren Lungen. Noch einen Moment zuvor hatte sie geglaubt, ewig rennen zu können, doch plötzlich wurde ihr bewusst, dass sie nicht mehr lange durchhalten würde.

Ana atmete keuchend und zog Uringestank in ihre Lungen. Vor ihr tauchte auf einmal eine Reihe von Karren auf. Sie waren mit Kisten, Säcken und Fellen beladen. Ihre Fahrer lehnten an den Rädern und unterhielten sich. Worauf sie warteten und warum sie nicht weiterfuhren, konnte Ana nicht erkennen.

Ana bog in eine Gasse zwischen zwei Hütten ein. Sie war so schmal, dass ihre Schultern auf beiden Seiten die Wände berührten. Hinter ihr fluchte der Soldat.

*Fall schon*, dachte sie. *Fall doch endlich.*

Zu spät sah sie die Treppe. Im Mondlicht sahen die Stufen aus wie ein steil nach unten führender Weg. Erst als Ana den rechten Fuß nach vorn setzte, bemerkte sie die Kante. Schreck stach wie ein Messer in ihren Magen. Einen Lidschlag lang wusste sie nicht, was sie machen sollte, ob sie sich zurückwerfen oder fallen lassen sollte, dann stieß sie sich ab.

Da war kein Boden mehr unter ihren Füßen, kein Kopfsteinpflaster und kein Staub, nur Luft. Sie spürte den Nachtwind auf ihrem Gesicht, sah die Monde über sich, die Schwärze am Ende der Stadt und die Schwärze unter sich.

Dann prallte sie auf, der Schwung riss sie nach vorn, und sie überschlug sich, kam auf den Knien auf, schlitterte weiter die Stufen nach unten und versuchte sich an den Wänden abzustützen, aber ihre Finger fanden keinen Halt. Sie schrie.

Eine dunkle Stimme mischte sich in ihren Schrei. Sie überschlug sich noch einmal, rutschte und schmeckte Staub.

Etwas Dunkles tauchte vor ihr auf. Im letzten Moment drehte sie sich zur Seite, dämpfte den Sturz mit der Schulter, statt mit dem Kopf aufzuprallen. Hühner gackerten, Federn rauschten, ein Hund bellte.

Der Aufschlag raubte ihr beinahe die Besinnung. Einen Moment lang wurde es dunkel um sie, so dunkel wie der Große Fluss, dann sah sie plötzlich einen Umriss über sich.

Ana zog die Knie an und duckte sich. Der Umriss schlug neben ihr gegen die Wand. Bretter barsten. Schmutz und das Laub vergangener Winter hüllten sie ein.

Sie kroch von dem Umriss und der Wand weg. Ihre Knie brannten. Ana konnte kaum atmen, hustete jedes Mal, wenn sie Luft holen wollte. Der Soldat stöhnte. Sie hörte Kleidung rascheln, dann kratzte Metall über Stein. Trotz des Sturzes hatte er das Schwert mit der abgebrochenen Klinge nicht verloren.

Aus den Augenwinkeln sah Ana seinen Schatten an einer Hüttenwand. Langsam und schwankend richtete er sich auf und blieb gekrümmt stehen. Der Schatten sah aus, als habe er einen Buckel. Bei jeder Bewegung verschwammen seine Konturen.

Ana stützte sich mit den Händen an einer Wand ab und kam hoch. Dumpfer Schmerz hallte durch ihren Körper, ein Echo des Sturzes. Der Hühnerverschlag vor ihr und die Hüttenwände, die seitlich von ihr zwei, drei Stockwerke in den Himmel ragten, rahmten sie ein.

In der Enge der Sackgasse wirkte der Soldat riesenhaft. Er schwankte immer noch. Blut lief über sein Gesicht und tropfte vom Kinn. Das Schwert mit der abgebrochenen Klinge hielt er in beiden Händen und hob es über den Kopf.

Ana wich zurück, bis sie Holz im Rücken spürte. Der Soldat machte einen schwerfälligen Schritt auf sie zu. Er stand zwischen ihr und der Treppe, versperrte den Weg nach oben.

Mit ihrer schmerzenden Schulter warf sie sich gegen die Wand. Das Holz knirschte, gab aber nicht nach. Der Soldat grinste. Seine Zähne waren blutverschmiert.

»Du kleine Schlampe.«

Seine Worte waren so schwerfällig wie seine Schritte. Er machte noch einen auf sie zu. Sie hätte ihn berühren können, wenn sie den Arm ausgestreckt hätte.

»Ich habe Gold.« Ana wusste nicht, weshalb sie das sagte. »Du kannst es haben.«

»Scheiß drauf.«

Das Schwert lag ruhig in seinen Händen. Er holte so weit damit aus, dass Ana glaubte, er würde das Gleichgewicht verlieren und nach hinten kippen.

Sie sah die Treppe hinter ihm und presste die Lippen zusammen. In Gedanken war sie bereits an ihm vorbei, als sie sich abstieß, aber er drehte sich mit ihr und schlug zu. Der

Knauf des Schwertes streifte Anas Rücken. Es tat kaum weh, nur der Schreck ließ sie aufschreien.

Der Soldat holte ein zweites Mal aus. Ana sprang über die ersten drei Treppenstufen hinweg. Sie sah das Ende der Gasse vor sich. Ein Karren, der mannshoch mit Fellen beladen war, zog langsam daran vorbei. Hinter ihr keuchte der Soldat. Seine Klinge schlug gegen die Steine der Treppe und das Holz der Wände. Funken sprühten. Er schien wie ein Wahnsinniger um sich zu schlagen.

*Wenn ich stolpere, bin ich tot,* dachte Ana. Es war ihr erster klarer Gedanke seit dem Sturz. Sie hastete die Treppe nach oben, die Augen auf die Stufen gerichtet, vorgebeugt und sich mit den Händen abstützend. Die Stufen waren unregelmäßig und verdreckt, es stank nach Fäkalien, und immer wieder berührten ihre Hände etwas Glitschiges.

Sie überwand die letzten beiden Stufen. Ihre Muskeln schienen zu Steinen geworden zu sein, und aus ihrem Lauf wurde ein Stolpern. Sie fing sich und lief weiter.

Der Karren verschwand. Nur noch wenige Schritte trennten Ana von dem Ende der Gasse. Anas Schultern kratzten über das Holz. Die Sohlen des Soldaten knallten auf den Stufen, wurden dann jedoch leiser. Auch er hatte die Treppe hinter sich gebracht.

Die Gestalt tauchte so plötzlich vor Ana auf, dass sie nicht mehr ausweichen konnte. Sie prallte mit ihr zusammen, roch Leder und spürte eine Hand, die sie aufrecht hielt. Eine zweite Hand hielt eine Armbrust und richtete sie auf einen Punkt hinter Ana.

»Jonan …«

Ihr Blick glitt nach oben zu dunklen Augen, die über einem Stofftuch funkelten, das die untere Gesichtshälfte verdeckte. Langsam ließ die Hand sie zu Boden gleiten. Ana sah zurück. Der Soldat war stehen geblieben. Die abgebrochene Schwertklinge zeigte zu Boden. Seine Schultern zuckten, seine Mundwinkel zitterten. Er weinte.

Es knackte neben Ana. Sie spürte den Rückschlag der Armbrust in den Beinen der Frau und den Luftzug des Bolzens auf ihrer Wange. Der Soldat wurde zurückgeworfen, stolperte rückwärts die ersten Stufen nach unten und verschwand.

Die Frau befestigte die Armbrust mit einer Schlinge an ihrem Gürtel. Ana ließ sich von ihr auf die Füße ziehen. Ihre Beine zitterten so sehr, dass sie kaum stehen konnte.

»Das …«, begann sie.

Eine Ohrfeige unterbrach sie.

Erys' Stimme war ein zorniges Flüstern. »Einfach wegzulaufen! Was hast du dir dabei gedacht? Du benimmst dich wie ein Kind!«

Anas Wange brannte. Erleichterung wurde zu Scham, wurde zu Wut. Sie stieß Erys mit beiden Händen von sich. Woher sie die Kraft nahm, sich abzuwenden und durch die schmale Nebengasse zu gehen, wusste sie nicht. Sie spürte, dass Erys ihr folgte, und beide erreichten sie nach wenigen Schritten die breitete Gasse, auf der Ana den mit Fellen beladene Karren gesehen hatte.

Der Karren war nicht weit gekommen. Der Fahrer stand auf dem Kutschbock und sah die breitere, abschüssige Gasse hinab.

»Was ist denn los?«, rief Erys und zog sich das Tuch nach unten.

Der Fahrer auf dem Karren drehte sich um. »Da unten brennt's.«

Ana hatte den Karren erreicht, stellte einen Fuß auf das Wagenrad und zog sich an den Fellen hoch. Weit unten, in dem Chaos aus Hütten und Gassen, dort, wo die Stadt endete und der tiefschwarze Wald begann, lag ein Flackern über dem Land. Orange und rot mischte sich in das Grau des Mondlichts.

»Dort hinten auch!«, rief eine Frau vom Dach einer Hütte.

Ana sah ein zweites Flackern, dann ein drittes und viertes. Ihr wurde kalt. Zitternd sprang sie auf den Boden, packte Erys am Arm und zog sie in den Spalt, aus dem sie gekommen waren.

»Sie sind da«, sagte sie, bevor Erys reagieren konnte. »Die Nachtschatten sind da.«

# Kapitel 19

*Das Streben nach Vollkommenheit ist die größte Last, die Westfall sich aufgebürdet hat. Beinahe zwangsläufig blickt man dort auf jeden herab, der sich keinem ähnlich sinnlosen Unterfangen verschrieben hat.*

*Jonaddyn Flerr, Die Fürstentümer und Provinzen der vier Königreiche, Band 1*

Der Tempel der reinen Ehrfurcht, so hatte man Craymorus erzählt, war vor vielen Jahrhunderten auf den Fundamenten einer Vergangenenruine errichtet worden. Er suchte nach Hinweisen darauf, als er ihm am Morgen seiner Hochzeit, nur wenige Tage nach ihrer Ankündigung, in seiner Sänfte entgegengetragen wurde. Seine Blicke glitten über weiße Säulen, an denen Wasser in Rinnsalen herablief, ein geschwungenes blaues Dach in Form einer Welle und den Statuen der Flussgeister, die aus grünen Hecken neben winzigen Flüssen hervorstarrten. Das Wasser, das aus Springbrunnen auf sie herabfiel, hatte ihre Gesichter glatt gewaschen. Ein kompliziertes System aus Holzrinnen, Rädern und Eimern beförderte das Wasser durch die gesamte Tempelanlage. Überall plätscherte, tropfte und rauschte es. Fahnen flatterten im Wind, nicht die blauen Westfalls, sondern die leeren weißen Flaggen der Flussgötter. Das Wissen um ihre Namen und ihre Farben war längst in Vergessenheit geraten. Zu den Vergangenen sollten sie noch persönlich gesprochen haben, eine Ehre, die kein Mensch je erhalten hatte.

Die offene Sänfte wurde durch das Tor ins Tempelinnere getragen. Sonnenlicht fiel durch Zwischenräume und Fenster, brach sich in bunt gefärbten Spiegeln, die sich im Wind drehten. Die Wellenmuster an den Wänden schienen in ihrem Licht zu fließen so wie das Wasser. Alles war in Bewegung. Nichts stand jemals still. Der Tempel war eine Einladung an die Flussgötter, aber Craymorus glaubte nicht, dass die sie annehmen würden.

*Wir sind nicht vollkommen genug*, dachte er.

Sein Blick fiel auf die Priester, die sich in ihren langen weißen Roben durch die Gruppen von Hochzeitsgästen bewegten. Sie waren jung und makellos. Er sah keine Narben, keine fehlenden Zähne, keine kahlen Stellen auf ihren Köpfen. Es gab keine Hinkenden, keine Buckligen, keine Blinden oder Einäugigen.

*Vorsichtig wie ein Priester*, so sagte man in Westfall, denn ein Priester, der seine Makellosigkeit durch Verletzung, Krankheit oder Alter verlor, durfte den Tempel nie wieder betreten. *Unvollkommenheit ist den Göttern ein Graus*. Auch das sagte man.

Die Sänfte hielt in einem riesigen Innenhof an. Craymorus blickte auf große hölzerne Türen, die zum Gebetsraum führten, dorthin, wo seine Heirat stattfinden sollte.

»Mylord?« Ein Priester blieb neben seiner Sänfte stehen und neigte den Kopf. Sein dichtes blondes Haar war kurz geschnitten, sein Gesicht beinahe so glatt wie das der Statuen unter den Springbrunnen. Er hatte graue Augen und helle, makellose Haut. In den Händen hielt er eine Decke, die er in die Sänfte reichte.

»Wenn Ihr so gütig wäret, Eure Beine zu bedecken und mir Eure Krücken zu reichen?«

»Warum?«

»Euer …« Der Priester zögerte. »Euer … Makel soll den Göttern verborgen bleiben, damit sie Eure Verbindung segnen und dem Land Glück schenken.«

»Ich verstehe.« Craymorus nahm die Decke und breitete sie über seinen Beinen aus. Dann reichte er die Krücken hinaus. Der Priester nahm sie mit einer Verbeugung an sich. »Ihr erhaltet sie nach der Zeremonie zurück.«

Craymorus sah ihm nach, als er, die Krücken über der Schulter tragend, zwischen den Gästen verschwand. Er hasste seine Krücken, hasste die Unbeholfenheit, die Schmerzen und die Abhängigkeit. Und doch erkämpfte er sich mit ihrer Hilfe jeden Tag ein kleines Stück Freiheit gegen seinen Körper, den Feind. Er fühlte sich unwohl, wenn sie nicht in seiner Reichweite waren.

Nach und nach kamen die Hochzeitsgäste zu seiner Sänfte. Er kannte nur einige Beamte, die ihm gelegentlich in der Festung begegneten, die anderen – Verwandte, Händler und Gelehrte – stellten sich ihm vor und beglückwünschten abwechselnd ihn und Westfall zu diesem *Glückstag*. Keiner erwähnte Fürstin Syrah. Craymorus fragte auch nicht nach ihr. Nur gelegentlich warf er einen Blick in die Menge, fand aber weder sie noch ihre Zofe Arie. Seit seiner Erpressung vor mehr als sieben Tagen hatten sie nicht mehr miteinander gesprochen. Arie hatte Craymorus die Umstände der Heirat mitgeteilt. Er war sicher, dass sie ihn fast ebenso sehr hasste, wie es ihre Herrin tat.

Nach einer Weile kehrte der Priester zusammen mit vier anderen zurück, die ebenso jung und makellos wie er selbst waren.

»Wenn es Euch beliebt, Mylordd, kann die Zeremonie beginnen.«

»Es beliebt mir.«

Die Sklaven, die seine Sänfte bisher getragen hatten, traten zur Seite und überließen den Priestern ihren Platz. Craymorus musste sich an den Holzverstrebungen festhalten, als sie die Sänfte ungeschickt hochhoben und mit ungleichmäßigen Schritten auf die Holztüren zugingen. Die Gäste verneigten sich, als Craymorus sie passierte. Aus den Augenwinkeln bemerkte er, dass manche, die sich unbeobachtet wähnten, untereinander tuschelten. Von den Beamten und Gelehrten glaubte sicherlich keiner an eine Prophezeiung.

Die Holztüren schwangen lautlos auf. Die Priester trugen die Sänfte in einen Raum, der im Halbdunkel lag. Craymorus warf einen Blick auf seine Beine. Die Decke verbarg sie, es war nichts von ihnen zu sehen. Dann sah er sich um. Die Wände und der Fußboden bestanden aus schwarzem Marmor. Wasser lief von der Decke zum Boden, sammelte sich in einer Furche, die so breit war, dass sich die Priester mit ihrer Last mühelos hindurchbewegen konnten. Das Wasser funkelte, etwas in der Furche knirschte bei jedem Schritt, den die Männer taten. Erst nach einem Moment begriff Craymorus, dass sie auf Diamanten liefen, nach einem weiteren, dass es sich bei der Furche um nichts anderes als ein Abbild des Großen Flusses handelte.

*Wir gehen der Quelle entgegen*, dachte Craymorus. Sein Blick richtete sich nach vorn, auf das Ende der Furche und auf eine schwarze Schale, die dort auf einem Podest stand. Er wusste, was sich darin befand, auch wenn er es nicht sehen konnte.

Sein Mund wurde trocken, als er Syrah sah. Sie kniete mit dem Rücken zu ihm auf einem Kissen vor dem Podest. Das Kleid, das sie trug, war blau wie die Flagge Westfalls. Das Glitzern der eingenähten Silberfäden verblasste im Funkeln des Wassers. Selbst die Meisterschneider von Braekor konnten sich nicht mit dem Glanz von Diamanten messen.

Die Priester setzten die Sänfte neben Syrah ab. Der, der auch schon zuvor mit Craymorus gesprochen hatte, zeigte auf einen Spiegel, der an der Wand hinter dem Podest hing. »Wenn die Sonne den Spiegel berührt, sind die Götter bereit, Euren Schwur zu hören«, sagte er. »Reinigt Eure Seele im Gebet, bevor es so weit ist.«

Craymorus nickte, Syrah sah den Priester noch nicht einmal an. Die Männer zogen sich nach einer tiefen Verbeugung zurück. Hinter ihnen schlossen sich die Türen. Craymorus hörte das Klicken eines Schlosses. Er war allein mit Syrah.

Leise plätscherte das Wasser. Syrah hielt den Blick starr auf die Schüssel gerichtet, so als würde sie beten, aber ihr Mund bewegte sich nicht. Craymorus sah, dass man das Feuermal an ihrem Hals überschminkt hatte. Der Kragen ihres Kleides war braun verschmiert.

*Sie ist eitel,* dachte er.

Er rückte die Kissen in seinem Rücken zurecht und wünschte sich, man hätte ihm seine Krücken gelassen. Die Sänfte war ihm peinlich. Er hob den Kopf und suchte nach einem Loch in der Wand, nach dem Punkt, durch den die Sonne auf den Spiegel fallen würde, aber es war zu dunkel, um etwas zu sehen. Wie lange würde es wohl dauern, wenige Lidschläge oder einige Stunden? Und was für ein Schwur wurde von ihnen erwartet? Niemand hatte ihm etwas darüber gesagt. Er hatte Mellie nach der Zeremonie gefragt, aber sie hatte nur mit den Schultern gezuckt. Menschen ihres Standes heirateten nicht.

Craymorus zog an der Decke, die seine Beine bedeckte. In dem Gebetsraum war es kühler als draußen, aber trotzdem noch zu warm unter der dunklen Wolle. Er schob seine Arme darunter und hob sie an, um sich ein wenig Luft zu verschaffen.

»Könnt Ihr nicht still sitzen?« Syrahs Stimme schnitt durch das Plätschern des Wassers. Ihre Worte waren ebenso neutral wie die Anrede, die sie benutzte.

»Entschuldigt.« Er legte die Decke zurück und strich sie glatt. »Es ist nur nicht sehr bequem.«

»Bequemer als über den Boden zu kriechen?«

»Ein wenig.«

Syrahs Mundwinkel zuckten. Sie sah ihn nicht an. Craymorus fragte sich, wie alt sie war, vielleicht fünfzehn Jahre älter als er? Rickard hatte es bestimmt einmal erwähnt, aber er konnte sich nicht daran erinnern. Verstohlen betrachtete er sie. Von Oso hatte er erfahren, dass sie nicht geweint hatte, als man sie vom Tod des Fürsten und ihres einzigen Sohns unterrichtete. Die Diener hielten sie für kalt und lieblos. Sie lachte nicht, sie weinte nicht, sie herrschte nur. Craymorus glaubte nicht, dass Balderick sein Reich Westfall jemals regiert hatte. Syrah hatte ihn seinen Feldzügen überlassen, während sie in seinem Namen Gesetze erließ.

»Ihr starrt mich an«, sagte Syrah.

»Ja.« Dieses Mal entschuldigte sich Craymorus nicht.

»Was seht Ihr?«

Die Frage überraschte ihn. Er wusste nicht, was er darauf antworten sollte, also schwieg er.

»Was seht Ihr?«, wiederholte Syrah. Als er immer noch nicht antwortete, sagte sie: »Ihr seht Westfall. Nur ich bin noch übrig. Und deshalb werde ich Euch eine Frage stellen, die einzige Frage, die ich Euch jemals stellen werde, auf die ich eine ehrliche Antwort erwarte.«

Sie sah ihn an. Ihre blassblauen Augen waren so kalt wie ihre Stimme. »Seid Ihr bereit dazu?«

Craymorus nickte.

»Ist es Euch möglich, einen Erben zu zeugen?«

Er spürte, wie sich seine Wangen röteten. »Ja ...«, begann er, dann räusperte er sich. »Ja, das ist es.«

»Gut, dann ...«

Gleißende Helligkeit unterbrach sie, als der Spiegel vor ihnen plötzlich aufleuchtete. Tausendfach brach sich das Sonnenlicht in dem, was im Halbdunkel des Raums verborgen gewesen war: Diamanten. Sie bedeckten nicht nur die Furche, sondern auch die Wände und die Decke. Craymorus hob eine Hand, drehte sie vor seinem Gesicht. Es war so hell, dass er die Knochen seiner Finger sehen konnte. Seine Augen tränten. Er schloss sie und lauschte auf die Töne des Lichts. Er hatte nicht gewusst, dass Licht singen konnte.

»Was ist mit unseren Schwüren?«, fragte er. Seine Stimme kratzte gegen die Melodie des Lichts.

»Es ist nicht nötig, sie auszusprechen«, sagte Syrah. Ihre Stimme war ebenso rau wie die seine. Craymorus glaubte auf einmal zu verstehen, weshalb die Götter nicht zu Menschen sprachen.

Das Licht fiel durch seine geschlossenen Augenlider. Er dachte an den Leseraum in der Schule der Meister, an den Geruch von Pergament und Lampenöl. Dort hätte er bleiben sollen, an dem einzigen Ort, an dem er je zuhause gewesen war. Er war ein Fremder in Westfall, ein Fremder in der Welt. Sie raste an ihm vorbei wie die Stromschnellen des Großen Flusses. Er war zu langsam, sie zu schnell.

Er bewegte die Augen unter den Lidern. Syrahs Silhouette war ein schwarzer Fleck in der Helligkeit, und doch glaubte er sie zum ersten Mal wirklich zu sehen. Beinahe hätte er gelacht, als ihm klar wurde, wie naiv er und Mellie gewesen waren.

*Sie hat uns benutzt*, dachte er. Syrah hatte Craymorus zwischen sich und den König ohne Land gestellt, hatte ihn vorgeschoben, um Cascyr aus Westfall zu vertreiben. Deshalb wohl hatte sie der Heirat so schnell zugestimmt. Die Erpressung befreite sie von jeder Schuld und machte sie zur selbstlosen Herrscherin in den Augen ihres Volkes. Ein Erbe würde ihren Anspruch besiegeln und Westfalls Unabhängigkeit garantieren – wenn die Nachtschatten etwas von Westfall übrig ließen.

Die Helligkeit verschwand so plötzlich, wie sie gekommen war, die Melodie verging. Dunkelheit hüllte Craymorus ein, löschte Syrahs Silhouette aus. Er öffnete die Augen. Er sah nichts außer wabernder Schwärze. Hinter ihm wurden die Türen geöffnet. Schritte näherten sich.

»Macht Euch keine Sorgen«, sagte eine männliche Stimme. »Euer Augenlicht wird bald zurückkehren.«

Schemen glitten an Craymorus vorbei. Es knirschte, als Keramik über Stein rieb. *Die Schüssel,* dachte er.

»Das Licht der Götter hat Eure Seelen gereinigt, die Erde der Götter soll Euren Körper reinigen.« Die Stimme des Priestes war unmittelbar vor Craymorus. Glatte, schwielenlose Hände berührten die seinen. Er spürte den Atem des Priesters auf seinen Armen.

»Taucht Eure Hände hinein, Syrah von Westfall und Craymorus Ephram.«

Seine Hände wurden in die Schüssel gelegt. Er spürte Sand unter seinen Händen, warm und weich wie Wasser. Er versuchte ihn zu greifen, aber er floss zwischen seinen Fingern hindurch. Es war ein seltsames Gefühl, fast so, als tauche er seine Hände in etwas Lebendiges.

»Haben die Götter eure Gelöbnisse vernommen?«, fragte der Priester.

»Das haben sie.« Langsam schälte sich Syrahs Gesicht aus der Dunkelheit.

Craymorus blinzelte. »Ja«, sagte er.

Jemand hob seine Hände aus dem Sand und wischte sie

mit einem Seidentuch ab. Die Schüssel wurde zurück auf das Podest gestellt.

»Möge der Fluss Euch Eurer Bestimmung entgegentragen«, sagte der Priester und verneigte sich. Männer traten an Craymorus' Sänfte und griffen nach den Holzstangen, die unter ihr hervorragten.

»Wartet.« Verschwommen sah Craymorus, wie Syrah sich erhob. Sie griff nach dem Arm eines Priesters und ließ sich zur Sänfte führen. Die Kissen rutschten zur Seite, als sie sich neben Craymorus setzte. Sie roch nach Schnee.

»Es ist unsere gemeinsame Bestimmung«, sagte sie. »Wir werden sie auch gemeinsam antreten – mein Gemahl.«

*Gemahl.* Sie sprach das Wort in einer Weise aus, die gleichzeitig mitfühlend und herablassend klang, so wie ein junges Mädchen, das einen alten Mann heiratete, dessen Keuchen auf ein baldiges Ende hindeutete.

Craymorus lächelte, als habe er nichts davon bemerkt.

Die Männer stemmten die Sänfte unbeholfen hoch. Mit ungleichmäßigen Schritten gingen sie dem Ausgang entgegen. Draußen wurde eine Trommel geschlagen. Sie klang wie der Donner eines heranziehenden Gewitters.

Die Sänfte war zu schmal, als dass zwei Menschen bequem nebeneinander sitzen konnten. Craymorus spürte Syrahs Ellenbogen in seiner Seite und ihre Hüfte neben der seinen. Jedes Mal, wenn sie den Kopf von ihm wegdrehte, um einem Untergebenen durch Nicken oder Winken zu begrüßen, kitzelten ihre Haarspitzen seine Wange. Er versuchte es zu ignorieren.

Der Tempel der reinen Ehrfurcht lag auf einem Hügel am Rande der Stadt. Von den Gärten, die ihn umgaben, konnte man über die Häuser und Hütten hinweg bis zur Festung auf der anderen Seite des Flusses blicken. Es war ein sonniger, warmer Tag. Weiße Quellwolken hingen weit entfernt über den Bergen, der Wind trug den Geruch von gegrilltem Fisch mit sich und den Lärm der Festlichkeiten auf den Hügel. Syrah hatte ein Volksfest angeordnet, und das Volk feierte.

Die Sänftenträger, die im Schatten einer Statue gewartet hatten, standen auf, als sie die Sänfte sahen, und nahmen den Platz der Priester ein. Im Gleichschritt verließen sie den Tempel. Das Schaukeln der Sänfte ließ nach, die Beamten, Hofdamen und Gelehrten blieben zurück. Vor den Toren wartete die Palastgarde; zwanzig Soldaten stellten sich links und rechts der Sänfte auf, und ihr Kommandant, Leutnant Garrsy, verneigte sich. »Fürstin Syrah, Fürst Craymorus – die Palastgarde möchte Euch ihre Glückwünsche aussprechen.«

Syrah lächelte und nickte.

»Danke«, sagte Craymorus.

Garrsy trat vor die Sänfte. Die Flagge Westfalls wehte von seiner Zierlanze. Der Federbausch seines Helms wippte bei jedem Schritt auf und ab. Er hatte den Rücken durchgedrückt und das Kinn vorgestreckt. Die Zurschaustellung seiner eigenen Wichtigkeit ließ ihn größer erscheinen, als er eigentlich war.

Der Weg führte in Serpentinen von der Hügelkuppe ins Tal. Eine breite hölzerne Wasserleitung zog sich an ihm entlang. Schaufelräder und abschüssige Konstruktionen sorgten dafür, dass das Wasser vom Fluss bis in den Tempel befördert wurde. Blumen und tiefgrünes Gras wuchsen dort, wo die Rohre ineinander übergingen und Tropfen zu Boden fielen.

Craymorus betrachtete sie, ohne sie wirklich zu sehen. Sein Geist war wie betäubt. Leutnant Garrsy war der Erste, der ihn mit seinem neuen Titel angesprochen hatte. *Fürst*

*Craymorus*. Es wunderte ihn, dass Garrsy ihm nicht ins Gesicht gelacht hatte, als er ihn angesprochen hatte. *Fürst Craymorus*. Es klang lächerlich. Schlimmer noch: Es klang falsch.

Er dachte an die Blumen unter der Wasserleitung. Sie wuchsen durch die Tropfen, die auf sie herabfielen, so wie seine Stellung durch die kleinen Fehler im Spiel der Mächtigen entstanden war. Doch weder die Blumen noch er wussten, was sich wirklich über ihnen abspielte und wie sehr sie von Gegebenheiten abhingen, die sich ihrem Einfluss entzogen.

Er fuhr sich mit der Hand durchs Gesicht. Winzige Sandkörner rieben über seine Haut. »Wisst Ihr ...« Er unterbrach sich. »Weißt du, woher der Sand in der Schale stammt?«, fragte er. Es war eine dumme Frage, aber sie war das Einzige, was ihm einfiel, um sich von seinen Gedanken abzulenken.

»Ja. Von den Quellen des Großen Flusses.« Syrahs Blick war auf die Stadt im Tal gerichtet. Sie wirkte abweisend.

»So glaubt man«, sagte Craymorus. Er hatte viel über die Suche nach den Quellen gelesen. Ewiges Leben sollte der erlangen, der aus der Quelle trank, vielleicht auch unendliche Weisheit oder einen Platz an der Seite der Götter. Niemand wusste das so genau. Es gab Dutzende von Schriftrollen, in denen die Namen derer standen, die sich den Fluss hinaufgewagt hatten. Die meisten hatten aufgegeben, andere waren nie zurückgekehrt.

Nur einer, so schien es, hatte der Kälte, den Bergen und all den Gefahren, die ihm die Götter entgegenwarfen, getrotzt und war bis zur Quelle vorgestoßen. Eheym Anorphus war sein Name gewesen, und als er nach mehr als zwanzig Jahren nach Westfall zurückkehrte, hatte er nicht älter gewirkt als an dem Tag, an dem er aufgebrochen war.

Er war vor den Fürsten getreten und hatte genickt, als der ihn fragte, ob er die Quellen gesehen habe. Und dann hatte er den Mund geöffnet, und der schwarze Sand war herausgelaufen, immer weiter, bis er in sich zusammenfiel und nichts mehr von Eheym Anorphus geblieben war als die Kleidung, die er getragen hatte.

Als Kind hatte Craymorus sich die Geschichte immer wieder erzählen lassen. »Es war eine Botschaft der Götter«, sagte er, halb in der Erinnerung versunken, »die bis heute niemand verstanden hat.«

Syrah sah ihn an. »Warum erzählst du mir das?« Sie klang misstrauisch.

»Weil ...« Er hob die Schultern. Es gab keine Erklärung. »Ich habe nur darüber nachgedacht.«

»Denk über die Nachtschatten nach. Das erwartet das Volk von ...«

»Aus dem Weg!« Der Rest ihres Satzes ging in Garrsys lautem Ruf unter. Craymorus blickte an den Holzstangen der Sänfte vorbei nach draußen. Einige Gestalten waren am Wegesrand aufgetaucht. Sie waren verwahrlost, dreckverkrustet und nackt. Im ersten Moment hielt Craymorus sie für Bettler, doch dann sah er die Ketten an ihren Händen und Füßen. Sechs Männer zählte er, ein siebter lag reglos im grünen Gras.

Einer der Männer fiel auf die Knie, als er Craymorus' Blick bemerkte, und zog die anderen mit sich. »Edle Fürsten«, rief er. »Wir flehen Euch an. Schenkt uns einen Akt der Gnade an Eurem Festtag.«

Er benutzte die Hochsprache, um seine Unterwürfigkeit auszudrücken. Er musste ein gebildeter Mann sein. Einer der Soldaten spuckte ihm ins Gesicht.

»Was sind das für Männer?«, fragte Craymorus.

Syrah warf nur einen kurzen Blick auf sie. »Verräter und

Deserteure. Wer sich weigert, die Kriegssteuer zu zahlen, oder sich vor dem Militärdienst drückt, wird mit anderen zusammengekettet und irgendwo ausgesetzt. Wir in Westfall haben keine Verwendung für solchen Abschaum.«

Die Sänfte glitt an den Männern vorbei. Fliegen saßen auf dem, der im Gras lag. Seine Haut war grünlich verfärbt.

»Einer von ihnen ist tot«, sagte Craymorus, unfähig den Ekel aus seiner Stimme zu verbannen.

»Und die anderen werden es bald auch sein.« Syrahs Mundwinkel zuckten, als wolle sie lächeln. »Außer natürlich, der Fürst beschließt, den Verrätern Gnade zu gewähren.«

Sie sprach so laut, dass die Soldaten vor der Sänfte ihre Worte verstehen konnten. Craymorus sah auf ihren Gesichtern, was sie davon hielten.

»Natürlich nicht«, sagte er ebenso laut. »Was für eine absurde Idee!«

Er wandte den Blick von den Männern ab, verbannte sie aus seinen Gedanken. Er konnte es sich nicht leisten, die Soldaten gegen sich aufzubringen. Kein Herrscher konnte ohne Soldaten regieren.

*Auch Syrah nicht*, dachte er. Das war ein Gedanke, den er nicht vergessen durfte.

Am Fuß des Hügels wurde der Weg zur gepflasterten Straße. Sie führte durch die Stadt hindurch bis hinauf zur Festung. Craymorus bemerkte, dass Garrsy nervöser wurde, je mehr Menschen um sie herum auftauchten. Wenn es nicht zur Tradition Westfalls gehört hätte, einen neuen Fürsten dem Volk zu zeigen, wäre er dem Fest wahrscheinlich ausgewichen. So hatte er keine Wahl. Seine Soldaten nahmen ihre Lanzen quer in beide Hände und schufen Platz für die Sänfte. Menschen kamen heran, winkten und grölten ihre Glückwünsche ins Innere. Manche versuchten Craymorus und Syrah anzufassen, andere warfen ihnen Blumen zu. Ein Meer von Köpfen, alte und junge, weibliche und männliche, wogte vor der Sänfte auf und ab.

Craymorus hörte, wie einer der Träger den anderen über den Lärm des Festes etwas zurief. Die Sänfte wackelte. Er glaubte, sie würde kippen, und hielt sich an einem Stützbalken fest, während sich Syrah mit beiden Beinen gegen das Holz stemmte. Doch die Sänfte kippte nicht, sondern wurde hochgehoben, bis sie auf den Schultern der Träger ruhte.

Craymorus atmete tief durch. Er hatte nicht bemerkt, wie stickig es in der Menge gewesen war. Neben ihm zog Syrah ihr Kleid zurecht. Eine Blüte hatte sich in ihrem Haar verfangen.

»Wink deinem Volk zu«, sagte sie. »Es ist zusammengekommen, um uns zu feiern.«

Craymorus sah über die Köpfe hinweg. Überall spielte Musik, vier oder fünf Melodien versuchten sich gegenseitig zu übertönen und machten es unmöglich, auch nur eine einzige zu erkennen. Lautespieler standen vor den Tavernen und neben provisorisch aufgestellten Bänken und Tischen. Barden und Balladensänger nutzten längst ausgetrunkene Bierfässer als Bühne, Menschentrauben bildeten sich um Feuerschlucker, Tanzbären und Illusionisten. Nur dort, wo die Sänfte vorbeikam, drängten sich die Menschen um sie herum.

*Sie hat unrecht,* dachte Craymorus. *Sie feiern nicht uns, sondern sich selbst.*

Er dachte an den Tag, an dem er und Rickard in Westfall eingetroffen waren, an die verzweifelte Fröhlichkeit, die er bei den Feiernden, die am Morgen danach den Nachtschatten entgegengezogen waren, gespürt hatte.

Das Volksfest, das er von seiner Sänfte aus beobachtete, erschien ihm anders, weniger verzweifelt, fröhlicher. Niemand schien darüber nachzudenken, dass die Nachtschatten bereits zwei Städte im Nordwesten Westfalls eingenommen hatten. Craymorus befürchtete, dass sie all ihre Hoffnungen in ihren neuen Fürsten setzte, Hoffnungen, die er nicht erfüllen konnte.

Gelächter und Applaus rissen ihn aus seinen Gedanken. Er drehte den Kopf und sah eine Menschentraube, die sich auf einem kleinen Platz vor einigen Häusern versammelt hatte. Zwei Männer standen in ihrer Mitte. Sie trugen bunte Kleidung und jonglierten mit Bällen und anderen Gegenständen, unter anderem, wie Craymorus bemerkte, mit einem Tierschädel und einem rostigen Schwert. Er sah ihnen zu, während er Hände schüttelte und auf Glückwünsche antwortete. Die beiden Männer bewegten sich rhythmisch, beinahe so, als würden sie tanzen. Bälle flogen empor, das Schwert drehte sich über ihren Köpfen. Einer der beiden fing es auf und warf es dem anderen entgegen. Die rostige Spitze schoss auf den Jongleur zu. Ein Schrei ging durch die Menge, Warnung und Erschrecken zugleich, doch bevor das Schwert den Mann durchbohren konnte, drehte sich die Spitze und flog senkrecht nach oben, traf den Tierschädel an seiner Stelle.

Aus dem Schrei wurde Gelächter. Ineinander verkantet drehten sich Schwert und Tierschädel über der Menge. Einen Moment lang hingen sie in der Luft, dann lösten sie sich voneinander. Die Männer fingen sie auf und verneigten sich vor ihrem Publikum.

Unter Craymorus bewegte sich die Sänfte. »Wartet!«, rief er den Trägern zu. Sie hielten an.

Leutnant Garrsy drehte sich um. »Herr?«

Craymorus spürte seinen Herzschlag in der Kehle. Auf

dem Platz begannen die Jongleure Geld in ihren Hüten zu sammeln. Er zeigte auf sie. »Seht Ihr diese Männer?«

Garrsy streckte sich. Er war ein großer Mann, der über die meisten anderen hinwegsehen konnte. »Ja, mein Fürst«, sagte er nach einem Moment.

»Bringt sie mir!«

»Jawohl, mein Fürst.« Der Leutnant nickte vier seiner Männer zu. »Kommt mit.«

Sie bahnten sich einen Weg durch die Menge. Craymorus sah ihnen nach, die Hände zu Fäusten geballt. Er spürte winzige Sandkörner unter seinen Nägeln.

»Was soll das?«, fragte Syrah neben ihm. Sie klang ungehalten. »Wir haben genügend Gaukler in die Festung eingeladen.«

»Nicht solche wie diese.«

Die Soldaten hatten den Platz fast erreicht. Einige Zuschauer drehten sich bereits nach ihnen um.

»Hast du ihre Vorstellung nicht gesehen?«, fragte Craymorus, ohne den Blick von den Soldaten zu nehmen. Die Jongleure schienen sie noch nicht bemerkt zu haben.

»Ich habe billige Tricks gesehen, so wie sie auf Jahrmärkten üblich sind.«

Craymorus schüttelte den Kopf. »Nein, du hast Magie gesehen.« Die Soldaten schoben sich an den Zuschauern vorbei. »Magie, die seit langer Zeit niemand mehr benutzt hat.«

Einer der Jongleure musste die Soldaten entdeckt haben, denn er stieß den anderen an und lief los, den Hut voller Geld gegen die Brust gedrückt. Der andere warf seinen Hut den Soldaten entgegen. Münzen klimperten und blitzten im Sonnenlicht, und Menschen bückten sich danach, Soldaten stolperten.

Die beiden Jongleure stießen wie Keile in die Menge hinein. Einen Augenblick lang sah Craymorus noch ihre bunte Kleidung, dann schloss sich die Menge hinter ihnen, nahm sie in sich auf.

»Und das wissen sie.« Er wandte sich von den Soldaten ab. Sie würden die beiden nicht finden. Die Gelegenheit war vorbei.

Er bemerkte Syrahs Blick. Sie verstand nicht, was sie gerade gesehen hatte, war jedoch zu stolz zu fragen, und er würde es ihr nicht erklären.

Schweigend saßen sie nebeneinander. Es dauerte eine Weile, dann tauchte Leutnant Garrsy neben der Sänfte auf. Schweiß lief über seine Wangen. Er hielt seinen Helm in der Hand. Etwas, das wie Eintopf aussah, bildete große Flecken auf der Brust seiner Paradeuniform.

»Meine Männer suchen weiter nach den Gauklern, Herr«, sagte er zwischen kurzen Atemzügen.

»Gut.« Craymorus nickte. »Ihr müsst Euch um etwas anderes für mich kümmern. Ich brauche eine Kutsche und eine Eskorte. Morgen früh werde ich Westfall verlassen.«

Neben ihm öffnete Syrah den Mund.

»Du kannst Westfall nicht verlassen.« Mellie ging in seinem Quartier auf und ab.

Craymorus sah von den Karten auf, die er zusammengesucht hatte, und lächelte. »Syrah hat das Gleiche gesagt.«

Den ganzen Abend hatten er und die Fürstin auf ihren Ehrenplätzen nebeneinander gesessen, hatten den Gauklern zugesehen und das nicht enden wollende Festmahl ohne Genuss gegessen. Syrah hatte sich charmant und liebevoll gegeben, aber ihr Lächeln war eine Maske gewesen, ihr Lachen eine Lüge. Nach dem Essen hatte sie Craymorus unter dem Applaus der Gäste nach draußen geführt, nur um ihn im Gang stehen zu lassen und in ihren Gemächern zu verschwinden. Craymorus wusste, dass sie wütend war, auch wenn er den Grund nicht verstand.

»Du überlässt ihr das Feld«, sagte Mellie. Sie schien ebenso wütend wie Syrah. »Sie wird deine Herrschaft aushöhlen, während du weg bist. Das darfst du nicht zulassen.«

Craymorus griff nach ihrer Hand und zog sie zu sich. »Du verstehst nicht, wie wichtig das ist, was ich heute gesehen habe«, sagte er. »Diese Magie war stark wie etwas …« Er suchte nach den richtigen Worten, fand sie nicht und zuckte mit den Schultern. »Ich muss etwas gegen die Nachtschatten unternehmen. Das Volk erwartet das.«

»Es ist nicht *dein* Volk.« Mellie strich über seine Wange. »Vergiss das nicht.«

Sie küsste ihn, bevor er darauf antworten konnte. Er atmete ihren Geruch ein und dachte daran, wie sehr er sie vermissen würde. Er stellte jedes Mal einen Krug ins Fenster, wenn er sie sehen wollte, aber er hatte solche Angst, dass sie gefasst werden könnte, dass er häufig darauf verzichtete. *Wir müssen eine andere Lösung finden*, dachte er.

Später, als sie auf seinem Bett lagen und Craymorus ihre Brüste küsste, fiel ihm ein, dass dies seine Hochzeitsnacht war.

# *Kapitel 20*

*Von den Wachtürmen der prächtigen Königsfestung in den Hügeln über Srzanizar genießt man die Aussicht auf die zahlreichen Tempel der Stadt. Der größte ist der Göttin der Diebe gewidmet, was niemanden überraschen sollte.*

*Jonaddyn Flerr, Die Fürstentümer und Provinzen der vier Königreiche, Band 2*

Ana folgte Erys durch das Gewirr der Gassen. Die Angst vor den Nachtschatten trieb sie an, verdrängte den Gedanken an Jonan. Es herrschte keine Panik in den Gassen, die sie durchquerten, nur ab und zu trafen sie auf Menschen. Ana wollte sie warnen, aber sie waren zu weit entfernt, zumindest sagte sie sich das.

Erys schwieg, blieb aber manchmal stehen und sah nach Norden, wo roter Feuerschein einen neuen, fremden Morgen schuf. Das Tuch vor ihrem Gesicht verbarg jedes Gefühl.

Nach einer Weile verließen sie die kleinen Gassen und bogen nach rechts in eine Straße ab, die gepflastert und breit genug für zwei Karren war. Unbeflaggte Fahnenmasten säumten den Weg. Rechts und links standen große, halb verfallene Hütten in gleichmäßigen Abständen nebeneinander.

*Dort hinten ist die Kaserne*, dachte Ana.

Sie erreichten den Platz. Das Dach der Kaserne war eingestürzt. Ein Wachturm hatte es durchschlagen, und das Stadttor stand offen.

»Wo sind die Soldaten?«, fragte Ana.

Erys sah sich um, bevor sie antwortete, und Ana hörte den Stolz in ihrer Stimme. »Wir haben gesiegt, die meisten der Soldaten sind tot, der Rest hat sich ergeben.«

Zwei Frauen mit Tüchern vor den Gesichtern standen am Tor Wache. Sie nickten Erys zu, als sie an ihnen vorbeiging. Eine verbeugte sich vor Ana, die andere ignorierte sie. Der Ewige Gardist stand an der Mauer. Als Erys näher kam, trat er heran und folgte ihr. Sie musste ihm befohlen haben zurückzubleiben.

Fackeln erhellten den Platz. Im Staub lagen Leichen in den Uniformen der Stadtwache. Erys' Banditinnen durchsuchten sie, packten Münzen, Schmuck und Stiefel in Säcke, Waffen in Kisten. Pferde standen gesattelt vor der Kaserne. Ana hörte lautes Klirren, dann traten Männer aus dem Eingang. Sie waren nackt, einige blutverschmiert. Man hatte sie an Händen und Füßen zusammengekettet. Die überlebenden Soldaten.

Banditinnen mit den Gesichtstüchern der Todesmasken führten sie zu zwei vergitterten Ochsenkarren. Wahrscheinlich dienten sie den Stadtwachen zum Gefangenentransport. Nun sollten sie selbst darin weggeschafft werden. Eine rundliche Banditin namens Klarie, die sie von der Küchenarbeit kannte, löste sich aus der Gruppe und ging Erys und ihr entgegen. »Das sind alle Überlebenden«, sagte sie leise. »Es sind fast ein Dutzend. Wir wollten sie in unser Quartier bringen, bis du entscheidest, was mit ihnen geschehen soll.«

Erys schüttelte den Kopf. »Nein, wir werden sie zum Hafen schaffen, zu den Fährschiffen. Lauf mit zwei anderen zum Quartier und sag Purro Bescheid. Helft ihm, die

Sklaven ebenfalls zum Hafen zu schaffen. Wir treffen uns dort.«

Klarie schaute die Anführerin der Todesmasken erstaunt an. »Wir verschwinden von hier?«

Erys nickte. »Ja, und zwar so schnell wie möglich.« Sie sah nach Norden, aber Bäume verdeckten den Himmel. »Beeilt euch.«

»Wie du wünschst.« Klarie wollte sich abwenden, blieb dann jedoch stehen. »Warum?«

Ana hielt es nicht mehr aus. »Weil die Nachtschatten die Stadt niederbrennen! Wir müssen hier weg!«

Klarie stieß ein Keuchen unter dem Gesichtstuch hervor. »Ist das wahr?«

»Ja.« Erys winkte bereits eine andere Todesmaske zu sich. »Geh jetzt.«

Klarie ging zu einem der Pferde. Ana hätte sie am liebsten getreten, so langsam bewegte sie sich. Begriff sie denn nicht, dass der Tod in die Stadt kam?

»Sind die Karren fertig beladen?«, hörte sie Erys fragen.

»Ja«, sagte die Banditin, die ihr gegenüberstand.

»Gut. Wir brechen sofort auf. Es geht zum Hafen, dort treffen wir uns mit Purro und den anderen und schnappen uns eins der Flussschiffe. Wer reiten kann, nimmt sich ein Pferd, eine Armbrust und einen Speer, der Rest Schwerter anstatt Speere.«

Die Banditin zögerte einen Moment. Ana öffnete den Mund, um sie zur Eile anzutreiben, aber da sagte die Todesmaske bereits: »Was ist mit unseren Toten?«

»Sie bleiben hier. Lange werden sie nicht allein sein.« Erys sah erneut nach Norden. Ana spürte einen Stich im Magen, als sie bemerkte, dass man den Feuerschein bereits über den Bäumen ausmachen konnte. »Beeilt euch!«

»Ja, Erys.« Die Frau lief zurück zu den Karren.

Erys wandte sich an Ana. »Mach dir keine Sorgen. Die Nachtschatten kennen sich hier nicht aus. Sie werden länger zum Hafen brauchen als wir.«

»Ich hoffe es.« Ana zog ihr Gesichtstuch zurecht. Um sie herum saßen die Frauen auf. Zwei nahmen die Zügel der Ochsen in die Hand und zogen sie auf das Tor zu. Die Tiere muhten und setzten sich langsam in Bewegung. Niemand sagte etwas. Selbst die Soldaten in den Käfigen waren ruhig.

Ana nahm sich einen alten Hengst. Sein Maul war vernarbt, sein Blick stumpf; er reagierte nicht, als Ana ihm über die Mähne strich und die Zügel in die Hand nahm. Zusammen mit Erys reihte sie sich in die Gruppe der Todesmasken ein. Vier ritten vor den Karren, die anderen ritten oder gingen dahinter her. Am Ende der breiten Straße bogen sie links in eine Gasse ein, die den Berg hinunterführte.

Eine alte Frau, die auf einem Hüttendach hockte, sah sie und lachte meckernd wie eine Ziege.

»Geschieht euch recht!«, rief sie den Männern im Käfig zu. »Habt uns lang genug ausgepresst!«

»Ich schlag dir das Lachen aus dem Gesicht, Hexe!«, rief einer der Soldaten zurück. Er hatte kurz geschorene blonde Haare und einen muskulösen Körper. Sein Kopf stieß gegen die Eisenstangen des Käfigs, als er sich aufzurichten versuchte. »Warte nur ab!«

Die alte Frau machte eine Geste, die Ana unter ihrem Gesichtstuch erröten ließ, und der Soldat antwortete mit einem Wort, das sie noch nie gehört hatte, und trat wütend gegen die Gitterstäbe.

»Ihr wollt zum Hafen?«, fragte die alte Frau. »Auf eines der Fährschiffe?«

Ana hätte beinahe geantwortet, schwieg dann aber. Auch die anderen ignorierten die Frage.

Der Blick der alten Frau glitt über die Karren, die Säcke und die Kisten voller Waffen. »Schafft ihr das alles auf ein Schiff?« Die Schadenfreude in ihrer Stimme war in Misstrauen umgeschlagen.

Ana ritt mit gesenktem Kopf an der Hütte vorbei. Sie wagte es nicht, nach oben zu sehen.

»Ihr haut ab, oder? Ihr lasst uns allein. Warum?« Die alte Frau folgte ihnen über die Dächer, so als ginge sie eine Treppe mit breiten Stufen hinunter.

Menschen auf der Straße hoben die Köpfe. Einige sahen sich um. Ein betrunkener Nachtschwärmer schrie: »Was brüllst du hier rum, Alte?«

Sie winkte ab und blieb stehen. Erleichtert bemerkte Ana die schmale Gasse zwischen zwei Hütten. Die alte Frau würde es nicht wagen, darüber hinwegzuspringen.

»Ist es wegen des Feuers?«, hörte sie ihre Stimme. »Ist es schlimmer, als es aussieht? Wird die ganze Stadt brennen? Flieht ihr deswegen?«

Die alte Frau blieb hinter ihnen zurück, schrie ihre Fragen immer lauter. Ihr Gebrüll lockte die Menschen aus den Hütten, andere kletterten auf Dächer und sahen nach Norden. Wie der Rauch eines Feuers breitete sich Angst hinter Ana aus.

Obwohl sie erst am Hafen verabredet waren, stieß Klarie, die Erys zum Quartier ihrer Bande geschickt hatte, zu ihnen. Sie saß auf dem Bock eines Karrens, dessen Ladefläche ebenfalls vergittert war, so wie die Gefängniskarren der Stadtwachen, nur dass dessen Gitter nicht aus Eisen, sondern aus Bambus waren.

Nungo'was, Merie und die anderen hockten in dem Käfig. Hetie, Marta und Purro sah sie nicht, und es fehlte auch eine der Todesmasken, die Klarie begleitet hatten.

Erys hatte ihr Pferd gestoppt, besah sich die zwei Karren und sagte dann zu Klarie: »Wo sind Purro und Ellian?« Offenbar war Ellian die fehlende Todesmaske.

»Diese grauhaarige Furie – Marta heißt sie, glaub ich – hat sich und ihre Tochter in der Zelle angebunden und tobt wie eine Wilde«, berichtete Klarie. »Purro und Ellian wollen sie zum Hafen bringen, wenn sie sich etwas beruhigt haben.«

»Narren.« Erys schüttelte voller Unverständnis den Kopf. »Wir werden nicht auf sie warten.«

Das war alles, was sie sagte. Es lagen weder Sorge noch Zorn in ihrer Stimme. Purro und Ellian waren ihrer Anweisung nicht gefolgt und hatten damit ihr Schicksal selbst besiegelt. Es schien sie nicht weiter zu kümmern, was mit ihnen geschah.

Ana war sich sicher, dass Purro viel für Erys empfand. Erys aber schien ein Herz aus Stein zu haben.

Der Tross setzte seinen Weg zum Hafen fort. Immer mehr Menschen verließen die Hütten, und Panik machte sich breit. Die Todesmasken kamen nur noch langsam voran. Ängstliche Rufe waren zu hören:

»Das Feuer greift über!«

»Die Stadt brennt!«

»Die Todesmasken fliehen!«

Ana beugte sich im Sattel zu Erys hinüber. »Wir sollten die Karren zurücklassen«, sagte sie leise. »Sie halten uns nur auf.«

»Nein. Die Gefangenen werden wir gegen gute Rüstung und Bewaffnung eintauschen.«

Deshalb also hatte sie die überlebenden Soldaten der Stadtwache mitgenommen. Wie die anderen Gefangenen sollten sie ihr gutes Geld bringen.

»Du solltest Wert auf das Aussehen deiner Eskorte legen«, fügte Erys hinzu.

*Ich lege Wert auf mein Leben,* wollte Ana erwidern, schwieg jedoch. Ein paar Männer liefen an ihnen vorbei, um die Stadt Hals über Kopf zu verlassen. Am liebsten hätte sie sich ihnen angeschlossen, hätte die Karren, die Angst und den roten Himmel hinter sich gelassen.

»Ist alles in Ordnung?«, fragte Erys.

Sie nickte, aber ihr Blick folgte den Männern. Sie stellte sich vor, wie sie aus der Gruppe ausscherte, ihrem alten Pferd die Fersen in die Flanken rammte und über das Kopfsteinpflaster zum Hafen galoppierte

Ihre Hände schlossen sich fest um die Zügel. Ihr Mund wurde trocken. Der Drang zur Flucht war beinahe übermenschlich.

*Du solltest Wert auf das Aussehen deiner Eskorte legen.* Erys' Worte hallten in ihr nach, berührten etwas in ihr, brachten sie dazu, die Zügel lockerer zu fassen und sich dem Rhythmus der Gruppe hinter den Karren anzupassen. Die Furcht blieb, aber etwas anderes kam hinzu, das sie nicht genau bestimmen konnte.

*Verantwortung,* dachte sie, *Stolz.* Erys hatte ihr Untertanen gebracht, und eine Fürstin verließ ihre Untertanen nicht.

»Du wirst das alles lernen«, sagte Erys. Sie schien Anas Gedanken erraten zu haben. »Ich werde dir dabei helfen.«

Schweigend ritten sie weiter und näherten sich dem Großen Fluss. Nach und nach wurde es eng auf dem Weg. Als sie das Ende des Hügels erreichten und in eine der breiten Gassen, die zum Hafen führten, abbiegen wollten, blieben die Karren stehen.

Ein Strom von Menschen schob sich an ihnen vorbei. Die meisten trugen Säcke und Kisten, schoben Handkarren mit Möbeln oder Kranken vor sich her. Wer nichts trug, hatte die Arme vor dem Körper angewinkelt, um ein wenig Platz zwischen sich und dem Rücken der Person zu schaffen, die vor ihm ging.

Es wurde kaum gesprochen. Nur ab und zu rief jemand einen Namen oder fluchte. Einige Kinder weinten.

Ana sah keine Verletzten. Sie fragte sich, ob die Menschen nur vor dem Feuer flohen und gar nichts von den Nachtschatten ahnten.

Die beiden Todesmasken, die vor dem Karren ritten, drehten sich in ihren Sätteln um und breiteten die Arme in einer hilflosen Geste aus. Mit den Karren konnten sie sich nicht in den Strom der Flüchtlinge einreihen, ohne Menschen niederzutrampeln.

Neben Ana antwortete Erys ihnen mit einigen knappen Handzeichen. Die Frauen zögerten einen Moment, dann nickten sie und griffen nach den Speeren, die sie in Schlaufen auf dem Rücken trugen. Ihre Pferde wieherten, als sie von Fersentritten in die Menge getrieben wurden.

Menschen wichen zurück, wurden von den Nachkommenden wieder nach vorn gedrängt. Schreie, eher wütend als verängstigt, brandeten in der Gasse auf wie ein plötzlicher Wind.

Mit den stumpfen Enden ihrer Speere trieben die Reiterinnen die Menge zurück. Die Gefangenen richteten sich in ihren Käfigen auf, soweit es ging, legten die Köpfe schräg, um sehen zu können, was sich vor ihnen abspielte.

»Trampelt das Pack nieder!«, brüllte ein dicker nackter Mann mit Backenbart. Er hatte die Hände so fest um eine Käfigstange gelegt, dass es aussah, als wolle er sie erwürgen.

»Genau!«, schrie einer der Stadtwachen. »Stecht sie ab, wenn sie nicht weichen wollen!«

Sie schienen vergessen zu haben, dass sie Gefangene waren, dass die Bande der Todesmasken sie in die Sklave rei führen würde. Für diesen einen Moment standen sie alle auf einer Seite.

Die Karren setzten sich wieder in Bewegung, nutzten die Lücke, die Pferde und Speere geschaffen hatten. Ana folgte ihnen an Erys' Seite. Ihr Blick glitt über verkniffene Gesichter und Augen, in denen Wut und Angst flackerten. Wenn die Todesmasken eines Tages zurückkehrten, würde man sie in Srzanizar wohl kaum willkommen heißen.

Vor Ana trieben die Reiterinnen die Menge weiter auseinander, schufen Freiräume, in die die Karren hineinglitten wie Boote ins Wasser. Und dann endlich sah sie den Hafen. Er lag hinter einer Reihe hölzerner Warenlager. Fackeln erhellten Stege, die sich weit in den Fluss schoben. Sie waren voller Menschen. Fischerboote stießen sich davon ab und fuhren an im Wasser treibenden Stühlen vorbei auf den Großen Fluss hinaus. Ana sah eine Kuh, die dem Ufer entgegenschwamm, und Händler, die auf Fässern stehend Plätze auf den Fährschiffen anboten.

Trotz des Einsatzes der Speere kamen die Ochsenkarren mit den Gefangenen kaum noch weiter. Die Reiterinnen drückten die Flüchtlinge mit den Körpern ihrer Pferde zur Seite, doch auch das half kaum. Ana stellte sich in den Steigbügeln auf und sah über die wogende Menge hinweg zu den Fähren. Es handelte sich um ein halbes Dutzend mehrstöckiger Schiffe. Die Fahnen, die von ihren Masten wehten, zeigten an, welche Städte sie anliefen. Ana erkannte die Farben Westfalls und die von Charbont.

In quälender Langsamkeit näherten sie sich den Flussschiffen. Immer wieder richtete sich Ana im Sattel auf. Das Mondlicht reichte aus, um zu erkennen, wie voll die Schiffe bereits waren, und es wurden immer mehr Waren und Menschen darauf verladen.

Ana blickte zurück. Der Wind wehte schwarzen Rauch in

die Stadt. Feuerschein ließ das Licht der Sterne verlöschen. Flammen tanzten auf den Dächern. Sie wirkten tollkühn, lustvoll, lebendig.

Ana schüttelte den Gedanken ab.

»Es gibt nicht mehr genug Platz.«

Das Gerücht tauchte plötzlich und von allen Seiten auf. Die Menge geriet in Bewegung, wogte von den Warenlagern zu den Stegen und wieder zurück. Anas Pferd strauchelte, als es gegen eine liegen gebliebene Kiste trat. Ana krallte sich in seine Mähne, um nicht den Halt zu verlieren. Erys fasste sie am Arm und zog sie zurück in den Sattel.

Sie wirkte angespannt, drehte ständig den Kopf und hob das Kinn, so als lausche sie auf etwas. Vielleicht, dachte Ana, wartete sie auf Purro, Hetie und die anderen.

Ana war weniger als einen Steinwurf von den Schiffen entfernt, als sich ein neues Geräusch in das Keuchen, Fluchen und Rufen der Menge mischte. Es schien von weit weg zu kommen und klang wie das Summen großer Insekten, Wespen oder Hornissen.

Auch andere hörten es und sahen sich um. Ana konnte nicht erkennen, woher es kam. Die Hügel verzerrten es zu sehr. Aus den Augenwinkeln bemerkte sie die Handzeichen, die Erys den Frauen hinter ihr gab. Sie schlossen auf, stießen die Flüchtlinge mit den stumpfen Speerenden zur Seite, bis sie mit Ana auf einer Höhe waren.

*Wie Leibwächter*, dachte sie.

Das Geräusch wurde lauter, klarer. Die Banditinnen neben Ana drehten ihre Speere um. Das Licht der Fackeln brach sich in den Metallspitzen. Im gleichen Moment schälten sich einzelne Laute aus dem Summen heraus.

Schreie. Irgendwo in den Gassen schrien Menschen in Todesangst. Die Menge am Hafen nahm den Schrei auf, drängte in plötzlicher Panik den Stegen entgegen. Holz splitterte, Karren fielen um, Anas Pferd scheute und tänzelte zur Seite. Eine Frau stürzte. Einen Moment lang sah Ana ihre blonden Haaren zwischen den Beinen der Flüchtenden, dann war sie verschwunden.

Panik raubte der Menge den Verstand. Blindlings schob sie sich den Stegen entgegen. Sie begrub Kinder und Ziegen unter sich, zermalmte Holz, Ton und Knochen. Geländer barsten, Menschen stürzten neben den Stegen ins Wasser, wurden von den Nachfolgenden niedergedrückt und ertranken. Über die Schreie hinweg hörte Ana das Muhen einer Kuh. Das Tier trat um sich. Seine Hufe trafen Köpfe. Seine langen blutverschmierten Hörner spießten Menschen auf und schleuderten sie zur Seite. Die Flüchtenden, die dem Tier entgegengeschoben wurden, schrien und stemmten sich gegen die hinter ihnen drängenden, doch sie konnten nichts ausrichten. Sie fielen unter Hufen und Hörnern, bis die Kuh auf ihren Leichen ausrutschte und selbst Opfer der Menge wurde.

»Zu den Fährschiffen!«, schrie Erys plötzlich. »Nehmt den ersten Kahn!«

Es schien sie nicht mehr zu interessieren, wer sie hörte. Doch die Todesmasken zögerten. Mit den Speeren in der Hand saßen sie auf ihren Pferden.

Erys drängte ihr Pferd an Ana vorbei. Sie entriss einer Banditin den Speer und stieß ihn einem Mann in den Rücken. Er verschwand, als hätte es ihn nie gegeben.

»Los!«

Ihr Ruf riss die Frauen aus ihrer Erstarrung. Einige hoben ihre Speere, diejenigen, die an den Karren hingen, ihre Schwerter. Vorsichtig, so als wollten sie niemanden verletzen, drückten sie mit den Klingen gegen die Körper, die sie umgaben. Eine junge Frau fuhr herum und wollte mit wütenden Schreien auf eines der Pferde einschlagen; sie fiel förmlich in den Speer hinein. Die Maskierte musste mit dem Fuß gegen ihre Brust treten, um ihn frei zu bekommen. Als die Frau unter den Pferdehufen verschwand, stach die Banditin bereits auf den nächsten ein. Die anderen schlossen zu ihr auf, bildeten eine Reihe wie Soldaten und töteten sich den Weg frei.

»Schützt die Fürstin!«

Erst als Pferdeleiber sie auf beiden Seiten einrahmten, begriff Ana, dass Erys von ihr gesprochen hatte.

Langsam setzte sich der Karren in Bewegung. Ana hörte, wie die Hufe und Holzräder Körper zermalmten, sah, wie Menschen aufgespießt und aufgeschlitzt wurden. Sie wollte sich die Hände auf die Ohren pressen und die Augen schließen, aber sie widerstand dem Drang.

*Ich bin ihre Fürstin*, dachte sie. *Meine Schwäche ist ihre Schwäche.*

Nur wenige sahen, was die Todesmasken taten. Ihre Rufe verhallten unbeachtet. In dieser Menge war jeder allein. Als der Wind drehte und den Rauch von den Hügeln über den Hafen wehte, sah Ana die Flussschiffe bereits vor sich. Die Fahne Charbonts wehte über dem ersten. Es lag tief im Wasser. Hunderte standen an Deck, einige waren sogar auf einen der zwei Masten geklettert. Und immer mehr Menschen kamen über Leitern und Planken an Deck, sprangen von den Stegen ins Wasser und zogen sich an den Ankerketten empor. Matrosen versuchten eine Planke einzuholen, aber die Menge drängte sie zurück.

Erys richtete sich im Sattel auf. »Das ist unser Schiff. Holt es euch!«

Ana sah sie an. Rauch wehte an ihnen vorbei auf das Wasser. »Es fährt nach Charbont.«

»Es fährt, wohin wir wollen.« Erys legte mit der Armbrust an und erschoss einen Mann, der am Anker emporkletterte. »Sobald wir dafür gesorgt haben, dass es überhaupt fährt.«

Die Schwertkämpferinnen sprangen von den Karren und liefen über die Planken an Bord. Ihre Klingen schienen zu Sensen zu werden, die Menschen vor ihnen zu Gras. Erys' Pfeile trafen die, die sich auf die Masten flüchteten. Die meisten sprangen jedoch ins Wasser und schwammen dem zweiten Schiff entgegen. Ana sah ihnen nach. Einige hatten die Ankerketten bereits erreicht und zogen sich an ihnen hoch. Fässer und Kisten trafen sie, warfen sie in den Fluss zurück. An der Reling standen Menschen mit weiteren Wurfgeschossen in den Händen. Leichen, in denen Pfeile steckten, trieben mit dem Gesicht nach unten neben dem Schiff.

*Sie tun, was wir tun*, dachte Ana. Der Gedanke beruhigte sie nicht.

Die Ochsenkarren fuhren über sich biegende Planken an Bord, Ana und die Reiterinnen folgten ihnen. Es waren immer noch Menschen an Bord. Sie drängten sich in einer Ecke zusammen, aber die Todesmasken ließen sie in Ruhe, kappten nur die Taue und stießen die Planken von der Reling.

Erys sprang vom Pferd und nickte einem Matrosen zu. »Ablegen!«, befahl sie.

»Sofort.« Er wirkte erleichtert.

Ana blieb auf ihrem Pferd sitzen und sah zurück zum Ufer, zu den Stegen voller Menschen und dem Hafen, über dem die Feuer loderten.

»Was ist mit Hetie und Purro und den anderen?«, fragte sie, obwohl sie die Antwort bereits kannte.

Erys hob den Kopf. Etwas schimmerte in ihren Augen. Ana wusste nicht, ob es Tränen waren.

»Sie werden sterben«, sagte sie und wandte sich ab.

Mit langen Stangen stemmten sich die Matrosen gegen den Steg. Unter Deck wurden Befehle gebrüllt, dann klatschten Ruder ins Wasser, und das Schiff setzte sich knarrend in Bewegung. Ein paar Flüchtlinge sprangen ins Wasser und versuchten sich an den Rudern festzuhalten, aber die Pfeile der Todesmasken trieben sie zurück.

Flüche und Schreie folgten dem Schiff, als es sich drehte und langsam die Bucht verließ.

»Wartet ihr auf uns?«, rief ein Matrose vom Deck des Schiffes, über dem die Fahne Westfalls wehte.

»Nein!«, antwortete der Steuermann ihres Schiffs. Erys stand neben ihm am Heck, einen Fuß auf die Reling gestellt, die Armbrust auf dem Oberschenkel liegend. »Keine Zeit!«

»Wie du meinst.« Der Matrose schüttelte den Kopf und winkte seinem Steuermann zu. »Sie warten nicht!«, rief er.

»Das ist gefährlich«, sagte einer der nackten Männer im Käfig. »Wir sollten bei den anderen bleiben, falls uns Piraten angreifen.«

»Sieh dich doch um! Welcher Pirat wäre denn so blöd, uns anzugreifen?«, rief ein anderer. Ana glaubte, die Stimme des Manns zu erkennen, der sich mit der alten Frau angelegt hatte, aber sie drehte nicht den Kopf.

Vom Rücken ihres Pferdes sah sie etwas anderes, das ihre Aufmerksamkeit erregte, der Anblick von Uniformen auf dem Deck des anderen Schiffs. Ana kniff die Augen zusammen, als könnte sie so das Chaos aus Menschen, Tieren und Kisten durchdringen. Fast alle Passagiere des anderen Schiffs hielten sich an den Seiten auf, bewarfen Flüchtlinge mit Kisten und Fässern oder stachen mit Speeren nach ihnen. Ein paar kappten die Seile und zogen die Planken ein. Nur vier von ihnen waren uniformiert.

Ana zuckte zusammen, als sie Jonan zwischen ihnen sah. Er stand neben einem dicken, älteren Mann, der mit seinem Schwert auf etwas jenseits der Reling einschlug. Ein anderer Uniformierter, älter und dünner als er, bewarf Flüchtlinge, die über die Planken an Bord kommen wollten, mit Melonen. Saft und Fruchtfleisch bedeckten das Holz; wer nicht getroffen wurde und fiel, rutschte darauf aus. Es sah aus wie eines dieser Spiele, die auf Jahrmärkten gespielt wurden, aber weder der Werfer noch die Flüchtlinge lachten.

Es knatterte, als über Ana die Segel gehisst wurden. Wind bauschte den Stoff auf. Das Schiff beschleunigte. Ana sprang vom Pferd und lief an der Reling entlang zum Heck, versuchte so lange wie möglich in der Nähe des anderen Schiffs zu bleiben.

Es dauerte einen Moment, bis ihr Blick Jonan wiederfand. Sie entdeckte ihn im Ausguck des zweiten Mastes; er wandte ihr den Rücken zu, aber sie erkannte ihn trotzdem. In einer Hand hielt er einen Bogen, und neben ihm brannte eine Fackel in einer Halterung. Ana sah, wie er einen Pfeil in einen Eimer tunkte, ihn an der Fackel entzündete und abschoss. Brennend schlug der Pfeil in den Steg ein. Ein zweiter folgte, ein dritter, vierter, bis eine Wand aus Feuer die Flüchtenden von seinem Schiff trennte. Ein weiteres Mal legte er an, fuhr aber plötzlich herum. Ana sah die brennende Pfeilspitze und Jonans dunkle Augen dahinter. Sie war mehr als einen Steinwurf entfernt und der Großteil ihres Gesichts unter einem Tuch verborgen, aber sie wusste, dass auch er sie bemerkt und erkannt hatte.

Jonan ließ den Bogen sinken. Die Schiffe entfernten sich weiter voneinander. Er blickte über den Rand des Ausgucks hinweg, dachte vielleicht daran zu springen, wich dann jedoch wieder zurück. Die Passagiere und Matrosen verteidigten ihre Schiffe wie Burgherren bei einer Belagerung, ließen niemanden an Bord. Weiter und weiter trieben sie auseinander.

Jonans Gesicht verschwand in der Dunkelheit, aber Ana wandte den Blick nicht ab. Nach einem Moment sah sie schemenhaft, wie er den Bogen hob und den Brandpfeil hoch in die Luft schoss. Wie eine Sternschnuppe glitt er durch den Himmel. Sie sah nicht, wie er im Wasser versank.

»Was war denn das?«, fragte Erys. Ana hatte nicht bemerkt, dass sie an die Reling getreten war.

*Ein Versprechen*, dachte sie und sagte:

»Nichts.«

Hinter ihr verschwand Srzanizar im Rauch der Feuer, und Ana bemerkte plötzlich, dass sie zwar Chaos und Tod in dieser Nacht gesehen hatte, aber keinen einzigen Nachtschatten.

Die Stadt hatte sich selbst verzehrt.

# Kapitel 21

*Viele mag es verwundern, dass die östlichen Könige ihre Sommer in Srzanizar, der Stadt der Diebe und Räuber, verbringen. Vielleicht schätzen sie die kurzen Momente der Selbstreflexion, wenn sie Halsabschneider und Dirnen betrachten.*

*Jonaddyn Flerr, Die Fürstentümer und Provinzen der vier Königreiche, Band 2*

Auf seiner Zunge lag Salz. Seine Klauen hatten sich rot gefärbt. Sein Fell war verklebt. Bei jedem Atemzug roch er Angst und Blut und Tod.

Auf allen vieren hetzte Schwarzklaue durch die Straßen der sterbenden Stadt. Seine Rüstung hatte er längst abgelegt, seine Waffen verloren. Er brauchte sie nicht. Das, was er hier jagte, waren keine Feinde, es war Vieh. Es wurde nicht bekämpft, nur geschlachtet.

Er stieß die Tür einer Hütte auf, hinter der er Geräusche gehört hatte. Menschen drängten sich schreiend in eine Ecke, drei Kinder, ein Mann, und eine Frau streckte ihm mit zitternden Händen ein Messer entgegen. Er schlug es zur Seite und biss der Frau die Kehle durch. Die anderen zerfetzte er mit seinen Klauen. Dann zog er sich durch eine Dachluke nach oben und tötete die, die sich auf dem Dach versteckt hatten, die Menschen, die Ziegen, die Hühner. Er sprang über die Gasse auf ein anderes Dach.

Die Nachtschatten, die ihm seit Beginn des Angriffs folgten, brachen durch die Tür. Schwarzklaue ignorierte sie, lief weiter über die Dächer den Hügeln entgegen. Er spürte das Holz unter sich, spürte, wie sich seine Muskeln bei jedem Sprung zusammenzogen und ihn sicher über Dächer und Gassen führten. Er tauchte seine Klauen in Blut, wenn sich ihm ein Narr entgegenstellte. Auch seine Gedanken waren blutgetränkt. Alles, was in ihnen war, geschah in diesem Moment. Es gab keine Zukunft und keine Vergangenheit, nur den Herzschlag in seinen Schläfen und das Blut in seinem Mund. Die Welt war vollkommen, und Schwarzklaue war unbesiegbar.

Er tötete Hunderte in dieser Nacht. Er tötete sie, wenn sie den Kampf suchten, wenn sie sich versteckten oder wenn sie davonliefen. Er hieb seine Klauen in ihren Rücken, riss ihre Bäuche auf, zerbiss Knochen, Sehnen, Adern.

Erst als die Feuer ihn einzuschließen drohten und die Hitze sein Fell versengte, jagte er weiter die Hügel hinauf, über die Stadt hinweg, bis zu den Ruinen einer Festung. Dort, zwischen eingestürzten Mauerresten, legte er sich hin, den Blick auf die brennende Stadt gerichtet.

Ihre Wärme strich über sein Gesicht. Ihr Rauch löschte die Sterne aus. Ihre Schönheit betäubte ihn.

Schwarzklaue lachte leise. Er war glücklich.

Es war Tag, als er erwachte. Die Stadt brannte immer noch. Bis hinauf in die Hügel hatten sich die Feuer gefressen. Rauch verdunkelte die Sonne und ließ alle Farben grau erscheinen.

Schwarzklaue schüttelte Asche von seinem Körper und machte sich auf den Weg zurück ins Lager der Nachtschatten. Er blieb auf den Hügeln, wich den Feuern aus. Einige Male versuchte er nach unten zu gelangen, musste aber immer wieder umkehren, weil die Hitze zu groß wurde und bittere Luft seine Kehle zuzuschnüren begann. Der Wind trieb ihm Rauch und Feuer entgegen.

Schwarzklaue blieb stehen. Seine Augen brannten. Funken flogen an ihm vorbei und entzündeten einen verlassenen Karren voller Heu. Der Rauch war so dicht, dass Schwarzklaue den Großen Fluss nur noch erahnen konnte. Das Lager, das die Nachtschatten vor den Toren der Stadt aufgeschlagen hatten, war nicht zu sehen. Endlos breiteten sich die Flammen vor ihm aus.

*Nimmt diese verfluchte Stadt denn kein Ende?*, dachte er, als er sich nach Norden wandte und dem gewundenen Weg weiter am Hügel entlang folgte. Erste Feuer brachen auf den Dächern der Hütten aus. Niemand löschte sie, kein Mensch befand sich auf der Straße. Schwarzklaue war allein.

Er fand einen Krug mit Wasser neben einer Hütte und trank. Beinahe hätte er gelacht, als er daran dachte, was Korvellan wohl gesagt hätte, wenn er ihn so hätte sehen können: der Anführer der Nachtschatten, allein und von einem Feuer eingeschlossen, das er selbst gelegt hatte.

*Narr* – das war es, was er gesagt hätte.

»Weil du es nicht verstehst!«, rief Schwarzklaue über das Brüllen des Feuers hinweg. Er schüttete den Rest des Wassers über seinen Kopf und schüttelte sich. Sein Weg hatte ihn an diesen Ort geführt. Niemand außer ihm hatte ihn bestimmt, und selbst wenn er in diesem Feuer den Tod eines Narren starb, so war es doch sein Tod, nicht der eines anderen. Das war der Unterschied zwischen einem Krieger und einem Soldaten. Schwarzklaue hatte oft versucht, Korvellan zu erklären, was das bedeutete, aber ihm hatten die richtigen Worte gefehlt.

»Jetzt kenne ich sie, aber du bist nicht hier, um sie zu hören. Wo bist du?« Er warf den Krug gegen eine Hüttenwand; er zerschellte, Scherben fielen in den Staub.

Aus den Augenwinkeln sah er plötzlich eine Bewegung. Schwarzklaue fuhr herum. Ein Gesicht blickte ihm aus dem Spalt zwischen einer Mauer und einem Tor entgegen. Die Augen weiteten sich, dann verschwand das Gesicht.

Mit drei Sätzen erreichte Schwarzklaue das Tor. Er hörte, wie jemand an einem Riegel zog, und warf sich mit der Schulter gegen das Holz. Ein Schrei, dann schwang das Tor auf, und Schwarzklaue warf sich hindurch.

Die Gestalt hinter dem Tor war zu Boden gegangen. Sie trug eine Lederrüstung und hatte langes braunes Haar. Ihre Hand tastete nach dem Schwert in ihrem Gürtel. Schwarzklaue brach ihr mit einem Tritt den Arm und zerfetzte ihre Kehle, bevor sie einen Schrei ausstoßen konnte. Dann zog er das Schwert aus ihrem Gürtel und erhob sich.

Er stand in einem Innenhof. Die hohen Mauern, die ihn umgaben, dämpften das Tosen und die Hitze des Feuers, ließen ihn endlich wieder klar denken. Das Gebäude vor ihm wurde von einem Balkon umlaufen. Hinter den Fensteröffnungen konnte er keine Bewegung erkennen. Die Tür war angelehnt. Vier Pferde standen vor der Treppe. Man hatte sie festgebunden. Sie trugen Zaumzeug und Sättel.

Schwarzklaue lauschte. Er hörte nichts außer dem Röcheln der Sterbenden zu seinen Füßen. Er fragte sich, weshalb sie das Tor geöffnet hatte. War es der Klang seiner Stimme gewesen? Hatte sie geglaubt, jemand wäre gekommen, um ihr zu helfen?

*Entscheidungen*, dachte er. Sie hatte ihre getroffen.

Ihre Fersen schlugen noch einmal in den Staub, dann lag sie still.

Schwarzklaue wandte sich um. Vorsichtig ging er näher an das Haus heran. Er roch nichts. Der Rauch war zu dicht. Sein Blick glitt immer wieder nach oben. Von dort drohte die größte Gefahr. Die Frau, die er getötet hatte, war bewaffnet gewesen. Er musste davon ausgehen, dass alle anderen, die sich in dem Gebäude aufhielten, ebenfalls bewaffnet waren.

Ein Knall, so als würde eine Tür zugeschlagen, laute Schritte, ein Schatten, der ihm aus dem Haus entgegenlief. Schwarzklaue wich zurück, das Schwert erhoben. Tageslicht riss den Schatten aus der Dunkelheit. Es war eine junge Frau. Sie fiel vor ihm auf die Knie. Staub und Asche wallten auf und legten sich auf ihr Haar.

»Töte mich nicht!«, schrie sie. »Ich habe die Flussgötter gebeten, mich zu töten, aber es war nicht so gemeint!« Tränen liefen ihr übers Gesicht. »Ich will nicht sterben. Ich kann deine Sklavin sein, wenn du willst. Alles werde ...«

Schwarzklaue unterbrach sie. Seine Schwertspitze richtete sich auf ihre Brust. »Bist du allein?«

Sie schwieg.

»Bist du allein?«, brüllte er.

Sie zuckte zusammen. Ihre Mundwinkel zitterten.

»Nein, ist sie nicht«, antwortete die Stimme eines Mannes aus dem Halbdunkel des Raums, »aber das weißt du ja längst.«

*Er glaubt, dass ich ihn riechen kann*, dachte Schwarzklaue. Er war kein Lügner, also schwieg er.

Einen Moment später traten ein Mann und eine Frau in den Innenhof. Kurz sahen sie zu der Leiche neben dem Tor, der Mann resignierend, die Frau mit sichtlichem Entsetzen. Sie hustete, als müsse sie sich übergeben. Sie war älter als das Mädchen, das vor Schwarzklaue kniete, aber ebenso einfach gekleidet.

»Wirst du uns töten?«, fragte sie mit gesenktem Kopf. Sie schien ihn nicht ansehen zu wollen. »Es würde mich nicht stören, wenn es schnell geht. Ich habe meinen Frieden mit ...«

»Hör auf!« Das Mädchen schrie sie an. »Ich will nicht sterben!«

»Was du willst, interessiert niemanden mehr.« Es lag eine Häme in der Stimme der älteren Frau, die Schwarzklaue nicht verstand. »Nichts war dir je gut genug, immer weiter hast du Frek und Urek getrieben, und ich musste mitgehen, weil die kleine Hetie allen leidtat. Die Köhlerei, der Hof, die Pelzjagd. Aber nicht weiter, nicht zu den Nachtschatten, nicht in die Sklaverei!« Sie hob den Kopf und sah Schwarzklaue an. »Ich habe die Götter gebeten, uns zu töten, Ungeheuer. Du bist ihre Antwort. Tu es.«

»Nein!«

Er wusste nicht, woher Hetie das Messer hatte. Es war ein kleines Messer, mit einer Klinge, die nicht länger als ein Finger war, und es lag auf einmal in ihrer Hand. Sie sprang auf, stürzte sich auf die ältere Frau und stieß dreimal zu, bevor der Mann sie erreichte und mit einem Tritt auf die Seite warf.

Schwarzklaue bemerkte, wie sicher er sich bewegte. Er war ein Kämpfer.

Die Frau krümmte sich und presste die Hände auf den Bauch. Blut lief zwischen ihren Fingern hindurch und tropfte auf den Boden. Es war viel Blut, mehr als Schwarzklaue erwartet hatte. Hetie musste eine Ader getroffen haben.

Er lachte. »Da hast du die Antwort auf dein Gebet, Frau.«

Sie fiel auf die Knie. Ihr Mund bewegte sich, aber es quoll nur Blut hervor. Die Farbe wich aus ihrem Gesicht. Langsam kippte sie nach vorn und fiel mit dem Gesicht in Staub und Asche.

»Ist sie tot?« Hetie klang hysterisch. »Ich wollte doch nur, dass sie aufhört.«

Sie warf das Messer weg. Tränen liefen ihr über die Wangen, aber Schwarzklaue achtete nicht auf sie, nur auf den Mann, der mit geballten Fäusten über ihr stand und das Schwert in Schwarzklaues Hand anstarrte.

»Willst du es haben?«, fragte Schwarzklaue.

Der Mann schüttelte den Kopf. »Ich will nur lebend hier raus.«

»Ich auch.« Hetie zog die Nase hoch und setzte sich auf. Sie wandte den Kopf so, dass sie die Leiche am Boden nicht ansehen musste. »Sag mir, was ich tun soll.«

»Wisst ihr, wie man aus der Stadt kommt?«

Heties Schweigen verriet ihm, dass sie es nicht wusste, so wie das Blinzeln des Mannes ihm sagte, dass er den Weg kannte. Schwarzklaue nickte ihm zu. »Wie ist dein Name?«

»Purro.«

»Bring mich aus der Stadt, Purro, und du bist frei.«

Purro zögerte. Seine Hand bewegte sich, so als wolle er auf Hetie zeigen und Schwarzklaue bitten, auch sie zu verschonen. Doch dann fiel sein Blick auf die Leiche, und seine Hand rührte sich nicht mehr.

»Du gibst mir dein Wort?«, fragte er.

Schwarzklaue nickte.

»Dann bin ich einverstanden.«

»Bitte nimm mich mit.« Hetie rieb sich die roten Augen. »Ich bin eine gute Dienerin, und ich weiß viel.« Sie begann zu stammeln. »Ich weiß, dass Ana Somerstorm bei den anderen ist.«

Ana Somerstorm. Schwarzklaue merkte auf. Korvellan hatte einige Male von ihr gesprochen, von der Vollkommenheit des Sieges, den sie erlangen würden, wenn sie tot wäre. Aber Schwarzklaue hatte das nie interessiert. Er war dabei, die Menschen mitsamt ihren Allianzen, ihren Fahnen und ihren Namen hinwegzuwischen. Was kümmerte ihn die

Flucht eines Mädchens? Sie würde schon bald keine Bedeutung mehr haben.

Hetie schien zu spüren, dass ihre Neuigkeit keinen Wert für Schwarzklaue hatte. »Ich weiß noch mehr«, sagte sie rasch. »Ich weiß …«

»Sei ruhig«, unterbrach Purro sie.

Schwarzklaue sah, wie er sich verkrampfte, und wandte sich Hetie zu. »Was weißt du?«

Ihr Blick zuckte zu Purro, zum Hauseingang und wieder zurück. Trotz des Rauchs roch er ihre Angst.

»Was weißt du?« Seine Stimme war ein tiefes Knurren.

»Im Keller!«, stieß sie hervor. Sie blinzelte, so als überrasche die Antwort sie selbst. »Es liegt ein toter Nachtschatten im Keller.«

»Zeigt ihn mir.« Er trieb Purro und Hetie mit dem Schwert vor sich her. Durch eine Falltür kletterten sie nach unten. Die Luft war kühler und besser in dem Kellergang. Schwarzklaue sah mehrere Türen, die mit schweren Eisenriegeln verschlossen waren.

»Wir wurden hier unten gefangen gehalten«, sagte Hetie. »Wir wollten dem Nachtschatten helfen, aber sie haben ihn umgebracht.«

Vor einer Zelle am Ende des Gangs blieb sie stehen. »Dahinter ist er. Sie wollten ihn verscharren, sind aber nicht dazu gekommen.«

»Aufmachen!«

Der Riegel war so schwer, dass sie und Purro ihn gemeinsam zurückziehen mussten. Die Tür schwang auf.

Der Gestank nach Verwesung und Blut schlug Schwarzklaue entgegen. Er trat in die Zelle, sah die tote Frau am Boden, ihre hochgezogenen Lefzen, an denen kein Blut klebte, und das Tuch um ihre Kehle. Sie war erwürgt worden, ein ehrloser, menschlicher Tod. Wut schob sich wie ein heißes Eisen in Schwarzklaues Magen. Mühsam zwang er sich zur Ruhe.

»Purro, du trägst die Frau«, befahl er und wies auf den toten Nachtschatten. »Hetie, du folgst uns.«

»Du nimmst mich mit?«, fragte sie.

Er wollte ihr den Kopf abschlagen, stattdessen nickte er. In seiner Wut konnte er nicht mehr sprechen.

Sie verließen das Quartier der Todesmasken durch das Tor. Purro hatte sich die tote Frau über die Schulter geworfen. Er drehte sich um, wollte das Tor hinter sich zuziehen, ließ es dann jedoch offen stehen. Vielleicht, dachte Schwarzklaue, ahnte er, dass er nie mehr zurückkehren würde.

Purro führte sie über Wege schmal wie Trampelpfade durch Gärten und Weinstöcke den Hügel hinunter. Sie schlugen einen Bogen um die Feuer, kamen ihnen dennoch manchmal so nahe, dass die Luft in der Kehle brannte. Hetie redete die ganze Zeit über. Sie wirkte erleichtert, so als habe man sie aus einer langen Gefangenschaft befreit. Purro schwieg.

»Bist du Soldat?«, fragte ihn Schwarzklaue nach einer Weile und schnitt Heties Redefluss damit so plötzlich ab, als habe er eine Tür zugeschlagen.

»Nicht mehr.«

»Aber du warst es.«

»Ja.« Purro verzog das Gesicht unter seiner Last.

»Dir hat jemand den Bauch aufgeschlitzt.«

»Ich hatte es verdient.«

»Hast du vielen Feinden den Tod gebracht?«

Purro zeigte auf einen schmalen Weg, der zwischen Sträuchern und Beeten hindurchführte. »Wir sind gleich da«, sagte er. »Die Stadtmauer liegt hinter den Nussbäumen.«

»Gut.« Schwarzklaue wiederholte seine Frage nicht. Er glaubte auch so zu wissen, wie die Antwort lautete.

Die Stadtmauer, von der Purro gesprochen hatte, bestand aus Geröll und einigen Mauerresten, in denen Vögel nisteten. Die Steine waren geschwärzt. Ein Krieg, über den Schwarzklaue nichts wusste, musste die Mauer zerstört haben. Niemand hatte sie je wieder aufgebaut. Beinahe hätte er Purro danach gefragt, als sie über das Geröll stiegen, doch dann sah er die Lichtung, die dahinter lag, und wusste, dass sie das Ende der Flucht erreicht hatten.

»Leg sie ins Gras«, befahl er.

Purro ließ den toten Nachtschatten von seinen Schultern gleiten und sah sich um.

»Was jetzt?«

Schwarzklaue warf ihm sein Schwert zu. »Nimm es.«

»Nein.«

»Dann wirst du ohne Ehre sterben.«

Purro hob die Schultern. »Ich habe ohne Ehre gelebt und ohne Ehre getötet. Was macht es da schon, wenn ich ohne Ehre sterbe?«

»Was ist los?«, fragte Hetie. Sie wich langsam zurück.

»Er wird uns töten wegen dem, was dem Nachtschatten widerfahren haben.«

»Ana war das. Ich habe doch nichts gemacht!«

Schwarzklaue sah sie an. *Ana*, dachte er. Laut sagte er: »Und für dieses Nichts wirst du bezahlen.«

Er ließ das Schwert liegen und ging langsam auf Purro zu. Aus den Augenwinkeln bemerkte er, wie Hetie herumwirbelte und davonlief. Er ließ sie gewähren. Sie lief in den Wald, war nicht klug genug, um in die Stadt zu laufen, wo sie sich im Rauch hätte verbergen können. Er würde sie bald einholen.

»Kämpfe«, sagte er.

»Nein.« Purro breitete die Arme aus. »Ich habe genug gekämpft.«

»Ich nicht.« Schwarzklaue warf sich auf ihn. Mit dem ersten Schlag brach er Purro das Genick, aber er hörte nicht auf, sondern riss ihn auseinander.

Dann erhob er sich und schüttelte das Blut aus seinem Fell. Der Wind trug Heties Geruch zu ihm. Auf allen vieren folgte er ihr durch den Wald.

Aus dem gestreckten Lauf heraus bohrte er seine Krallen in ihren Rücken. Sie starb, als er ihr Herz zerfetzte.

Schwarzklaue ließ sie liegen und ging zurück zur Lichtung. Er wartete auf das Gefühl des Sieges, den Rausch des Blutes, aber da waren nur Müdigkeit und ein merkwürdig unangenehmer Geschmack, so als habe er in einen faulen Apfel gebissen.

Auf der Lichtung legte er die Leiche des toten Nachtschattens über seine Schultern und sah auf den Großen Fluss hinaus. Endlos breitete sich das Wasser vor ihm aus.

»Westfall«, flüsterte er. »Westfall.«

# Kapitel 22

*Die Reise auf dem großen Fluss birgt viele Gefahren: Piraten, Untiefen, Stürme und Stromschnellen. Die häufigste ist jedoch die Langeweile, hervorgerufen durch die Untätigkeit und die endlose blaue Fläche des Wassers. Nicht selten schlägt sie in eine Leidenschaft um, von der man sich, steht man mit beiden Füßen wieder auf festem Boden, kopfschüttelnd abwendet.*

*Jonaddyn Flerr, Die Fürstentümer und Provinzen der vier Königreiche, Band 1*

Reib deine Stirn mit Algen ein, bevor du dich schlafen legst. Das hilft gegen die Träume«, sagte Nungo'was.

Sie zog einen Eimer mit Wasser an Deck und wusch sich Gesicht und Hände. Es war ihr dritter Morgen auf dem Fluss und der dritte, an dem sie aus Alpträumen hochgeschreckt war.

Nungo'was blieb neben ihr stehen.

»Möchtest du etwas essen?«, fragte er, als Ana sich das Gesicht mit dem Hemdsärmel abtrocknete. »Ich könnte dir ein paar Algen machen.«

Auf dem Schiff schienen Algen eine Art Maka zu sein, eine Pflanze, die zu allem gut war. Die Matrosen frittierten sie, aßen sie als Salat, kühlten Wunden damit, tranken sie als Schnaps und knüpften Schlafmatten aus den getrockneten Stängeln.

»Danke, ich bin nicht hungrig«, sagte Ana.

Nungo'was zog seine Hose hoch. Er hatte sie mit einem Strick zusammengebunden, und sein behaarter Bauch hing darüber wie ein prall gefüllter Wassersack. »Vielleicht später?«

»Ja, vielleicht.« Ana wandte sich ab und ging zum Bug, wo sie unter einem der Rettungsboote ihr Lager aufgeschlagen hatte. Erys lehnte an der Reling und sah ihr entgegen, der Ewige Gardist stand neben ihr. Wie die anderen Frauen auch trug sie das Gesichtstuch nicht mehr, das in Srzanizar das Erkennungszeichen der Todesmasken gewesen war. Die Stadt existierte nicht mehr. Alle Geheimnisse, die es dort einmal gegeben hatten, waren auf dem Schiff ohne Bedeutung.

»Der Junge ist sehr freundlich«, sagte sie zu Ana. Der Wind spielte mit ihrem Haar, wirbelte es über ihr Gesicht. Sie zog einen Stoffstreifen aus der Tasche und band es zusammen.

Ana stützte die Ellenbogen auf die Reling. »Im Moment sind alle freundlich. Sie wissen, dass sie nur euretwegen am Leben sind.«

»Unsertwegen«, korrigierte Erys. »Aber er ist freundlicher zu dir als zu allen anderen. Sei vorsichtig. Ein fürstlicher Bastard käme uns sehr ungelegen.«

Ana drehte den Kopf, damit Erys nicht sah, wie sie errötete. »So freundlich ist er auch wieder nicht, und ich bin nicht so dumm.«

Eine Weile herrschte Stille neben ihr, dann sagte Erys: »Du hast recht. Es tut mir leid. Du bist die Fürstin. Ich sollte dein Urteilsvermögen nicht anzweifeln.«

Sie machte eine Pause, dann spürte Ana ihre Hand auf ihrem Arm. »Aber vielleicht kannst mir eine Sorge nehmen, Fürstin, indem du nicht mehr so oft mit dem Jungen redest.«

Es war keine unverschämte Bitte, entschied Ana, und sie nickte. »Ich werde darüber nachdenken.«

Die Frauen hatten den Bug des Fährschiffs zu ihrem Gebiet erklärt. Dort standen die drei vergitterten Ochsenkarren mit den Gefangenen, der eine mit Gittern aus Bambus, die beiden anderen, in denen die Stadtsoldaten hockten, mit Eisenstäben. Die Ochsen und Pferde waren daneben festgebunden. Die anderen Flüchtlinge hielten Abstand zu ihnen und drängten sich im Heck und unter Deck zusammen.

Ana schätzte, dass weit über hundert Menschen an Bord waren. Die meisten am Deck starrten vor sich hin und schienen noch nicht so ganz begriffen zu haben, was geschehen war. Andere standen an der Reling und versuchten mit kleinen Netzen und Angelschnüren Nahrung an Bord zu ziehen. Es gab nur zwei Feuerstellen, die Tag und Nacht von Matrosen bewacht wurden. Wer etwas gekocht haben wollte, musste dafür bezahlen. Nur Erys und ihre Banditinnen bekamen alles umsonst.

Es war ihr unangenehm, dass die Menschen, mit denen sie sich eine Zelle geteilt hatte, in Käfigen sitzen mussten. Nur Nungo'was hatte Erys herausgelassen. Er war Matrose und wurde an Bord gebraucht. Doch am Ende der Reise erwartete auch ihn die Sklaverei, ebenso wie die anderen und die gefangenen Soldaten der Stadtwache.

Ana wollte nicht daran denken. Merie sah sie noch nicht einmal an.

Sie war müde. Die Träume lagen wie ein Schatten über ihrem Geist. Sie wünschte, sich an sie zu erinnern, aber wenn sie morgens erwachte, war da nur eine verwehende Panik und ein dumpfer Druck.

Sie schloss die Augen und dachte an den brennenden Pfeil am Nachthimmel. Der Gedanke nahm den Druck von ihr. Sie sah in den Himmel hinauf. Er war wolkenlos. Die Sonne hing über dem Wasser. Das Fährschiff fuhr nach Südosten, schätzte sie, aber lag Westfall nicht nördlich von Srzanizar?

Sie zögerte. Es kam ihr wie ein Vertrauensbruch vor, Erys danach zu fragen, aber sie wusste, dass der Gedanke sie nicht loslassen würde, bevor sie ihn ausgesprochen hatte.

»Wohin fahren wir?«

Der Moment der Stille war Antwort genug. Trotzdem fuhr Ana fort. »Wir fahren nach Charbont, richtig?«

»Ja.«

»Warum?«

»Weil es besser so ist.« Erys ergriff Anas Hand.

Ana zog sie zurück. »Wer sagt das?«

»Ich.« Erys seufzte. »Es tut mir leid, ich hätte es mit dir besprechen sollen, aber es ist so viel passiert, ich war mit meinen Gedanken woanders.«

Ihr Blick glitt über Anas Gesicht, und sie wirkte nervös. »Es geht um die Sklaven. Sie sind unser Kapital. Aber der einzige Händler, den ich kenne und der eine so große Lieferung abnehmen würde, lebt in Charbont. Deshalb fahren wir dorthin. Es ist wirklich kein großer Umweg.«

»Nein, das ist es nicht«, sagte Ana. Mühsam verdrängte sie das Misstrauen aus ihrer Stimme. »Wie heißt dieser Sklavenhändler?«

»Slergg Ogivers«, antwortete Erys, ohne zu zögern. »Kennst du ihn?«

Ana nickte. Sie kannte ihn tatsächlich. Ihr Vater hatte oft von ihm gesprochen. Der Name war so ungewöhnlich, dass sie sich ihn gemerkt hatte.

Erys streckte erneut die Hand aus. Dieses Mal ließ Ana die Berührung zu. »Ana, ich wollte dich nicht belügen, es war wirklich ein Versehen. Glaubst du mir das?«

»Ja«, sagte Ana. *Nein*, dachte sie.

»Gut. Dann hoffe ich, dass du mir verzeihen kannst.« Erys lächelte, aber als Ana nicht antwortete, drehte sie sich um und ging. Der Gardist blieb einen Moment stehen, dann folgte er ihr. Obwohl er seit mehreren Tagen in der Sonne stand, war seine Haut noch nicht einmal gerötet.

Ana sah Erys nach und fragte sich, was sie vor ihr verbarg.

Den ganzen restlichen Tag über hielt Ana sich von Erys fern. Schließlich, als die Sonne über dem Fluss untergegangen war und der Nachthimmel alle Gesichter in graue Schemen verwandelte, kehrte sie zum Lager der Todesmasken zurück.

»Ich hab Algen und Fisch für dich aufgehoben«, sagte Nungo'was, als sie an einer der Feuerstellen vorbeiging.

Ana hatte vergessen, dass sie seit dem letzten Abend nichts mehr gegessen hatte. Ihr Magen knurrte.

»Danke«, sagte sie und nahm ihm den Holznapf aus der Hand.

»Du kannst hier bei mir essen.« Nungo'was rückte zur Seite und gab ein Stück seiner Schlafmatte frei. »Ist schön weich.«

Sie schüttelte den Kopf und wollte weitergehen, aber er hielt sie auf.

»Kannst du etwas für uns tun?«, fragte er leise.

»Was meinst du?« Es war eine feige Antwort, denn Ana wusste genau, wovon er sprach.

Nungo'was nickte in Richtung der Käfige. »Wir sollen in den Süden, dabei haben wir niemandem etwas getan. Nicht so wie die Soldaten. Wir sind nur einfache Leute. Kannst du uns nicht helfen?«

Ana hatte gewusst, dass jemand diese Frage stellen würde,

nur vorbereitet hatte sie sich nicht darauf. »Ich weiß nicht«, sagte sie. »Wir brauchen das Geld aus euren Verkäufen.« Der Satz raubte ihr den Appetit. Sie stellte den Napf zurück.

»Aber es geht doch nur um zwei alte Leute, ein Kind und ...« Er hob beinahe entschuldigend die Schultern. „... einen Matrosen, den keiner haben will. Reichen euch die Soldaten nicht?«

Ana zögerte. Nungo'was schien zu spüren, dass er etwas in ihr berührte. »Warum redest du nicht mit Erys darüber? Sie wird auf dich hören. Du bist schließlich ihre Herrin.«

*Bin ich das?*, fragte sich Ana. Doch dann nickte sie. »Ich rede mit ihr.«

Sie spürte Nungo'was' Blicke in ihrem Rücken, als sie an den Frauen vorbei zu Erys ging, die etwas abseits auf einer Matte saß. Seit sie Purro und die anderen zurückgelassen hatte, war sie oft allein.

»Ich muss mit dir sprechen«, sagte Ana und setzte sich neben sie.

»Worüber?« Die Frage klang weder neugierig noch unfreundlich.

»Die Sklaven. Ogivers wird nichts mit ihnen anfangen können. Ich möchte, dass sie freigelassen werden.«

»Aha.« Erys drehte ein Stück frittierte Algen zwischen ihren Fingern. »Und dann?«

Ana wusste nicht, was sie darauf sagen sollte. Sie hob die Schultern. »Sie kehren nach Hause zurück und leben ihr Leben?«

Auf dem Oberdeck begann jemand, auf einer Flöte zu spielen. Erys legte die Algen zurück und leckte sich die Finger sauber. »Sie wissen, wer du bist. Wenn sie nach Hause zurückkehren, kommen sie vielleicht auf die Idee, ihr Wissen zu verkaufen. Du bist mehr wert, als sie in einem Leben verdienen könnten. Ogivers wird sie in den Süden verkaufen, und kein Sklave kehrt aus dem Süden zurück, das weißt du so gut wie ich.«

Ana presste die Lippen zusammen und schwieg. Es machte sie wütend, dass Erys recht hatte.

»Weißt du noch«, fuhr Erys fort, »als ich sagte, es müssten viele sterben, bevor du und ich bekommen, was wir wollen?« Ihre Stimme wurde sanft. »Jetzt kennst du ihre Gesichter.«

Ana zog die Knie an und legte das Kinn darauf. »Sie haben mir nichts getan.«

»Aber das werden sie, wenn du sie gehen lässt. Willst du sterben, damit sie leben können?« Es gab nur eine Antwort darauf, aber Erys zwang sie nicht, sie auszusprechen. »Es gibt ein Sprichwort: Ein hoher Baum wirft einen großen Schatten.«

»Ich kenne es«, sagte Ana. Sie sah Erys nicht an.

»Dann weißt du auch, dass in seinem Schatten viele kleine Pflanzen eingehen. Das ist ihr Schicksal.« Erys stand auf. »Ein großer Mann hat das mal zu mir gesagt.« Sie nahm den halb vollen Napf und kippte ihn über der Reling aus.

Ana hob den Kopf. »Ich will eine Dienerin«, sagte sie. Trotz sprach aus ihren Worten. »Eine Fürstin braucht eine Dienerin.«

Erys drehte sich um. Der Themawechsel schien sie zu irritieren. »Natürlich. Du wirst eine bekommen.«

»Ich will Merie. Sie wird die ganze Zeit bei mir sein und niemandem etwas verraten können. Sie muss nicht in den Süden.«

Trotz der Dunkelheit glaubte sie Erys' Ärger zu sehen. Er tat ihr gut.

»Bist du bereit, dein und mein Leben darauf zu verwetten?«

»Ja«, sagte Ana, bevor sie darüber nachdenken konnte. Auf dem Oberdeck beendete der Flötenspieler seine Melodie. Es wurde ruhig auf dem Schiff.

Erys wandte sich ab. »Dann wirst du sie bekommen, Fürstin.«

»Gut.« Ana stand auf. »Veranlasse, dass man sie aus dem Käfig holt.«

Ohne ein weiteres Wort verließ sie das Lager. Erst als sie Nungo'was' fragenden Blick sah, verging ihre Freude über den Sieg. Langsam schüttelte sie den Kopf, Nungo'was neigte seinen und schwieg.

# Kapitel 23

*Warum, so fragen oft die, denen der Weg vom heimischen Hof ins nächste Dorf weit erscheint, soll man die Gefahren und Beschwerden einer Reise auf sich nehmen? Am besten antwortet man darauf mit den Worten des großen Philosophen Mordanus: Um vom Vertrauten zum Fremden zu kommen, vom anderen zu sich.*

*Jonaddyn Flerr, Die Fürstentümer und Provinzen der vier Königreiche, Band 1*

Es war, als würde er rückwärtsgehen. Jeder Ort, an dem er rastete, jedes Dorf, an dem er vorbeikam, brachte Erinnerungen, die bis in seine Träume nachwehten. Gerit entsann sich Kleinigkeiten, einzelner Momente, eines Rehs, das er mit Korvellan eines Morgens geschossen hatte, der Abende am Lagerfeuer, der Karten, auf denen Korvellan mit dem Finger ihren Weg vorgezeichnet hatte. Manche Erinnerungen erschienen ihm wie die eines Fremden.

*Ich war glücklich*, dachte er eines Abends, kurz vor dem Pass, der ihn von Braekor nach Somerstorm bringen würde. *Ich bin mit dem Feind durch das Land gezogen, aber ich war glücklich.*

Er zog die Decke über sein Kinn und schmiegte sich in die kleine Senke zwischen zwei Felsen, die er sich für die Nacht ausgesucht hatte. Der Wind, der von den Bergen herabwehte, war kalt. Es war der Wind, der im Herbst den

Schnee und im Frühjahr den Regen brachte. In Somerstorm hatte er ihn gehasst, doch nun genoss er seine Vertrautheit, den Geruch nach Schnee und die Kälte.

Er dachte an Zrenje, die Zofe. Sie hatte ihn ein Kind des Nordens genannt und seine Schwester eins des Südens. Vielleicht hatte er sich deshalb so fremd gefühlt, als die Armee der Nachtschatten weiter nach Süden vorgestoßen war. Vielleicht hatte es nicht an Korvellan, Schwarzklaue und den anderen gelegen, sondern an ihm.

*Ich gehöre nicht den Menschen oder den Nachtschatten*, dachte er, als er die Augen schloss. *Ich gehöre dem Norden.*

Ihm gefiel der Gedanke. Der Norden war ewig. Er würde immer dort sein, egal, wie weit er sich von ihm entfernte, egal, was er tat. Um ihn zu finden, musste er sich nur von der Sonne abwenden und gehen, immer weitergehen, bis sich Dunkelheit und Licht …

Ein Tritt weckte ihn.

Gerit fuhr hoch, blinzelte in die Morgensonne. Ein Gesicht war über ihm, bärtig und hässlich. Das einzelne braune Auge darin starrte ihn an.

»Bist du Mensch oder Tier, Junge?«, fragte der Einäugige. Er stank aus dem Mund.

»Ich bin der Norden«, sagte Gerit, ohne nachzudenken.

Der Einäugige drehte den Kopf. »Habt ihr das gehört?«

Einer der beiden Männer, die hinter ihm standen, nickte. Er war jünger als der Einäugige, kaum älter als Gerit. Der Bart, den er trug, war nur roter Flaum. Seine Haare waren lang und dreckig.

Der andere Mann kicherte. Eine Narbe spaltete sein Gesicht von der Schläfe bis zum Kinn. Die Uniformjacke, die er trug, war verblichen, aber Gerit erkannte die Farben Westfalls.

»Dem ist wohl was auf den Kopf gefallen«, sagte der Vernarbte. Er kicherte erneut und stieß den Rothaarigen an. »Auf den Kopf gefallen, verstehst du? Deshalb ist er blöd, so wie du, Borrys.«

Borrys antwortete nicht.

Der Einäugige stand auf und richtete ein schartiges Schwert gegen Gerit. »Hat Potje recht? Bist du blöd?«

Gerit hob die Schultern. Sein Herz hämmerte, aber er gab sich ruhig. »Kann schon sein.«

»Hab ich doch gesagt.« Der Vernarbte schlug sich auf den Oberschenkel, als hätte er einen Witz gehört. Borrys grinste. Er hatte große gelbe Zähne wie ein Pferd.

»Seid ihr Soldaten?«, fragte Gerit, bevor der Einäugige ihm weitere Fragen stellen konnte.

»Kommt drauf an, wen man fragt«, antwortete Potje.

Der Einäugige kratzte sich in seiner leeren Augenhöhle. »Fürst Balderick denkt, dass wir Soldaten sind. Wir sind anderer Meinung.«

Gerit setzte sich auf. Das Schwert des Einäugigen war weiterhin auf ihn gerichtet, aber er tat so, als bemerke er es nicht. »Dann wart ihr nicht bei der Schlacht von Zvaran dabei?«

»Was für eine Schlacht?«, fragte Potje. Borrys zuckte mit den Schultern.

»Zvaran. Die Schlacht, bei der …« Gerit brach ab. »Ihr wisst wirklich nichts davon?«

»Von was?« Der Einäugige wurde ungeduldig. »Wovon redest du?«

»Von Baldericks Sieg.« Die Lüge kam ihm glatt über die Lippen. »Er hat die Nachtschatten bis an den Pass gejagt. Ihr Angriff ist gescheitert, ihre Anführer sind tot. Sie leben nur noch hier oben im Norden. Ganz Westfall feiert. Balderick ist so dankbar, dass er den Soldaten Land und Vieh schenkt.«

»Scheiße!« Potje spuckte aus. »Warum sind wir nicht in der verdammten Armee geblieben, Jagar?«

Der Einäugige schüttelte den Kopf. Die Schwertspitze wies nun zu Boden. »Konnte ja keiner ahnen, dass der fette Sack siegt. Scheiße.«

Gerit warf einen Blick zur Seite. Sein Pferd hatte er am Abend nur ein paar Speerlängen entfernt an einen Baum gebunden. Es graste dort immer noch.

Die Männer schwiegen. Sie schienen sich nicht mehr für Gerit zu interessieren. Er stand langsam auf.

Jagars Auge zuckte bei seiner ersten Bewegung hoch. »Wo willst du hin?«

»Nach Hause.« Gerit kratzte sich. »Vielleicht«, sagte er, als wäre ihm die Idee erst in diesem Moment gekommen, »könnt ihr ja auch nach Hause. Ihr habt doch Uniformen, also seid ihr Soldaten.«

»Er hat recht«, meinte Potje. »Wir haben die Unformen, und tätowiert sind wir auch.« Er zog den Hemdsärmel hoch und zeigte das Kreuz auf seinem Oberarm. »Wir sagen einfach, wir wären von der Truppe getrennt worden. Kann uns doch keiner beweisen, dass es anders war. Die Wache ist tot, die kann uns nicht mehr verpfeifen.«

Borrys nickte. Gerit fragte sich, ob er nicht sprechen konnte oder nichts zu sagen hatte.

Er sah, dass Jagar zögerte. *Komm schon,* dachte er. *Land und Vieh ist doch besser als ein paar Bauern auszuplündern und sich im Wald zu verstecken.* Bei den Nachtschatten hatte er von Männern wie diesen gehört. Es waren Deserteure, die zu Räubern geworden waren. Sie zogen in Banden durchs Land, doch diese drei schienen keine gefunden zu haben, der sie sich anschließen konnten.

»Stimmt«, sagte Jagar. »Die kann uns nicht mehr verpfeifen.« Er hob das Schwert. »Der hier schon.«

Gerit warf ihm die Decke entgegen und schnellte hoch. Potje und Jagar schrien überrascht auf. Die Decke verfing sich in der Schwertspitze. Jagar fluchte und trat nach Gerit, doch der sprang über sein Bein und auf den Rücken des Pferdes.

Der Hengst wieherte erschrocken. Gerit zog ihm das Zaumzeug vom Kopf, mit dem es festgebunden war; ihm blieb nicht genug Zeit, den Knoten zu lösen. Mit den Fersen schlug er dem Pferd in die Flanken. Es stieg auf. Äste und Blätter streiften Gerit. Er glaubte zu rutschen und krallte seine Hände in die Mähne.

Das Pferd galoppierte hinein in den Wald. Gerit hörte die Männer fluchen. Ein Stein flog weit links an ihm vorbei und prallte von einem Baumstamm ab. Er duckte sich unter Ästen hinweg und brachte den Hengst erst zum Stehen, als er nichts mehr hörte außer dem Donnern der Hufe und dem Pfeifen des Windes.

Schwer atmend sah er sich um. Bäume, Sträucher, hier und dort ein umgefallener Stamm oder abgerissene Äste. Vögel sangen in den Wipfeln. Die Männer waren verschwunden.

Gerit strich sich die Haare aus der Stirn. *Wir werden uns noch einmal sehen,* dachte er. Dann sah er in den Himmel hinauf, drehte sich, bis sein Schatten über den Hals des Pferdes fiel, und ritt weiter.

Es war bereits Nachmittag, als er den Pass erreichte. Er hatte Hunger, aber die Satteltaschen mit seinen Vorräten hatte er ebenso zurücklassen müssen wie die Decke und den Umhang. Die Wärme des Hengstes schützte ihn ein wenig vor der Kälte, aber jeder Windstoß stach in sein Gesicht.

Er wusste, dass es gefährlich war, so spät am Tag mit dem Aufstieg zu beginnen, aber er wagte es nicht, am Fuß des

Passes zu lagern. Vor dem Überfall der Nachtschatten war die Gegend berüchtigt gewesen wegen der Banditen, die Händlern aufgelauert hatten. Seit den Nachtschatten waren es Deserteure wie die drei, die ihm am Morgen begegnet waren, die das Land gefährlich machten.

Mit den Fersen lenkte er das Pferd den Pass hinauf. Wann immer er konnte, zog er die Beine an und wärmte seine Füße auf dem Pferderücken. Zum ersten Mal seit Beginn seiner Reise – wie lang war das her, zwei Blindnächte oder schon drei? – hoffte er darauf, einem anderen Reisenden zu begegnen. Die restlichen Tage hatte er darauf geachtet, möglichst unentdeckt zu bleiben und keine Spuren zu hinterlassen. Doch als er den Berg vor sich sah, wünschte er sich zum ersten Mal, nicht mehr allein zu sein.

Bis zur Abenddämmerung brachte er den Aufstieg hinter sich. Er ritt über den kleinen, steilen Pass, nicht den großen, den die Händler mit ihrem Vieh und ihren Karren benutzten. Auf ihm gab es keine Herbergen, aber dafür war er so kurz, dass man ihn an einem Tag oder in einer Nacht hinter sich bringen konnte.

Am höchsten Punkt hielt Gerit an. Somerstorm breitete sich vor ihm aus, eine gewaltige, nicht enden wollende Ebene aus struppigem gelbem Gras und braunem Moos. Ein grauer Himmel hing darüber, den selbst die untergehende Sonne nicht durchdringen konnte.

Der Pass schlängelte sich steil am Berg entlang. Gerit sah die Überreste von Feuern und einige auf Ästen aufgespießte Ziegenschädel am Wegesrand. Reisende hatten die Tiere geopfert, um die Götter gnädig zu stimmen.

*Wie dumm*, dachte Gerit. In Somerstorm wusste man, dass die Götter keine Gnade kannten. Man hielt sich von ihnen fern, so gut es ging, und hoffte, dass sie einen nicht bemerkten.

Seine Zähne schlugen aufeinander, der Wind fuhr durch sein Hemd und die dünne Hose. Bei jedem Atemzug bildete sich eine Wolke vor seinem Gesicht, grau wie der Himmel. Der Schweiß des Pferdes dampfte. Eis knirschte unter seinen Hufen. Der Geruch nach Schnee hing über dem Berg wie eine Drohung.

»Ich bin der Norden«, flüsterte Gerit. »Er wird mir nichts tun.«

Er drückte dem Hengst die Fersen in die Flanke, aber lenkte ihn nicht, überließ es ihm, den Weg nach unten zu finden. Das Pferd tastete sich mit gesenktem Kopf vor. Gerit spürte seine Angst.

Als die Monde aufgingen, kam die Kälte. Sie brannte auf Gerits Haut und riss seine Lippen auf. Er setzte sich auf seine Hände, um sie zu wärmen, doch nach einer Weile konnte er sie kaum noch bewegen. Seine Muskeln verkrampften sich und zitterten so stark, dass sie schmerzten. Jeder Windstoß trieb ihm Tränen in die Augen, ließ ihn schluchzen. Er schämte sich dafür, aber er konnte nicht aufhören.

Beinahe hätte er das Grab nicht bemerkt. Es lag an einer geschützten Stelle unter einem Felsvorsprung, ein Steinhaufen mit einem Ast, von dem ein Stück Stoff im Wind wehte. Gerit sah die Bewegung aus den Augenwinkeln und hielt an. Es war ein frisches Grab. Noch hatte sich kein Moos auf den Steinen gebildet, kein Gras wuchs zwischen ihnen hervor.

Gerit sprang vom Pferd. Eine dünne Eisschicht bedeckte den Weg. Er rutschte darauf aus, fing sich und kniete neben dem Grab nieder. Mit zitternden roten Händen begann er die Steine abzutragen. Jede Bewegung schmerzte. Die Kanten der Steine erschienen ihm scharf wie Klingen.

Verwesungsgestank schlug ihm entgegen, dann legte er

das Gesicht des Toten frei. Es war ein alter Mann, bärtig und mit eingefallenen Wangen. Im Mondlicht wirkte sein Gesicht beinahe schwarz. Er war erfroren, die Haut vom Eis verbrannt.

Gerit warf die Steine beiseite. Der Tote trug Kleidung. Er legte den Oberkörper frei, dann die Beine. Die Hose war nicht besser als seine eigene, aber er zog sie ihm trotzdem aus, schüttelte Maden und Würmer heraus und schlüpfte hinein. Sie war viel zu groß. Er riss Stoff heraus und wickelte sich ihn wie Bandagen um Hände und Füße. Dann drehte er den Toten auf die Seite. Der Wollumhang, den er trug, wirkte schwer und trocken. Gerit zog ihn aus dem Grab, wickelte sich hinein und setzte die Kapuze auf. Der Gestank ließ ihn würgen. Er spuckte Galle, dann schwang er sich zurück auf das Pferd.

Während sich der Hengst vorwärtstastete, drehte sich Gerit noch einmal um. Der nackte Tote lag auf der Seite, einen Arm unter dem Kopf, so als würde er ihn betrachten. Die Augen waren geschlossen, das Gesicht entspannt und friedlich. Gerit bedankte sich nicht bei ihm, noch nicht einmal in Gedanken. Er hatte sich genommen, was er brauchte, so wie die Kälte sich von dem alten Mann genommen hatte, was sie brauchte.

»Ich bin der Norden«, sagte er, und zum ersten Mal klangen die Worte nicht verzweifelt, sondern wahr.

»Hallo?« Gerit zog sich die Kapuze vom Kopf und blickte zu den Wehrtürmen der Festung empor. Es regnete. Wasser lief von den Steinen und sammelte sich in Pfützen vor dem geschlossenen Tor. Die Fahnenmasten auf den Türmen waren leer, so wie Korvellan befohlen hatte.

»Hallo?«, rief Gerit erneut. Er hörte das Gackern von Hühnern hinter dem Tor, dann wurden die Riegel zurückgeschoben. Ein Nachtschatten hinkte ihm entgegen. Es war Nebelläufer, der Krieger, dem Schwarzklaue das Kommando über die Festung gegeben hatte. Perres, der Koch, der zu viel redete, hatte Gerit erzählt, dass Nebelläufer bis zu einem Sturz im Eis der schnellste Jäger in Schwarzklaues Stamm gewesen war. Nun wirkte sein Name wie Ironie.

»Was willst du hier?«, fragte Nebelläufer. Sein Blick war stechend.

Gerit sprang von seinem Pferd. »Korvellan schickt mich. Ich soll mich um die Verwaltung kümmern.«

Nebelläufer musste zurückweichen, sonst wäre der Hengst gegen ihn geprallt. Gerit nutzte die Lücke und ging durch das Tor in den Innenhof. Überrascht bemerkte er, dass er größer als Nebelläufer war. Als sie sich das letzte Mal gesehen hatten, war das noch nicht so gewesen.

»Korvellan sagt das?« Nebelläufer winkte einen anderen Nachtschatten heran, der das Tor hinter ihm schloss.

»So ist es.«

»Warum?«

»Er denkt, dass ich hier von größerem Nutzen bin als im Süden.« Gerit sah Nebelläufer nicht an, sondern ging auf die breite Haupttreppe zu. Sein Herz schlug schnell, sein Mund war trocken. Nachtschatten hoben den Kopf, als sie ihn bemerkten. Einige nickten ihm zu, andere zogen mürrisch die Augenbrauen zusammen.

Er hörte Nebelläufers unregelmäßige Schritte hinter sich. »Sobald ich ein Bad genommen habe«, sagte Gerit, ohne sich umzudrehen, »möchte ich die Warenaufstellungen seit meiner Abreise sehen und die Aufzeichnungen über die Erträge der Mine. Du hast doch Buch darüber geführt, oder?«

Da erst drehte er sich um. Er wusste, dass Nebelläufer wie

fast alle Krieger des Nordens nicht lesen konnte. Der Nachtschatten schwieg und kaute auf seiner Lippe. Gerit glaubte ein Knurren tief in seiner Brust zu hören. Er lächelte. »Und genau deshalb hat Korvellan mich geschickt.«

Schneller, als Nebelläufer ihm folgen konnte, lief er die Treppe hoch und ins Innere des Haupthauses. Sein Herzschlag wurde langsamer. Er wischte sich den Schweiß aus dem Gesicht und lehnte sich mit dem Rücken gegen eine Säule.

*Er glaubt mir*, dachte Gerit. Er wollte die Faust in die Höhe strecken, auf- und abspringen, lachen und johlen, doch er blieb nur ruhig stehen, den kalten Marmor der Säule im Rücken. Triumph passte nicht zu der Rolle, für die er sich entschieden hatte.

»Gerit?«

Er drehte den Kopf. Mamee stand an der Treppe, die in die oberen Stockwerke führte. Sie hielt einen Korb mit Maka-Wurzeln in den Armen. Er sah Überraschung, dann Freude auf ihrem Gesicht. Sie stellte den Korb ab.

»Gerit.« Sie schien ihn umarmen zu wollen, wich jedoch plötzlich zurück. »Du riechst nach Tod.«

»Nicht ich, nur meine Kleidung.« Er winkte ab, mit einer Geste, die ihm zu einem weit gereisten Mann zu passen schien. »Ist eine lange Geschichte.«

»Dann erzähl sie mir, wenn du dich ausgeruht hast. Brauchst du frische Kleidung?«

»Nein, ich habe genug davon in meinem Zimmer.« Er sah, dass sie ihren Ekel mit einem Lächeln zu überspielen versuchte. »Ich werde erst mal baden und mich dann meinen Aufgaben widmen. Korvellan möchte, dass ich mich um die Verwaltung Somerstorms kümmere.«

»Dann bleibst du?« Ihr Tonfall wärmte ihn.

Er nickte. »Für eine Weile.«

Sie lächelte, schien nicht zu wissen, was sie darauf sagen sollte, neigte dann den Kopf und nahm ihren Korb wieder auf. »Bis später.«

»Bis später.« Gerit sah ihr nach, bis sie durch die Tür verschwunden war.

Es gab keine Diener mehr in der Festung, und da Gerit nicht wusste, welche Aufgaben die Nachtschatten übernommen hatten, machte er selbst Wasser heiß und schüttete es in die Wanne. Die Kleidung verbrannte er im Kamin.

Nur in ein Handtuch gehüllt lief er nach dem Bad in den Trakt, in dem sein Zimmer lag. Die Tür quietschte, als er sie öffnete. Es war still in seinem Zimmer. Staub lag in einer dünnen Schicht auf dem Holztisch und den Soldatenfiguren auf dem Spielbrett unter dem Fenster. Es roch muffig, so als habe seit langer Zeit niemand mehr den Raum betreten.

Gerit zog die Tür hinter sich zu. Wasser tropfte aus seinen Haaren auf den Boden. Er kannte alles in diesem Raum, das Bett, den Schrank, das Regal mit den Karten, die General Norhan ihm geschenkt hatte. Langsam trat er ans Fenster. Er erinnerte sich an den letzten Zug, den er auf dem Spielfeld gemacht hatte, an das Ziel, das er damit verfolgt hatte, und an Norhans Blick, als er es ebenfalls bemerkte. Nur dass Gerit nun wusste, dass Norhan ihn hatte gewinnen lassen. Er streckte die Hand nach den Figuren aus, zog sie dann jedoch wieder zurück. Es waren nicht mehr seine Figuren. Er war ein Fremder in diesem Zimmer.

Gerit drehte sich um, ging zum Schrank und öffnete dessen Tür. Rasch nahm er ein wenig Kleidung heraus, dann schloss er die Tür und verließ das Zimmer. Es fühlte sich wie eine Flucht an.

Im Gang zog er sich an. Die Hose war zu kurz, ebenso die Jacke und die Ärmel seines Hemds. Es störte ihn nicht.

Mit jedem Schritt, den er sich von dem Zimmer entfernte, fühlte er sich besser. Er lief die Treppe nach unten, bog um eine Ecke – und prallte zurück.

Nebelläufer stand vor ihm. Seine kalten grauen Augen musterten ihn. Er zog die Lefzen hoch und zeigte lange Reißzähne.

Gerit sah sich um. Niemand außer ihnen stand in dem Gang. Draußen, unter den Fenstern, wurde Holz gespalten. Er hörte die Axtschläge. Sie schienen aus weiter Ferne zu kommen.

»Was willst du?«, fragte er. Seine Stimme klang heiser.

»Das hier jedenfalls nicht.« Nebelläufer machte eine Geste, die die gesamte Festung einzuschließen schien. »Darum habe ich nie gebeten. Ich bin Jäger, nichts weiter.« Er schlug gegen seinen vernarbten Oberschenkel. »Auch mit dem Bein bin ich Jäger. Niemand muss mir einen Gefallen tun, verstanden?«

»Ja«, sagte Gerit, obwohl er sich nicht sicher war, ob er es wirklich verstand.

»Schwarzklaue war feige. Er hätte mir sagen sollen, dass ich zu langsam für den Feldzug bin, anstatt mir diesen Haufen Steine zuzuschieben. Du kannst ihn haben, mir ist er egal. Du hättest ihn von Anfang an bekommen sollen.«

Nebelläufer wandte sich ab, dann aber drehte er sich noch einmal um. Seine Klaue zeigte auf Gerits Brust. »Nur eines: Gib mir nie einen Befehl. Mich interessiert nicht, was Korvellan dir aufgetragen hat, ich will meine Ruhe und den Respekt der Krieger.«

»Korvellan würde dir beides nie nehmen«, sagte Gerit. »Und ich auch nicht.«

Nebelläufer sah ihn einen Moment lang an, als sei er sich nicht sicher, ob er den Satz ernst nehmen sollte, dann nickte er, drehte sich erneut um und hinkte den Gang entlang zur Treppe.

Gerit atmete tief durch.

Den Rest des Tages verbrachte er mit einer Besichtigung der Festung und der Bestandsaufnahme der Vorräte. Nebelläufer hatte nicht gelogen, die Festung hatte ihn wirklich nicht interessiert. Es gab kaum Dung und Brennholz für den Winter, die Vorratskeller waren halb leer. Gerit war froh, dass es so war. Nebelläufers Versagen stärkte seine Lüge.

Er aß mit einigen Kriegern draußen am Feuer, dann zog er sich in das Haupthaus zurück. Es war fast leer. Von den rund hundert Nachtschatten, die in der Festung geblieben waren, schliefen nur wenige im Haupthaus. Die meisten zogen die alten Sklavenunterkünfte oder die Stallungen vor.

Gerit blieb vor seiner Zimmertür stehen. Ohne nachzudenken war er die Treppen hinaufgegangen, doch als seine Hand auf dem Riegel lag, zögerte er.

*Es ist nur ein Zimmer,* dachte er. *Ein weiches Bett und ein Kamin. Alles, von dem du seit Wochen geträumt hast.*

Doch seine Hand rührte sich nicht. Die Tür blieb geschlossen.

Nach einer Weile wandte er sich ab und ging die Treppen wieder nach unter. Vor dem Haupthaus bog er nach links ab. Es hatte angefangen zu schneien. Der Wind wirbelte kleine Flocken durch den Innenhof.

Gerit zog die Küchentür auf. Die Nachtschatten, die in Decken eingerollt auf dem Boden lagen, hoben die Köpfe. Er sah Mamee zwischen den Gesichtern.

»Kann ich hier schlafen?«, fragte er.

Mamee nickte als Einzige. Die anderen machten ihm nur wortlos Platz. Seidenfell warf ihm eine Decke zu. Gerit breitete sie auf dem Boden aus und rollte sich hinein. Die Steine waren hart, aber die Glut hatte sie angewärmt. Er wusste, dass er nicht frieren würde.

Gerit sah auf, als es neben ihm raschelte. Mamee breitete ihre Decke neben der seinen aus und legte sich hin, rutschte so nahe an ihn heran, dass sie ihn hätte berühren können. Sie wirkte ernst. Gerit spürte die Wärme ihres Körpers auf seinem Gesicht.

Er schloss die Augen.

*Ich bin der Norden*, dachte er.

# Kapitel 24

*Von allen Getränken, die von den Völkern der vier Königreiche erdacht wurden, ist der Algenschnaps das unangenehmste. Sein Geschmack bleibt länger auf der Zunge, als sein Rausch dauert, und wenn man am Morgen erwacht, glaubt man, Algen schnürten Kopf, Kehle und Magen ein.*

*Jonaddyn Flerr, Die Fürstentümer und Provinzen der vier Königreiche, Band 2*

Möchtet Ihr noch etwas Tee?«

»Möchtet Ihr noch etwas Tee, *Herrin*«, korrigierte Ana. »Und die Antwort ist: Nein, danke, ich habe genug.«

Merie neigte den Kopf. »Verzeiht, Herrin.«

Sie nahm den Topf mit Algentee von der Feuerstelle und schüttete ihn über die Reling. Ihre Bewegungen waren gemessen, so als stünde sie auf einer Bühne.

*Sie spielt die Sklavin nur*, dachte Ana. Sie drehte den Kopf, als Erys neben sie trat.

»Wie bist du mit ihr zufrieden?«, fragte sie.

»Sie lernt schnell.« Ana sprach leise. »Aber sie begreift noch nicht, dass das kein Spiel ist, sondern ihr neues Leben.«

»Nur die Kinder von Sklaven wissen, was es bedeutet, Sklave zu sein.« Erys lächelte. »Und die von Sklavenhändlern.«

»Wurdest du in die Sklaverei geboren?«, fragte Ana, während sie Merie betrachtete. Das Mädchen lehnte an der Reling und warf Brotkrumen in die Luft. Möwen fingen sie mit den Schnäbeln. Sie schienen in der Luft zu stehen. In der Ferne konnte man das Flussufer sehen.

»Meine Mutter war Sklavin, mein Vater der Herr des Hauses. Du weißt ja, wie solche ...« Erys zögerte. »... wie solche Arrangements meistens ausgehen.«

Ana wusste, was sie meinte. Die meisten Sklavenhalter verkauften die Kinder, die aus den Beziehungen mit Sklavinnen entstanden, manchmal wurden sie auch getötet. »Du wurdest verkauft?«

»Als ich sechs war.« Erys verschränkte die Arme vor der Brust und blickte über den Bug zum Land. »Dort hinten liegt Charbont. Man kann bereits die Türme sehen.«

Ana ließ sich auf den Themenwechsel ein. Sie hätte gern mehr über den Weg erfahren, der Erys von einer Sklavenhütte bis hinter den Vorhang eines Herrscherthrons geführt hatte, spürte jedoch, dass Erys nicht mehr preisgeben wollte, zumindest nicht in dieser Situation. Also folgte Ana ihrem Blick und betrachtete die hohen weißen Türme, die aus dem Wasser zu ragen schienen. Sie zählte vier. Es sah aus, als würden sie den Himmel stützen.

»Wehrtürme«, sagte Erys auf ihre unausgesproche Frage. »Sie wurden im Krieg gebaut, um die Flotte des Roten Königs aufzuhalten.«

»Dann werden sie jetzt vielleicht die Nachtschatten aufhalten.«

»Nicht, wenn Korvellan sie anführt. Er wird nicht so dumm sein, Charbont oder Westfall vom Wasser aus anzugreifen.« Erys winkte einen Matrosen heran. Es war Nungo'was.

»Was möchtet ihr?« Er richtete die Frage an Erys, aber sein Blick glitt immer wieder zu Ana. Sie spürte, dass er die Hoffnung auf Freiheit noch nicht aufgegeben hatte. Sie spiegelte sich in seiner Freundlichkeit wider.

»Wann werden wir in Charbont ankommen?«

Nungo'was sah zum Ufer und dachte einen Moment nach. »Am Nachmittag, vielleicht schon früher. Ich kenn ein paar gute Garküchen unten am Hafen, wo man Muscheln essen kann, ohne krank zu werden.«

Ana erwiderte seinen Blick nicht. Erys schwieg. Nungo'-was blieb einen Moment stehen, wartete auf eine Entgegnung, die nicht kam, dann kratzte er sich am Bauch und ging.

»Ich bin stolz auf dich«, sagte Erys, als er außer Hörweite war. »Du verhältst dich sehr erwachsen, wie eine Fürstin.«

Das Kompliment klang wie eines, das Anas Mutter ihr gemacht hätte. Sie versuchte Erys nicht merken zu lassen, dass sie es als Schmeichelei durchschaute. Stattdessen beobachtete sie Merie, die mit übereinandergeschlagenen Beinen vor den Käfigen saß. Florenia flocht ihre Haare zu Zöpfen. Merie wirkte unbeschwert.

*Sie ist so alt, wie Gerit war, als die Nachtschatten kamen*, dachte Ana. Sie konnte sich nicht daran erinnern, wann sie das letzte Mal an ihren Bruder gedacht hatte. Der Stich des schlechten Gewissens trieb ihr Tränen in die Augen. Sie blinzelte sie weg.

»Wann treffen wir Ogivers?«, fragte sie.

Erys zuckte zusammen, hatte wohl ihren eigenen Gedanken nachgehangen. »Noch heute Abend, hoffe ich«, sagte sie. »Ich werde nach unserer Ankunft sofort jemanden zu ihm schicken.«

Schneller, als sie erwartet hatte, näherten sie sich dem Ufer. Schon bald sah Ana die Mauern, von denen die Türme umgeben waren, die Häuser dahinter und die Schiffe im Hafen. Überall glitzerte und funkelte es. Eine Weile glaubte Ana beinahe, die Straßen wären mit Edelsteinen gepflastert, doch dann, als das Fährschiff noch näher herangekommen war, erkannte sie, dass es die Rüstungen von Soldaten waren, in denen sich das Sonnenlicht brach.

Sie waren überall – auf den Mauern, in den Straßen, vor den Toren und an den Händlerständen. In voller Kampfrüstung, manche auf Kriegspferden sitzend, patrouillierten sie durch die Stadt. Sie waren mit Schwertern, Armbrüsten und Speeren bewaffnet. Schwarze Hunde, groß wie Fohlen, trabten neben ihnen her.

»Erys«, sagte Ana leise.

Neben ihr öffnete Erys die Augen. Sie hatte sich auf den Boden gesetzt und den Rücken gegen die Reling gelehnt, aber nun stand sie auf und warf einen Blick zum Ufer.

»Sieht so aus, als wüsste man in Charbont bereits, was in Srzanizar geschehen ist«, sagte sie nach einem Moment. »Viele der kleinen Boote waren schneller als wir.«

»Und warum liegen nur so wenige Boote im Hafen?«, fragte Ana.

Erys antwortete nicht, aber ihre Finger spielten nervös mit der Schlaufe ihres Gürtels.

Nach und nach traten die Matrosen und die anderen Passagiere an die Reling. Ein paar winkten den Soldaten zu.

»Wenn wir die in Srzanizar gehabt hätten«, sagte ein älterer Mann, »wäre das alles anders ausgegangen.«

»Sie sehen nicht sehr freundlich aus.« Die Frau, die neben ihm an der Reling lehnte, sah ihm ähnlich wie eine Schwester.

Er winkte ab. »Es sind Soldaten. Die sollen nicht freundlich aussehen. Wir haben nichts getan und nichts zu verbergen. Mach dir keine Sorgen.«

Über ihnen rafften die Matrosen die Segel. Das Schiff wurde langsamer. Ruderer sorgten dafür, dass es sich langsam drehte, als es sich dem langen Bootssteg näherte. Ein Soldat stand an seinem Ende, keinen Steinwurf entfernt. Er stützte sich auf einen Speer. Das Visier seines Helms war geschlossen.

»Kommt ihr aus Srzanizar?«, rief er.

»Ja«, antwortete der ältere Mann, bevor ihn jemand aufhalten konnte. »Wir sind geflohen, als die Nachtschatten kamen.«

»Dann flieht weiter. Ihr könnt hier nicht bleiben.«

»Was?«

Alle begannen durcheinanderzureden und zu schreien. Der Mann, der kurz zuvor noch den Soldaten zugewunken hatte, schüttelte seine Faust und schrie: »Warum?«

Ana hatte nicht erwartet, dass der Soldat antworten würde, aber er tat es. »Ihr könntet alle Nachtschatten sein. Wenn wir euch reinlassen, können wir dem Feind gleich die Tore öffnen und die Türme abreißen. Es tut mir leid, aber so ist es.«

Das Schiff näherte sich weiter, kam so dicht an den Steg heran, dass Ana den Soldaten deutlich sehen konnte. Er trug einen großen Schild auf dem Rücken.

»Kommt nicht näher, oder ihr werdet beschossen!«

Ana sah an ihm vorbei zur Hafenmauer. Mehr als zwei Dutzend Bogenschützen standen darauf. Sie hielten die Bögen gesenkt, aber Ana bemerkte die Pfeile, die auf den Sehnen lagen. Erys berührte ihren Arm. Ohne ein Wort zog sie Ana auf ihr Lager unter dem Rettungsboot. Sie sah, dass zwei Matrosen unter Deck verschwanden.

»Wir haben nichts getan!«, rief der Mann. Er blieb an der Reling stehen, während die anderen, unter ihnen auch seine Schwester, zurückwichen.

»Das wissen wir nicht.« Der Soldat ging plötzlich in die Hocke und zog den Schild über den Kopf. Im gleichen Moment richteten die Schützen ihre Bögen in den Himmel. Ana presste sich neben Erys in den Spalt zwischen Reling und Rettungsboot und zog die Beine an. Einen Lidschlag später prasselten Pfeile wie Hagel auf die Fähre nieder.

Menschen schrien, Pferde wieherten, Ruder klatschten ins Wasser. Der Steuermann brüllte Befehle. Langsam drehte sich das große Schiff. Durch den Spalt über ihrem Kopf sah Ana den schaukelnden Himmel. Sie sah zur Seite. Zwei Pfeile hatten sich in das Deck vor ihren Füßen gebohrt. Der ältere Mann hing mit der Brust über der Reling. Pfeile spickten seine Schultern und seinen Kopf. Die Frau, die neben ihm gestanden hatte, schrie. Zwei Pfeile steckten in ihrem Arm.

Ana sah sich nach Merie um. Sie entdeckte das Mädchen zwischen einigen Kisten. Es schien unverletzt, starrte aus weit aufgerissenen Augen auf die Toten und Verletzten, die an Deck lagen.

Die Fähre drehte sich weiter. Ana verlor das Ufer aus den Augen, als der Bug wieder auf den Fluss hinauszeigte.

»Kommt nicht zurück!«, hörte sie den Soldaten rufen.

»Warte hier!« Erys stand auf. Geduckt lief sie über das Deck und begann mit dem Steuermann zu reden. Er hörte ihr zu, gestikulierte und schüttelte den Kopf. Erys legte die Hand auf den Knauf ihres Schwertes. Der Mann nickte.

Ana verließ die Deckung des Beiboots. »Hol uns hier raus!«, schrie einer der Soldaten, ein rotgesichtiger, am ganzen Körper tätowierter Mann, dessen Schultern sich pellten. Ein Toter lag neben ihm. Im anderen Käfig standen die Sklaven an den Gitterstäben. Sie wirkten ruhiger als die Soldaten. Die Pfeile hatten sie anscheinend verschont.

Passagiere und Matrosen hasteten an Ana vorbei unter

Deck. Sie ging Erys entgegen, die missbilligend den Mund verzog. Der Gardist stand mit regungslosem Gesicht neben ihr.

»Wir sind noch in Reichweite der Pfeile. Bleib in Deckung.«

Ana ging nicht darauf ein. »Was hast du dem Steuermann gesagt?«

»Dass er vor Anker gehen soll, sobald wir weit genug weg sind.« Erys sah zum Ufer. »Wir müssen zu Ogivers. Nur er ist mächtig genug, um uns an Land zu bringen.«

»Wie kommen wir zu ihm?«

Erys hob die Schultern. Sie wirkte auf einmal hilflos. »Ich weiß es nicht.«

# Kapitel 25

*Die Festungen und Schlösser Westfalls zählen zu den schönsten der vier Königreiche. Seit den Tagen der Vergangenen hat kein Katapult ihre Mauern gesprengt und keine Magie ihre Steine zum Einsturz gebracht. Gelangweilt gleitet das Auge des Reisenden über ihre Vollkommenheit.*

*Jonaddyn Flerr, Die Fürstentümer und Provinzen der vier Königreiche, Band 1*

Im ersten Licht des neuen Tages ließen sie die Festung hinter sich. Es war ein ruhiger Morgen. Die Straßen waren leer. Nur einige Männer hockten noch am Straßenrand und in den Hauseingängen, zu betrunken, um zu arbeiten, zu wach, um zu schlafen. Gelegentlich rief jemand mit rauer Stimme: »Lang lebe das Fürstenpaar!«, doch niemand nahm den Ruf auf; er verhallte in der Stille, zwischen leeren Fässern und zertretenen Blumen.

Craymorus sah durch einen Schlitz im dunklen Vorhang nach draußen. Leutnant Garrsy hatte die Fenster der Kutsche verhängen lassen, damit niemand sehen konnte, wer darin saß. *Die Fürstin wünscht keine Gerüchte*, hatte er gesagt.

Und Gerüchte würde es geben, wenn sich herumsprach, dass der Fürst nur wenige Stunden nach seiner Hochzeit die Stadt verließ. Deshalb, so glaubte Craymorus, hatte Syrah sich so vehement gegen seine Abreise ausgesprochen. Die

Furcht, das Gesicht zu verlieren, schien sogar noch ihre Gier nach Macht zu übertreffen. Craymorus merkte sich diese Erkenntnis.

Fünf Soldaten begleiteten ihn auf seiner Reise, Leutnant Garrsy und vier Palastwachen. Sie trugen dunkle Umhänge, unter denen ihre Schwerter hervorstachen, und Lederrüstungen ohne Wappen. Man hätte sie für Söldner halten können, die einen reichen Händler beschützten. Einer von ihnen saß auf dem Kutschbock, die anderen ritten auf Pferden.

Craymorus atmete auf, als das Rumpeln der Kutsche nachließ. Sie hatten die Stadt mit ihren Gassen aus Kopfsteinpflaster verlassen. Die Räder rollten über eine staubige Straße, die durch die Hügel und vorbei an Bauernhöfen und Weizenfeldern führte. Vögel sangen in den Bäumen. Ein Hahn krähte weit entfernt.

Craymorus zog den Vorhang zurück und ließ die Landschaft an sich vorbeiziehen. Er sah eine Bäuerin, die Kleidung an einem Bach wusch, und einen kleinen Jungen, der über ihr in einer Astgabel saß und mit den Füßen baumelte. Alles wirkte friedlich, so als wären die Nachtschatten nur ein Alptraum, der mit dem Tageslicht verweht war.

Garrsy lenkte sein Pferd an die Kutsche heran und neigte den Kopf. »Mein Fürst«, sagte er. »Wir haben die Stadt nach Westen verlassen, so wie Ihr befohlen habt. Bald werden wir eine Kreuzung erreichen. Welchen Weg sollen wir dort einschlagen?«

Craymorus hatte niemandem gesagt, wohin die Reise führen würde. Selbst Mellie kannte das Ziel nicht. Er wusste selbst nicht genau, weshalb er auf ihre Fragen geschwiegen hatte. Vielleicht fürchtete er ebenso sehr wie Syrah, sein Gesicht zu verlieren.

Er räusperte sich. »Kennt Ihr den Weg zur Stadt der Magier, Leutnant?«

»Ja, mein Fürst.«

»Dann führt uns dorthin.«

»Ja, Herr.«

Craymorus griff nach einer der Schriftrollen, die neben ihm auf der gepolsterten Sitzbank lagen. Er hatte sie mitgenommen, um die Reise zu verkürzen. Er begann die Lederriemen zu öffnen, mit denen sie verschnürt waren, bemerkte dann jedoch, dass Garrsy immer noch neben der Kutsche ritt.

Er sah ihn an.

»Habt Ihr noch eine Frage, Leutnant?«

Garrsy fuhr sich mit der Hand durch die Haare. Die Lederhandschuhe, die er trug und die seine Arme bis zu den Ellenbogen bedeckten, knarrten bei jeder Bewegung. Sie sahen neu aus, so wie der Rest seiner Rüstung.

»Herr«, sagte er. »Wenn es nicht allzu vermessen ist, würde ich gern wissen, wie es von dort aus weitergeht und was unser Ziel ist.«

Craymorus ließ die Schriftrolle sinken. »Die Stadt der Magier ist unser Ziel.«

Garrsy öffnete den Mund, als wolle er etwas sagen, schloss ihn aber sofort wieder. Gefühle glitten wie Schatten über sein Gesicht. Enttäuschung, Verwirrung, sogar Ärger. Er war jung, jünger noch als Rickard, und er hatte wahrscheinlich sein Schicksal verflucht, als die Armeen Westfalls ohne ihn in den Krieg gezogen waren. Craymorus glaubte ihn zu verstehen.

»Die Stadt der Magier ist weit wichtiger, als Ihr denkt«, sagte Craymorus, auch wenn er wusste, dass Garrsy keine Erklärung zustand. »Wartet ab.«

»Ja, Herr.«

Garrsy ritt zurück an die Spitze des Trupps. Craymorus beobachtete, wie er sich mit einem der anderen Soldaten unterhielt. Nach einem Moment schüttelte der andere Soldat den Kopf und lachte. Einzelne Worte ihrer Unterhaltung wehten Craymorus entgegen. *Hügel* und *Schande.*

*Natürlich*, dachte er, während er den Vorhang zuzog. *Der Krähenhügel. Das ist alles, woran sie denken.*

Er griff nach der Schriftrolle, breitete sie auf seinen Knien aus und begann zu lesen. Nach nur wenigen Zeilen legte er sie wieder beiseite. In der abgedunkelten Kutsche waren die Symbole kaum zu erkennen. Öffnen wollte er den Vorhang jedoch auch nicht. Er ahnte, was er in den Blicken der Soldaten sehen würde.

Fünfzehn Jahre waren seit der Schlacht um den Krähenhügel, dem Tag der Schande, vergangen. Doch niemand hatte vergessen, was damals geschehen war. Sein eigener Name verband ihn untrennbar damit, so wie der Name eines jeden Magiers.

Er lehnte den Kopf an die Polster in seinem Rücken und lauschte auf die Geräusche der Kutsche. Gefangen in ihrem Halbdunkel konnte er seinen eigenen Zweifeln nicht entfliehen. Hatte er tatsächlich gesehen, was er zu sehen geglaubt hatte, oder war er nur auf den Trick eines geschickten Gauklers hereingefallen? Er war sich sicher gewesen, doch nun war er es nicht mehr. Wenn er sich irrte, würde bald ganz Westfall über ihn lachen. Soldaten redeten viel und gern. *Unser neuer Fürst*, würden sie sagen, *ein Krüppel und ein Narr.*

Die vier Tage, die zwischen ihm und seinem Ziel lagen, erschienen Craymorus auf einmal endlos. Er schloss die Augen und versuchte zu schlafen, doch seine Gedanken ließen ihn nicht los. Er dachte an die Nachtschatten, die wie ein Steppenbrand im Norden Westfalls wüteten, an Syrah, die ihn mehr hasste als je ein Mensch zuvor, und an Mellie. Doch vor allem dachte er an die Stadt der Magier.

Gegen Mittag hielt die Kutsche an einem kleinen See an. Die Soldaten ließen die Pferde trinken und fressen. Craymorus hörte, wie die Männer redeten und gegen einen Baum urinierten. Es war warm geworden. Die Sonne hing über der Kutsche und heizte sie auf. Ein Geruch nach altem Holz und schwerem Stoff stieg auf wie Nebel aus Wasser. Trotzdem öffnete Craymorus nicht die Vorhänge, noch bat er die Männer, ihm beim Aussteigen zu helfen. Seine Krücken lagen unter ihm auf dem Boden.

Er hob eine auf und zog damit die Vorratskiste zu sich, die während der Fahrt auf die andere Seite gerutscht war. Ein voller Wasserschlauch lag darin, ein Laib Brot, ein Topf mit Schmalz, ein paar Äpfel und ein Weinschlauch. Er trank ein wenig Wasser. Hunger hatte er nicht. Die Kutsche schaukelte unter ihm, als einer der Soldaten auf den Kutschbock kletterte. Es ging weiter.

In dem beständigen Halbdunkel schien die Zeit stillzustehen, doch irgendwann konnte Craymorus seine auf der Sitzbank ausgestreckten Beine kaum noch auszumachen. Es wurde Abend.

Sie schlugen ihr Nachtlager auf einer Wiese neben einem Bach auf. Die Männer saßen rund um das Lagerfeuer auf ihren zusammengerollten Decken. Craymorus, der als Einziger auf einem Stuhl saß, ragte aus ihnen empor. Die Unterhaltungen glitten unter ihm vorbei. Die Männer redeten über Nichtigkeiten, über Huren in der Stadt, über Soldaten, deren Namen ihm nicht vertraut waren, und über ihre Familien. Ab und zu sahen sie zu ihm auf, wandten die Blicke aber gleich wieder ab. Er fühlte sich fremd zwischen ihnen.

Sie aßen Fische, die einer der Soldaten – ein ehemaliger Fischer namens Kurd – gefangen hatte, dann legten sie sich schlafen. Craymorus schlief in der Kutsche, die anderen unter freiem Himmel.

Am nächsten Morgen setzten sie die Reise kurz nach Sonnenaufgang fort. Dieses Mal schloss Craymorus die Vorhänge nicht. Er war lange genug allein mit seinen Gedanken gewesen. Sie drehten sich nur noch im Kreis.

Er ließ sich von der Landschaft ablenken. Bauernhöfe, Felder und kleine Dörfer zogen an ihm vorbei. Der einzige Hinweis auf den Krieg waren die leeren Weiden, auf denen das Gras fast hüfthoch stand. Vor dem Marsch nach Norden hatte Fürst Balderick die meisten Pferde, Kühe und Schafe Westfalls requirieren lassen. Craymorus wusste nicht genug über die Provinz, um einschätzen zu können, ob eine Hungersnot im Winter drohte. Er hätte Garrsy fragen können, doch er bezweifelte, dass der ihm die Wahrheit gesagt hätte.

Nach einer Weile wurde die Gegend wieder hügeliger und die Dörfer weniger. Bäume standen rechts und links der Straße, und die Kutsche rollte schließlich durch einen Wald. Die Soldaten ritten enger nebeneinander, ihre Unterhaltungen erstarben. Sie wirkten angespannt.

Craymorus winkte Garrsy heran.

»Erwartet Ihr Schwierigkeiten, Leutnant?«

Garrsys Adamsapfel hüpfte auf und ab. »Nein, mein Fürst. Alles ist friedlich. Macht Euch keine Sorgen.«

Er klang, als würde er mit einem Kind sprechen. Craymorus ging nicht darauf ein, suchte stattdessen den Wald mit Blicken ab, so wie es auch die Soldaten taten. Die Bäume standen so dicht beisammen, dass kaum Licht durch ihre Kronen drang. Gestrüpp bedeckte den Boden. Craymorus sah einen Ameisenhaufen, der so groß wie eine Kuh war.

Bis zum Nachmittag hielt die Spannung an, dann lichtete sich der Wald, und die Soldaten nahmen ihre Unterhaltungen wieder auf. Sie wirkten erleichtert. Craymorus war es ebenfalls, auch wenn er nicht wusste, warum.

Kopfschüttelnd griff er nach einer Schriftrolle, doch im gleichen Moment schrie Kurd, der ehemalige Fischer: »Da!«

Craymorus ließ die Schriftrolle fallen und sah aus dem Fenster. Kurd galoppierte bereits hinein in den Wald. Er hielt die Zügel mit einer Hand fest. Mit der anderen griff er nach seinem Schwert. Tomas, ein schlacksiger Mann, der Garrsys Vater hätte sein können, folgte Kurd. Craymorus sah ihre Pferde zwischen den Bäumen. Muster aus Schatten und Sonnenstrahlen glitten über ihre Körper und die ihrer Reiter.

Die Kutsche wurde langsamer.

»Weiterfahren!« Garrsys Stimme überschlug sich fast. »Nicht anhalten!«

Der Kutscher ließ die Zügel knallen. Die Schriftrolle rutschte zu Boden. Craymorus' Krücken klapperten, seine Beine pochten dumpf. Er zog die Lederriemen der Metallschienen fest. Die Kutsche war so schmal, dass er sich mit beiden Händen an den Seitenwänden abstützen konnte.

Garrsy tauchte neben dem Fenster auf. »Was ist los?«, rief Craymorus ihm zu.

Im ersten Moment schien es, als wolle der Leutnant ihn ignorieren, dann drehte er ihm doch das Gesicht zu.

»Ein Wegelagerer, mein Fürst. Kein Grund zur Sorge. Meine Männer ...«

Gebrüll unterbrach ihn. Garrsy zügelte sein Pferd. Craymorus sah Gesichter zwischen den Bäumen auftauchen, dann war die Kutsche auch schon an ihnen vorbei.

Craymorus zog sich an das Fenster heran und sah nach hinten. Garrsy hatte das Schwert gezogen und schlug auf zerlumpte Gestalten ein. Craymorus bemerkte, dass sie die verblichenen Farben Westfalls trugen. Ein Mann lag bereits am Boden.

»Dreh um!«, schrie Craymorus dem Kutscher zu. »Hilf deinem Herrn!«

Die Kutsche fuhr weiter. Craymorus drehte den Kopf, sah zum Kutschbock hinauf. Tropfen benetzten sein Gesicht, so als habe es zu nieseln begonnen. Sie schmeckten salzig.

Er schob sich weiter aus dem Fenster. Der dunkle Umhang des Kutschers blähte sich auf wie die Flügel eines Raben. Eine Axt steckte in seinem Rücken und heftete den Stoff an. Eine zweite steckte in seinem Hinterkopf. Blut lief über seine Haare und sammelte sich als Tropfen in seinen Haarspitzen. Der Fahrtwind trug sie Craymorus entgegen. Er wischte sich mit der Hand über das Gesicht und wischte das Blut ab.

Der Kutscher war tot, die Kutsche wurde langsamer. Hinter Craymorus wieherte ein Pferd. Er warf einen Blick zurück.

Die beiden Soldaten, die den Wegelagerer verfolgt hatten, sprengten aus dem Dickicht hinein in den Kampf und versuchten die Angreifer mit den massigen Pferdekörpern umzuwerfen und niederzureiten. Doch die Männer wichen ihnen immer wieder aus. Mit Kurzschwertern und Messern stachen sie nach Pferdebäuchen und Sattelgurten.

Eines der Tiere blutete am Hals. Ein abgetrennter Zügel lag im Staub. Noch saßen die Soldaten auf ihren Pferden, aber die Angreifer – Craymorus zählte sieben – wurden mit jedem Hieb und jedem Stich dreister.

Die Kutsche blieb stehen. Craymorus drehte den Kopf. Der tote Soldat saß beinahe aufrecht auf dem Kutschbock. Das Gewicht der Axt zog seinen Kopf nach hinten und ließ ihn mit geöffnetem Mund und aufgerissenen Augen in den Himmel starren. Seine Hände, die immer noch die schlaffen Zügel festhielten, lagen auf den Oberschenkeln.

Ein Mann schrie, ein anderer brüllte voller Triumph.

Craymorus sah sich um. Der ältere Soldat, dessen Namen er nicht kannte, war vom Pferd gerissen worden und lag am Boden. Zwei Männer hockten über ihm und hackten mit Schwertern auf ihn ein. Er bewegte sich nicht. Garrsy und der andere Soldat wurden von fünf anderen Männern ins Unterholz gedrängt. Ihre Pferde stiegen auf und wieherten. Die Soldaten konnten sich kaum im Sattel halten.

Die beiden, die über dem Soldaten gehockt hatten, standen auf. Ihre Kleidung war blutverschmiert wie die Schürzen von Schlachtern. Sie sahen zur Kutsche. Der eine stieß den anderen an. Dann liefen sie los.

»Flieht, mein Fürst!«, rief Garrsy.

Craymorus' Mund wurde trocken. »Hey!«, schrie er den Pferden zu. »Los!«

Sie rührten sich nicht. Er tastete nach einer Krücke und schob sie durch das Fenster, lehnte sich so weit vor, wie er konnte. Der Holzrahmen drückte gegen seine Hüften. Seine Beine, die von den Metallschienen gehalten wurden, hingen fast waagerecht in der Luft.

Er streckte die Arme aus und schrie die Pferde an. Mit der Spitze der Krücke hieb er gegen den Kutschbock. Eines der beiden Tiere schlug mit dem Schwanz, so als wolle es eine Fliege verscheuchen. Craymorus beugte sich noch weiter vor und stieß mit der Krücke nach ihm. Die Spitze berührte die Deichsel, mehr jedoch nicht. Aus den Augenwinkeln sah er die Männer näher kommen. Sie trugen zerrissene Uniformen und wirkten verwahrlost.

*Deserteure*, dachte er.

Angst krampfte seinen Magen zusammen. Mit der Krücke in der Hand ließ er sich zurück in die Kutsche fallen. Er schrie auf, als seine Beine auf die Kante der Sitzbank schlugen. Er griff nach der zweiten Krücke. In Gedanken stieß er bereits die Tür auf, zog sich bis zur Deichsel und entriss dem toten Kutscher die Zügel. Besser von den Pferden zu Tode geschleift zu werden, als Deserteuren in die Hände zu fallen. Er hatte gesehen, wie man in Westfall mit ihnen umging. Sie würden ihm keine Gnade erweisen.

Sein Körper sabotierte die Geschwindigkeit seiner Gedanken. In der Enge der Kutsche bewegte er sich ungeschickt und quälend langsam. Auch nach all den Jahren schien sein Geist noch nicht begriffen zu haben, dass er Herrscher einer Ruine war.

Craymorus drehte sich. Seine Beine schleiften über den Boden. Eine Metallschiene blieb an der Vorratskiste hängen und zog sie mit sich. Er streckte die Hand aus und zog die Verriegelung der rechten Tür zurück. Die Deserteure liefen auf die linke Seite zu. Vielleicht würde die Zeit reichen, die sie benötigten, um auf die andere Seite zu gelangen.

Er stieß die Tür auf, aber sie federte sofort wieder zurück. Überrascht sah er auf. Eine Hand legte sich über ihn auf den Holzrahmen. Ein Schatten fiel in die Kutsche, dann tauchte das Gesicht eines Mannes auf. Es war ein hässliches, fleischiges Gesicht voller roter Flecken und verschorfter Wunden.

»Ich hab ihn!«, rief der Mann mit einer Stimme, so hässlich wie sein Gesicht.

Craymorus stieß mit einer Krücke nach ihm. Es knirschte. Der Mann schrie und verschwand. Craymorus hörte, wie er zu Boden fiel. Rasch zog er die Tür zu und verriegelte sie. Erst dann bemerkte er die Sinnlosigkeit dieses Tuns. Die Fenster waren so groß, dass ein Mann hindurchpasste, die Kutsche so eng, dass er keinem Schwerthieb ausweichen konnte.

»Das Schwein hat mich geschlagen!«, schrie die hässliche Stimme draußen. Eine andere lachte.

Craymorus nahm die Krücke in beide Hände, hielt sie wie einen Speer. Er dachte nicht mehr an eine Flucht, nicht mehr an einen Plan, nur noch an das nächste Gesicht im Fenster der Kutsche.

Als es auftauchte, stach er danach, doch es zuckte rechtzeitig zur Seite. »Verdammt schnell für einen Krüppel«, hörte er die fremde Stimme sagen. »Aber ich bin schneller.«

Er antwortete nicht. Sein Blick war starr auf das Fenster gerichtet. Die Muskeln in seinen Armen spannten sich an. Er zuckte zusammen, als ein Stein neben ihm gegen die Wand flog und auf die Sitzbank fiel.

»Na, was machst du jetzt?«, rief die Stimme. Sie war dunkel. Craymorus glaubte, das Grinsen in ihr zu hören.

*Sie spielen mit mir*, dachte er.

»Bringt sie doch endlich um!«, schrie jemand draußen. Craymorus nahm an, dass die Soldaten gemeint waren.

Eine Hand griff plötzlich in seine Haare. Er schrie auf und duckte sich. Mit der Krücke stach er nach dem Mann, der den Arm durch das linke Fenster gesteckt hatte. Er streifte ihn an der Schulter, dann prellte ihm ein Schlag die Krücke aus den Händen. Sie wurde durch das Fenster nach draußen gezogen.

Die hässliche Stimme grölte, die dunkle lachte. Craymorus griff nach der zweiten Krücke. Sie lag unter ihm, hatte sich zwischen den Sitzen und Kisten verkantet. Er zog daran mit schmerzenden Händen, bekam sie jedoch nicht frei. Tränen stiegen ihm in die Augen. Er verachtete sich dafür.

»Wer hat dich denn zum Fürsten gemacht?«, fragte die dunkle Stimme. Craymorus hob den Kopf und wischte sich die Tränen von den Wangen.

Einer der Deserteure stützte die Ellbogen auf den Fensterrahmen und sah ihn an. Lachfalten umgaben seine Augen, aber sein Mund war hart und verkniffen.

Craymorus ließ die Arme sinken. »Was wollt ihr?«

»Wir wollten Gold, Waren – alles, was du besitzt.« Der Deserteur zog die Nase hoch. »Das war, bevor wir wussten, wer du bist. Der Fürst.«

Das hässliche Gesicht tauchte neben ihm auf. Es war blutverschmiert und verquollen. Sein Blick musterte Craymorus und blieb an den Metallschienen hängen. »Bei den Vergangenen, was denkt man sich bloß in Westfall, Laas?«

Laas richtete sich auf. Eine Hand verschwand und kehrte mit einem langen Messer zurück. »Hol ihn raus.«

Der Hässliche nickte, öffnete die Tür und …

Ein Pfeil nagelte seine Hand gegen das Holz. Craymorus blinzelte, der Mann schrie und ging in die Knie.

Ein zweiter und dritter Pfeil bohrte sich knarrend in seine Brust. Aus dem Schrei wurde ein Wimmern.

Laas duckte sich hinter der Tür, verlor so das Innere der Kutsche aus den Augen.

Craymorus kroch auf den Sterbenden zu und zog ein Schwert aus dessen Gürtel. Der Mann sah ihn an. Seine Lippen bewegten sich. Blut und Speichel vermischten sich zu einem rötlichen Schaum. Craymorus wandte den Blick ab.

Rufe und Schreie hallten durch den Wald. Er konnte nicht sehen, was hinter ihm geschah. Der Kampf hatte sich zwischen die Bäume verlagert.

Craymorus schob seine Beine unter die Sitzbank und richtete seinen Oberkörper auf. Der Schmerz schoss ihm bis in den Rücken und ließ ihn würgen. Er kämpfte gegen die Übelkeit und hob das Schwert mit beiden Händen über den Kopf. Er sah Laas' Beine im Spalt unter der offenen Tür. Seine Füße drehten sich, als wolle er in den Wald fliehen.

Craymorus stach zu, zielte aber nicht auf die Beine, sondern durch das Fenster der Tür. Er spürte, wie die Klinge auf Widerstand stieß und dann mit nassem Geräusch tiefer in ihr Ziel eindrang. Die Kraft, die er in den Stich gelegt hatte, trieb ihn nach vorn. Er verlor das Gleichgewicht, ließ das Schwert los und hielt sich an der Tür fest. Sie schwang weiter auf, und der Sterbende, der an ihr hing, rutschte über den Boden. Eines der Kutschpferde wieherte. Die Räder begannen sich zu drehen.

Craymorus zog sich an der Tür hoch. Seine Beine waren immer noch unter der Sitzbank verkantet. Hilflos hing er zwischen Tür und Kutsche über dem Boden.

Laas tauchte weniger als eine Armlänge vor ihm auf. Das Schwert, mit dem Craymorus zugestoßen hatte, steckte zwischen Schulter und Hals. Blut sprudelte im Rhythmus seines Herzschlags aus der Wunde. Sein Gesicht war bleich, seine Augen glänzten. Er hielt immer noch das Messer in der Hand, holte damit aus.

Ein Schatten glitt an Craymorus vorbei. Eine Schulter rammte Laas, zwei Hände brachen ihm mit einer Drehung das Genick.

Die Pferde tänzelten nervös. Das rechte machte einen Satz nach vorn, das linke wieherte. Mit einem Ruck setzte sich die Kutsche in Bewegung.

Craymorus hielt sich fest, sah undeutlich, wie eine Gestalt zuerst auf den Kutschbock und dann auf eines der Pferde sprang. Die Bewegungen waren geschmeidig und schnell, beinahe wie die eines Tiers.

Die Kutsche hielt an. Craymorus hustete. Eine Hand legte sich auf seine Schulter. Er schrak zusammen.

»Ihr seid in Sicherheit«, sagte eine Männerstimme. Craymorus ließ sich von den fremden Händen zurück in die Kutsche helfen. Ihm wurde ein Wasserschlauch gereicht. Er ließ das kühle Nass über sein Gesicht laufen und blinzelte.

Vor ihm stand ein Mann, nicht älter als er. Auch er trug die Farben Westfalls, aber seine Haut war zu dunkel für diese Gegend. Er musste aus dem Süden stammen, vielleicht aus Hala'nar.

Craymorus reichte ihm den Wasserschlauch zurück. »Ihr habt mir das Leben gerettet«, sagte er. »Danke.«

Der Mann trank und schwieg.

»Mein Fürst! Mein Fürst!« Garrsys Stimme überschlug sich beinahe. Er kam näher, umringt von einigen Uniformierten, die nicht wie Soldaten, aber auch nicht wie Wegelagerer aussahen.

Der Fremde zuckte kurz zusammen, dann hatte er sich auch schon wieder in der Gewalt und verkorkte den Wasserschlauch.

Craymorus entging die Bewegung nicht. Er lächelte. »Ihr wisst jetzt wohl, wer ich bin. Ich würde gern Euren Namen erfahren.«

Der Mann nickte.

»Jonan«, sagte er.

# Kapitel 26

*Einmal im Jahr versammeln sich die Bewohner von Srzanizar vor den Toren der Stadt. Sie entzünden ein Feuer, in dem jeder etwas verbrennt, das ihm wichtig ist. Sie denken, die Götter würden sie vor einem Brand in der Stadt bewahren, wenn sie glauben, die Bewohner hätten bereits genug gelitten. Wer darüber lacht, dem sei gesagt, dass Srzanizar noch nie gebrannt hat.*

*Jonaddyn Flerr, Die Fürstentümer und Provinzen der vier Königreiche, Band 2*

Westfall?«

Schwarzklaue hatte Jubel erwartet, Gebrüll, nicht diese lange Stille und eine einzige, ungläubig gestellte Frage.

Er knurrte. »Natürlich. Wohin denn sonst?«

Niemand antwortete ihm. Er hatte seine Krieger am Hafen versammelt; jene aus dem Norden und einige wenige, die im Verauf des Feldzugs zu ihnen gestoßen und sich verdient gemacht hatten. Mehr als dreihundert Nachtschatten saßen auf der Hafenmauer oder auf dem Boden rund um den Karren, auf dem Schwarzklaue stand. Hammerschläge und laute Rufe drangen von den Stegen zu ihm herüber. Er zeigte darauf. »Was denkt ihr denn, warum wir neue Flöße bauen? Sobald sie fertig sind, setzen wir über und greifen Westfall an!«

»Schwarzklaue.« Ein Mann mit grauem vernarbtem Kopf stand auf. Sein Name war Ignas. Er hatte sich den Kriegern in Somerstorm angeschlossen. Korvellan hielt viel von ihm.

»Wir können Westfall nicht vom Wasser aus angreifen«, sagte er. »Die Flotte des Fürsten kreuzt auf dem Fluss. Wie sollen wir uns auf Flößen gegen sie zur Wehr setzen?«

Die meisten Krieger nickten. Der Wind wehte Asche über die Steine, auf denen sie saßen. Einige hatten sich Stofffetzen vor das Gesicht gebunden.

»Wir hatten Srzanizar erobern, nicht vernichten sollen!«, rief einer, dessen Gesicht hinter blauem Stoff verborgen war. »Dann hätten wir jetzt eine Flotte!«

Schwarzklaue drehte sich um und breitete die Arme aus, bis er glaubte, sie könnten die ganze Stadt umarmen. Die Skelette ihrer Häuser und Hütten ragten schwarz in den Morgenhimmel.

»Was sind schon ein paar Schiffe gegen diesen Anblick?«, rief er. Ein paar Krieger jubelten. Schwarzklaue war sicher, dass sie aus dem Norden stammten. »Hättet ihr darauf wirklich verzichten sollen?«

»Und was noch wichtiger ist«, sagte eine andere Stimme, »hättet ihr darauf verzichten wollen, dass eure Feinde diesen Anblick sehen?«

Schwarzklaue fuhr herum. Daneel stieg neben ihm auf den Karren und verschränkte die Hände auf dem Rücken.

*Seltsam*, dachte Schwarzklaue, *dass ich nie an ihn denke, wenn ich ihn nicht sehe.*

»Diesen Anblick«, sagte Daneel, »haben eure Feinde mit über den Fluss genommen. Alle wissen jetzt, wie stark ihr seid und mit welcher Härte ihr eure Feinde straft.«

»Dann werden sie umso entschlossener kämpfen!«, rief Ignas.

»Ist das nicht gut?«, fragte Daneel. »Seid ihr es nicht satt, nur die Rücken der Menschen zu sehen? Wollt ihr nicht wissen, ob ihr wirklich stärker seid als sie?«

»Natürlich sind wir das!« Ignas zog sein Schwert. Schwarzklaue legte den Kopf in den Nacken und lachte. Nicht alle schlossen sich ihm an.

Von der Hafenmauer drang eine Stimme zu ihm herüber, setzte sich gegen das Lachen und Grölen durch.

»Wieso die Eile?«, rief Marya. »Warum ziehen wir nicht weiter nach Süden und überqueren den Fluss erst, wenn wir bereit sind? Dann können wir Westfall immer noch von Land angreifen, so wie Korvellan es wollte.«

»Was kümmert es dich, was er wollte?« Daneel sprang von dem Karren. Schwarzklaue sah ihn taumeln.

»Hat er euch nicht verlassen? Ihr würdet noch immer am Ufer des Flusses sitzen und Kaninchen jagen, wäre es nach ihm gegangen!«

»Sicherlich hatte er seine Gründe«, sagte Marya, aber sie klang unsicher. »Er weiß mehr darüber, wie man einen Krieg führt, als jeder andere hier.«

»Er weiß mehr darüber, wie Menschen Kriege führen.« Daneel ging auf sie zu. Seine Kleidung hing an seinem Körper wie etwas Totes. »Aber ihr seid Nachtschatten. Ihr lest keine Karten, zwängt eure Krieger nicht in Einheiten, marschiert nicht im Gleichschritt. Ihr atmet Wut und trinkt Feuer. Ihr seid der Sturm, und der Sturm denkt nicht, er zögert nicht – er handelt!«

*Ich bin der Sturm.* Schwarzklaue zertrümmerte den Kutschbock des Karrens mit einem Tritt. »Westfall!«, brüllte er. »Westfall!«

Er wollte mehr sagen, wollte Daneel danken, doch nur dieses eine Wort brachte er zustande. »Westfall!«

Es reichte.

Die Krieger rissen die Fäuste in die Luft, nahmen den Ruf auf.

Daneel legte Marya den Arm um die Schultern. Nach einem Moment rief auch sie: »Westfall!«

Am nächsten Morgen bestiegen sie die Flöße. Sie hatten Masten und Segel, waren aber klein; nicht mehr als fünfzig Krieger passten auf jedes von ihnen. Sie dümpelten in der Bucht, zusammengehalten von Stricken.

Schwarzklaue ging zwischen ihnen hindurch über den Steg. Es herrschte Chaos. Ausrüstung wurde verladen und festgebunden, es wurde gebrüllt, geflucht und gelacht. Nächtlicher Regen hatte die letzten Brände in der Stadt gelöscht und mit ihrem Rauch auch die Zweifel der Krieger vertrieben. Zumindest erschien es Schwarzklaue so, denn er hörte keine mahnenden Stimmen.

»Wir haben unser Bestes getan, um die Flöße manövrierfähiger zu machen«, sagte Snellig, ein Bootsbauer, der aus Westfall stammte. Er saß auf einer Kiste am Ende des Stegs und aß eine Melone. Roter Saft tropfte in sein Fell.

»Glaubst du, wir können in Westfall landen?«

Snellig spuckte Kerne aus. »Wenn wir der Flotte entgehen und uns von den Hafenstädten fernhalten, vielleicht. Aber wenn sie uns entdecken ...« Er schüttelte den Kopf. »Auf den Flößen sind wir gegen Katapulte und Langbögen schutzlos. Korvellan wusste das, deshalb hat er uns über Land geführt.«

»Wir *beide* haben euch geführt«, korrigierte Schwarzklaue. Sein Blick glitt zurück zur Stadt. Wie schwarzes totes Fleisch lag sie im Grün der Hügel.

»Ob es besser wäre, auf Korvellan zu warten?«

Snellig antwortete nicht. Trotz des Lärms, der sie umgab, zog sich die Stille in die Länge. Schließlich stand der Bootsbauer auf und warf die Melonenschalen in den Fluss. »Wir sollten uns nur nicht erwischen lassen, das ist alles.«

»Erwischen lassen?«, sagte jemand. »So reden Diebe, keine Krieger. Seid ihr Diebe?«

Schwarzklaue sah sich um. Er brauchte einen Moment, bis er Daneel auf einem der äußeren Flöße entdeckte. Er hockte dort und hatte den langen schwarzen Mantel, den er stets trug, eng um sich geschlungen, so als wäre ihm kalt. Schwarzklaue fragte sich, wieso er den Menschen so deutlich hören konnte, obwohl er fast einen Speerwurf weit entfernt war.

»Warum beleidigst du uns?«, rief er. »Du weißt, dass wir Krieger sind.«

»Ich beleidige dich nicht«, sagte Snellig. Schwarzklaue ignorierte ihn.

»Das dachte ich auch«, hörte er Daneel antworten, »aber vielleicht war das ja ein Irrtum, und ihr seid doch nur feige Diebe, die sich vor dem Kampf fürchten.«

Schwarzklaue stieß sich vom Steg ab. Er sprang über die Flöße, als wären sie Steine in einem Bach. Drei Sprünge brauchte er, dann landete er vor Daneel. »Gefällt es dir nicht mehr, deinen Kopf auf den Schultern zu tragen, Mensch?«

Daneel stand auf. Er musste sich auf eine Kiste stützen, sonst wäre er nicht hochgekommen. Seine Haut war blass und spannte sich über die eingefallenen Wangen.

»Ich mag meinen Kopf, wie er ist«, sagte er. »Du würdest mir doch nie weh tun, oder? Wir sind Freunde, du und ich. Und Freunde sagen sich die Wahrheit.«

Schwarzklaue griff nach Daneels Kragen und zog den Menschen zu sich heran. Er war leicht und raschelte wie alter Schnee, der von den Berggipfeln ins Tal geweht wurde. »Wir sind Krieger, das ist die Wahrheit. Zweifle das noch einmal an, und es wird der letzte Satz sein, den du jemals sprichst.«

Daneel fuhr sich mit der Zunge über rosa Zahnfleisch. Seine Angst roch modrig. »Ich bin dein Freund.« Jedes Wort, das er sprach, grub tiefe Falten in sein Gesicht. Schwarzklaue war nie zuvor aufgefallen, wie alt er war.

»Ich bin dein Freund«, wiederholte Daneel. »Nicht so wie die anderen, die sagen, sie wären deine Freunde. Nicht so wie Korvellan, der dich alleingelassen hat, der euren Traum verraten hat, um einem Menschen hinterherzujagen.«

Schwarzklaue ließ ihn los. Er fühlte sich plötzlich müde und enttäuscht, so als habe man ihm etwas weggenommen.

»Vielleicht war es nie sein Traum, nur meiner«, sagte er.

»Wenn er dir die Wahrheit gesagt hätte, wie es ein Freund tun sollte, dann wüsstest du die Antwort.«

»Was ist die Wahrheit?«

Daneel lächelte. »Dass ihr Krieger seid. Es ist die einzige Antwort, die du brauchst.«

»Du bist ein wahrer Freund«, sagte Schwarzklaue. Es klang seltsam, nicht wie etwas, das er sagen würde. Trotzdem tat er es.

»Willst du immer noch auf Korvellan warten?«, fragte Daneel.

Schwarzklaue zog die Lefzen hoch. »Er trifft seine Entscheidungen, ich meine.«

Er sah zum Steg. Die meisten Nachtschatten hatten bereits ihre Plätze auf den Flößen eingenommen.

»Krieger!«, rief er. Köpfe wandten sich ihm zu, Gespräche verstummten. »Westfall!«

Um ihn herum klatschten Ruder ins Wasser, Segel blähten sich im Wind. Die Flöße fuhren los.

Erst später, als Schwarzklaue neben Marya auf einer

Decke lag und zusah, wie die Sonne am Horizont unterging, fiel ihm auf, dass Daneel, als sie miteinander gesprochen hatten, kein einziges Mal den Mund bewegt hatte.

*Wie merkwürdig*, dachte er und schlief ein.

# *Kapitel 27*

*Beneidenswert sind die Bauern von Westfall, denn ihre gütigen Herren haben sie von der Last jeglicher Verantwortung befreit. Man sagt ihnen, was sie anzubauen und was sie zu schlachten haben, wo sie zu leben haben, wo zu kämpfen und wo zu sterben.*
*Jonaddyn Flerr, Die Fürstentümer und Provinzen der vier Königreiche, Band 1*

Sie waren zu fünft und nannten sich Miliz von Merborgh. Nachdem sie auf der anderen Seite des Flusses ihren Dienst versehen hatten, waren sie auf dem Weg zurück zu ihrem Dorf. Sie erzählten Craymorus von dem Nachtschattenüberfall auf Srzanizar.

Es entsetzte ihn. Kurz dachte er darüber nach, seine Reise abzubrechen, doch die Boote im Hafen von Srzanizar waren, so sagten die Milizsoldaten, entweder verbrannt oder rechtzeitig vor dem Angriff entkommen. Also saßen die Nachtschatten erst einmal fest. Wenn es so viele waren, wie die Männer behaupteten, würden ihnen ein paar Fischerboote nicht reichen. Und ob sie es wirklich wagen würden, Westfall anzugreifen, bezweifelte Craymorus. Korvellan wusste, wie stark die Provinz trotz ihrer Niederlage war.

Die Männer der Miliz bestanden darauf, Craymorus bis zu seinem Ziel zu begleiten. Abwechselnd fuhren ein paar von ihnen in der Kutsche mit, während die anderen ihre Pferde an den Zügeln mitführten. Garrsy schien froh über die Begleitung. Der Überfall und der Tod eines seiner Soldaten hatten ihn sichtlich erschüttert. Sie hatten den Mann begraben und die toten Wegelagerer an einem Baum gehängt.

»Nur noch Gesocks unterwegs«, sagte Tohm. An diesem dritten Morgen der Reise saß er Craymorus gegenüber in der Kutsche. Er war ein kräftiger, rotgesichtiger Mann, der sich selbst als Offizier bezeichnete, obwohl er nie in der Armee gewesen war. Seine Männer akzeptierten ihn als Anführer.

»Aber wir haben's dem Pack gezeigt«, sagte der Mann neben ihm. Sein Name war Josyff, und ihm gehörte der größte Hof in Merborgh. Sein Gesicht war lang, die Mundwinkel heruntergezogen. Er stank nach Schweiß und Vieh. Sein Blick glitt immer wieder zu Craymorus, aber wenn er sprach, sah er den Boden an. Tohm waren solche Hemmungen fremd.

»Bei den Vergangenen, das haben wir«, sagte er.

Craymorus bemerkte Tohms auffordernden Blick. »Und ich habe euch dafür zu danken.«

Die beiden Männer grinsten und nickten. Sie schienen seinen Dank nicht oft genug hören zu können.

Aus den Augenwinkeln sah Craymorus Jonan an, der neben ihm auf der Bank saß und aus dem Fenster blickte. An der Unterhaltung beteiligte er sich nicht. Die anderen Milizsoldaten forderten ihn auch nicht dazu auf. Sie ließen ihn in Ruhe, in der Kutsche ebenso wie abends am Feuer. Craymorus hatte den Eindruck, dass Jonan nicht zu ihnen gehörte. Trotzdem ritt er mit ihnen.

In die einsetzende Stille sagte Tohm: »Es war nicht der Rede wert, mein Fürst.«

Josyff nickte. »Nicht der Rede wert.«

»Wir sind nur Eurem Befehl gefolgt, mein Fürst.« Tohm

legte eine Hand auf den Knauf des Messers, das in einer Lederschlinge an seinem Gürtel hing. »Und bald werden wir Euch auch einen Nachtschatten bringen.«

Der Befehl, den er ansprach und der Craymorus unbekannt war, stammte wohl noch von Fürst Balderick. Anscheinend hatte er Reiter in die Dörfer Westfalls geschickt und die Menschen aufgefordert, ihr Land gegen den Feind zu verteidigen. Tohm behauptete, überall seien Milizen wie die seine entstanden, die Jagd auf Nachtschatten machten.

»Ich denke«, sagte Craymorus, »ihr erfüllt eure Aufgaben so gewissenhaft, dass alle Nachtschatten aus Furcht vor euch verschwunden sind. Seid nicht enttäuscht, solltet ihr keinen finden.«

*Und schlitzt nicht stattdessen eure Nachbarn auf,* fügte er in Gedanken hinzu. Die Nachtschatten, da war er sich sicher, waren längt nach Norden gezogen, Korvellans Armee entgegen. Ihm schauderte bei dem Gedanken, was die Milizen auf ihrer Suche bereits angerichtet hatten.

In Tohms Augen leuchtete der Stolz. Er verschränkte die Arme vor der Brust, lehnte sich in die Polster und lächelte. »Ihr seid ein weiser Mann, mein Fürst.«

»Aber wenn …« Josyff sprach den Boden vor Craymorus' Füßen an. »Wenn uns nun doch einer begegnen sollte, wie würden wir ihn erkennen?«

Tohm schnaufte und schlug Josyff gegen den Arm, so als wäre ihm dessen Dummheit unangenehm. »Am inneren Fell natürlich. Das hat doch der Herold gesagt. Das innere …«

»Es gibt kein inneres Fell«, unterbrach ihn Craymorus.

»Seid Ihr …« – … *sicher?,* hatte Tohm fragen wollen, doch dann ließ er den Satz unvollendet in der Luft hängen, so als hätte ihn der Mut verlassen.

»Ich habe selbst nachgesehen.« Craymorus sagte nichts weiter. Sein eigener Tonfall erschrak ihn. Für einen kurzen Moment sah er sich in dem Raum hinter den Kerkern stehen, ein Messer in der Hand, den jungen Nachtschatten vor sich. Er erinnerte sich an den Geruch der Fackeln, an die Feuchtigkeit in der Luft, an die schwarz behaarten Hände der Kerkerwärter, die das Bein des Jungen gehalten hatten.

*Wieso habe ich ihn nicht längst umgebracht?*, fragte er sich. *Warum lasse ich ihn leben?*

Er schreckte vor der Antwort zurück.

Die Stille in der Kutsche zog sich in die Länge. Zum ersten Mal glaubte Craymorus in den Augen der Milizsoldaten etwas anderes als Neugier und Respekt zu sehen. Kein Mensch hatte je Angst vor ihm gehabt, deshalb war er sich nicht sicher, ob er Angst in ihren Gesichtern las oder etwas anderes.

Sein Blick glitt wieder zu Jonan. Er sah immer noch aus dem Fenster, aber sein Körper war reglos, so als lausche er auf jedes Wort.

Craymorus schob die Schriftrollen zusammen, die zwischen ihm und Jonan auf der Sitzbank lagen. Er räusperte sich. »Stammt ihr alle aus dem gleichen Dorf?«

»Ja«, antworteten Tohm und Josyff beinahe gleichzeitig, sichtlich froh über den Themawechsel. »Nein«, fügte Tohm dann hinzu. »Wir alle leben in Merborgh – außer Jonan. Er ist neu.«

Craymorus sah Jonan an. Er war der Einzige, der keine Uniform trug. »Und woher kommst du?«

»Aus dem Süden.«

»Wo aus dem Süden?«

»Ein kleiner Ort. Der Name würde Euch nichts sagen.«

Tohm lachte so laut, dass Craymorus zusammenzuckte. »So ist er immer, wenn man ihn etwas fragt. Nehmt es ihm nicht übel, Herr. Er redet nicht gern über sich selbst.«

»Das stimmt«, sagte Jonan und sah wieder aus dem Fenster.

»Aber er ist ein guter Kämpfer.« Josyff richtete seine Worte an Tohm, nicht an Craymorus. »Der beste, den wir je hatten.«

Tohm winkte ab. »Ich könnte ihm noch ein paar Dinge beibringen.«

*Wohl kaum*, dachte Craymorus, schwieg jedoch. Tohm versuchte noch einige Male, die Unterhaltung wieder aufleben zu lassen, dann schwieg er ebenfalls.

Draußen vor dem Fenster zog die Landschaft vorbei. Sie war karger geworden und felsiger. Seit drei Tagen entfernten sie sich stetig vom Großen Fluss. Sie hatten die Hauptwege hinter sich gelassen und fuhren tiefer hinein in das Land. Der Weg, den sie am Morgen eingeschlagen hatten, führte bergauf, nicht steil, aber fühlbar. Die Stadt der Magier war nicht mehr weit entfernt.

Craymorus suchte vergeblich nach Merkmalen, die ihm vertraut erschienen, doch ohne die Magie, mit der das Land einst zum Erblühen gebracht worden war, hatte sich zu viel verändert. Vierzehn Jahre waren seit der Nacht vergangen, in der er den Weg das letzte Mal hinabgeritten war, die Pferdemähne in den Händen, die Arme seines Vaters rechts und links von ihm. Er hatte geglaubt, sein Vater nähme ihn mit auf ein großes Abenteuer. Erst sehr viel später hatte er erkannt, dass es eine Flucht gewesen war.

Garrsy tauchte an Craymorus' Seite neben der Kutsche auf. Der breite Pferderücken raubte Craymorus den Blick auf die Landschaft. Er sah auf.

»Wir sind da, mein Fürst«, sagte der Leutnant durch das Fenster. Die Wunde, die ein Wegelagerer in seine Wange gerissen hatte, war verschorft und ließ ihn strenger und älter aussehen. »Wie lauten Eure Befehle?«

»Sagt den Soldaten an der Brücke, Craymorus Ephardus, Fürst von Westfall, wünsche den Magier Milus Ephardus zu sprechen.« Er hatte sich den Satz schon am Morgen der Abreise zurechtgelegt. So und nicht anders wollte er seinem Vater vorgestellt werden.

Garrsy stand in den Steigbügeln auf, drehte den Kopf und setzte sich wieder in seinen Sattel. »Verzeiht, aber ich sehe keine Soldaten, Herr.«

»Die Soldaten an der Brücke«, wiederholte Craymorus.

»Da ist niemand, mein Fürst.«

»Bringt mich hin.«

Garrsy rief einen kurzen Befehl, dann drehte sich die Kutsche nach links. Durch das Fenster sah Craymorus ein Felsplateau, das spärlich mit Gras und Sträuchern bewachsen war. Holzbaracken zogen sich in zwei Reihen am Rand des Plateaus entlang. Ein Exerzierplatz lag davor. Unkraut überwucherte ihn. Die Fahnenmasten, von denen einst die Flaggen der vier Königreiche geweht hatten, ragten unbeflaggt in den grauen Himmel.

Craymorus griff mit der Hand unter sein rechtes Bein und legte es auf die gegenüberliegende Sitzbank. Tohm und Josyff machten ihm Platz und wandten betont die Gesichter ab, so wie man sich von einem Mann abwendet, der gegen einen Baum uriniert. Craymorus zog die Lederriemen seiner Schienen fest, dann streckte er das linke Bein aus.

Die Kutsche hielt an. Craymorus versuchte in der Enge aufzustehen. Er war plötzlich nervös. Tohm und Josyff hoben die Arme und versuchten ihn zu stützen, wagten aber nicht ihn anzufassen.

»Geht es, mein Fürst?«, fragte Tohm.

»Was sollen wir tun, Herr?«, fragte Josyff.

Er ignorierte sie. Er benötigte keine Hilfe, nur ein wenig Platz. Jonan öffnete die Tür auf seiner Seite und stieg aus.

Er zog die Krücken unter den Füßen der anderen hervor, lehnte sie an die Kutschwand und trat auf das Plateau hinaus.

Craymorus folgte ihm. Seine Füße zogen Furchen in den roten Staub. Er erinnerte sich an diesen Staub. Jedes Frühjahr trug der Wind ihn von Süden über das Plateau in die Stadt hinein. Als Kind hatte er sich oft gefragt, wo er wohl herkam.

»Seht ihr, mein Fürst?« Garrsy stieg von seinem Pferd. »Keine Soldaten.«

Er hatte recht. Die Baracken und Ställe standen leer. Die Fensterläden waren verschwunden, ebenso wie die meisten Türen. Einige Dächer waren eingebrochen.

Craymorus drehte sich um. Einen Moment lang glaubte er die Stadt zu sehen, majestätisch und elegant zugleich, so wie er sie in Erinnerung hatte. Doch seine Augen sahen etwas anderes.

Die Brücke war noch da, ebenso wie die Wachtürme, auf denen einst mit Bögen und Armbrüsten bewaffnete Soldaten gestanden hatten. Die Katapultstellungen waren verlassen, keine Kohlepfannen und Steinschleudern richteten sich mehr auf die Stadt. Unbedroht und still hing sie über dem Abgrund. Breite, geschwungene Hängebrücken verbanden Holzhäuser miteinander, deren Stelzen zwanzig, dreißig Manneslängen in die Tiefe reichten.

Häuser, Hütten und Verschläge, Tavernen, Geschäfte und Tempel – an heißen Sommertagen, wenn die Luft flimmerte und man die Stelzen nicht mehr sah, hatte Craymorus geglaubt, der nächste Windstoß würde sie in den Himmel tragen. Aber die Stelzen, die sie mit der Erde verankerten, hatten gehalten, so gut, dass sie noch standen, während ein Teil der Stadt in den Abgrund gestürzt war. Craymorus sah die abgerissenen Hängebrücken, die im Nichts endeten, und das zerborstene Holz auf den Felsen. Seine Beine begannen zu pochen. Er wandte sich ab.

Der andere Teil der Stadt – sie hatten sie nie Stadt der Magier genannt, immer nur die Stadt – war noch bewohnt. Einige alte Männer standen auf der Veranda eines Hauses und sahen zum Plateau hinüber.

*Es ist viele, viele Jahre her, dass ich meinen Vater das letzte Mal sah*, dachte Craymorus. Er war sich auf einmal nicht mehr sicher, ob er ihn erkennen würde. Und würde sein Vater ihn erkennen?

Er sah an sich herab. Ja, das würde er wohl.

»Was sollen wir jetzt tun, Herr?«, fragte Garrsy.

»Warten.«

Die Soldaten nahmen den Stuhl vom Dach der Kutsche und stellten ihn in den Staub. Craymorus setzte sich nicht. Einer der alten Männer auf der Veranda drehte sich um und verschwand im Haus.

»Wieso haben sie die Stadt auf Stelzen gebaut?«, fragte einer der Milizsoldaten, ein Junge, der höchstens vierzehn war, einen anderen. Er sprach leise, aber der Wind trug seine Worte zu Craymorus herüber.

»Wegen der Magie«, antwortete ihm Tohms charakteristisch raue Stimme. »Die vier Königreiche – das war vor deiner Zeit – bauten die Stadt für ihre Magier. Die holen die Magie aus der Erde, deshalb die Stelzen. Wäre sonst zu gefährlich gewesen. Das waren mal die mächtigsten Menschen der Welt. Zusammen hätten sie selbst Könige besiegen können.«

»Davon habe ich noch nie was gehört.«

»Ist auch längst vorbei. Die Soldaten sind weg, was schade ist. Ein paar hundert waren hier stationiert. Die haben unser Vieh gekauft, unsere Stoffe. Wir haben immer gute Geschäfte mit ihnen gemacht.«

Craymorus hörte nicht weiter zu. Die Wolken hingen tief,

erste Regentropfen fielen auf sein Gesicht. Garrsy nahm seinen Umhang ab und reichte ihn Craymorus, doch der ignorierte ihn. Seine Aufmerksamkeit war allein auf den Mann und den Jungen gerichtet, die in diesem Moment die Brücke zum Plateau betraten. Er zuckte zusammen, als er den rechten von beiden besser sehen konnte, und lachte beinahe über sich selbst: Wie hatte er nur glauben können, er würde seinen Vater nicht mehr erkennen?

Milus Ephardus hatte sich kaum verändert. Seine Schritte waren energisch, kraftvoll, sein Rücken durchgedrückt, der Kopf hoch erhoben, so als trage er eine Krone. Sein Haar war grauer geworden und kürzer. Es fiel nicht mehr bis auf seine Schultern wie in Craymorus' Erinnerung, doch der Bart war unverändert dunkel und präzise gestutzt. Er trug eine lange graue Seidenrobe. Sie sah neu aus. Die Magie hatte die Welt vielleicht verlassen, aber das Gold, das die Magier mit ihr verdient hatten, gab es noch immer.

Craymorus betrachtete auch den Jungen, der neben seinem Vater die Brücke verließ. Er war vielleicht zwölf Jahre alt, dunkelhaarig und schlacksig, so als müsse er noch in seinen Körper hineinwachsen. Sein Gesichtsausdruck war wach, seine Blicke musterten die Kutsche und die Menschen, die davor standen, aufmerksam und ein wenig arrogant. Er kam Craymorus bekannt vor.

Garrsy trat vor. »Neigt Euer Haupt vor Craymorus Ephardus, Fürst von Westfall.«

Der Junge setzte zu einer Verbeugung an, bemerkte dann jedoch, dass Milus stehen blieb, und bewegte sich ebenfalls nicht.

»Interessant.« Craymorus hatte vergessen, wie schneidend die Stimme seines Vaters klingen konnte. Wären die Krücken nicht gewesen, die ihn aufrecht hielten, hätte er sich vielleicht sogar geduckt.

Sein Vater zeigte auf den Jungen neben sich. »Das ist mein Sohn Adelus.«

Adelus. Craymorus kannte ihn nur als Säugling, hatte ihn zuletzt bei der Bestattung seiner Mutter gesehen, am Abend bevor er zur Insel der Meister aufgebrochen war. Er hatte damals noch nicht einmal einen Namen gehabt.

Er sah seinen Bruder an, und sein Bruder sah ihn an. Craymorus bemerkte die Ähnlichkeit zwischen ihnen, doch sich selbst konnte er in ihm nicht sehen.

*Aber das, was ich hätte sein können*, dachte er. Der Gedanke erschütterte ihn. Craymorus schüttelte ihn ab und streckte die Hand aus. »Es freut mich, dich wiederzusehen.«

Adelus ergriff seine Hand. »Bruder.«

Seine Stimme zitterte. Er war im Stimmbruch.

»Ich ...«, begann er, aber Milus kam ihm zuvor.

»Warum bist du hier?«

Sein Tonfall war kalt, weder unfreundlich noch freundlich, weder mitfühlend noch enttäuscht. Seit dem Unfall – in der Familie hatte man es stets so bezeichnet, obwohl es keiner gewesen war – hatte er nur auf diese Weise mit Craymorus gesprochen, so als hätten die Krücken einen Fremden aus seinem Sohn gemacht, den er nicht mehr erkannte. Vielleicht war es so.

Craymorus ließ Adelus' Hand los und wischte sich das Wasser aus dem Gesicht. Der Regen war stärker geworden. Am liebsten hätte er Garrsy um seinen Umhang gebeten, doch das hätte wie Schwäche gewirkt.

»Ich habe etwas gesehen«, sagte er. »Bei den Hochzeitsfeierlichkeiten ... Bei meinen Hochzeitsfeierlichkeiten waren Gaukler, die ...«

Er unterbrach sich. Unter dem kalten Blick seines Vaters erschien ihm die Frage plötzlich lächerlich und dumm. Er räusperte sich und stellte sie trotzdem. »Ist die Magie zurückgekehrt?«

Sein Vater schwieg einen Moment lang. Der Regen bildete dunkle Flecken auf seiner Robe. »Würden wir so leben, wenn es so wäre?«, fragte er dann und wandte sich ab. Adelus folgte ihm.

Craymorus sah ihnen nach. Mit federnden Schritten gingen sie über die Brücke. Ihre Füße hoben und senkten sich gleichzeitig. Er drehte sich um und zog seine Beine der Kutsche entgegen.

Alles war umsonst gewesen, die Reise, der Tod des Soldaten, die Hoffnung, der er sich hingegeben hatte. Dutzende Male hatte er die Begegnung mit seinem Vater in Gedanken durchgespielt, während die Kutsche ihrem Ziel entgegenfuhr, doch mit dieser Wendung hatte er nicht gerechnet. *Ich bin für ihn an diesem Abend gestorben.*

Craymorus stützte sich an der offenen Kutschentür ab und schob die Krücken ins Innere. »Herr?«, sagte eine Stimme plötzlich neben ihm. Er sah auf.

Die Palastwache und die meisten Milizsoldaten waren zurückgeblieben, fürchteten wohl die Stimmung ihres Fürsten. Nur Jonan hatte ihn begleitet.

»Herr«, sagte er noch einmal. »Darf ich eine Frage an Euch richten?«

Craymorus hob die Schultern.

Jonan warf einen Blick zur Brücke. »Es regnet, aber Euer Bruder wird nicht nass. Wie ist das möglich?«

»Was?« Er sah Adelus' Gesicht vor sich. Jung, neugierig und … trocken, während ihm selbst das Wasser aus den Haaren getropft war.

Craymorus' Blick traf Garrsys.

»Haltet sie auf!«, rief er.

# Kapitel 28

*In Blindnächten, wenn es beinahe windstill ist, spiegeln sich die Sterne im schwarzen Wasser des Flusses, und man vermag nicht mehr zu unterscheiden, ob man auf ihm fährt und in den Himmel blickt oder am Himmel fährt und hinauf in den Fluss blickt.*

*Jonaddyn Flerr, Die Fürstentümer und Provinzen der vier Königreiche, Band 1*

Vier waren im Pfeilhagel gestorben, fünf weitere lagen verletzt unter Deck. Es gab keinen Heiler an Bord und keinen Priester, nur die Matrosen, die die Toten in Decken einwickelten. Als es dunkel wurde, warfen sie die Leichen ins Wasser.

Ana ging langsam an der Reling entlang. Merie blieb hinter ihr wie ein Hund. Seit dem Angriff hatte sie kaum etwas gesagt. Die Passagiere saßen in kleinen Gruppen zusammen. Ana hörte Worte wie »Westfall« und »Charbont«, wenn sie an ihnen vorbeiging.

*Ich glaube kaum, dass man uns dort aufnehmen wird*, dachte sie. *Wir sind Aussätzige.*

Die Lichter der Stadt funkelten im Wasser. Ana glaubte Musik zu hören. Sie wehte mit dem Wind herüber wie der Sand, den die Stürme in Somerstorm manchmal aus fernen Ländern mitgebracht hatten.

»Hast du Hunger?« Nungo'was' Stimme riss Ana aus ihren Gedanken. Er hockte vor einer Feuerstelle und briet

Fische in einem Topf voller Öl. Sein Bauch quoll über die Hose. Er wischte sich die Finger daran ab und hielt Ana ein Holzbrett voller fingerlanger Fische hin.

»Sind ganz frisch«, sagte er.

Sie hörte ihren Magen knurren, Nungo'was ebenfalls. Er grinste. »Hör auf ihn. Er weiß, was gut für dich ist.«

»Ich bin wirklich etwas hungrig.« Ana zögerte, doch dann setzte sie sich neben den Matrosen. Ihre Schulter berührte seinen Arm. Es würde ihr guttun, nicht mehr allein mit ihren Gedanken zu sein.

Sie nahm einen der Fische und biss hinein. Die Haut war knusprig, die Gräten so klein, dass man sie nicht ausspucken musste. Nungo'was schob ihr ein zweites Brett mit gekochten Algen zu. »Das schmeckt gut dazu.«

Sie probierte, nickte und drehte sich zu Merie um, die ein Stück entfernt stehen geblieben war. »Möchtest du auch etwas essen?«

»Nein … nein, Herrin.« Selbst im Schein der glühenden Holzkohle wirkte Merie blass. Das Feuermal an ihrem Hals war so schwarz wie geronnenes Blut.

»Dann leg dich etwas hin«, sagte Ana. »Morgen früh wirst du dich besser fühlen.«

»Aber ich bin nicht …« Merie unterbrach sich. »Ja, Herrin.« Sie verbeugte sich steif und ging zurück zum Bug.

Nungo'was sah ihr nach. »Es war nett von dir, sie aus dem Käfig zu lassen. Ich weiß, dass du für uns andere getan hast, was du konntest.«

»Das hoffe ich.« Ana wickelte einen Fisch in Algen und biss hinein. Sie spürte, dass Nungo'was sie musterte, und bemühte sich, so zu tun, als bemerke sie es nicht.

»Diese Fische sind wirklich gut«, sagte sie mit vollem Mund. »Hast du sie gefangen?«

Er ging nicht darauf ein. Sein Blick wurde ihr unangenehm. Sie streckte sich und gähnte. »Es ist schon spät. Ich werde …«

»Wie wichtig ist es?«, fragte er, bevor sie ausreden konnte. »Also, dass du nach Charbont kommst?«

Ana ließ die Arme sinken. Sie drehte den Kopf und erwiderte seinen Blick. »Mein Leben hängt davon ab«, sagte sie ernst.

Er nickte. »So was dachte ich mir schon.« Kurz sah er sich um. »Ich kann dich dorthin bringen.«

Ana legte den angebissenen Fisch wieder auf die Holzplatte. Sie wollte nicht, dass Nungo'was sah, dass ihre Finger zu zittern begonnen hatten. »Wie?«

»Manchmal wollen Leute die Stadt schnell verlassen. Leute, die sie nicht verlassen dürfen.« *Geflohene Sklaven*, dachte Ana, unterbrach ihn aber nicht. »Wir handeln mit ihnen einen Preis aus, dann nennen wir ihnen den Treffpunkt. Niemand weiß davon, verstehst du?«

»Ja.« Sie legte ihm die Hand auf den Oberschenkel. »Kannst du mich heute Nacht dorthin bringen?«

Sein Blick richtete sich auf ihre Hand. »Das kann ich. Aber nur dich, niemand sonst. Und ich werde nicht zurückkommen. Sie wird mich niemals gehen lassen.«

Sie wusste, dass Erys damit gemeint war, und nickte. »Wann?«

Nungo'was zögerte, so als bereue er schon, den Vorschlag gemacht zu haben.

»Es ist wirklich wichtig«, sagte Ana. Sie sah sich um. Niemand beachtete sie. Erys und die anderen Frauen befanden sich irgendwo hinter Kisten, Ochsen und den Karren mit den Gefangenen. »Können wir nicht sofort aufbrechen?«, drängte sie, als Nungo'was nicht antwortete.

»Denke schon.«

Sie hörte den Zweifel in seiner Stimme und wusste, dass

sie ihm keine Zeit zum Nachdenken lassen durfte. Also stand sie auf und hielt ihm die Hand hin. »Dann komm.«

Nungo'was ergriff ihre Hand. Sie war größer als Anas, schwielig und hart. »Nimm die Algen«, sagte er. Ana fragte nicht nach dem Grund.

Nungo'was nahm das Brett mit den Fischen und nickte einem Matrosen zu, der an der Reling saß und ein Netz flickte. »Wir gehen runter und bringen den Verletzten was zu essen.«

Der andere, ein Junge mit langen Haaren und vernarbtem Gesicht, grinste. »Natürlich.«

Ana sah zu Boden. Sie wusste, was der Junge dachte, was alle dachten, an denen sie vorbeigingen, sogar Merie. Nungo'was ließ ihre Hand nicht los. Jeder sah, dass er sie unter Deck führte. Es war ihr so unangenehm, dass sie am liebsten geflohen wäre.

*Reiß dich zusammen*, dachte sie. *Du bist eine Fürstin. Was andere denken, hat dich nicht zu interessieren.*

Und doch tat es das.

Eine steile Treppe führte unter Deck. Sie stellten die Bretter mit Fischen und Algen auf eine Kiste und gingen weiter. Die Laderäume waren so niedrig, dass Ana sich ducken musste. Vorsichtig folgte sie Nungo'was, stieg über Schlafende, über Kisten und Säcke, bis sie das Heck des Schiffs erreichten. Die Luken in den Wänden waren geöffnet, um die kühle Nachtluft ins Innere zu lassen. Trotzdem stank es nach Schweiß und Urin.

Nungo'was räumte einige Kisten zur Seite, die die Rückwand verdeckten. Ana sah sich um. So weit hinten im Schiff gab es nur Fracht, keine Menschen. Wahrscheinlich handelte es sich um die Reste der Waren, die für Srzanizar bestimmt gewesen waren.

»Hier.« Nungo'was stand an einer der Luken in der Rückwand und winkte sie heran. Ana sah hinaus auf das Wasser, auf die Lichter der Stadt und die Boote, die, von Fackeln erleuchtet, den Fluss bewachten. Ab und zu hallten Rufe durch die Bucht.

Nungo'was stieg aus der Luke. Ana hatte vorher nicht bemerkt, dass eine Strickleiter an der Außenwand hing. Sie half dem Matrosen, die Knoten zu lösen, dann fielen ihre Sprossen nach unten. Die Wasseroberfläche war weniger als eine Manneslänge entfernt.

»Willst du etwa schwimmen?«, flüsterte sie.

Nungo'was grinste. In der Dunkelheit wirkten seine grünen Zähne so schwarz wie das Wasser. Mit einer Geschmeidigkeit, die Ana ihm nicht zugetraut hatte, kletterte er nach unten. Auf halber Höhe hielt er an und zog an einem Seil.

Im ersten Moment sah es aus, als fiele ihm ein Stück des Schiffsrumpfs entgegen, dann erst erkannte Ana, dass es sich um ein Floß handelte, das man an der Außenwand festgebunden hatte. Es war schmal, bestand nur aus drei zusammengebundenen Baumstämmen, und war so leicht, dass Nungo'was es mit einer Hand zu Wasser lassen konnte. Dann sah er nach oben und nickte.

Ana kletterte die Strickleiter nach unten. Nungo'was hielt die Sprossen fest, ließ sie erst los, als Ana das Holz des Floßes unter den Sohlen spürte. Es klang hohl und wippte auf und ab. Sie konnte sich nicht darauf halten.

Nungo'was legte ihr die Hände um die Hüften. Er stand so dicht hinter ihr, dass sein Bauch gegen ihren Rücken drückte.

»Leg dich hin«, flüsterte er.

Ana ging wieder auf Hände und Knie. Wasser drang durch ihre Hose, kroch kalt über ihre Haut. Sie spürte Nungo'was neben sich. Zum ersten Mal wurde ihr bewusst, dass sie allein mit ihm war. Noch nicht einmal ein Messer hatte sie eingesteckt.

Nungo'was ließ das Seil los. Er lag auf dem Bauch, eine Hand ins Wasser getaucht. Träge glitt das Floß über das Wasser.

»Leg dich hin«, sagte er drängender. »Sie sehen uns sonst.«

Ana streckte sich aus. Flusswasser schwappte über ihr Gesicht. Nungo'was drehte den Kopf. Seine Lippen waren dicht neben ihrem Ohr. Sie zuckte zusammen, als er leise »Rudere mit der Hand« sagte. Sein Atem roch nach Algenschnaps.

Sie tauchte die Hand ins Wasser und versuchte sich seinem Rhythmus anzupassen. Das Floß schien schneller zu werden. Die Positionslampen der Wachboote kamen immer näher. Ana dachte, Nungo'was würde versuchen, ihnen auszuweichen, aber er steuerte das Floß direkt darauf zu.

Nach einer Weile zog er die Hand aus dem Wasser und nickte Ana zu. Sie verstand und hörte ebenfalls auf zu rudern. Eines der Boote war bereits so nahe, dass sie den Soldaten an Deck erkennen konnte. Er trug seine Armbrust in einer Schlaufe unter der Schulter und starrte auf den Fluss. Fackeln steckten auf Auslegern, die weit aus dem Schiff herausragten. Sie rissen Löcher in die Dunkelheit.

Nungo'was legte sich einen Finger auf die Lippen. Von der Strömung getragen glitt das Floß langsam an dem Boot vorbei. Es kam ihm so nahe, dass Ana nur die Hand hätte ausstrecken müssen, um die Bootswand zu berühren.

»Eins!«

Sie biss sich auf die Handknöchel, hätte beinahe vor Schreck geschrien.

»Zwei!«, antwortete der Soldat über ihr. »Drei!« ein anderer weiter entfernt.

Sie presste die Wange auf das Holz. Das kühle Wasser betäubte den Schreck. Als sie den Kopf wieder hob, waren die Boote bereits hinter ihr.

Nungo'was tauchte die Hand ins Wasser, lenkte das Floß von den Lichtern der Stadt weg an die dunkle Seite der Bucht. Sand knirschte unter den Baumstämmen. Sie hatten das Ufer erreicht.

Ana folgte ihm an Land. Nungo'was ergriff ihre Hand und führte sie in hohes Schilfgras. Wolken verbargen die Monde, verwandelten die Umgebung in ein waberndes Grau, aus dem sich allmählich ein Umriss herausschälte. Seine Konturen wirkten hart und starr – die Stadtmauer.

Nungo'was drehte den Kopf. Sein Gesicht wirkte ebenso grau und verschwommen wie die Nacht. »Hier lang«, flüsterte er. Mit einer Hand tastete er sich an der Mauer entlang. Seine andere hielt Ana. Es war kein fester Griff. Sie war sicher, dass sie sich jederzeit hätte losreißen können, wenn sie es gewollt hätte.

Nungo'was ließ sie los, blieb stehen und bog die Äste eines Strauchs auseinander, der fast bis an die Mauer wuchs. Er verschwand darin. Ana hörte, wie er mit den Händen im Dreck scharrte, dann klirrte etwas leise. Es klang wie eine Kette. Er tauchte wieder aus dem Strauch auf und nickte. Ana folgte ihm hinein.

»Komm«, sagte Nungo'was leise. Im ersten Moment sah es aus, als würde er in die Hocke gehen, doch dann sah Ana die offene Falltür im Boden. Die Blätter und Äste des Strauchs überwucherten sie. Ausgetretene Steinstufen führten nach unten.

Sie tastete sich an den Wänden entlang, spürte Steine unter den Fingerkuppen. Sie waren kalt und feucht. Der Gang, in dem die Stufen endeten, war so niedrig, dass Ana sich nur auf Händen und Knien fortbewegen konnte. Nur wenig später hörte sie etwas klirren, dann strich eine Brise über ihr Gesicht und die feuchten Haare. Vier Stufen führten nach oben, und nur ein paar Herzschläge später stand Ana in einem winzigen Bretterverschlag.

Nungo'was schloss die Falltür hinter ihr und zeigte auf einen Lumpen, der zwischen Werkzeug an der Wand hing.

»Trockne dich ab, damit wir nicht so auffallen.«

Ana nahm den Lumpen. Er roch verschimmelt. Widerwillig rieb sie sich die Haare damit ab. »Was ist das für ein Gang?«

Nungo'was schüttelte sich das Wasser aus den Haaren. »Wir nennen ihn den Sklavenweg. Jeder Sklave in der Stadt weiß, dass es ihn gibt, aber nur wir Fährschiffer wissen, wo. Das Geheimnis bewahren wir seit Generationen.«

»Ich werde es nicht verraten«, versprach Ana. Sie hing den Lappen zurück an seinen Haken. »Weißt du, wo Ogivers lebt?«

»Der Sklavenhändler? Ja, er ist sehr bekannt hier.«

»Bringst du mich zu ihm?«

Ana sah die unausgesprochene Frage auf seinem Gesicht.

»Ich brauche seine Hilfe«, sagte sie.

»Dann hoffe ich, dass er auch deine braucht.« Nungo'was öffnete die Tür des Verschlags. »Orgivers hilft nur sich selbst.«

Seine Worte gingen im Quietschen der Türangeln beinahe unter. Er trat hinaus und nickte Ana zu. »Komm.«

Der Verschlag lehnte schräg an der Stadtmauer. Ein kleiner Gemüsegarten lag davor. Ein niedriger Zaun aus Brettern und Schlingpflanzen trennte ihn von ähnlichen Gärten auf beiden Seiten. Ana drehte sich zur Mauer um. Sie sah keine Soldaten, nur einen überdachten Wachgang und zwei Türme.

Sie folgte Nungo'was durch ein Gatter auf einen Weg. Die Stadt war ruhig. Die Musik, die sie noch auf dem Schiff gehört hatte, war verstummt. Ihre Schritte hallten über das Kopfsteinpflaster. Es klang, als könne man sie bis auf den Fluss hören.

Sie bogen in eine größere Straße ein. Häuser standen auf beiden Seiten. Sie waren aus Stein, zwei Stockwerke hoch und hatten schilfgedeckte Dächer. Hinter manchen Fenstern brannten Kerzen, aber die meisten waren dunkel. Ana hörte keine Stimmen, kein Lachen, Weinen oder Gebell. Es war, als wollten sich die Häuser einem unsichtbaren General in ihren Straßen präsentieren.

»Wieso ist es so still?«, fragte Ana. Sie flüsterte unwillkürlich.

Nungo'was antwortete ebenso leise. »Nach Mitternacht darf niemand das Haus verlassen oder laut sein. Die Leute hier wollen das so.«

»Warum?«

»Weiß ich nicht.« Nungo'was blieb stehen und lauschte in die Dunkelheit hinein. »Soldaten«, flüsterte er. Seine Stimme klang panisch. Er wich bis an die Häuserwände zurück.

Im gleichen Moment hörte Ana dumpfen Hufschlag. Sie sah sich um. Sie konnten nicht zurück zu der Gasse laufen, aus der sie gekommen waren. Die Soldaten hätten ihre Schritte gehört. Es gab keine Abzweigungen in der Nähe und keine Zwischenräume, in denen sie sich hätten verbergen können. Die Häuser bildeten zu beiden Seiten eine Mauer.

Ihr Blick glitt nach oben, dorthin, wo die Balken der Häusergiebel kleine Dreiecke unter dem Schilf bildeten. Sie ergriff Nungo'was' Hand und zog ihn mit sich, kletterte auf ein Fensterbrett und zog sich nach oben. Ihre Finger fanden Halt im Mörtel zwischen den Steinen.

Nungo'was kletterte an ihr vorbei. Er war schneller als sie und geschickter. Ana folgte ihm. Ihr Herz schlug so laut, dass sie den Hufschlag nicht mehr hören konnte. Nungo'was hatte den Giebel bereits erreicht und hielt ihr seine Hand hin. Sie war schweißnass, als Ana sie ergriff und sich hochziehen ließ.

Sie schob sich mit den Beinen zuerst in das Dreieck, das die Balken bildeten. Schilf stach in ihre Haut, eine Taube gurrte. Nungo'was schob sie tiefer in das Dach hinein.

Es war so eng, dass sie sich nicht umdrehen konnte.

»Jetzt du«, sagte sie leise.

Es wurde dunkel, als Nungo'was seine Beine unter das Dach schob. Unten zogen die Soldaten vorbei. Man hörte nichts bis auf den Hufschlag und das Schnauben der Pferde. Die Soldaten schwiegen; keiner von ihnen sprach ein Wort.

Atemlos warteten Ana und Nungo'was, bis der Hufschlag verklungen war. Es wurde hell, als er sich schließlich aus dem Giebel schob und nach unten kletterte. Ana folgte ihm langsamer und vorsichtiger.

»Sie peitschen die aus, die sie erwischen«, flüsterte er, als sie wieder auf dem Pflaster standen. »Sie sind sehr streng.«

Lauschend blieb er stehen, dann nickte er. »Komm.«

Die Straße schien nicht enden zu wollen. Vollkommen gerade zog sie sich durch die Stadt. Gassen und kleinere Straßen, die ebenso gerade verliefen, kreuzten sie.

Ana schätzte, dass sie mehr als eine Stunde gelaufen waren, als Nungo'was plötzlich nach vorn zeigte. »Da ist es, das Haus hinter der Mauer.« Er sah Ana an. Seine Hand berührte ihren Arm. »Weiter werde ich dich nicht begleiten.«

Sie legte ihre Hand auf die seine. »Ich danke dir, und ich wünsche dir viel Glück. Leb wohl.«

Seine Hand blieb auf ihrem Arm liegen. Er beugte sich vor. Ana befürchtete, er wolle sie küssen, doch er lächelte nur, als ahne er, was in ihr vorging, und zog seine Hand zurück.

»Hoffnung«, sagte er.

»Hoffnung«, sagte Ana.

Sie sah ihm nach, bis er in eine kleinere Straße einbog. Einen Moment lag wünschte sie sich, sie könne ihm folgen, einfach in der Bedeutungslosigkeit seiner kleinen Welt verschwinden, als habe es Ana Somerstorm nie gegeben.

Doch dann drehte sie sich um. Dieses Leben wäre nicht das ihre gewesen.

Die Mauer schien das gesamte Anwesen einzuschließen. Fackeln, die in Halterungen steckten, erleuchteten lange Eisenspitzen. Vier Männer, die Uniformen, Umhänge und glänzende Helme trugen, patrouillierten davor auf und ab wie Pfaue. Erst als Ana näher kam, sah sie die Sklaventätowierungen auf ihren Wangen.

Einer der Wachposten richtete seinen Speer gegen sie, als er sie sah. »Hau ab!«

Die anderen beachteten sie kaum.

Ana blieb stehen. »Ich muss mit eurem Herrn sprechen. Es ist wichtig.«

»Das bezweifle ich«, sagte einer der anderern Wachsoldat. Er war älter und hielt sich aufrecht wie ein Offizier.

Ana spürte, dass er entweder das Kommando über die anderen hatte oder zumindest glaubte, es verdient zu haben. Sie wandte sich an ihn. »Geh zu deinem Herrn. Sag ihm, Erys aus Srzanizar wolle ihm ein Geschäft vorschlagen.«

Er runzelte die Stirn. »Für wie dumm hältst du mich? Du bist nicht Erys.«

Ana machte einen Schritt auf ihn zu. Die Straße war leer.

Niemand außer den Männern vor der Mauer konnte sie hören. »Nein. Ich bin Ana Somerstorm, und dein Herr wird sehr wütend werden, wenn du mich wegschickst.«

Er blinzelte. Sie wartete. Der Name war alles, was sie hatte. Es gab keinen Beweis für ihre Worte, und die Einzigen, die für sie hätten sprechen können, befanden sich auf dem Schiff vor den Toren der Stadt.

»Warte hier«, sagte er nach einem Moment. Dann drehte er sich um und verschwand durch eine kleine Holztür in der Mauer.

Es dauerte eine ganze Weile, bis sich die Tür wieder öffnete. Der Wachposten trat heraus und nickte Ana zu. »Kommt«, sagte er.

Ana folgte ihm in einen großen Innenhof. Ein weißes Zelt war an einer Seite aufgebaut. Darin war es hell, Schatten glitten über die Wände. Ein Dutzend Käfige standen in einer Reihe an der Mauer. In den meisten saßen oder lagen Menschen. Es gab einen steinernen Brunnen in der Mitte des Hofs. Bewaffnete Wachen standen um ihn herum und warfen Ana gelangweilte Blicke zu. Die Menschen in den Käfigen sahen noch nicht einmal auf. An den Käfigen hingen Holzschilder, auf die mit Kreide aufgemalt ihr Bestimmungsort zu lesen war. Als Ana an ihnen vorbeiging, sah sie, dass die meisten für Westfall bestimmt waren. Die anderen Orte kannte sie nicht. Sie nahm an, dass sie im Süden lagen.

Das Haus, das am Innenhof abschloss, war vier- oder fünfmal so groß wie die, die sie in den Straßen gesehen hatte. Es wirkte wie das Anwesen eines wohlhabenden Mannes, aber nicht wie das eines reichen.

Der Wachposten führte sie ins Haus, durch einen Eingangsbereich und einen kurzen Flur entlang, zog eine große, mit Holzschnitzereien verzierte Tür auf und verneigte sich. »Bitte tretet ein.«

»Danke.« Ana ging an ihm vorbei in einen saalartigen Raum mit hohen Decken, Mosaiken auf den Böden und Teppichen an den Wänden. Öllampen tauchten den Saal und den Mann, der hinter einem Tisch mit hohen Stühlen stand, in ein weiches, gelbes Licht. Ein Stuhl war zur Seite gerückt worden, so als sei gerade jemand aufgestanden. Der Mann trug eine lange weiße Robe und wandte ihr den Rücken zu. An den Fenstern standen zwei Soldaten mit eingefallenen Wangen und leeren Gesichtern. Es handelte sich eindeutig um Mitgleider der Ewigen Garde.

Ana wich zurück, doch dann hörte sie, wie sich die Tür hinter ihr schloss.

»Ana Somerstorm«, sagte der Mann. »Was für eine Freude, Euch wiederzusehen.«

Er drehte sich um. Ana hatte ihn nur einmal gesehen, aber sie erkannte ihn sofort. Das Blut rauschte in ihrem Kopf.

»Kö-König Cascyr«, stammelte sie, dann riss sie sich zusammen. *Was macht er hier?*, fragte sie sich, während sie einen tiefen Knicks vor ihm machte.

»Wie ich sehe, habt Ihr Euer gutes Benehmen trotz der widrigen Umstände nicht abgelegt. Das freut mich sehr.« Er schüttete Wein aus einer Karaffe in ein Glas. Ana bot er nichts an.

»Bitte verzeiht«, fuhr er nach einem Schluck fort, »dass Slergg Ogivers Euch nicht persönlich begrüßt hat, aber er muss sich gerade um andere, dringendere Angelegenheiten kümmern. Also hat er mir diese Freude überlassen.«

Etwas Boshaftes schwang in seinen Worten mit. Ana richtete sich auf. Sie fühlte sich, als würde sie einer Geschichte in einer Sprache lauschen, die sie nur halb verstand. Nichts ergab Sinn. »Habt Ihr gewusst, dass ich kommen würde?«

»Selbstverständlich. Könige wissen solche Dinge.« Sein Blick blieb kurz an den Ewigen Gardisten vor dem Fenster hängen. »Wir haben die ein oder andere Möglichkeit.« In einem Zug leerte er das Glas. Rotwein lief über sein Kinn und tropfte auf die weiße Robe. Die Flecken breiteten sich aus wie Blut. »Aber was soll ich lange reden, wenn es so viel zu zeigen gibt.« Er winkte Ana zu sich heran. »Kommt.«

Sie zögerte. »Ich möchte wirklich wissen, was ...«

»Kommt!« Cascyr schrie sie an. Das Wort hallte von den Wänden wider. Ana zuckte zusammen. Ihr Herz schlug so heftig, dass ihr übel wurde.

Die Gardisten traten vor. Rechts und links von Ana stellten sie sich auf.

Cascyr räusperte sich. »Entschuldigt.« Seine Stimme klang so weich und freundlich wie zuvor. »Ich werde gelegentlich etwas ungeduldig. Würdet Ihr mich jetzt bitte begleiten?«

»Natürlich.« Anas Knie zitterten, als die Gardisten sie auf eine Seitentür zuführten.

Cascyr folgte ihnen. »Ich bin sicher«, sagte er, als sie in den Gang jenseits der Tür traten, »dass Ihr die Armee sehen wollt, die Somerstorm eroben wird.«

# Kapitel 29

*Die Stadt der Magier ist ein seltsamer Ort. Wer sie bereist, wird voller Melancholie zurückkehren und vielleicht sogar den Göttern danken, dass ihm ein Leben voller Macht und Reichtum erspart geblieben ist.*
*Jonaddyn Flerr, Die Fürstentümer und Provinzen der vier Königreiche, Band 1*

Wir wissen es seit einiger Zeit«, sagte Milus Ephardus. Die Magier hatten den Fürsten in das Haus gebracht, in dem Ephardus und sein Sohn lebten. Es war ein großes Haus und dehnte sich über drei Ebenen aus, die mit Treppen und Hängebrücken verbunden waren. Aus Höflichkeit dem Fürsten gegenüber blieb man auf der unteren Ebene. Sie bestand aus mehreren kleinen Räumen, in deren Regalen sich Pergamentrollen stapelten. Soldaten sicherten die Tür.

Jonan stand hinter dem Sessel, in dem Craymorus Platz genommen hatte, und beobachtete die Magier. Außer Ephardus und Adelus befanden sich noch zwei Frauen und ein Mann im Raum. Sie hörten überwiegend zu und sagten nur wenig.

Jonan war neugierig. Er hatte noch nie einen Magier gesehen, nur von ihnen gehört. Er wusste um ihre Magie und um ihre Schande.

*Wieso haben sie gelogen?*, dachte er. Wieso hatten sie die Armeen auf den Hügel, der zu ihrer Schande werden sollte, geführt, obwohl sie wussten, dass ihre Magie vergangen war. Niemand hatte ihm das je erklären können.

Um ihn herum ging die Unterhaltung weiter, aber Jonan hörte kaum zu. Stattdessen beobachtete er die Menschen in dem kleinen, stickigen Raum. Hätte Jonan nicht gewusst, dass Milus und Craymorus Vater und Sohn waren, wäre ihm das nicht aufgefallen. Sie gingen miteinander um wie Fremde, Milus überheblich, fast schon unverschämt, Craymorus respektvoll und nervös. Doch Jonan sah alte, längst verhärtete Wut in seinen angespannten Schultern. Er fragte sich, was wohl geschehen würde, wenn diese Wut eines Tages durchbrach.

Er sah zu Adelus, dem Bruder des Fürsten. Er versuchte seinen Vater nachzuahmen, aber ihm fehlte die Härte. Vielleicht würde sie ihm immer fehlen. In den heimlichen Blicken, mit denen er seinen Bruder gelegentlich musterte, lag Neugier.

»Ist die Magie stark genug, um als Waffe gegen die Nachtschatten zu dienen?«, fragte der Fürst.

»Ja.« Milus antwortete, ohne zu zögern. »Sie wird stärker werden, je näher wir dem Fluss kommen. So war es immer schon. Der Fluss wird uns tragen.«

Es klang fast wie ein Gebet.

Die Beine des Fürsten zuckten. Er legte die Hände auf die Knie. Falten gruben sich in seine Mundwinkel. Er hatte Schmerzen.

»Beweise es«, forderte er.

Milus hob die Augenbrauen. Er sah die anderen Magier an. Sie nickten. »Wenn er es möchte, soll er es sehen«, sagte eine der beiden Frauen. »Er ist der Fürst. Das ist sein Recht.«

Milus zögerte, dann aber neigte auch er den Kopf. »Wir werden es dir zeigen, aber …« Er hob den Zeigefinger, so wie es Jonans Klingenlehrer immer vor einer wichtigen Lektion getan hatte. »Aber wenn du mit dem, was du siehst, zufrieden bist, wirst du uns geben, was wir verlangen.«

»Und das wäre?«

»Wir werden es dich wissen lassen, wenn wir siegreich waren.«

Craymorus antwortete nicht, sondern zog die Lederriemen an seinen Schienen fest. Jonan trat vor und reichte ihm die Krücken, bevor er danach fragen musste.

»Danke«, sagte der Fürst, dann nickte er Milus zu. »Zeig es mir.«

Er bestimmte das Tempo. Seine Krücken fanden kaum Halt auf dem regennassen Holz der Hängebrücke, aber Jonan half ihm nicht, ging nur neben ihm, bereit ihn aufzufangen, sollte es nötig sein. Die anderen folgten ihm wie in einer Prozession.

Mehr und mehr Magier verließen ihre Häuser und schlossen sich ihnen an. Jonan schätzte, dass es mehr als fünfzig waren, die mit langsamen Schritten den Felsen entgegengingen. Craymorus war außer Atem, als sie festen Boden erreichten, und stützte sich schwer auf die Krücken, aber Jonan entging nicht der Stolz in seinem Blick.

Garrsy breitete seinen Umhang auf einem Felsen aus und verbeugte sich. »Ihr wirkt erschöpft. Bitte setzt Euch.«

Craymorus schüttelte den Kopf. Es hatte aufgehört zu regnen, aber sein Haar hing noch nass in sein Gesicht.

»Nehmt Euren Umhang, Garrsy, bevor Ihr Euch erkältet.«

*Er ist seinem Vater ähnlicher, als er ahnt*, dachte Jonan.

»Adelus«, sagte Milus. »Zeig es ihm.«

Craymorus hob die Augenbrauen. Dass sein Bruder den Beweis erbringen sollte, schien ihn zu überraschen.

Adelus trat vor, die Soldaten zurück. Sie wirkten nervös. So wie Jonan waren sie nicht alt genug, um echte Magie erlebt zu haben. Sie wussten nicht, was sie erwartete.

Der Junge wischte Steine und Kiesel zur Seite, dann stampfte er mit dem Fuß auf. Einmal, zweimal, dann mit dem anderen, einmal, zweimal, dreimal. Er klatschte in die Hände, schuf einen Rhythmus, dem seine Beine folgten. Sein Mund bewegte sich lautlos, seine Füße wirbelten Dreck und Staub auf. Immer schneller wurde sein Tanz. Er riss die Knie hoch, sprang mit beiden Beinen in die Luft, stampfte und trat in den Boden, so als müsse er, was auch immer sich darin befand, mit aller Macht herausquetschen. Schweiß lief über sein Gesicht. Das Hemd klebte an seinem Rücken.

Und dann flog er.

Jonan blinzelte überrascht. Es war seltsam, einen Menschen über dem Boden schweben zu sehen. Adelus drehte sich und streckte die Hände aus. Seine Handflächen zeigten auf die Stadt der Magier. Jonan spürte ein Kribbeln auf der Haut, so als läge ein Gewitter in der Luft.

Es knirschte – dann flog eines der Häuser mit einem Knall auseinander! Ein zweites folgte, dann ein drittes und viertes. Die filigranen Strukturen wurden hinweggerissen. Trümmer stürzten in die Tiefe.

»Danke, Adelus, das reicht«, sagte Milus.

Der Junge ließ sich fallen, ging in die Knie und kam schwer atmend wieder hoch. Er grinste. »Ich dachte, die brauchen wir sowieso nicht mehr.«

Einige Magier lachten, aber die meisten sahen Craymorus an. Der Fürst stand reglos am Rand des Plateaus, den Blick auf die Stadt gerichtet. Jonan bemerkte Tropfen auf seinen Wangen, aber ob es Tränen oder Wasser war, das aus seinen Haaren rann, wusste er nicht.

»Wir brechen auf, sobald ihr fertig seid«, sagte Craymorus.

Milus nickte. »Einverstanden.«

Die Magier nahmen nicht viel mit, nur ein wenig Kleidung und Vorräte für den Weg. Trotzdem dauerte es Stunden, bis ihr Gepäck auf die Pferde und die Kutsche verladen worden war. Die meisten würden zu Fuß gehen müssen. Wegen des Gepäcks war in der Kutsche nur noch Platz für Craymorus und Milus.

Die Sonne hing bereits tief über dem Horizont, als Garrsy vor der geöffneten Kutschentür stehen blieb und sagte: »Wir sind bereit, mein Fürst.«

Tohm streckte sich. Er hatte im Schatten eines Felsens geschlafen. »Dann ist für uns wohl nichts mehr zu tun, Herr. Es war uns eine Ehre, Euch behilflich zu sein.«

»Ich danke Euch.« Craymorus lehnte sich aus der Kutsche und reichte ihm die Hand.

Tohm ergriff sie, hielt sie länger als nötig. Es war ihm anzusehen, dass er auf etwas wartete.

»Oh«, sagte der Fürst nach einem Moment. »Natürlich.«

Er nickte Garrsy zu. »Gebt diesen Männern eine Belohnung für ihre Hilfe.«

Der Leutnant griff in seinen Umhang und zog einen Beutel hervor. Jonan hörte die Münzen darin klimpern. Garrsy zählte sie sorgfältig ab.

»Seid nicht geizig, Leutnant. Sie haben unser Leben gerettet.« Craymorus klang ungeduldig. Jonan sah ihn an, aber der Fürst erwiderte seinen Blick nicht.

*Komm schon*, dachte er. *Vergiss mich nicht.*

Garrsy warf Tohm den Beutel zu. »Teil es auf!«

Tohm fing ihn auf und grinste, als er das Gewicht spürte.

»Ja, Herr. Wir werden euch alle in unsere Gebete einschließen.«

Er verneigte sich tief vor Craymorus und steckte den Beutel ein.

»Wie viel ist es denn?«, hörte Jonan Olaff fragen, aber Tohm winkte ab. »Später.«

Garrsy schloss die Kutschentür und stieg auf den Kutschbock. Ein zweiter Soldat saß neben ihm. Die Magier erhoben sich von den Decken, auf denen sie gesessen hatten, und rollten sie zusammen. Es waren fast fünfzig Männer und Frauen, aber nur wenige Kinder.

Tohm schwang sich auf sein Pferd. »Kommt. Wir haben einen langen Weg vor uns.«

»Gebt mir meinen Anteil«, sagte Jonan so laut, dass man ihn auch im Inneren der Kutsche hören konnte. »Ich werde euch nicht begleiten. Eure Heimat ist nicht meine Heimat.«

»Wie du willst«, sagte Tohm mit milder Enttäuschung. Er griff in den Goldbeutel, zählte einige Münzen ab und drückte sie Jonan in die Hand. Es waren zu wenige, aber Jonan beschwerte sich nicht. Aus den Augenwinkeln sah er, dass Craymorus das Gesicht in seine Richtung wandte.

»Wohin wirst du gehen, Jonan?«, fragte er.

»Dorthin, wo man meine Dienste benötigt.«

Craymorus stützte die Arme auf den Holzrahmen des Kutschenfensters. »Du kennst die Gefahr, in der Westfall schwebt?«

»Ja, Herr.«

»Denkst du denn nicht, dass deine Dienste dort benötigt werden?«

Es war der Satz, auf den Jonan gehofft hatte, aber er ließ sich nichts anmerken. Der Fürst sollte denken, er habe ihn überredet. Also hob er die Schultern und antwortete: »Vielleicht.«

»Und wenn ich dir sage, dass es so ist, wirst du dann mit uns kommen?«

»Wenn es Euer Wunsch ist, Herr, werde ich mich fügen.«

Craymorus lächelte. »Dann füge dich.«

Jonan neigte den Kopf.

Er blieb neben der Kutsche, als sie sich in Bewegung setzte. Sein Pferd hatte er einer älteren Frau überlassen. Tohm und die anderen ritten davon. Er sah ihnen nicht nach. Seine Gedanken kreisten um das Schiff, auf dem er Ana gesehen hatte. Die Farben Westfalls hatten von den Masten geweht. Das war das Ziel des Flussschiffes, und dorthin führte ihn auch sein Weg. Hinein in die Stadt, hinein in die Festung. Als Soldat des Fürsten würde er sich frei bewegen können, ohne dass jemand Fragen stellte.

*Ein guter Plan*, dachte er nicht ohne Stolz.

Hinter ihm unterhielten sich die Magier. Sie klangen aufgeregt und fröhlich. In der Kutsche herrschte Stille. Jonan sah die Silhouetten von Vater und Sohn durch die zugezogenen Vorhänge. Ab und zu räusperte sich Craymorus.

»Ich habe dir nie für meinen Aufenthalt auf der Insel der Meister gedankt«, sagte er schließlich. »Es war eine sehr lehrreiche Zeit.«

Milus schwieg. Jonan glaubte bereits, er würde nicht antworten, dann tat er es doch. »Was haben sie dich gelehrt?«

»Ich habe die Schriften der Vergangenen studiert.«

»Tatsächlich?« Milus klang plötzlich interessiert.

*Warum?*, fragte sich Jonan.

Craymorus fuhr fort: »Die Klarheit ihrer Gedanken ist bemerkenswert. Ich durfte unter Meister Horrus' Anleitung einiges selbst ...«

»Bist du Soldat?« Adelus' Stimme war lauter als die des

Fürsten. Jonan drehte den Kopf. Der Junge ging neben ihm her und musterte ihn.

»Jetzt bin ich es«, sagte Jonan.

»... haben dich die Vergangenen gelehrt und nach Westfall geschickt«, hörte er Milus in der Kutsche sagen. »Ich ...«

»Du trägst aber keine Uniform. Wieso nicht?«

»Ich bekomme eine in Westfall.« Jonan antwortete einsilbig. Er hätte den Jungen am liebsten weggeschickt, aber er fürchtete, dass der sich dann bei Craymorus beschwerte, und auf dessen Gunst war er angewiesen.

»... sehe da keinen Widerspruch«, antwortete Craymorus. »Ein geschärfter Geist ist immer von Nutzen.«

»Aber sie haben dich geschickt, keinen Schüler, der die Nachtschatten studiert hat.«

»Ich habe wohl mehr Grund ...«

»Kriegen wir auch Uniformen?«, fragte Adelus mit seiner überkippenden lauten Stimme. »Wir sollten welche bekommen, wenn wir mit euch gegen die Nachtschatten kämpfen. Aber nicht so eine, wie der Leutnant trägt. Ich will eine schwarze mit Stiefeln.«

Jonan antwortete nicht, hoffte, der Junge würde das Interesse verlieren, wenn er ihn ignorierte. In der Kutsche ging das Gespräch weiter.

»... dass ich in der Lage dazu bin?«, fragte Craymorus. Er klang auf einmal gereizt.

»Ich habe eine Frage gestellt, die du nicht beantworten kannst«, sagte Milus ruhig. »Hast du überhaupt ...«

»Ich habe noch nie einen Nachtschatten gesehen«, sagte Adelus. »Du?«

»Ja.«

Der Junge hob einen Ast vom Boden auf und ließ ihn durch die Speichen eines Kutschenrads knattern. Auf dem Kutschbock drehte sich Garrsy um. Er schien den Jungen zurechtweisen zu wollen, aber dann sah er, wer es war, und wandte sich wortlos ab.

»Ich habe gehört, dass sie sich in Menschen verwandeln können.« Adelus warf den Stock weg.

Jonan lauschte in die Kutsche hinein, aber dort war es still.

»Das ist wahr«, sagte er.

»Und dann kann niemand erkennen, dass sie ein Nachtschatten sind?«

»Nein.« Die Unterhaltung schien verstummt zu sein.

Adelus trat gegen einen Stein. Er rollte unter die Kutsche. Knirschend fuhr ein Rad darüber. »Ich schon«, sagte er.

Jonan spürte einen Stich im Magen. Sein Mund wurde trocken. »Wie meinst du das?«

»Es ist ganz leicht. Man braucht nur den richtigen Zauber, dann kann man jeden Nachtschatten erkennen, egal, wie er aussieht.« Er schnippte mit den Fingern. »Einfach so.«

# Kapitel 30

*Wer den Fluss beherrscht, beherrscht das Land. Dem Krieger, der diese Worte einst aussprach, soll sein Fürst geantwortet haben: Wenn dies wahr wäre, stündest du gerade vor einem Fisch.*

*Jonaddyn Flerr, Die Fürstentümer und Provinzen der vier Königreiche, Band 2*

Schwarzklaue.«

Er erwachte. Marya beugte sich über ihn. Es war so dunkel, dass er sie kaum erkannte.

Schwarzklaue setzte sich auf. Es war still. Das unablässige Schlagen der Ruder, das seit drei Tagen die Reise über den Fluss bestimmte und dafür sorgte, dass die Strömung sie nicht zu weit nach Süden trieb, war verstummt.

»Warum wird …«, begann er, aber Marya legte ihm eine Klaue auf den Mund.

»Sei still«, flüsterte sie. »Ein Schiff.«

Sie streckte den Arm aus. Schwarzklaue kniff die Augen zusammen. Die Schwärze des Flusses und die der Nacht gingen ineinander über. Die Sterne spiegelten sich im Wasser, sodass es beinahe aussah, als hingen die Flöße im Himmel.

Blindnacht, so nannten die Bewohner des Südens die mondlosen Nächte. Im Norden hießen sie Totenmond.

»Wo?«, fragte er leise. Die anderen Nachtschatten rührten sich nicht. Ihre Ruder lagen neben ihnen auf dem Holz.

»Dort, unter dem Schneehasen.«

Schwarzklaue fand das Sternbild tief am südlichen Himmel. Es hatte sie seit ihrem Aufbruch begleitet. Das Schiff, das darunter hing, war ein schwarzer Fleck in der Dunkelheit. Seine Größe ließ sich nicht erahnen, auch nicht, wie weit es entfernt war.

»Die anderen wissen Bescheid«, flüsterte Marya. »Ich habe ein paar Schwimmer zu den Flößen geschickt. Sie haben sich in der Nacht weit voneinander entfernt. Ich weiß nicht, ob die Boten alle erreichen.«

Schwarzklaue nickte. »Es scheint näher zu kommen«, sagte er. Die Anstrengung ließ seine Augen tränen, aber er sah nicht weg.

»Die Strömung treibt uns ihm entgegen.« Snellig hockte am Rand des Floßes, die Arme auf das lange Steuerruder gestützt. Auch er sprach leise. Auf dem Wasser hörte man Geräusche meilenweit.

»Ist es ein Schiff aus Westfall?«

Der Bootsbauer hob die Schultern. »Schwer zu sagen in der Dunkelheit, aber es ist groß, größer, als es Piratenschiffe meistens sind.«

Schwarzklaue schlich zum Rand des Floßes, tauchte die Hände ins Wasser und trank. Es war kühl und süß. Seine Müdigkeit verschwand.

»Können wir es kapern?«

»Was?« Snellig hob den Kopf.

»Können wir es kapern?« Ungeduld machte aus Schwarzklaues Flüstern ein Zischen.

»Ich sagte doch, dass ich nicht weiß, ob es ein Schiff aus Westfall ist.«

»Und wenn es so wäre?« Marya richtete sich auf und hielt die Nase in den Wind.

Snellig kratzte sich am Bauch. »Ich weiß nicht, wie die

Schiffe heutzutage ausgestattet sind. Damals im Krieg hatten sie ein Dutzend Katapulte an Bord und hundert Bogenschützen. Sie waren uneinnehmbar.«

*Von anderen Schiffen, aber wir sind kein Schiff.* Die Stimme flüsterte in Schwarzklaues Geist. »Von anderen Schiffen …«, sagte er, bevor ihm auffiel, dass es nicht sein eigener Gedanke war, sondern ein fremder. Er wollte nach ihm greifen, ihn erkunden, wie einen neuen Ort, aber da war er bereits verschwunden.

»Aber wir sind kein Schiff«, sagte Marya im gleichen Moment, als wäre der Gedanke auf sie übergesprungen wie ein Floh. Schwarzklaue sah sie an. Die Krieger auf dem Floss nickten, sogar Snellig neigte den Kopf.

»Das ist wahr«, sagte er.

Schwarzklaue spürte die Blicke der anderen. Der schwarze Fleck wurde größer, nahm allmählich die Form eines Schiffs an. Drei Maste ragten in den Himmel, schwarze Striche vor den Sternen. Die Segel hingen schlaff von ihnen herab. Es war beinahe windstill.

»Wenn wir das Schiff einnehmen«, sagte Marya leise, »können wir bis in den nächsten Hafen segeln, bevor jemand etwas bemerkt.«

»Und wenn nicht?«, fragte Snellig.

Schwarzklaue knurrte. So sprachen Feiglinge. Nacheinander berührte er vier Krieger am Arm. »Schwimmt zu den anderen Flößen. Sagt ihnen, dass wir das Schiff angreifen.«

Sie nickten. Er roch ihre Zustimmung. Sie wollten kämpfen, genau wie er. Deshalb waren sie auf die lange Reise gegangen. Beinahe lautlos ließen sie sich ins Wasser gleiten. Die meisten Flöße waren nicht weit entfernt von ihrem eigenen. Schwarzklaue hoffte, dass die anderen abwarteten.

Er wandte seine Aufmerksamkeit wieder dem Schiff zu.

Er hörte die Takelage knarren. Ab und zu blitzte ein Licht auf, vielleicht eine Öllampe, die an einem der Masten hing. Er tastete nach dem Seesack neben sich und öffnete ihn. Vorsichtig zog er das Schwert heraus. Die Lederrüstung schob er zurück, nahm nur den Helm. Sie war zu schwer, um darin zu schwimmen.

Nur Marya und drei andere Krieger griffen ebenfalls nach Säcken. Die restlichen hatten wohl nicht darauf geachtet, wo ihre Sachen verstaut worden waren.

*Unter Korvellan wäre das nicht passiert,* dachte Schwarzklaue. Er hätte darauf geachtet, dass sich die Krieger nicht von ihrer Ausrüstung trennten.

Er grinste.

»Worüber lachst du?«, fragte Marya, während sie sich zwei Schulterstücke anschnallte.

»Darüber, dass wir wie Krieger kämpfen, weil wir nicht wie Soldaten denken.« Er half ihr, die Schulterstücke zurechtzuziehen. »Und deshalb können wir nur siegen oder sterben.«

Sie schien nicht zu verstehen, was er meinte. Er erklärte es nicht. Immer näher kam das Schiff. Schwarzklaue konnte bereits die Wellen an seinem Bug erkennen und die sanft geschwungene Reling, die zum Heck hin höher wurde. Es war größer als jedes andere Schiff, das Schwarzklaue je gesehen hatte, dreimal so breit wie das Floß und neun- oder zehnmal so lang. Am Heck, dort, wo das Schiff am höchsten war, standen vier Männer an einem langen Ruder. Rechts und links neben ihnen ragten Katapulte empor.

»Legt euch flach hin«, sagte Schwarzklaue leise. Die Krieger folgten dem Befehl. Es klirrte metallisch, als zwei Schwerter gegeneinanderschlugen. Schwarzklaue verzog das Gesicht. Er sah zu den Männern am Ruder, aber sie reagierten nicht.

Noch zwei Speerwürfe waren sie von dem Schiff entfernt. Es trug einen Schriftzug an der Seite. Schwarzklaue hatte nie lesen gelernt. Er wusste nicht, was er bedeutete.

»Heldenmut«, flüsterte Snellig. Er schnaubte. »Das muss ein Schiff aus Westfall sein.«

Schwarzklaue drehte den Kopf. Er sah ein zweites Floß nicht weit entfernt von ihnen. Auch dort hatten sich die Nachtschatten auf das Holz gelegt. Nur einer hockte am Steuerruder und lenkte das Floß.

»Angriff!«

Der Schrei hallte über das Wasser. Einen Lidschlag lang dachte Schwarzklaue, einer der Nachtschatten habe ihn ausgestoßen, doch dann hörte er ein Geräusch, als würde ein Vogelschwarm emporsteigen. Er wusste, was es zu bedeuten hatte.

»Unter die Flöße!«, schrie er, als Pfeile aus dem Himmel fielen. Dumpf bohrten sie sich in Holz, schlugen glucksend ins Wasser, gruben sich nass ins Fleisch. Nachtschatten schrien. Schwarzklaue stieß Marya vom Floß und sprang hinterher. Ein Pfeil zischte so dicht an ihm vorbei, dass er die Federn auf der Wange spürte.

»Angriff!«

Eine zweite Stimme, dunkler als die erste. Schwarzklaue holte tief Luft und tauchte unter. Er riss die Augen auf. Das Floß trieb über ihm. Marya hielt sich von unten am Holz fest, um nicht an die Oberfläche zu treiben. Ihre halb festgebundenen Schulterstücke schlugen im Wasser auf und ab.

Etwas durchschlug das Holz weniger als eine Handbreit von ihrem Kopf entfernt. Ein Stein schoss ins Wasser, zog einen Schweif aus Luft hinter sich her und verschwand in der Dunkelheit. Andere folgten, vor und hinter Schwarzklaue, die meisten jedoch hinter ihm. Die Katapultschützen hatten sich noch nicht auf die Entfernung eingestellt.

Er sah nach oben. Das Floß löste sich in seine Bestandteile auf. Stämme rollten im Wasser, Splitter und Kisten trieben zwischen ihnen. Seine Lunge brannte. Er musste auftauchen.

Marya durchstieß fast gleichzeitig mit ihm die Wasseroberfläche.

»Näher heran!« Sie keuchte. »Schnell!«

Hinter ihr stellte sich ein Nachtschatten auf einem Floß auf. Er hielt einen langen Eisenhaken in der einen und ein Tau in der anderen Hand. Eine Leiche lag neben ihm. Die Beine ragten empor, der Oberkörper hing im Wasser.

»Angriff!« Wieder die dunkle Stimme.

»Pass auf!«, schrie Schwarzklaue. Im gleichen Moment hörte er das Knallen, mit dem die Katapultschaufeln ausgelöst wurden. Singend rasten Steine über ihn hinweg. Der Nachtschatten ließ los. Die Steine trafen ihn und zerfetzten seinen Körper. Blut spritzte über das Floß. Fleisch und Knochen klatschten ins Wasser. Der Eisenhaken segelte nach oben, zog das Tau mit sich. Es war nicht das erste. Zwei weitere Tauenden trieben bereits im Wasser. Nachtschatten schwammen auf sie zu.

Die Schützen auf dem Schiff jubelten. In der Dunkelheit sahen sie die Eisenhaken nicht. Schwarzklaue ergriff Maryas Hand und zog sie darauf zu, bis sie die Taue bemerkte. Sie wischte sich Blut aus dem Gesicht und nickte. Irgendetwas musste sie getroffen haben.

Vor ihnen kletterten die ersten Nachtschatten nach oben. Die meisten trugen weder Schwerter noch Rüstung. Schwarzklaue zog unwillkürlich den Kopf ein, als eine weitere Pfeilsalve über ihn hinwegschoss, aber sie war viel zu hoch, richtete sich auf die Flöße weit hinter ihm.

*Sie achten nicht auf uns,* dachte er. *Die Narren, die zurückgeblieben sind, lenken sie ab.*

Endlich schlossen sich seine Hände um eines der Taue. Er zog sich daran empor. Der Schiffsrumpf war voller Muscheln und Algen, an denen er abrutschte. Marya war hinter ihm. Zweimal stürzte sie ins Wasser, dann erst fand sie Halt.

Schwarzklaue sah die Reling über sich und schob sich vorsichtig nach oben, bis er darüber hinwegblicken konnte. Der Eisenhaken hing in der Nähe des Bugs zwischen aufgerollten Tauen und offenen Kisten voller Steine. Links von ihm, weniger als eine Manneslänge entfernt, stand ein Katapult. Zwei Männer schaufelten glühende Kohlen hinein. Mehrere große Kohlepfannen standen in der Mitte des Decks. Matrosen stocherten mit Schaufeln darin, Funken stiegen empor und verloren sich in der Nacht.

Bogenschützen standen in Zweierreihen hinter den Katapulten. Schwarzklaue zählte vierzig Bogenschützen und sechs Katapulte, nicht ganz so viele, wie Snellig erwartet hatte. Wie viele Matrosen an Bord waren, konnte er nicht überblicken. Ständig liefen Männer zwischen dem Niedergang, der unter Deck führte, und den Bogenschützen hin und her. Sie trugen Eimer mit einer schwarzen Flüssigkeit.

*Pech*, dachte Schwarzklaue, als er sah, wie die Schützen ihre Pfeile hineintauchten und an Fackeln entzündeten. *Sie wollen die Flöße in Brand setzen.*

»Schwarzklaue«, flüsterte eine Stimme nicht weit entfernt. Er sah nach rechts und entdeckte zwei Nachtschatten zwischen den Taurollen. Sie hießen Krummzahn und Bärenkralle. Krummzahn winkte ihn heran.

Vorsichtig schob sich Schwarzklaue über die Reling. Die Matrosen und Schützen bemerkten ihn nicht. Eine Salve glühender Kohle flog den Flößen entgegen. Schwarzklaue biss die Zähne zusammen. Am liebsten hätte er sich auf die Schützen gestürzt, aber er riss sich zusammen und schlich zu den anderen. Aus den Augenwinkeln sah er, dass Marya ihm folgte. Sie hatte ihre Waffe verloren, ebenso wie er selbst.

Hinter einer Taurolle ging er in Deckung. Bärenkralle nickte ihm zu. Er war ein großer, kräftiger Krieger mit breiten Schultern und Armen, die zu lang für seinen Körper zu sein schienen. Neben ihm schoben sich Klauen über die Reling. Zwei andere Nachtschatten kletterten an Bord, vier weitere folgten. Keiner von ihnen war bewaffnet. Sie sahen Schwarzklaue und gingen ebenfalls in Deckung.

»Wir greifen die Bogenschützen zuerst an«, flüsterte er, »dann alle anderen, die uns gefährlich werden können. Lasst die Katapulte in Ruhe, wenn es geht. Die werden wir noch gut gebrauchen können.«

Bärenkralle runzelte die Stirn. »Aber sie beschießen die Flöße.«

»Wer so dumm ist und sich noch immer in ihrer Reichweite befindet, hat es nicht anders verdient«, sagte Marya, bevor Schwarzklaue etwas darauf erwidern konnte. Es war eine gute Antwort, besser als die, die ihm selbst eingefallen wäre.

»Passt auf!«, rief ein Matrose. Er beugte sich zwischen zwei Katapulten über die Reling und zeigte nach unten. »Die Ungeheuer klettern am Rumpf hoch!«

Bogenschützen liefen zu ihm. Die Zweierreihe löste sich auf.

Schwarzklaue brüllte. Mit einem Satz sprang er über die Taurolle hinweg. Er griff nach einem der faustgroßen Steine, die in einer der Munitionskisten lagen, und warf ihn.

Der Bogenschütze, der an der Reling bereits den Bogen spannte, ging lautlos zu Boden. Die anderen fuhren herum. Einige schossen in Panik ihre Brandpfeile ab. Sie bohrten sich in den vorderen Mast, in das Deck und die Reling, bevor eine der Stimmen, die Schwarzklaue auf dem Floß gehört hatte, »Nicht die Brandpfeile, ihr Narren!« schrie.

Er entdeckte den Mann, der den Ruf ausgestoßen hatte, hinter den Bogenschützen. Er stand auf der Treppe, die zum Oberdeck führte. Seine Uniform war hochgeschlossen, sein Kopf kahl geschoren. Er schrie Befehle und fuchtelte mit einem Schwert herum. Die Schützen schienen auf ihn zu hören, wahrscheinlich war er ihr Offizier.

Schwarzklaue zeigte auf ihn und nickte Marya zu. »Ihn.«

Die anderen Nachtschatten stürmten den Bogenschützen entgegen. Bärenkralle breitete die Arme aus, warf gleich drei von ihnen zu Boden. Einem zertrat er den Kopf, den anderen beiden hieb er seine Klauen in die Kehle.

Krummzahn stand über ihm und schwang eine Eisenkette. Sie traf einen Bogenschützen mitten ins Gesicht, riss ihm Wange und Kiefer auf. Er fiel auf die Knie. Blut quoll aus seinem Mund und verwandelte seine Schreie in ein Gurgeln. Seine Hand riss einen Eimer mit Pech um. Zähflüssig ergoss es sich über das Deck.

Schwarzklaue sprang über ihn hinweg. Die meisten Bogenschützen hatten ihre Brandpfeile bereits über die Reling geschossen und griffen nach frischen Pfeilen. Für einen Moment waren sie hilflos.

»Aufstellung nehmen!«, schrie der Offizier. »Den Rücken zur Kajüte.«

Einige Männer drehten sich um, wollten dem Befehl wohl gehorchen, aber die anderen standen ihnen im Weg. Die Nachtschatten sprangen ihnen in den Rücken. Mit Pfeilen und Messern stachen sie auf sie ein.

Ein Matrose tauchte plötzlich vor Schwarzklaue auf. Er wusste nicht, woher er gekommen war, vielleicht aus einer Lücke zwischen zwei Katapulten. Der Mann hatte das Schwert hoch erhoben, stieß mit beiden Händen zu.

Schwarzklaue duckte sich. Heiß strich die Klinge über seinen Rücken. Er rammte dem Mann den Kopf in den Bauch, schleuderte ihn gegen die Reling. Er hörte das Rückgrat brechen und wandte sich ab. Wimmernd rutschte der Mann zu Boden.

Marya hob das Schwert auf und reichte es ihm. »Du hast dafür gekämpft, es gehört dir.«

Er nahm es ihr aus der Hand. Es war kein gutes Schwert, aber es würde seinen Zweck erfüllen.

Gemeinsam kämpften sie sich weiter zum Heck vor. Er spürte, wie sie einen gemeinsamen Rhythmus fanden, wie Tänzer, die sich ganz auf das Schlagen der Trommeln einließen.

Schwarzklaue achtete auf die linke, Marya auf die rechte Seite. Er sah jeden Angriff, bevor dieser ihm gefährlich werden konnte, so als bewegten er und sie sich schneller als alle anderen. Schließlich trennten sie nur noch wenige Schritte von dem Offizier auf der Treppe. Schwarzklaue sah die Panik in seinem Blick, als er sie bemerkte. Er wusste, dass er ihr Ziel war.

Marya rammte einem Bogenschützen das Schwert in den Bauch und stieß ihn mit der Schulter zur Seite. Der Weg zur Treppe war frei.

Der Offizier sprang über das Geländer, rutschte auf dem blutigen Deck aus und fiel auf die Knie. Schwarzklaues Schwertschlag ging über ihn hinweg, traf einen anderen Mann in die Seite.

Schwarzklaue zog das Schwert aus dem zuckenden Körper. Der Offizier kam auf die Beine, sprang in den Niedergang, dessen Luke offen stand. Schwarzklaue folgte ihm, brachte die Treppe nach unten mit einem Sprung hinter sich.

Ein schmaler Gang lag vor ihm. Öllampen schwangen an der Decke hin und her, warfen schaukelnde Lichtkegel. Er hörte, wie der Offizier eine Tür am Ende des Gangs zuschlug.

Der Lärm des Kampfes, die Schreie und Schläge wurden leiser. Füße stampften über das Deck. Es klang wie eine Büffelherde. Blut tropfe durch die Bohlen.

»Ich halte dir den Rücken frei!«, rief Marya die Treppe herunter.

Schwarzklaue antwortete nicht. Vor der Tür blieb er stehen. Es stank nach Pech und Angst.

Er trat die Tür ein. Sie wurde aus den Angeln gerissen und krachte in den Raum, der hinter ihr lag.

Schwarzklaue sah einen Kessel, groß genug für einen Menschen. Er hing an Eisenketten über einem Holzkohlefeuer. Eimer standen daneben. Die Luft war voller Rauch. Es war heiß.

Der Offizier war bis an die Wand zurückgewichen. In einer Hand hielt er eine brennende Fackel, seine andere lag auf einem verrostet aussehenden Hebel.

»Verschwinde!«, schrie er. Schweiß lief ihm übers Gesicht. »Ich zünde das verdammte Schiff an, hörst du!«

Schwarzklaues Blick glitt von der Eisenkette zu dem Hebel, der den Topf über dem Feuer hielt.

»Ich weiß, was ihr in Srzanizar gemacht habt. Jeder weiß das.« Mit dem Ärmel wischte sich der Offizier den Schweiß aus den Augen. Die Flamme der Fackel leckte über die Wand. »Glaub also nicht, dass ich es nicht tun werde.«

Schwarzklaue legte sein Schwert auf den Boden und trat einen Schritt zurück.

Der Offizier blinzelte. Seine Mundwinkel zuckten. Hoffnung mischte sich in die Angst in seinem Blick.

»Du wirst verbrennen, wenn du das tust«, sagte Schwarzklaue.

»Ich weiß, aber das Schiff wird mit mir brennen.« Der Offizier wischte sich die Hand an der Hose ab und legte sie wieder auf den Hebel. »Ihr werdet es nicht bekommen.«

»Du würdest also lieber im Feuer sterben, als dich mir im Kampf zu stellen?«, fragte Schwarzklaue.

Der Offizier nickte. Er zitterte am ganzen Körper.

»Dann brenne.«

»Was?«

Schwarzklaue verschränkte die Arme vor der Brust. »Brenne.«

Die Hand des Offiziers lag so fest um den Hebel, dass seine Finger weiß wurden. Stechender Uringeruch mischte sich in den Rauch.

*Zu feige zum Kämpfen, zu feige zum Sterben*, dachte Schwarzklaue. Der Gestank des Menschen widerte ihn an. Er machte einen Schritt auf ihn zu, dann einen zweiten.

»Ich tue es!«, schrie der Offizier.

Schwarzklaue schwieg und ging weiter. Hinter ihm polterte es. Er roch Marya, noch bevor sie im Türrahmen auftauchte und dort stehen blieb. Sie hielt zwei blutige Schwerter in den Händen. Ihr Fell war verklebt.

»Ist oben alles in Ordnung?«, fragte Schwarzklaue ruhig. Der Blick des Offiziers zuckte von ihm zu Marya und wieder zurück.

»Das Schiff gehört uns.« Sie zog die Lefzen hoch. »Kein Mensch steht mehr dort oben.«

»Sind sie tot?«, fragte der Offizier. Das Licht der Fackel warf Schatten über sein Gesicht. Schwarzklaue sah Tränen in seinen Augen schimmern.

»Das würdest du wissen, wenn du nicht gerannt wärst wie ein Feigling«, sagte Marya.

Eine Ader begann an der Stirn des Offiziers zu pochen.

»Ich bin kein Feigling. Ich wollte nur …«

Schwarzklaue griff nach der Fackel. Seine Hand schoss vor, doch die des Offiziers ebenfalls.

Der Mensch war schnell, viel schneller, als er gedacht hatte. Die Flamme biss in seine Hand. Er zuckte zurück.

Der Offizier setzte nach, stieß mit der Fackel zu wie mit einem Schwert. Schwarzklaue wich aus.

»Hoffnung!«, schrie der Offizier und drückte den Hebel nach unten. Eisen klirrte, der Kessel sackte an einer Seite nach unten. Pech ergoss sich träge über das Deck und in die Holzkohle, floss zäh der Tür entgegen.

Der Offizier warf die Fackel, hatte auf die Tür gezielt, doch Schwarzklaue schlug die Fackel zur Seite. Sie fiel in das Pech, Feuer breitete sich aus.

Mit einem Sprung erreichte Schwarzklaue den Türrahmen. Marya starrte auf das brennende Pech.

»Wir müssen es löschen!«, schrie sie. »Wir brauchen das Schiff!«

Er zog sie mit sich. »Es wird brennen, egal, was wir tun. Komm!«

Sie liefen in den Gang, aber Schwarzklaue blieb stehen und sah zurück in den Raum. Rauch und Feuer bildeten eine Wand zwischen ihm und dem Offizier. Schemenhaft sah er dessen Gestalt, sah, dass er sich zur Wand gedreht hatte und mit den Fäusten gegen das Holz schlug.

»Holt mich raus!«, schrie er. »Holt mich doch raus.«

Seine Schreie wurden zu einem Husten. Er presste sich gegen die Wand, als wolle er in ihr verschwinden.

Schwarzklaue wandte sich ab. Der Offizier würde mit dem Rücken zum Feind sterben, feige bis in den Tod.

Als er an Deck ankam, quoll der Rauch bereits durch die Ritzen. Nachtschatten ließen zwei Beiboote zu Wasser. Ihre Rücken waren gebeugt, die Augen nach unten gerichtet.

Schwarzklaue trat an die Reling und sah die Leichen, die zwischen Holzstämmen und Trümmern im Fluss trieben. Es waren viele, vier oder fünf Dutzend, vielleicht mehr. Sie würden es erst genau wissen, wenn sie an Land waren.

»Verlasst das Schiff!«, rief er den Nachtschatten zu. »Ihr habt gekämpft wie wahre Krieger. Seid stolz auf euch!«

Die Krieger nickten, doch Schwarzklaue wusste, dass sie ebenso wie er erkannt hatten, dass der Sieg ohne das Schiff keinen Wert hatte.

Von der Reling sprangen sie ins Wasser. Sie schwammen zu den Beibooten und zu den Flößen, die den Beschuss überstanden hatten. Schwarzklaue sah auf, als Snellig neben ihn trat. Er hielt einige Pergamentrollen in der Hand.

»Ich habe Karten gefunden«, sagte er. »Ich weiß zwar, dass Kartenlesen nur was für Menschen ist, aber vielleicht sollten wir eine Ausnahme machen. Diese Karten werden uns sicher an Land bringen.«

*Wie Diebe in der Nacht*, dachte Schwarzklaue, *nicht wie Krieger auf einem Siegeszug.*

Trotzdem nickte er. »Gut.«

Rasch verließen die Nachtschatten das Schiff. Schwarzklaue blieb zurück. Marya wartete einen Moment auf ihn, schien aber dann zu spüren, dass er allein sein wollte, und sprang ebenfalls ins Wasser.

Schwarzklaue ließ seine Hand über die Reling gleiten. Das Holz war glatt und hart. Katapulte standen mit gespannten Schaufeln neben ihm, als würden sie darauf warten, von ihm beladen und abgeschossen zu werden. Wenn er die Augen schloss, sah er die Befestigungsanlagen von

Charbont, sah, wie die Steine in sie einschlugen, hörte die überraschten Schreie der Verteidiger.

Er hustete, als Rauch in seinen Mund drang, und schlug mit der Faust auf die Reling. *Unterschätze niemals, wozu Menschen in ihrer Verzweiflung fähig sind!* Korvellan hatte diesen Satz zwar nie ausgesprochen, aber wenn er in diesem Augenblick da gewesen wäre, hätte er ihn wohl gesagt.

*Siehst du, ich brauche dich nicht mehr*, dachte Schwarzklaue. *Sogar deine Lektionen bringe ich mir selbst bei.*

Der Gedanke vertrieb die Wut ein wenig. Er strich ein letztes Mal über das Holz, dann wandte er sich ab – und stutzte.

Jemand bewegte sich im Rauch, der wie Nebel aus dem Deck aufstieg. Es war eine Gestalt – nein, zwei erkannte er, als er näher heranging. Sie schmiegten sich aneinander, bewegten sich mit seltsam hüpfenden Bewegungen.

Die Füße des einen – es war ein Mann – schleiften über den Boden. Feuer leckte an seinen Sohlen. Schwarzklaue roch verbranntes Fleisch, aber der Mann schrie nicht.

Er erkannte ihn, als Wind den Rauch aufwirbelte. Es war der Matrose, dem er das Rückgrat gebrochen hatte. Sein Kopf rollte auf seinen Schultern hin und her, aber seine Augen bewegten sich. Er lebte.

Die andere Gestalt trug einen langen schwarzen Mantel mit Kapuze. Sie hielt den Matrosen fest, schmiegte ihn an sich wie einen Geliebten. Sie hüpfte, zog ihn über das Deck, als tanzten sie zu einer unhörbaren Melodie.

»Daneel?«, fragte Schwarzklaue.

Die Gestalt brach ihren Tanz ab. Der Matrose rutschte aus ihren Armen zu Boden. Speichel tropfte aus seinem Mund und verdampfte auf dem Deck. Er sah auf seltsame Weise leicht aus, so als würde er auf dem Wasser treiben, wenn man ihn hineinwarf.

Schwarzklaue sah, wie die Haare des Matrosen Feuer fingen. Sein Gesicht war verzerrt, sein Mund weit aufgerissen. Seine Brust hob und senkte sich in schneller Folge.

Der Matrose schrie mit all dem Entsetzen und dem Schmerz, zu dem sein Körper fähig war, doch das Einzige, was Schwarzklaue hörte, war ein Hauch, leise wie der Atem eines Schlafenden.

Er hob einen Bogen vom Deck auf und schoss dem Matrosen einen Pfeil in die Brust. Sein Körper zuckte, dann lag er still.

Schwarzklaue nahm einen zweiten Pfeil aus dem Köcher einer Leiche und zielte auf die Gestalt im schwarzen Mantel.

»Was hast du mit ihm gemacht, Daneel?« Es ärgerte ihn, dass seine Stimme seinen Ekel verriet.

Die Gestalt nahm die Kapuze ab und grinste. Ihr zahnloser Mund bewegte sich nicht, trotzdem sprach sie. »Ich habe nichts gemacht, und du hast nichts gesehen. Verlass das Schiff und bring deine stinkenden Ungeheuer nach Westfall, verstanden?«

Schwarzklaue blinzelte. Die anderen Nachtschatten hatten das Schiff bereits verlassen, nur er und Daneel standen noch an der Reling.

»Du wirst siegen, mein Freund, auch ohne dieses Schiff«, sagte Daneel.

»Ja, das werde ich.« Schwarzklaue spürte, dass es so war, wie Daneel sagte. Er hatte noch nie gelogen. Einen Moment betrachtete er den Bogen in seiner Hand. Er glaubte etwas vergessen zu haben, aber Daneels Stimme vertrieb den Gedanken.

»Komm. Lass uns gehen.«

Schwarzklaue ließ den Bogen fallen, kletterte über die Reling und hangelte sich an einem Tau nach unten. Daneel folgte ihm. Die Nachtschatten halfen ihm an Bord des Beiboots.

»Was hat er da oben gewollt?«, fragte Marya, als sich Schwarzklaue neben sie auf die Ruderbank setzte. Die anderen rückten beiseite.

»Er wollte ...«, begann er, doch dann schüttelte er den Kopf. »Wer weiß schon, was Menschen wollen.«

Er tauchte das Ruder ins Wasser. Mit jedem Schlag entfernte sich das Boot weiter von dem dampfenden, brennenden Schiff. Schwarzklaue sah Flammen aus dem Deck schlagen, wenig später brannten die Segel, dann fielen die Masten. Als die Sonne über den Horizont kroch, versank es im Fluss. Trümmer und Leichen trieben an der Oberfläche, vermischten sich mit toten Nachtschatten und den Überresten der Flöße.

»Sie sollten nicht zusammen sein«, hörte er Snellig hinter sich sagen. »Die Menschen haben es nicht verdient, im selben Fischmagen zu landen wie unsere Krieger.«

Einige lachten, andere nickten. Schwarzklaue blickte über das Wasser. Flöße schlossen sich den beiden Beibooten an. Er hörte das Stöhnen von Verletzten, doch die meisten Nachtschatten saßen aufrecht. Nur wenige lagen.

*Sie dürfen uns nicht aufhalten,* dachte Schwarzklaue. *Man wird das Schiff irgendwann vermissen, vielleicht seine Trümmer finden. Wenn das passiert, müssen wir bereits vor den Toren Westfalls stehen.*

Er begann kräftiger zu rudern. Die anderen schlossen sich seinem Rhythmus an.

Am Abend, kurz nach Sonnenuntergang, sahen sie die Küste. Sie warteten, bis die Nacht kam, dann gingen sie an Land. Lautlos wie Diebe.

# *Kapitel 31*

*Was wäre das Volk ohne seine Fürsten? Diese Frage wird in Westfall mit dem Tode bestraft. Dem Reisenden sei daher geraten, sie nicht zu stellen.*
*Jonaddyn Flerr, Die Fürstentümer und Provinzen der vier Königreiche, Band 1*

Craymorus dankte stumm den Flussgöttern, als die Kutsche vor der Haupttreppe der Burg zum Stehen kam. Sein Vater stieg ohne ein Wort aus. Mit ihm verschwand der Druck aus der Kutsche, der die ganze Zeit über auf Craymorus gelastet hatte. Abgesehen von einer unglücklichen Diskussion über seine Studien hatten sie die Fahrt schweigend verbracht, nur unterbrochen von gelegentlichen kurzen Sätzen über die Landschaft oder das Wetter.

Craymorus rückte seine Krücken zurecht und rutschte aus dem Gefährt. Jonan hielt einen Soldaten, der ihm dabei helfen wollte, mit einer Geste fern. Er schien zu spüren, wann sein Herr Hilfe brauchte und wann sie unerwünscht war.

*Ich werde ihn behalten*, dachte Craymorus. Er brauchte jemanden, dem er trauen konnte, jemanden, der nicht aus Westfall stammte, keine eigenen Ambitionen hatte – und ihm das bisschen Würde ließ, das er sich jeden Tag aufs Neue erkämpfen musste.

Diener liefen die Treppe herunter und führten die Magier zu ihren Quartieren. Garrsy hatte zwei Soldaten auf

Pferden vorausgeschickt, damit alles für ihre Ankunft vorbereitet war. Die meisten wirkten erschöpft nach dem langen Marsch.

»Craymorus!«

Er sah auf. Syrah lief ihm entgegen. Sie trug einen Umhang, der sich im Wind wie ein Segel blähte. Craymorus zuckte zusammen, als sie ihm die Hände auf die Wangen legte und seinen Mund küsste.

»Ich hoffe, deine Reise war erfolgreich, mein Gemahl«, sagte sie. Ihr Blick glitt kurz zu Jonan, dann wieder zurück zu Craymorus. »Kommt. Ruht Euch aus. Und dann müsst Ihr mir alles darüber erzählen. Ganz Westfall wartet bereits auf Neuigkeiten.«

»Danke«, sagte er. Es klang so unbeholfen, wie er sich fühlte. Er folgte Syrah die Treppe hinauf. Sie lief vor, während er sich Stufe um Stufe nach oben zog. Durch die lange Kutschfahrt hatten sich seine Muskeln verhärtet. Sein rechter Fuß schlug unkontrolliert gegen die Eisenstangen, die ihn hielten. Er stolperte und musste sich am Geländer festhalten. Eine Krücke rutschte aus seiner Achselhöhle und polterte die Treppe nach unten. Syrah fuhr herum. Einen Moment glaubte er so etwas wie Triumph auf ihrem Gesicht zu sehen, dann schlug sie die Hände vor dem Mund.

»Geht es Euch gut, mein Fürst?« Sie wartete seine Antwort nicht ab. »Soldat, hilf deinem Herrn!«

Jonan hob die Krücke auf. »Braucht Ihr Hilfe?«, fragte er.

Craymorus schüttelte den Kopf und nahm die Krücke. Sein Fuß erschlaffte, aber die Krämpfe ließen nicht nach. *Ich hätte häufiger eine Rast einlegen sollen,* dachte er, aber er hatte es nicht getan, hatte in Gegenwart seines Vaters nicht noch mehr Schwäche zeigen wollen. Nun zahlte er den Preis dafür.

Er blieb stehen, glaubte keinen Schritt weitergehen zu können. Die Treppe erschien ihm endlos.

»Sieht mein Vater zu?«, fragte er Jonan leise.

»Nein, Herr.«

»Dann hilf mir hoch.«

Er ließ sich die Treppe hinaufschleifen und den Gang entlang. Syrah öffnete die Tür zu seinem Gemach. Craymorus trat auf eigenen Beinen ein und zog sich zu dem Sessel, der neben seinem Schreibtisch stand. Eine Karaffe mit Wein stand darauf.

»Dein Herr braucht dich heute nicht mehr«, sagte Syrah und schloss die Tür.

Craymorus ließ sich in den Sessel fallen und löste die Lederriemen an seinen Oberschenkeln. »Ich entscheide selbst, wann ich meine Diener brauche.«

»Mach dich nicht lächerlich.« Syrah wischte sich den Mund ab, als könne sie so den Kuss wegwischen, den sie ihm gegeben hatte. »Weißt du überhaupt, was hier vorgeht?«

Sie sprach leise, aber jedes Wort war eine Anklage. »Späher melden, dass die Nachtschatten auf der alten Handelsstraße gesehen wurden. Sie sind auf dem Weg hierher. In der Stadt herrscht Panik. Gerade gestern ist ein Dutzend Sklaven aus der Burg geflohen. Das Volk braucht seinen Fürsten, aber was bringt er ihnen? Einen Jungen, dessen Haar nicht nass wird!«

Die Vorhut hatte also nicht nur die Diener informiert. Craymorus machte den Soldaten keinen Vorwurf. Ihre Loyalität gehörte der Witwe ihres Fürsten, nicht einem Krüppel.

»Er kann weit mehr und die anderen auch. Sie werden den Krieg für uns gewinnen.«

»So wie sie den letzten gewonnen haben?« Syrah kippte

Wein aus der Karaffe in einen Krug und verschüttete fast die Hälfte. Rotwein breitete sich auf der dunklen Holzplatte aus und tropfte zu Boden.

*Sie hat wirklich Angst,* dachte Craymorus. *Das ist kein Spiel.*

»Die Magie ist zurückgekehrt«, sagte er. Beinahe hätte er seine Hand auf die ihre gelegt. »Ich habe es selbst gesehen.«

»Du hast gesehen, was sie dich haben sehen lassen.« Syrah trank einen großen Schluck und atmete tief durch. Sie klang ruhiger, als sie weitersprach. »Man kann ihnen nicht trauen. Gerade du solltest das wissen.«

Mit beiden Händen stützte sie sich auf die Sessellehnen und sah Craymorus an. Ihr Gesicht war keine Armlänge von seinem entfernt. Er sah die kleinen Falten um ihre Augen und roch ihren sauren Atem.

»Zehntausend Mann haben wir den Nachtschatten entgegengeschickt. Zehntausend Mann, den Fürsten und meinen Sohn.«

Ihre Stimme brach. Sie räusperte sich. »Und du kommst mit fünfzig Magiern.«

Sie stieß sich von den Lehnen ab und drehte sich um. Die Kapuze ihres Umhangs wischte durch Craymorus' Gesicht.

»Das ist Wahnsinn«, sagte sie. In einer fließenden Bewegung riss sie die Tür auf, trat hindurch und schlug sie hinter sich zu.

Craymorus fuhr sich mit der Hand über die Augen.

Es klopfte.

»Ja«, sagte er.

Die Tür öffnete sich. Jonan blieb im Türrahmen stehen. »Benötigt Ihr mich heute noch?«

Es fiel Craymorus schwer, sich auf ihn zu konzentrieren.

Syrahs Worte ließen ihn nicht los. »Nein«, sagte er. »Lass dir von Garrsy eine Uniform und ein Quartier geben. Wenn etwas fehlt, sag mir Bescheid.«

Jonan nickte. Er wollte sich umdrehen, aber Craymorus hielt ihn auf. »Du hast die Nachtschatten kämpfen sehen. Glaubst du, wir können sie besiegen?«

»Ja.«

Er klang überzeugt, so als hätte er lange darüber nachgedacht.

Craymorus fragte nicht weiter, sondern sagte: »Gute Nacht.«

Jonan schloss die Tür.

Eine Weile blieb Craymorus in seinem Sessel sitzen. Seine Gedanken kreisten um die Nachtschatten, um seinen Vater, um die Magier und um Syrah. Und sie kreisten um ihn selbst, mehr als ihm recht war. Er war ein Fürst, ob er nun dafür geschaffen war oder nicht. Er musste an sein Volk denken. Sein Schicksal hing von den Magiern ab, die er in die Stadt geholt hatte. Keinen anderen Plan hatte er verfolgt, keine Soldaten werben lassen, keine Söldner eingekauft.

Zum ersten Mal glaubte er Syrah zu verstehen. Sie hatte nicht gesehen, was er gesehen hatte. Wie sollte sie Magiern vertrauen, die sie das letzte Mal auf dem Hügel der Schande erlebt hatte.

*Sie wird ihre Meinung ändern, wenn sie die Magie mit eigenen Augen sieht*, dachte er.

»Sie wird ihre Meinung nie ändern.«

Craymorus zuckte zusammen und drehte den Kopf.

Mellie stand hinter ihm. Sie legte die Hände auf seine Schultern und küsste seine Schläfe. »Du hast geschlafen und im Traum gesprochen.«

Er war sich sicher, dass das nicht stimmte, schwieg jedoch.

»Es ist schön, dass du wieder hier bist.« Mellie ging um den Sessel herum. »Auch wenn du keine guten Nachrichten bringst.«

»Keine guten Nachrichten?« Craymorus setzte sich auf. »Ich habe uns die einzige Hoffnung auf einen Sieg gebracht.«

Mellie ergriff seine Hand und sah ihn an wie einen Sterbenden. »So sieht man das in der Stadt nicht. Alle sind wütend. Halte dich besser vom Volk fern.«

»Warum sind sie …?« Er brach ab, zog seine Hand aus ihrem Griff und fuhr sich durch die Haare. Er war müde. Vielleicht hatte sie recht, und er hatte wirklich geschlafen.

»Sie verstehen das nicht«, sagte er. »Alles, woran sie sich erinnern, ist der Hügel der Schande. Warum vergessen Menschen das Gute und denken nur an das Schlechte?«

»Ich weiß es nicht.« Mellie kroch zu ihm in den Sessel, setzte sich mit dem Rücken zur Tür auf seinen Schoß. Craymorus spürte ihre Hände wie kühle Schlangen auf seinem Bauch. Er lehnte sich mit dem Kopf gegen die Sessellehne und schloss die Augen.

»Deine Hände sind immer kalt«, sagte er.

Sie küsste seinen Hals. »Du wirst sie schon wärmen.«

Es raschelte, als sie ihr Hemd auszog. Sie führte seine Hände zu ihren kühlen Brüsten.

»Schick sie weg«, sagte sie.

Er hörte ihre Worte kaum. »Wen?«

*Die Parasiten.* »Die Magier.«

Er glaubte ein anderes Wort gehört zu haben und öffnete die Augen. Seine Hände rutschten von ihren Brüsten in seinen Schoß. »Was hast du gesagt?«

»Du hast es gehört.« Mellie lächelte und begann sich rhythmisch zu bewegen. Craymorus unterdrückte ein Stöhnen, als Schmerzen durch seine Beine schossen. Er schob Mellie von seinem Schoß.

»Die Magier wegschicken? Hast du den Verstand verloren?« Schmerz ließ die Worte härter als gewollt klingen, aber Crymorus nahm sie nicht zurück. »Ohne sie werden wir verlieren.«

Mellie bückte sich und zog ihr Hemd über. »Und wenn schon«, sagte sie dumpf unter dem Stoff. Die Gleichgültigkeit in ihrer Stimme entsetzte ihn.

»Mellie, was glaubst du …«

Lautes Poltern und Klirren unterbrach ihn. »Wir reden später weiter«, sagte er.

Mellie half ihm die Lederriemen festzuzerren, dann strich sie über seine Wange und lächelte. »Ich versuche doch nur zu helfen.« Die Gleichgültigkeit war verschwunden. Sie wirkte besorgt und offen, so wie er sie kannte.

Craymorus hörte Stiefel auf den Steinen vor seiner Tür, dann hämmerte eine Faust gegen das Holz.

»Mein Fürst!«, rief eine Stimme, die er nicht kannte. »Seid Ihr wach?«

»Schrei nicht so«, sagte eine andere. »Er ist nicht taub.«

Craymorus knöpfte seine Hose zu. Mellie lief zu seinem Bett. Er wartete, bis sie sich in einer Nische dahinter versteckt hatte, dann antwortete er: »Ja, kommt rein.«

Die Tür wurde aufgestoßen. Zwei Soldaten traten ein, ältere Männer ohne Rang. Sie trugen einige Rüstungsteile über der Uniform. Im Gang hinter ihnen sah Craymorus die Helme von weiteren Soldaten. Er wurde nervös.

»Was soll das?«

Der linke der beiden alten Soldaten grinste durch braune Zahnstummel. »Wir haben was gefunden, Herr«, sagte er. »Der Leutnant sagte, wir dürften es Euch selbst zeigen, als Belohnung«

»Seht Ihr, wir waren auf Patrouille«, fügte der andere hinzu. »Zuerst war nichts los, aber dann …«

Er blinzelte nervös und brach ab, so als hätte er die Nerven verloren, in Gegenwart seines Fürsten noch mehr zu sagen.

Craymorus' Sorge verging. So benahm sich niemand, der Teil eines Attentats war. »Zeigt mir, was ihr gefunden habt.«

»Ja, Herr.«

Die beiden Soldaten winkten den anderen zu. Es klirrte, jemand stöhnte, dann zogen sie einen Mann ins Zimmer.

Er wirkte jünger als die Soldaten, aber deutlich älter als Craymorus. Schwere Eisenringe lagen um seine Hand- und Fußgelenke. Die Ketten waren so kurz, dass er kaum gehen konnte. Blut lief aus einer Kopfwunde über sein Gesicht. Er schien kaum bei Bewusstsein zu sein, und die Soldaten mussten ihn aufrecht halten. Immer wieder fiel sein Kinn auf seine Brust. Craymorus sah, wie sein Blut in den Rotwein tropfte, den Syrah verschüttet hatte.

»Wer ist das?«, fragte er.

Der Soldat mit den Zahnstummeln zog den Kopf des Mannes an den Haaren nach oben. »Das größte Arschloch in den vier Königreichen, Herr. General Mortamer Korvellan, Oberbastard der Ungeheuer.«

Korvellan stöhnte. Er öffnete die Augen und blinzelte, als könne er nicht erkennen, wo er sich befand.

»Hat vier Mann umgebracht, bevor wir ihn hatten.«

Craymorus beachtete den Soldaten nicht mehr. Er stemmte sich hoch und klemmte die Krücken unter seine Schultern. Langsam zog er sich an Korvellan heran.

»Vorsicht, Herr. Kommt ihm nicht zu nahe.«

»Seid ihr sicher, dass er es ist?«, fragte Craymorus. Das Blut rauschte durch seinen Kopf. Ihm war schwindelig.

»Ja, Herr«, sagte der zweite alte Soldat. »Ich habe im Krieg unter ihm gedient. Hab nie geglaubt, dass er tot ist.«

»Ihr seid wirklich sicher?«

»Ja, Herr.«

Craymorus fuhr sich mit der Zunge über die Lippen. Sie fühlten sich aufgesprungen und rau an. »Bringt ihn in den Kerker, und dann feiert. Für diese Tat werdet ihr reich belohnt.«

»Ja, Herr.« Mehrere Soldaten sprachen gleichzeitig. Sie grinsten.

Korvellan hob den Kopf. Craymorus wäre beinahe zurückgewichen, als ihn der Blick aus den dunklen Augen traf.

»Riechst du es nicht?«, fragte Korvellan. »Du musst es doch riechen.«

»Was?«

Doch der Kopf des Generals fiel bereits wieder auf die Brust.

Craymorus nickte den Soldaten zu. »Bringt ihn in den Kerker. Ein Heiler soll sich um ihn kümmern und mir Bescheid sagen, wenn ich mit ihm reden kann.«

Die Soldaten schleppten den Nachtschatten zurück in den Gang. Craymorus folgte ihnen bis zur Tür und sah, wie sie die Treppe hinuntergingen. Korvellans Ketten klirrten bei jeder Bewegung. Er wirkte beinahe bewusstlos.

*Hoffentlich stirbt er nicht*, dachte Craymorus.

Er wollte die Tür schließen, bemerkte dann jedoch eine Bewegung im Gang. Er nahm den Kopf zurück, als er Syrah sah. Sie stand im Schatten einiger Säulen an der Treppe und blickte nach unten. Dabei strich sie mit den Händen über ihre Arme, so als wäre ihr kalt. Das Licht der Öllampen ließ die Tränen auf ihren Wangen glitzern.

Er schloss die Tür. »Zweifelst du immer noch an unserem

Sieg?«, fragte er, aber als er zur Nische hinter seinem Bett blickte, war Mellie verschwunden.

Craymorus setzte sich auf die Bettkante. Seine Beine schmerzten nicht mehr so schlimm. Er bewegte die Füße.

Einmal, zweimal …

Er blinzelte, starrte seine Füße an, bewegte sie erneut. Einmal, zweimal, dreimal …

# Kapitel 32

*Bei Städten ist es wie bei Menschen: Die langweiligen bieten ein angenehmes Leben, doch angezogen fühlt man sich von den zwielichtigen.*
*Jonaddyn Flerr, Die Fürstentümer und Provinzen der vier Königreiche, Band 2*

Immer tiefer ging es in den Keller unter dem Haus. Am Anfang war Ana noch über Steintreppen nach unten gestiegen, mittlerweile bestanden die Stufen aus abgetretenem Holz. Die Ewige Garde ging vor ihr, Fackeln in den Händen, Cascyr hinter ihr. Er hatte aufgehört zu reden. Manchmal kam er Ana so nahe, dass sie seinen Atem auf der Haut spürte.

Die Treppen wurden durch lange, abschüssige Gänge miteinander verbunden. Je tiefer sie kamen, desto feuchter wurde es. Wasser tropfte von der Decke und sammelte sich in Pfützen am Boden. Bei jeder Treppe hielt Ana sich am Geländer fest, aus Angst, auf dem glitschigen Holz auszurutschen. Sie konnte nicht sagen, wie lange sie schon nach unten gingen, ob seit einer Stunde oder die halbe Nacht lang. Schließlich endeten die Treppen in einem ebenerdigen Gang. Der Boden war schlammig. Es roch nach Moos.

Ana hörte die Laute, lange bevor sie die Grotte sah, die sich vor ihnen öffnete. Es klang wie ein Stöhnen aus Dutzenden, vielleicht Hunderten von Kehlen. Fackelschein erhellte den Gang.

»Der Große Fluss«, sagte Cascyr hinter ihr so unvermittelt, dass sie beinahe aufgeschrien hätte. »Er spült es an, musst du wissen, mit jeder Welle.«

Die vertraute Anrede störte Ana wie eine ungewollte Berührung, aber sie schwieg.

»Manchmal frage ich mich, wer es als Erster entdeckt hat und wie.« Cascyr sprach salbungsvoll wie ein Priester. »Ob die Vergangenen es uns gebracht haben oder vor uns verbergen wollten.«

Die Gardisten blieben am Eingang der Grotte stehen. Ana wurde instinktiv langsamer, aber ein plötzlicher Stoß in den Rücken trieb sie voran.

»Weiter!«, zischte Cascyr in ihr Ohr.

Sie stolperte in die Grotte. Sie war gewaltig, breit wie eine Festung und hoch wie die Türme Charbonts. Das Wasser des Großen Flusses unterspülte sie, rauschte mit jeder Welle in sie hinein wie Blut in ein schlagendes Herz. Zu Dutzenden knieten Männer am Boden. Verschimmelte Lumpen hingen von ausgemergelten Körpern, grünes Moos wuchs auf ihren Haaren und bedeckte ihre Haut. Gardisten gingen hinter ihnen auf und ab. Es war warm. Der Gestank nach Schweiß und Erbrochenem raubte Ana den Atem. Sie hustete.

»Was tun sie da?«, stieß sie hervor, unfähig, ihren Ekel zu unterdrücken.

Cascyr lächelte. »Sieh zu.«

Eine Welle brach in die Grotte. Die Männer hoben die Köpfe, warteten, bis das Wasser wich, dann gruben sie ihre Hände in den Schlamm und schaufelten ihn sich in den Mund. Die Gardisten beobachteten sie, traten nach denen, die etwas falsch machten; was es war, konnte Ana nicht sagen.

Die Männer kauten auf Schlamm und Steinen, spuckten

einen Teil aus und schluckten einen anderen herunter. Ihr Stöhnen hallte von den Wänden wider, ihre Gesichter waren verzerrt und geschwollen. Einer zog einen Zahn aus seinem Mund und warf ihn achtlos weg.

Die nächste Welle kam heran. Wieder hoben die Männer die Köpfe. Ana wollte sich abwenden, aber Cascyr warf ihr einen zwingenden Blick zu. Seine Augen funkelten.

»Sieh, was der Fluss bringt.« Er bückte sich und griff in den Schlamm. Einen Moment lang glaubte Ana, er würde ihn essen, aber er rieb ihn nur zwischen den Fingern, bis schwarzer Sand übrig blieb.

»Das«, sagte er, »ist der Stoff der Götter.« Er runzelte die Stirn. »Oder vielleicht ist es das, was übrig bleibt, wenn Götter sterben. Können Götter sterben?« Er sah Ana an, ohne eine Antwort zu erwarten. »Wen interessiert das schon. Es ist der Stoff, den die Magier aus dem Boden treten, ohne zu wissen, was sie eigentlich tun.« Er unterbrach sich erneut. »Aber ich weiß es. Der Rote König wusste es.« Cascyr hob die Schultern. »Er war dumm. Ich bin es nicht.«

Die nächste Welle brach über die Männer herein. Das Stöhnen wurde lauter.

»Hast du dich nie gefragt, woher die Ewige Garde kommt?«, fragte er sie. Dann schrie er die Antwort: »Von hier!« Ana fragte sich, ob er wahnsinnig war.

Cascyr packte einen Gardisten und riss ihn auf sich zu, steckte die Hand in seinen zahnlosen Mund und zog die Lippen auseinander. »Jahrelang fressen sie den Schlamm. Er nimmt ihnen die Zähne, aber weißt du, was er ihnen gibt?« Cascyr trat dem Gardisten die Beine unter dem Körper weg. Der Mann fiel, ohne sich abzustützen. Hart schlug er im Schlamm auf.

»Das!« Cascyr zog ein Messer aus seiner Robe und trieb es mit beiden Händen in die Brust des Gardisten.

Ana schrie auf.

»Und das!« Erneut stach Cascyr zu. »Und das! Und das! Und das!«

Aus den Augenwinkeln sah Ana, wie der zweite Gardist an ihr vorbeiging. Er legte Cascyr die Hand auf die Schulter. »Das reicht wohl, Herr.«

Der König ohne Land hielt inne. Schwer atmend steckte er das Messer zurück in seine blut-, wein- und schlammverschmierte Robe und ließ sich von dem Gardisten aufhelfen.

»Ja«, sagte er zwischen schweren Atemzügen. »Es reicht.« Er wischte sich die Hände an der Robe ab. »Wo war ich?« Ana sah ihn nicht an. Der Gardist auf dem Boden rührte sich nicht.

»Ach ja.« Cascyr schüttelte den Kopf, als hätte er etwas vergessen. Er schnippte mit den Fingern. »Steh auf.«

Ruckartig setzte sich der Gardist auf. Ana starrte auf seine zerfetzte Lederrüstung, auf das Blut und die klaffenden Wunden. Ihr wurde schwindelig, der Anblick verschwamm, als wolle ihr Körper sich vor dem verschließen, was ihre Augen sahen.

Durch das Rauschen ihres Blutes hörte sie Cascyrs Stimme. »Das, Ana Somerstorm, ist meine Armee – und die deine, meine Königin.«

# *Kapitel 33*

*Nur wenige Festungen verdienen es, bereist zu werden. Tatsächlich offenbaren die meisten erst als Ruine ihre wahre Schönheit.*
*Jonaddyn Flerr, Die Fürstentümer und Provinzen der vier Königreiche, Band 1*

Steh auf! Dein Herr braucht dich!«

Jonan schlug die Decke zur Seite. Er hatte nicht geschlafen, so wie er in keiner Nacht schlief. Die Uniform, die er trug, war frisch gestärkt. Der Kragen drückte gegen seinen Hals.

»Wo ist er?«, fragte er die dunkle Silhouette, der neben seinem Bett stand. Die anderen Soldaten bewegten sich nicht. Zu sechst schliefen sie in dem kleinen fensterlosen Raum.

»In seinem Quartier.«

Jonan zog die Stiefel an und strich sich die Haare glatt. Erst als seine Finger Haarstoppeln berührten, fiel ihm wieder ein, dass ihm der Quartiermeister den Kopf rasiert hatte. *Das machen wir bei allen Neuen,* hatte er gesagt. *Wegen der Läuse.*

Zweimal musste Jonan einen Sklaven nach dem Weg fragen, bis er das Zimmer des Fürsten gefunden hatte. Die Tür stand offen. Graues Tageslicht drang hindurch. Es dämmerte. Craymorus kam ihm bereits entgegen. Er wirkte aufgeregt, beinahe euphorisch.

»Ah, neue Uniform, neuer Haarschnitt. Du sieht aus wie ein Soldat«, sagte er, während er sich an Jonan vorbeischob. »Komm, er ist wach.«

»Wer?«

»Korvellan natürlich. Wer denn sonst?«

*Sie haben Korvellan gefangen genommen?* Jonan fragte sich, wie ihnen das gelungen war.

Craymorus blieb am Treppenabsatz stehen und nahm die Krücken in eine Hand. »Trag mich in den Kerker.« Er lächelte flüchtig. »Ich will mir nicht gerade heute das Genick brechen.«

Jonan lud in sich auf die Schultern. Der Fürst war schwerer, als er gedacht hatte. Er ging die Treppe nach unten und seinen Anweisungen folgend durch eine Tür und eine weitere Treppe hinab. An jedem Absatz standen Soldaten und präsentierten ihre Speere, wenn Craymorus sie passierte.

Der Kerkermeister selbst öffnete ihnen die Tür. Er trug einen Schlüsselring am Gürtel und stellte sich als Nokt vor.

»Du bist neu, oder?«, fragte er Jonan, als er eine weitere Tür öffnete. Es stank nach Kot und Wahnsinn.

»Ja.« Jonan presste die Zähne aufeinander. Lautes Stöhnen drang durch die geschlossenen Zellentüren, so fremd, als wären die Kreaturen hinter diesen Türen nicht mehr menschlich oder noch nie menschlich gewesen. Die Dunkelheit schien ihn erdrücken zu wollen.

»Man gewöhnt sich daran«, sagte Craymorus, aber Jonan spürte, wie sein Herz wild gegen den Käfig seiner Rippen pochte.

»Was sind das für Zellen?«, fragte er, um sich und ihn abzulenken.

»Die der Besessenen«, antwortete Nokt. »Wir töten sie

nicht, damit die Dämonen in ihnen gefangen bleiben. In der Dunkelheit sind sie einigermaßen ruhig.«

Jonan spürte, wie Craymorus auf seinem Rücken aufatmete, als sie den Trakt verließen und eine große Höhle mit Unterständen und Zelten durchquerten. Verurteilte und Wärter schienen gemeinsam dort zu leben. Die meisten lagen noch eingerollt in ihre Decken. Der Kerkermeister öffnete zwei weitere Türen, trat aber nicht durch die letzte, sondern blieb stehen.

»Er ist angekettet, aber seid vorsichtig, Herr. Bei diesen Tieren weiß man nie.«

Jonan ließ Craymorus von seinem Rücken und sah sich um. Außer Nokt hielt sich niemand in dem Gang auf. Er würde bis in die Höhle fliehen können, sollte ihn Korvellan als Nachtschatten erkennen. Vielleicht gab es dort einen anderen Ausgang als den durch die Zellen der Besessenen. Er wusste es nicht, so wie er nicht wusste, ob Korvellan ihn überhaupt erkennen würde. Bei dem alten Mann hatte Jonan den Nachtschatten gerochen, wieso, konnte er nicht sagen.

*Ich weiß nichts über mich*, dachte er.

Craymorus stieß die Tür mit einer Krücke auf und trat ein. Der Raum war klein, die vier Soldaten, die an den Wänden standen, füllten ihn mit ihrem Geruch nach Schweiß; sie hatten Angst. Der Mann, den sie bewachten, saß auf dem Boden. Ketten drückten seine Gliedmaßen nach unten, steckten in Eisenringen, die im Boden verschraubt waren. Der Mann sah auf. Eine tiefe Schnittwunde zog sich von seiner Stirn bis zu seinem Ohr. Jonan bemerkte den schwarzen Faden, mit dem sie genäht worden war.

Craymorus nickte den Soldaten zu. »Lasst uns allein.«

Die Männer drängten sich an Jonan vorbei. Er wollte mit ihnen gehen, doch dann hörte er Craymorus' Stimme. »Nein, du bleibst bei mir.«

»Ja, Herr.«

Jonan schloss die Tür. Die Soldaten standen im Gang, versperrten ihm den einzig möglichen Fluchtweg; er würde nicht an ihnen vorbeikommen, es war zu eng. Er presste die Lippen aufeinander, atmete durch und drehte sich zu dem Gefangenen um.

Korvellan starrte ihn an.

*Er weiß es*, dachte Jonan. Sein eigenes Gesicht war eine Maske, die nichts verriet. Es war seine letzte Rüstung, jenseits aller Waffen, dem Eisen und dem Leder. Es würde ihn bis in den Tod begleiten.

»Du solltest mich ansehen und nicht meinen Leibgardisten«, sagte Craymorus. »Er kann dir nicht helfen, ich schon.«

»Ich bin mir nicht ganz sicher, ob das stimmt.« Jonan hörte die Aufforderung, die darin lag. Dann löste Korvellan den Blick von ihm. »Was kann ich für Euch tun, Fürst?«

»Du könntest dich in das verwandeln, was du bist.« Craymorus stand neben einem Tisch und schüttete Wein in einen Kelch. Seine Finger zitterten kaum merklich. »Das ist ehrlicher.«

»Ich bin, was Ihr seht, Fürst.« Korvellan hob die Hände, bis die Ketten sich spannten. »Euer Gefangener.«

»Meine Soldaten behaupten, sie hätten dich bei einem Dorf in der Nähe aufgegriffen. Was hast du da getan?«

»Gefrühstückt.«

Craymorus hob die Augenbrauen. »Und warum frühstückt der Kommandant der Nachtschattenarmee allein in einem Dorf, keine Tagesreise von dieser Festung entfernt?«

Korvellan hob die Schultern. Seine Ketten klirrten. »Weil er die Krieger, die ihn begleiteten, weggeschickt hatte. Weil er auf eine Lüge hereinfiel, die er hätte erkennen müssen. Weil er dumm war.«

»Du scheinst deine Lage nicht ernst zu nehmen, Tier.«

»Das ist richtig.« Korvellan nickte. Sein Tonfall veränderte sich. Er plauderte nicht mehr. »Meine Lage ist nichts im Vergleich zu der Euren.«

Er ließ Craymorus nicht darauf antworten, sondern fuhr fort: »Ist es wahr, dass Nachtschatten Euch, als Ihr noch ein Kind wart, zum Krüppel machten?«

Der Fürst stellte den Becher ab. Jonan verstand nicht, warum er lächelte. »Das ist richtig.«

»Aber sie haben Euch nur die Beine genommen, nicht das Augenlicht, oder?«

»Was …?«

»Warum seht Ihr dann nicht?« Korvellans Stimme durchschnitt den Raum wie ein Messer.

Ein Soldat klopfte von draußen an die Tür.

»Braucht Ihr Hilfe, Herr?«

»Nein«, rief Craymorus. Er sah Korvellan an. »Was soll das heißen?«

»Dass du sehen musst, jedes Mal, wenn du ihr in die Augen blickst. Dass du es bei jeder Berührung spüren musst. Ich habe ihre Leere gerochen.« Der Nachtschatten zog an seinen Ketten. Ein seltsamer Ausdruck erschien in seinem Gesicht, als würde sich das Tier langsam unter die menschliche Fassade schieben und sie ausfüllen. Er schien es ebenfalls zu bemerken, denn er ließ die Schultern sinken und atmete durch. »Ich bin nicht der Feind. Sie ist es.«

Stille breitete sich im Raum aus. Wachs tropfte von den Kerzen an der Wand auf den Boden. Craymorus setzte sich auf den Stuhl, der neben dem Tisch stand, und senkte den Kopf. Korvellan erhob sich, soweit es seine Ketten zuließen.

»Ich biete dir meine Hilfe an. Schlag sie nicht aus.«

Es war stickig. Die Kerzen flackerten, so als sei draußen eine Tür geöffnet worden. Korvellans Blick blieb auf Craymorus gerichtet. Sein Gesicht war verkniffen und ernst. Jonan wünschte sich, er hätte in seinen Geist blicken und sehen können, ob er ein Spiel trieb oder es ernst meinte.

*Redet er von der Fürstin?*, fragte er sich. Tohm hatte behauptet, Korvellan und Syrah hätten vor vielen Jahren eine Affäre miteinander gehabt, aber er hatte auch vieles andere behauptet. Jonan wusste nicht, was davon stimmte und was frei erfunden war.

Craymorus räusperte sich. »Hast du solche Angst vor dem Tod«, sagte er, »dass du es vorziehst, dein Leben bei den Besessenen zu verbringen?«

Korvellan schüttelte den Kopf. Es erschien Jonan nicht wie eine Antwort auf Craymorus' Frage.

»Dann wirst du mir sicher sagen, wie viele Nachtschatten dir und der anderen Kreatur folgen, wie sie bewaffnet sind und welche Rüstungen sie tragen.«

Die Stimme des Fürsten klang seltsam belegt. Sein Blick irrte durch den Raum, als könne er an keinem Punkt zur Ruhe kommen.

*Er weiß, wovon Korvellan spricht*, dachte Jonan. *Und es trifft ihn.*

»Herr«, begann er, aber ein Klopfen an der Tür unterbrach ihn.

Craymorus wirkte erleichtert, als er »Ja!« rief.

Ein Offizier trat ein. Es war ein Mann mittleren Alters mit einem langen Backenbart. Er warf einen kurzen Blick auf den Gefangenen, dann ging er zu Craymorus.

»Meinen Gruß, Kavan«, sagte Korvellan, »und Glückwunsch zur Beförderung.«

Der Mann zögerte, als wolle er antworten, dann beugte

er sich zu Craymorus und flüsterte ihm etwas ins Ohr. Das rechte Bein des Fürsten zuckte. Metallschienen quietschten. Craymorus gab dem Offizier ebenso leise eine Antwort; Jonan konnte nichts verstehen. Der Mann nickte und verließ den Raum, ohne Korvellan noch einmal anzusehen.

Craymorus griff nach seinen Krücken. Eine fiel um und rutschte über den Boden. Er fluchte.

Korvellan griff danach. Jonan legte die Hand auf sein Schwert, aber der Nachtschatten schob sie nur zurück. Craymorus zögerte, bevor er sie aufhob, so als wolle er nichts anfassen, dass Korvellan berührt hatte.

»Jonan«, sagte er dann, »trag mich nach oben. – Soldaten!« Er brüllte den Befehl in den Gang hinein. Seine Stimme überschlug sich. »Bringt den Gefangenen auf den Nordturm!«

»Dein Name ist also Jonan.« Korvellan ließ sich von den Soldaten auf die Beine ziehen. Sie zogen die Ketten enger. Es sah schmerzhaft aus, aber er zeigte keine Reaktion.

»Ich werde ihn mir merken.«

Seltsamerweise klangen seine Worte nicht wie eine Drohung.

Jonan war außer Atem, als er die Spitze des Nordturms erreichte und die Tür nach draußen aufzog. Wind schlug ihm entgegen, fegte die Beklemmung des Kerkers hinweg. Er blinzelte in die aufgehende Sonne. Wolken jagten über den Himmel.

»Ein Sturm kommt auf«, sagte einer der Soldaten, der Korvellan an ihm vorbeischob. Jonan setzte Craymorus ab. Eine Fahne wehte über ihm und warf flatternde Schatten über den Holzboden. Die Mauern, die ihn umgaben, reichten Jonan bis zur Brust. Felder erstreckten sich gelb dahinter. Schwarzer Rauch stieg am Horizont auf.

Craymorus zog sich zur Mauer. »Bringt ihn her.«

Die Soldaten stießen Korvellan nach vorn. Er stolperte und fiel auf die Knie. Jonan griff ihm unter die Schulter und zog ihn hoch. Der Nachtschatten ließ sich gegen ihn fallen, so als könne er sich allein nicht halten, und raunte ihm zu: »Zusammen könnten wir sie schlagen.«

Jonan antwortete nicht. Die Soldaten drängten sich neben ihm an die Mauer. »Da sind sie!«, rief einer unvermittelt und streckte den Arm aus. Ein anderer fluchte.

Jonan drehte den Kopf. Sie kamen über die Hügel, nicht geordnet wie Soldaten, sondern wild und jagend, so als triebe der Wind sie vor sich her. Jonan hörte ihr tausendfaches Gebrüll. Etwas rührte sich in ihm, stieg in seiner Kehle auf. Er griff in die Messerklinge an seinem Gürtel. Schmerz schoss durch seine Hand. Das Gefühl verging.

Craymorus stieß Korvellan eine Krücke in die Seite. »Du bist also nicht der Feind!«, rief er gegen den Wind. »Und was ist mit ihnen?«

Korvellan schien den Schlag nicht zu spüren. Er starrte auf die Hügel. Sein Mund bewegte sich. »Was machst du nur, Schwarzklaue?«, hörte Jonan ihn flüstern. »Bei den Göttern, was tust du da?«

Er schlug mit der Faust gegen die Mauer. Haut platzte von seinen Knöcheln. »Ich kann sie aufhalten«, sagte er lauter. Er sah Craymorus an. »Hörst du, was ich sage? Ich kann sie aufhalten. Schick mich zu ihnen. Sie werden auf mich hören.«

Ein Soldat lachte laut. Craymorus nahm den Blick nicht von den Nachtschatten. »Nein«, sagte er. Seine Nervosität verschwand. Er wirkte ruhig, so als sähe er nach einem langen Weg das Ziel. »Wir werden sie vernichten, jeden Einzelnen.«

»Und womit?« Korvellan schüttelte den Kopf. »Baldericks Armee existiert nicht mehr, du hast keine Soldaten, keine Waffen. Wie willst du sie schlagen?«

»Mit ihnen.«

Jonan folgte Craymorus' Blick. Ein Seitentor war unter ihnen geöffnet worden. Menschen traten heraus. Sie wirkten unsicher, sahen nach oben zum Turm und hinaus auf die Felder. Jonan erkannte Adelus zwischen ihnen. Er winkte Craymorus zu.

»Magier?«

Jonan fragte sich nur kurz, woher Korvellan wusste, was sie waren. Aus den Augenwinkeln sah er, dass die Tür nach unten unbewacht war. Alle Soldaten drängten sich an der Brüstung. Niemand sah hinter sich.

*Es ist nicht mein Kampf,* dachte er.

»Sie sind nicht stark genug«, hörte er Korvellan sagen, während er langsam zurückwich. Die Lücke, die er hinterließ, schloss sich sofort.

»Selbst, wenn sie stark wie vor dem Krieg wären, könnten sie es nicht schaffen. Sie sind zu langsam.« Korvellans Ketten klirrten bei jeder Bewegung. »Es ist unmöglich.«

Craymorus stellte die Krücken ab und begann die Lederriemen an seinen Beinschienen zu lösen. Jonan runzelte die Stirn, verstand nicht, was er vorhatte. Dann hielt Craymorus die Riemen auch schon in der Hand. Locker fiel seine Hose um die dürren Beine. Ein Soldat drehte den Kopf. Sein Blick weitete sich beinahe erschrocken, dann stieß er den Mann neben sich an.

»Sieh doch!«, hörte Jonan ihn sagen.

Ohne Krücken und ohne Schienen trat Craymorus einen Schritt vor, vorsichtig, so wie ein Seiltänzer hoch über dem Boden. Immer mehr Gesichter drehten sich in seine Richtung. Craymorus schien ihre Aufmerksamkeit zu bemerken. Er hob den Kopf und lächelte, machte einen weiteren

Schritt, dann noch einen. Der Schmerz, den Jonan für Falten in seinem Gesicht gehalten hatte, verschwand. Es wirkte auf einmal jung und glatt.

*Fremd.*

»Wenn das möglich ist –«, Craymorus breitete die Arme aus, »– dann ist alles möglich!«

Der Wind wehte seine Worte über den Turm hinaus, vermischte sie mit dem Gebrüll der heranjagenden Nachtschatten und dem Jubel der Soldaten.

Korvellan ließ die gefesselten Hände sinken. Jonan wandte sich ab.

# Kapitel 34

*Wer nach Westfall reisen möchte, sollte sich bemühen, die Stadt bei Sonnenaufgang zu betreten, wenn die Luft klar ist und die Straßen leer. Gerade Letzteres hilft, Westfall in angenehmer Erinnerung zu behalten.*

*Jonaddyn Flerr, Die Fürstentümer und Provinzen der vier Königreiche, Band 1*

Sie hatten einen Bogen geschlagen. Die Stadt – die Stadt, die brennen würde – lag im Westen, die Festung vor ihnen. Sie hatten die Felder angezündet. Die Menschen sollten wissen, dass sie kamen. »Wir müssen uns den Sieg nicht erstehlen«, hatte Schwarzklaue gesagt, als einige die Weisheit dieses Vorschlags angezweifelt hatte. »Wir werden ihn erkämpfen.«

Danach hatte niemand mehr widersprochen.

Er stand in einer Senke im Hügel und sah zur Festung. Fahnen wehten auf ihren Türmen. Bis auf eines waren alle Tore geschlossen. Durch das offene drangen Menschen heraus; sie sahen nicht aus wie Krieger, nicht einmal wie Soldaten. Er beachtete sie nicht weiter. Sein Blick richtete sich auf den Turm im Norden.

»Bist du sicher, dass er es ist?«, fragte Schwarzklaue.

»Ja.« Sonnenauge war die beste Späherin seines alten Stammes. »Es ist Korvellan. Ich glaube, er ist ein Gefangener.«

»Natürlich ist er das!« Schwarzklaue trat gegen einen Maulwurfshügel. Dreck spritzte hoch. »Was soll er denn sonst sein?«

Sonnenauge hob die Schultern. Sie warf Daneel einen kurzen Blick zu, fragte sich vielleicht, wieso er fast ständig an Schwarzklaues Seite zu finden war. Es interessierte Schwarzklaue nicht, was sie dachte. Er wusste, dass er nie einen besseren Freund gehabt hatte.

»Wieso bist du wütend?«, sagte Daneel. Seine Lippen bewegten sich nicht. »Du trägst keine Schuld an seiner Lage.«

»Nein, aber ich muss dafür sorgen, dass er da rauskommt.«

Sonnenauge runzelte die Stirn. Schwarzklaue hatte sich daran gewöhnt, dass niemand Daneel hörte, wenn er zu ihm sprach. Es gefiel ihm.

»Warum?«, fragte Daneel. »Hast du dein Volk nicht gut geführt? Hast du es nicht bis hierher gebracht?«

Es waren gute Fragen. Schwarzklaue wusste nicht, weshalb er sie nicht selbst gestellt hatte. »Das habe ich. Er hat seine Entscheidungen getroffen. Sie waren schlecht, deshalb steht er auf diesem Turm. Meine waren gut, deshalb stehe ich hier.«

Er zog die Lefzen hoch. »Wir brauchen ihn nicht.«

»Was soll das heißen?« Sonnenauge knurrte tief. Sie hatte große gelbe Augen und ein Fell wie Bergkristall. »Er ist einer von uns. Wir müssen ihm helfen.«

»Viele werden ihrer Meinung sein«, sagte Daneel. »Sie sollten besser nichts davon erfahren.«

Schwarzklaue sah sich um. Die Nachtschatten waren hinter ihm. Er hörte ihre Kriegsrufe, aber noch sah er sie nicht – und sie ihn nicht.

Mit einem Griff brach er Sonnenauge das Genick. Sie

zuckte zweimal, dann lag sie still. Daneel half ihm, sie mit Blättern und Ästen zu bedecken.

»Wieder eine gute Entscheidung«, sagte Daneel.

Schwarzklaue spuckte aus. »Ich wollte immer mal mit ihr schlafen, aber dafür ist es wohl zu spät.«

Sie lachten.

Als die Nachtschatten über die Senke hinwegsprangen, lief Schwarzklaue an ihre Spitze. Die Festung lag vor ihm. Rauch umwehte sie wie ein Schleier. Wolken ballten sich am Himmel zusammen. Der Wind drückte die Weizenfelder nieder und wirbelte Laub empor.

Schwarzklaue zog sein Schwert und jagte der herbstlichen Stadt entgegen. Er war glücklich.

# *Kapitel 35*

*Fragt man in Somerstorm, welche Jahreszeit die schlimmste ist, so erhält man häufig zur Antwort, es sei der Sommer, weil dessen Milde einen für kurze Zeit an die Gnade der Götter glauben ließe.*

*Jonaddyn Flerr, Die Fürstentümer und Provinzen der vier Königreiche, Band 1*

Der Winter kam.

Gerit stand an der Küchentür und sah hinaus auf den Innenhof. Schnee und die Asche der Feuerstellen bildeten einen schmutzig grauen Teppich auf den Steinen. Seit Tagen schneite es. Die Pässe waren bereits unpassierbar, das hatte er von den Hirten im Dorf gehört. Bis zum Frühjahr würden weder Menschen, Nachtschatten noch Nachrichten Somerstorm erreichen. Der Krieg war so weit entfernt wie seine Lüge.

*Gut*, dachte er.

»Wo sie wohl sind?«, fragte Mamee. Sie trat hinter Gerit und legte ihm das Kinn auf die Schulter. Ihre Lippen berührten seinen Hals.

»Wer?«, fragte er.

»Korvellan, Schwarzklaue und die anderen. Wir haben schon lange nichts mehr von ihnen gehört.«

»Wir werden es erfahren, wenn der Schnee schmilzt«, sagte Gerit und wünschte sich, es würde nie geschehen.

»Aber bist du nicht neugierig?«

*Nein*, dachte er und nickte. »Natürlich, aber dadurch werden wir es nicht früher erfahren.«

Auf einem der Wachtürme winkte ein Nachtschatten. Ein anderer sprang von der Mauer und ging zum Tor. Jemand kam.

Gerit spürte einen Stich, so wie jedes Mal, wenn das Tor geöffnet wurde, und atmete auf, als drei Ochsenkarren voller Gold in den Hof rollten. Nachtschatten begleiteten den Transport, aber auf den Kutschböcken saßen Menschen. Sie überwachten die Zählung des Goldes und nahmen ihren Anteil mit zurück in die Mine, so wie Korvellan es ihnen zugesichert hatte. Seit die Nachtschatten die Mine übernommen hatten, war kein Arbeiter geflohen. Sie lieferten mehr Gold als je zuvor.

»Was glaubst du, wer siegen wird?«, fragte Mamee.

»Ich weiß es nicht.«

»Und auf wen hoffst du?«

Gerit hatte sich diese Frage schon oft gestellt. Manchmal beantwortete er sie ohne Zögern mit *Menschen*, andere Male mit *Nachtschatten*.

Mamee missverstand sein Schweigen. Sie strich ihm über die Wange. »Tut mir leid. Ich sollte dich so etwas nicht fragen.«

Er griff nach ihrer Hand und küsste sie. »Ist nicht schlimm. Wir reden später darüber. Ich muss mich um die Goldlieferung kümmern.«

Er zog den schweren Mantel aus Ziegenfell an, der neben der Tür an einem Haken hing. Mamee trat vor ihn, als er die Tür öffnen wollte, und sah ihn an. »Manchmal weiß ich nicht, wer du bist.«

Er hatte keine Ahnung, welche Antwort sie von ihm erwartete, also lächelte er nur und zog die Tür auf. Kälte schlug ihm entgegen. Der Schnee knirschte unter seinen

Stiefeln. Die Arbeiter verbeugten sich, als sie ihn sahen, die Nachtschatten nickten ihm nur zu.

»Hattet ihr eine gute Fahrt, Maccus?« Der kräftige, dunkelhaarige Mann, den Gerit angesprochen hatte, sprang vom Kutschbock, nickte und schüttelte Schnee von der Wolldecke, die um seine Schultern hing. »Ja, Minherr. Der Schnee hat uns nicht aufgehalten.«

Gerit sah die Nachtschatten an.

Die beiden anderen Arbeiter begannen die Strohballen abzuladen, unter denen das Gold versteckt war. Sie hießen Burek und Zjrat. Gerit hatte sich ihre Namen eingeprägt und achtete darauf, sie stets damit anzusprechen. Wie wichtig das war, hatte er während seiner Zeit in der Küche erkannt.

Zu zweit trugen die Arbeiter die Kisten voller Goldklumpen in die Küche und stellten sie neben der Tür ab. Gerit folgte ihnen. Er nahm eine in Samt eingeschlagene Waage aus dem Regal und stellte sie auf den Tisch. Sie hatte seinem Vater gehört. Er hatte die Ausbeute der Mine stets allein in seinem Gemach gewogen und die Zahlen auf Pergamentrollen eingetragen, die er eingeschlossen in einem Schreibtisch aufbewahrte. Außer ihm hatte niemand gewusst, wie viel Gold dort tatsächlich gefördert wurde. Seit Korvellan wusste es jeder Arbeiter. Bis ins Dorf hatte sich der Reichtum herumgesprochen. Fast jeden Tag tauchte jemand an der Mine auf und bat um Arbeit.

Mamee stellte Brot, Schmalz und Krüge mit heißem Gewürzwein auf den Tisch. Die Nachtschatten setzten sich nicht zu den Arbeitern, sondern blieben drinnen vor der Tür stehen, nachdem sie sie geschlossen hatten. Nebelläufer hatte ihnen geraten, Gerit nie mit dem Gold allein zu lassen. Mamee hatte es ihm verraten. Es störte ihn nicht. Er hatte nicht vor, jemanden zu betrügen.

Gerit wartete, bis die Arbeiter gegessen und getrunken hatten, dann begann er das Gold zu wiegen. Es waren unscheinbare Klumpen, kaum von Steinen zu unterscheiden. Manche waren groß wie ein Hühnerei, andere wie ein Kindskopf. Das Gold war so schwer, dass in jeder der zwei Dutzend Kisten nur der Boden bedeckt war.

Gerit sah die Arbeiter über die Waagschalen hinweg an. Sie waren merkwürdig still an diesem Nachmittag. Normalerweise erzählte ihm Maccus von seinen acht Töchtern und der Frau, die sich weigerte, ihm einen Sohn zu gebären.

»Ist in der Mine alles in Ordnung?«, fragte Gerit. Ihm fiel der kurze Blick auf, den sich Burek und Zjrat zuwarfen.

»Ja, Minherr«, sagte Maccus. Die anderen beiden nickten. Ihre Lüge hing zwischen ihnen und Gerit in der Luft. Er tat so, als würde er sie nicht bemerken. In der Backstube hörte er Mamee arbeiten. Wenn Menschen kamen, hielt sie sich von ihm fern. Sie hatten nie darüber gesprochen. Sie tat es einfach.

»Das sieht nach einer guten Ausbeute aus«, sagte Gerit in die Stille hinein.

»Wir haben einen neuen G…« Burek brach ab.

»Einen neuen Stollen angefangen«, sagte Maccus. »Da fällt einem das Gold fast schon in den Schoß.«

Burek neigte den Kopf und betrachtete den Boden. Seine Wangen röteten sich. Gerit glaubte nicht, dass der Wein dafür verantwortlich war.

»So ist es, Minherr«, fügte Zjrat hinzu.

Bis zum Abend wogen und zählten sie das Gold. Die ganze Zeit über blieben die Nachtschatten an der Tür stehen. Gerit bemerkte, dass Maccus ab und zu einen Blick auf sie warf, so als störten sie ihn. Das hatte er bei keinem anderen Besuch getan. Wie fast alle in Somerstorm hatte er die Nachtschatten längst als die neuen Herren der Festung akzeptiert.

»Ihr könnt gern bis zum Morgen bleiben, wenn ihr möchtet«, sagte Gerit, während die Arbeiter ihr Gold in eine der Kisten legten und mit Stroh bedeckten.

Maccus schüttelte den Kopf. »Danke, Minherr, aber wir wollen zurück zur Mine. Die Ochsen finden den Weg auch bei Nacht.«

»Wie ihr meint.«

Auch das war seltsam. Gerade Maccus zögerte die Abfahrt sonst weit hinaus, damit er und die anderen in den weichen Betten des Haupthauses schlafen konnten, die Gerit ihnen für gewöhnlich überließ.

»Dann sollen Krieger euch begleiten.«

»Nein.« Maccus antwortete schnell, als hätte er die Frage bereits erwartet. »Sie sollen den Weg bei Nacht nicht zweimal gehen müssen. Uns wird nichts geschehen, Minherr.«

Er stand auf und ging zur Tür. Burek und Zjrat folgten ihm.

Gerit ging mit ihnen zu den Ochsenkarren und half ihnen, die Tiere wieder einzuspannen. Einer der Nachtschatten blieb in der Küche, der andere trat heraus, streckte sich und rülpste.

»Braucht ihr Hilfe?«, rief er dann.

Gerit nickte. »Gern.«

Er bückte sich, um einen Lederriemen unter dem Bauch eines Ochsen festzuschnallen.

Plötzlich war Maccus neben ihm. »Kommt zur Mine, Minherr«, flüsterte er. »Am besten morgen. Es ist wichtig.«

Der Nachtschatten trat heran. Maccus stand auf und ging zum zweiten Karren. Er sprach Gerit nicht noch einmal an.

Gerit schlief nur wenig in dieser Nacht. Der Steinfußboden erschien ihm zu hart, die Decke zu warm, die Geräusche der schlafenden Nachtschatten zu laut. Immer wieder setzte er sich auf und sah aus dem Fenster, aber es blieb dunkel. Die Nacht schien nicht enden zu wollen.

Irgendwann war er wohl doch eingeschlafen, denn als er die Augen öffnete, waren die meisten anderen bereits aufgestanden. Der Geruch von frischem Brot drang aus der Backstube in die Küche. Gerit schlug die Decke beiseite und warf einen Blick in den Innenhof. Es hatte aufgehört zu schneien. Die Wolken, die über den Türmen hingen, waren weiß. Sonnenstrahlen blitzten zwischen ihnen auf.

Er ging in die Backstube und ließ sich ein frisches dunkles Brot in Stoff einschlagen. Aus dem Vorratsraum holte er einige Zwiebeln und steckte sie in die Taschen seines Mantels.

»Wenn jemand fragt«, sagte er zu Silberstreif und Zarah, den beiden Nachtschatten, die an diesem Morgen das Brot backten, »ich bin zur Mine geritten, um mir den neuen Stollen anzusehen, den sie gegraben haben. Bis morgen Abend sollte ich zurück sein.«

Die beiden nickten. Sie waren nicht verwandt, verbrachten jedoch so viel Zeit miteinander, dass sie manchmal wie Zwillinge wirkten. Gerit mochte sie, Mamee nicht.

Er verließ die Küche und holte seinen Hengst aus dem Stall. Er legte ihm das Zaumzeug an und eine Decke auf den Rücken. Weder das Pferd noch er brauchten einen Sattel. Nach der langen Reise kannten sie sich gut genug.

»Wo willst du hin?« Nebelläufer lehnte am Stalltor, die Arme vor der Brust verschränkt.

»Zur Mine«, sagte Gerit. Es hätte keinen Sinn gemacht zu lügen. Die Nachtschatten, die die Mine bewachten, würden ihn ohnehin bemerken. »Ich will mir den neuen Stollen ansehen.«

»Ihr Menschen seid seltsam. Grabt in der Erde herum, als ob ihr nicht schon früh genug darin liegen würdet.« Nebelläufer schüttelte den Kopf. Er redete lauter als nötig. »Das ist keine Arbeit für einen Krieger.«

Es war eine Beleidigung. Gerit hörte sie, ebenso wie die Nachtschatten, die über den Innenhof gingen, und die Wachen auf der Mauer über ihm.

Er zog sich auf den Rücken des Hengstes und griff nach den Zügeln. »Nein«, sagte er. »Das ist keine Arbeit für Krieger, sondern für die, die den Kriegern Rüstungen anlegen und Schwerter in die Hand geben, die ihnen Katapulte und Schiffe bauen. Ohne unser Gold sind deine Krieger nur etwas, in das man Pfeile schießt.«

Er rammte dem Hengst die Fersen in die Flanken. Nebelläufer stolperte zur Seite, als das Pferd an ihm vorbeigaloppierte. Er musste sich an der Stalltür festhalten, sonst wäre er gestürzt.

Gerit ignorierte ihn und verließ die Festung durch das offen stehende Tor. Nebelläufer würde nie sein Freund werden, aber solange er auf jede Beleidigung des Nachtschattens eine Antwort wusste, respektierte er ihn zumindest. Mehr war nicht nötig.

Der Weg zur Mine führte Gerit vom Hügel, auf dem die Festung stand, ins Tal und weiter nach Norden. Ihm begegneten nur wenige Menschen, ein paar Jungen, die Feuerholz suchten, und eine alte Frau, die ihm zwei Säcke voll mit Maka-Wurzeln anbot. Er lehnte ab und schenkte ihr die Hälfte seiner Zwiebeln. Sie bedankte sich nicht.

Seit die Nachtschatten Somerstorm erobert hatten, war Gerit nicht mehr zur Mine geritten. Sein Vater hatte ihn früher einige Male mitgenommen. Er hatte Angst in den Stollen gehabt, nicht vor der Dunkelheit und dem Fels, sondern vor dem Hass in den Augen der Sklaven.

»Die Furcht vor Strafe verwandelt Hass in Demut«, hatte sein Vater, der Fürst, gesagt, als er Gerit an der Reihe von Galgen vorbeigeführt hatte, die den Eingang der Mine zu beiden Seiten säumten. Dahinter hingen ausgemergelte Gestalten in Prangern. Sie stöhnten und wimmerten. Ein paar baten den Fürst um Gnade, aber er ging an ihnen vorbei, als wären ihre Körper Grashalme am Wegesrand und ihre Stimmen nicht mehr als das Säuseln des Windes.

»Nur über Demut kann man herrschen.« Die Stimme seines Vaters hallte durch seine Gedanken. »Vergiss das nicht.«

Gerit strich mit den Fingern über die Narben auf seiner Wange. Selbst durch die Handschuhe spürte er sie. *Du hattest unrecht*, dachte er. *Hass ist stärker als Furcht*.

Die Mine lag am Rande der weißen Zunge, des gewaltigen Gletschers, der das ewige Eis des Nordens nach Somerstorm trug. Berge ragten zu beiden Seiten der Zunge empor, schroff und spitz wie die Zähne eines Riesen. An diesen Bergen endete die Welt. Jenseits von ihnen, so hieß es, war es so kalt, dass selbst die Luft zu Eis wurde und alles Leben erstickte.

Als Kind hatte Gerit sich oft gefragt, ob das stimmte, doch niemand hatte ihm darauf eine Antwort geben können.

Er ritt den Bergen entgegen. Der Boden unter ihm wurde felsig. Geröll bedeckte die Ebene zu beiden Seiten des Wegs.

Die Galgen und Pranger waren verschwunden, das war das Erste, was Gerit bemerkte, als er die Mine vor sich sah. Nur die Wachtürme waren geblieben, aber die Nachtschatten darauf blickten auf den Weg hinaus, nicht auf die

Arbeiter unter ihnen. Männer und Frauen, deren Körper schwarz vom Staub des Berges waren, kletterten über steile Holztreppen in ihn hinein. Ochsen drehten ein breites Holzrad und zogen damit Säcke voller Gold aus der Erde. Zwei Nachtschatten und zwei Menschen gingen zwischen ihnen auf und ab, achteten darauf, dass möglichst wenig Gold gestohlen wurde. Die Arbeiter waren fast nackt. So tief im Berg war es warm.

Gerit winkte den Nachtschatten zu, dann wandte er sich an eine der menschlichen Wachen. »Wo finde ich Maccus?«

»Stollen drei, Minherr. Ein Läufer wird Euch führen.« Er pfiff auf zwei Fingern. Ein kleines Mädchen, nicht älter als sechs, das mit anderen Kindern zwischen dem Geröll gespielt hatte, kam heran.

»Stollen drei«, sagte der Wachmann und zeigte dabei auf Gerit.

Das Mädchen nickte. Unter dem Staub konnte Gerit seine Haarfarbe nicht erkennen. »Komm«, sagte die Kleine und nahm ihn an der Hand. Ihre Handfläche war voller Schwielen.

»Wie heißt du?«, fragte er.

»Amba«, sagte das Mädchen. »Und du?«

Er nannte seinen Namen, aber sie schien nicht zu wissen, wer er war.

Sie führte ihn zu den Stufen im Fels. Es war eine Wendeltreppe. Sie schraubte sich tief in die Erde. Fackeln hingen an den Wänden und erhellten ausgetretene hohe Stufen, die man aus dem Fels geschlagen hatte. Arbeiter kamen ihnen entgegen. Amba sprach jeden mit Namen an. Die meisten lächelten.

Gerit bemerkte die Gänge, die von der Wendeltreppe abgingen. In manchen hingen Fackeln. Er hörte Stimmen und das Geräusch von Spitzhacken und Schaufeln. In der Mitte der Wendeltreppe wurden volle Säcke an Seilen nach oben und leere nach unten geschickt. Arbeiter zogen sie aus den Gängen und hängten sie an Metallhaken. Es roch nach Ruß und Erde.

Amba lief in einen Stollen. »Maccus?«

»Ja?«

»Jemand will dich sprechen.«

Sie kehrte zu Gerit zurück. »Er ist dort hinten.«

»Danke.« Er wollte ihr eine Belohnung geben, wusste jedoch nicht, was. Brot und Zwiebeln erschienen ihm unangemessen, also lächelte er nur. Sie lächelte zurück, sprang von den Stufen in den tiefen Schacht, bekam eines der Seile zu fassen und ließ sich zwischen den Goldsäcken nach oben ziehen.

Gerit ging in den Stollen. Fackeln erhellten Stützbalken. Überall hockten Männer am Boden und schlugen mit Spitzhacken auf den Fels ein. In den Wänden glitzerte es. Er zog einen Handschuh aus und strich darüber. Sie waren kühl und feucht. Als er die Hand zurückzog, glitzerten auch seine Fingerspitzen.

Maccus kam ihm entgegen und wischte seine Hände an einem fast schwarzen Lendenschurz ab. »Danke, dass Ihr so schnell gekommen seid, Minherr«, sagte er. Seine Augen leuchteten hell in seinem staubigen Gesicht. »Kommt.«

»Was willst du mir zeigen?«, fragte Gerit, aber Maccus schüttelte mit einem Blick auf die anderen Arbeiter den Kopf. »Nicht hier.«

Er klopfte einem Mann auf die Schulter. Als er den Kopf hob, sah Gerit, dass es Burek war. Wortlos stand er auf und schloss sich ihnen an.

Der Gang wurde enger. Die beiden Männer nahmen Fackeln aus den Halterungen. Sie schienen auf eine Wand zuzugehen, bogen jedoch kurz davor ab. Der Gang endete. Gerit sah sich um. Sie waren allein. Sein Nacken begann zu kribbeln.

»Was wollt ihr mir zeigen?«, fragte er. Seine Stimme verriet seine Nervosität.

Maccus richtete die Fackel auf einen Felsen. Dahinter erkannte Gerit einen Spalt, den er zunächst für einen Schatten gehalten hatte. Der Spalt war gerade breit genug für einen Menschen.

»Ich habe ihn vor ein paar Tagen entdeckt, als ich die Stollen abging«, sagte Burek leise. Er quetschte sich hindurch. »Wir machen das regelmäßig, um nach Schwachstellen zu suchen, damit die Stollen nicht einbrechen. Ist nicht ganz ungefährlich hier unten.«

Gerit folgte ihm. Ein warmer Wind schien durch den Spalt zu wehen. Wasser plätscherte. »Ist das ein Fluss?«, fragte er.

»Ja.« Maccus hielt die Fackel in den Stollen, der vor ihnen lag. Er wirkte nicht wie etwas, das Menschen erbaut hatten. Die Wände waren glatt. Es gab keine Stützbalken. Gerit sah nach unten, als sein Fuß gegen etwas stieß. Es war eine Muschel.

»Wir sind gleich da«, sagte Maccus. Er legte die Fackel auf den Boden. »Die brauchen wir nicht mehr.«

Er hatte recht. Die Wände selbst schienen zu leuchten. Das Licht war bläulich, so wie Sonnenschein am Grund eines Sees.

Gerit blieb stehen, als er das Ende des Gangs erreichte und sah, was dahinter lag. Er hob den Kopf, ließ den Blick durch den gewaltigen Raum gleiten. »Eine Höhle«, sagte er. Seine Stimme hallte von den Wänden wider, von Felsen, die so glatt waren, dass er sein Gesicht darin sah, hallte durch

Gänge und über Felsbrücken, die sich hoch über ihm entlangzogen.

Ein Fluss lief durch die Mitte der Höhle. Er war kaum breiter als ein Bach. Sein Wasser war so schwarz, dass er den Grund des Flusses nicht ausmachen konnte. Sein Blick verfing sich an den Felsen, die aus dem Boden emporragten, an Linien, denen sich sein Auge verwehrte. Ihm wurde schwindelig, als er versuchte, ihnen zu folgen. Er ging zu einem der Felsen und berührte ihn. Er war warm.

»Ganz schön seltsam, was?«, sagte Burek. Er klang stolz, so als hätte er mit seiner Entdeckung die Höhle erst geschaffen. »Ich wollte den Nachtschatten Bescheid sagen, aber als ich ihn sah, dachte ich, das soll ein anderer entscheiden.«

Gerit riss sich mühsam vom Anblick des Felsens los. »Wen sah?«

»Ihn.«

Es war ein Mann. Gerit hatte ihn zwischen den Felsen nicht bemerkt. Er stand am Fluss, mit dem Rücken zum Gang, aus dem Gerit gekommen war. Wasser umspülte seine nackten Füße. Seine Uniform war zerrissen, die Abzeichen verrostet.

»Er ist aus Westfall«, sagte Gerit. »Habt ihr ihn hier gefunden?«

»Ja. Er stand einfach so da.« Burek hob die Schultern. »Keine Ahnung, wo er hergekommen ist.«

»Warum sieht er uns nicht an?«

Maccus klatschte in die Hände. »Hey!«, rief er. »Dreh dich um!«

Tausendfach hallte seine Stimme durch die Höhle. Das Klatschen verlor sich in Gängen, die tief in die Dunkelheit führten.

Der Mann hob den Kopf. Er hatte dichtes blondes Haar. Gerit sah, wie sich seine Füße bewegten. Sie drehten sich langsam. Die Zehen waren schwarz und aufgeplatzt. Er würde sie verlieren.

Langsam drehte sich auch der Oberkörper. Der Mann spreizte die Hände vom Körper ab, als könne er kaum das Gleichgewicht halten. Seine Finger waren schwarz wie seine Zehen.

Dann sah Gerit das Gesicht.

Die Kälte hatte ihm die Nase und die Lippen genommen, aber Gerit erkannte ihn trotzdem.

»Rickard?« Er brachte den Namen kaum hervor.

Rickard öffnete den Mund. Schwarzer Sand rieselte ihm aus den Mundwinkeln in den Kragen.